KB077074

엠마뉴엘 2

에디션D 시리즈
08

엠마뉴엘 2

순결에 반하다

EMMANUELLE 2

L'antivierge

엠마뉴엘 아산 지음 · 문영훈 옮김

오로지 한 남자하고만 자는 여자를 나는 숫처녀라 부른다.

M. R. A.

세상은 내가 어긋나게 만들 때 비로소 현실이 된다.

알랭 보스케, <두 번째 유언>

사 랑 에 대 한 애 착 은 그 대 를 세 계 의 연 인 으 로 만 든 다

어느 날엔가 죽게 될 우리는,
순간의 발상지에 있는 인간을 불멸이라 부른다.
생 존 페르스, 〈씁쓸한 것들〉

"안나 마리아 세르긴느."

마리오는 그녀의 이름을 말하면서 '긴(guin)' 음절의 'i'를 아주 독특한 어조로 높고 길게 늘어뜨렸다. 그로 인해 나머지 음절들이 마치 차분하게 가라앉은 고백처럼 느껴졌다.

젊은 여자는 자동차 핸들을 잡고 있었다. 마리오는 아무 반지도 끼고 있지 않은 그녀의 손을 잡아 엠마뉴엘의 손바닥에 나란히 겹쳐주었다.

'안나 마리아.'

엠마뉴엘은 마치 애무의 느낌을 주는 플로렌스 지방 억양의 'r' 발음을 속으로 되뇌어보았다. 뜨거운 초와 향내가 스며든 평성가(가톨릭 교회의 단선율 성가—옮긴이)의 구절이 띄엄띄엄 뇌리를 스쳤다.

천사들의 빵.

단정한 치마 아래 드러난 처녀들의 무릎. 감미로운 공상.

오, 경이로움!

'오'의 울림을 길게 잇는 목청들, 그 목을 침으로 적셔주는 혀, 그리고 치아를 드러내며 열린 입술들.

오, 구원받을 자들이여……

스테인드글라스 창을 통해 세상의 저편에서 온 광채로 엠마뉴엘은 금빛이 되었고, 미지의 얼굴은 어린 소녀의 말투로 아름다움을 선포하고 있었다.

'정말 근사해!' 그녀는 마음 속으로 감탄했다. '어쩜 저리도 맑게, 기쁘고 행복한 모습을 하고 있을까?' 가슴이 벅찼

다. '저리도 아름다운 건 그저 꿈일 거야!'

"저 모습을 현실로 만드는 건 부인의 손에 달렸습니다." 마리오가 넌지시 속삭였다.

'내가 방금 아주 높은 곳에 있었던 건 아닐까?' 엠마뉴엘이 생각했다.

안나마리아가 웃음을 터뜨렸다. 그녀의 천진스런 모습에 안심이 된 엠마뉴엘이 손을 움켜잡았다.

"지금은 곤란해요. 티타임에 가야 하거든요." 안나마리아가 농담을 던졌다.

그리고 마리오를 향해 몸을 돌려 아래위로 살펴보았다. 마치 그렇게 키가 큰 줄 몰랐다는 듯이. 자동차는 거의 지면에 닿을 정도로 낮게 달리고 있었다.

"물론 다시 집으로 모셔다 줄 좋은 동반자는 있겠죠?"

"길 조심해, 길!"

바퀴가 자갈 위에서 헛돌았다. '윈도 브러시, 진흙받이, 천장 덮개, 뭐 하나 제대로 달려 있는 게 없어!' 엠마뉴엘이 시커먼 하늘을 바라보며 불안해했다. 불행하게도, 꿈은 멀어져 가고 있었다.

"저는 제가 지구상에서 가장 아름다운 걸 알고 있다고 여겼는데, 선생님은 어디서 저런 천사를 찾았어요?"

"친척뻘 되는 아이죠. 가끔씩 운전수 노릇을 해준답니다. 마음에 드세요?"

엠마뉴엘이 아무 반응도 하지 않았다.

"내일 다시 올 겁니다."

그는 잠시 뜸을 들였다가 말을 덧붙였다.

"미리 알아두셔야 할 건, 저 아이한테는 감동 이상의 노력이 필요할 겁니다. 하지만 결국 부인은 저 아이를 수긍하게 만들겠죠, 분명히."

"제가 그럴 수 있을까요? 배워야 할 게 얼마나 많은데!"

그녀는 갑자기 화가 치밀어 올랐다. '설마 단 한 번의 교훈과 실습만으로 끝내버리려는 건 아니겠지?'

자동차가 엠마뉴엘의 집에 도착했고, 마리오는 그녀와 함께 정원과 테라스를 가로질러 거실로 들어왔다. 검은 철제 모빌 앞에 선 마리오가 나뭇잎 모양의 장식을 훅 불어보았다.

엠마뉴엘이 대화를 이어갔다.

"선생님이 직접 교육을 시켰을 텐데요. 제가 뭘 덧붙일 게 있겠어요?"

"문제는 안나마리아가 아니라 부인입니다."

마리오는 그녀가 대꾸하기를 기다렸다. 하지만 그녀는 회의적으로 입을 삐죽이기만 하고 있었다. 그가 설명을 계속했다.

"부인을 최선으로 만드는 것은, 뭔가가 완성되도록 이끄는 부인의 행위입니다. 그처럼 부인이 다시 만들어내는 또 다른 형태, 오직 그것만이 부인에게 고유한 것이죠. 혹시 지금 있는 그대로의 자신에 대해 부인께서는 만족하세요?"

엠마뉴엘은 검은 머리채를 설레설레 흔들며 확실하게 말했다.

"아뇨."

"그럼 바꾸셔야죠!" 마리오가 피곤하다는 말투로 결론을 지었다. 그러고는 다시 말을 덧붙였다.

"부인은 여자니까, 자기 자신에 대한 사랑은 부인의 역할 속에 포함되어 있는 겁니다. 그런데 부인은 또 여신이니까, 다른 사람들을 구원하는 일은 부인의 운명입니다."

그녀는 나무판자 길과 밤중의 사원을 머릿속으로 떠올리며 웃었다. 마리오가 그녀의 얼굴을 유심히 바라보며 물었다.

"남편을 가르치기 시작하셨습니까?"

그녀는 반쯤은 곤혹스럽고, 반쯤은 창피스러워하는 표정을 지으며 얼굴을 찌푸렸다.

"부인이 너무 오래 집을 비워서 놀라지 않던가요?"

"놀라워했어요."

"그래서 뭐라고 말하셨습니까?"

"선생님이 나를 아편 피우는 곳에 데려갔다고 했어요."

"그랬더니, 야단은 안 치던가요?"

"섹스를 해줬어요."

그녀는 마리오가 눈빛으로 던지는 질문을 읽었다.

"네, 저는 줄곧 그 생각을 했어요."

"그래, 좋았습니까?"

엠마뉴엘은 대답 대신 자신의 감정 속으로 빠져들었다. 그리고 자신의 몸 안에서 남편의 정액이 삼로의 정액과 뒤섞였을 때 겪은 새로운 흥분을 다시 느꼈다.

"이제 그 경험을 다시 해 보고 싶으시겠군요?"

"저는 선생님의 법을 따르겠다고 이미 말했잖아요?"

그랬다. 그리고 바로 그 순간 그녀는 아무런 의심의 여지도 없었다. 그 사실을 마리오에게 확신시켜주기 위해, 엠마뉴엘은 전날에 두 사람이 만들어낸 격언을 반복했다.

"항상 더 많은 남자의 품에 안겨 쾌감에 이르는 예술, 그 이외의 다른 소일거리로 보내는 시간은 모두 헛된 것이다."

그러고 나서 물었다.

"안나마리아는 시간을 어떻게 보내야 한다고 생각하는 여잔가요?"

"다른 시간들을 준비하면서 보내야 한다고 여기죠. 즉, 다른 세상에서 채워지기 위해 이 세상에서는 스스로 억제하며 지내야 한다는 주의입니다."

엠마뉴엘의 목소리가 공정한 어조를 띠었다.

"그러니까 그녀에게는 색정주의와는 다른 가치들이 있다는 거군요. 그녀 또한 나름대로 따르고 있는 신과 법이 있다는 말이고요."

마리오는 그녀를 흥미로운 눈초리로 바라보았다.

"하늘에 대한 꿈이 인간의 딸에게 길을 잃어버리게 만들지, 아니면 현실의 사랑이 지상 위의 한 영혼을 구원하게 될지 한번 보도록 합시다."

엠마뉴엘이 그의 팔을 두르며 말했다.

"세상에 무슨 이런 집주인이 다 있을까? 마실 것도 피울 것도 안 내놓고 말이에요."

그녀는 마리오를 바가 있는 곳으로 데려가려 했지만 그가 만류했다.

"그 반바지 속에 아무것도 안 입었겠죠?"

"물어보나 마나죠!"

그 바지는 끝단이 산호색 저지 블라우스 자락과 맞닿을 정도로 짧았다. 사타구니 사이로 음부의 까만 둔덕이 보였다.

마리오가 옷차림에 대해 한마디 쏘아붙였다.

"옷이 마음에 안 듭니다. 치마는 걷혀 올라가니까 통로가 되지만, 반바지는 막혀 있는 울타리 같은 것 아니겠습니까? 부인의 다리가 계속 그 봉투 같은 것에서 나온다면 점점 시큰둥해질 겁니다."

"벗을게요." 그녀는 흔쾌히 양보했다. "하지만 우선 뭘 마실 건지 말씀해주세요."

그런데 마리오는 머릿속으로 딴생각을 하고 있었다.

"안에서 이러고 있을 필요가 없잖습니까. 밖에 나무들이 좋던데."

"곧 비가 쏟아질 거예요!"

"아직은 안 옵니다."

그는 엠마뉴엘을 데리고 나가 테라스를 둘러싸고 있는 넓은 돌 앞에 섰다. 번갯불이, 고요하게 떠 있는 열대 화염목 꽃 사이 공간을 초록빛으로 만들고 있었다.

"어머, 저기 길을 가는 미소년 좀 보세요."

"네, 아주 잘생겼는데요."

"불러서 사랑을 한번 나눠보지 그러세요?"

"하늘 아래 모든 건 다 때가 있는 법입니다. 전도서에 보면 '남자아이들을 쫓아다니는 시간이 있다면, 그 아이들을 쫓아다니게 내버려두는 시간도 있다'라고 되어 있습니다."

"전도서에 그런 식으로 말한 내용은 없어요. 그나저나 마리오, 나 목말라요!"

그는 팔짱을 끼며 인내심을 과시해 보였다. 그가 뭘 기다리는지 알고 있는 엠마뉴엘은 어깨를 으쓱해 보인 다음 고개를 숙였다. 그리고 턱에 힘을 준 채 사타구니까지 맨살로 드러난 자신의 허벅지를 내려다보았다.

"어떠십니까?"

"아이 참, 마리오, 여기선 안 돼요! 이웃집에서 다 엿보고 있는데. 저기 보세요!"

그녀가 손가락으로 움직이는 블라인드를 가리켰다.

"샴(태국의 옛 명칭—옮긴이)족(族)들 잘 아시잖아요. 어딜

가든 항상 누군가가 감시하고 있어요."

"그것 참 잘됐군요. 사람들이 부인의 몸을 보고 감탄하는 걸 좋아한다고 하지 않았나요?"

마리오가 엠마뉴엘의 당황스러워하는 표정에 웃음을 터뜨리며 다시 입담을 늘어놓았다.

"기억해두세요. 조심스러운 것 중에 색정적이라고 말할 수 있는 건 하나도 없습니다. 색정의 여주인공은 신의 선택을 받은 여인을 대신하는 겁니다. 그녀를 통해 스캔들이 일어나는 것이니까요. 그리고 세상의 스캔들은 걸작을 만드는 근본입니다. 숨어서 발가벗는다면 발가벗었다고 할 수 있겠습니까? 만약 방 안을 커튼으로 가려버린다면, 부인의 방탕은 별 의미가 없는 겁니다. 부인의 상대는 결코 무지함이나 수치심, 두려움에서 해방되지 못하겠죠. 중요한 건, 부인이 발가벗었다는 사실이 아니라 발가벗은 모습을 보여준다는 데 있습니다. 부인이 쾌감을 외치는 것보다 누군가가 부인이 쾌감에 이르는 소리를 듣는다는 사실이 중요한 것이지요. 부인 스스로 애인의 숫자를 세어보는 게 아니라, 애인 중 한 명이 숫자를 대신 세어줄 수 있는 것이 정말 중요한 겁니다. 부인이 사랑에 대한 애착이라는 진실에 눈을 뜨는 것보다 더 중요한 것은, 아직 막연한 형태의 밤을 더듬고 있던 상대방이 부인의 눈 속에서 진정한 빛을 찾고, 부인의 몸짓을 통해 진정한 아름다움을 보게 해주는 것입니다."

그의 목소리가 더욱 절실한 어조로 바뀌었다.

"부인이 재차 수치심에 빠지면 수많은 사람들을 의기소침하게 만들게 될 겁니다. 추문에 대한 두려움이 부인의 마음을 어수선하게 만들 때마다 은근히 부인을 본받고 싶어 하는 사람들을 생각하세요. 그들을 실망시키면 안 됩니다. 뚜렷한 형태를 갖추고 있든 없든, 의식적이든 맹목적이든, 그들이 부인에 대해 갖는 희망을 우스꽝스럽게 만들지 마세요! 만약 단 한 번이라도 부인의 소심함이나 의혹으로 인해 색정적 행위가 이루어지지 못한다면, 그건 차후 어떠한 대담성이나 자질로도 보상받을 수 없을 것입니다."

그는 잠시 침묵을 지키더니 경멸의 기미가 얼핏 느껴지는 어조로 말을 이었다.

"혹시 적절한 행위에 대해 말하고 싶으신 건 아닙니까? 부인도 다른 사람들처럼 행동하고, 다른 사람들도 부인처럼 행동하는? 부인은 엠마뉴엘이기를 원하세요, 아니면 그냥 어중이떠중이에 속하고 싶으세요?"

"저는 다른 사람들의 믿음을 존중해요. 그렇다고 그 사람들과 어울리고 공감을 나눈다는 의미는 아니죠. 만약 그들이 저의 취향을 좋아하지 않는다고 해도 제가 굳이 비위를 건드린다거나 소란을 피울 것까진 없는 것 아니에요? 반면 그들이 각자 자기 취향에 따라 행동한다고 해도 저한테는 해로울 게 하나도 없는 걸요 뭐. 그렇다고 경솔하고 편협하게, 또 무례하게 살아갈 수는 없는 거잖아요? 제가 그 사람들에게 자기들처럼 생각하고 행동한다는 믿음을 갖게 한다는 가정하에서 화해와 타협이 이루어지고, 이를 바탕으로 사회가 형성되는 것이니까 말이죠."

"만약 우리가 우리들 앞에 있는 사람들처럼 행동한다면, 우리는 그냥 앞에 있는 사람들인 겁니다. 이때 우리는 세상을 바꾸는 대신 사람들이 파괴하길 원하는, 세상의 겉모습만 차지하게 될 뿐이지요."

엠마뉴엘이 깊은 인상을 받은 표정을 짓자 마리오가 유감의 뜻을 나타냈다.

"제 말이 아니고, 장 주네(Jean Genet)가 한 말입니다."

그러고는 한결 부드러워진 목소리로 논조를 이었다.

"또 다른 한 극작가는 '사랑이란 아무리 지나쳐도 충분치 않은 것이다'라고 했습니다. 부인께서 행동을 잘해 왔다면, 계속해서 더 잘해야 하는 겁니다. 이미 행한 것보다 더 낫게. 그리고 다른 사람들보다 더 낫게 말입니다. 부인만큼 성과를 올린다거나 능가하는 사람이 있다면 그 누구라도 따라잡아야 합니다. 본보기가 되었다고 만족하지 말고, 앞질러 가는 모범을 보여야 할 것입니다."

엠마뉴엘은 말없이 먼 곳을 바라보고 있었다. 그녀는 낮은 담장에 쪼그리고 앉아 무릎 위에 턱을 괴었다. 그리고 거의 적의에 찬 기색으로 질문을 던졌다.

"제가 왜 그런 것들을 다 해야 하는 거죠? 하필이면 왜 제가?"

"왜 부인이냐고요? 부인은 그럴 수 있으니까요. 다른 사람들이 승마를 하고 교향곡을 만들 수 있는 것처럼, 부인은 육체적 사랑과 아름다움에 대한 권능을 지니고 있으니까 말입니다. 그런데 부인이 할 수 있는 건, 해야 할 의무를 지니는 겁니다. 설마 이 지구상에 아무것도 남겨두지 않고 생을 마감해버린, 그런 모습을 원하시는 건 아니시겠죠?"

"저는 이제 스무 살이에요! 아직 제 인생을 마감하려면 멀었다고요!"

"인생을 시작하기 위해 좀 더 기다려야 한다는 말입니까? 부인께서는 자신이 아직 너무 어리다고 생각하세요? 아참, 그래서 내가 지금 영웅적 행위를 가르쳐주고 있는 중이지…… 그런데 그건 바로 지구가 필요로 하는, 그리고 부인과 같은 인류가 요구하는 것이기도 합니다."

"저와 같은 인류라고요?"

"그렇습니다. 원생대 시절부터 다른 실체가 돼보려고 애를 썼던 아미노산—아메바—원숭이의 진화계열에 속하는, 그리고 다른 것이 되려고 기를 쓰는, **믿기지 않지만 믿어야 하는 존재** 말입니다. 이 존재는 동물? 척추동물? 포유류? 영장류? 호모 사피엔스? 이런 모든 꼬리표는 무효로 만들어버리고 새로운 이름을 준비하고 있죠. 시공간의 인간, 막힘없는 생각의 인간, 복합적 신체와 단일 정신을 가진 인간, 인간을 창조하고 변형시키는 인간, 하지만 언제나 자신이 창조한 것들에 위협당하는, 그리고 마치 상흔과도 같은 자신의 실수와 난해한 짓으로 피를 흘리는 인간…… 그를 도와주고 싶지 않으세요?"

"제가 이 바지를 벗으면 그를 돕게 되는 건가요?"

"그럼, 환상이나 기만, 두려움이 끊임없이 반복되도록 놔두는 게 인간을 돕는 일이라고 생각하십니까? 아니면 수치심을 계속 느끼도록 놔두는 것이?"

"그럼 선생님은, 과거는 물론 미래에도 자신의 음부를 보여주거나 하는 게 정말 중요한 일이라고 생각하시는 거예요?"

"미래는 관습에 대한 충실함이 아니라, 부인의 상상력과 대담성에 달려 있는 겁니다. 동굴벽화시대의 지혜가 우리들의 어리석음이 될 수도 있었다는 걸 알아야 합니다. 우리가 지금 말하고 있는 수치심은 타고난 미덕일까요? 아니면 늘 존재해왔던 좋거나 나쁜 인간적 가치에 속하는 것일까요? 사실 그 감정은 그리 대단하게 여길 만한 것이 못됩니다. 원래는 선량한 의식이었고, 민첩하고 정당하고 유익한 발견을 의미하던 것이 오늘날에는 교태, 궤변, 타락의 도피처, 변태성욕의 도구가 되어버린 겁니다."

"선생님께서는 제가 새침데기가 아니란 걸 잘 아시잖아요. 선생님의 장황한 연설이 절 매혹시키는 건 분명해요. 하지만 그걸 죄다 심각하게 받아들여야 할 필요가 있나요?"

"우리 인간에게는 가시덤불에 찢기고, 칡덩굴에 걸려 빠져나오지도 못하던 시절이 있었습니다. 맹수의 손톱과 이빨을 두려워하면서 기어오르고, 건너뛰고, 가시나무와 부싯돌 사이를 뒹굴고, 축축한 소금기로 가득한 동굴 안에서 자기의 여자를 애무하며 대부분의 시간을 보내고 있었죠. 후손들의 운명이 달려 있는 생식기를 가리려고 처음으로 꾀를 낸 사람은 인류에게 큰 기여를 한 겁니다. 그처럼 신중한 조치를 윤리적인 규범으로, 하나의 의례로, 또는 세련미와 매력으로 만들지 않았다면, 인간이 지금과 같은 지배력을 행사하지 못하게 되었을 수도 있지 않았겠습니까? 머지않아 편협한 가치관으로 전락하게 될 그 착상은 무엇보다 먼저 생물학적 예지였고, 진화론적 측면에서 중요한 시도였던 것입니다. 진정한 도덕이 갖는 하나의 재산이지요."

마리오가 엠마뉴엘을 마주 보며 앉았다.

"그리고 나중에 옷을 발명하지 않았다면, 인간은 벌써 얼어 죽었을 겁니다. 아시다시피 순록의 시대는 이미 먼 옛날 얘기가 되었죠! 그리고 빙하는 녹아버렸습니다. 그러나 우리는 끊임없이 변장을 합니다. 왜냐하면 발가벗고 다니는 건 **나쁜** 짓이니까!"

그는 책임을 통감하는 듯한 한숨을 내쉬었다.

"이제 우리들의 의자는 융단으로 덮여 있고, 정원은 잔디로 가둬져 있습니다. 애완동물들은 더 이상 날카로운 이빨이나 발톱을 가지고 있지 않지요. 그런데 우리는 아직도 섹스에 대해 두려워하고 있단 말입니다. 성의 기능은 완성되었지만 그 의미는 상실되었고, 슬립은 성스러운 물건이 되어버린 겁니다. 왜 슬립을 몸에서 걷어내야 하냐고 내게 물으셨죠? 그게 마치 데이아네이라(Deianeira)의 망토*라도 되는 것처럼? 어떤 가치를 대상으로 하던 신화는 살아남지만, 그 신화에 대한 집착은 인간을 바보로 만드는 겁니다. 마법적인 근원을 위해 쓰이던 에너지는 창조적인 사고방식에 자리를 내주고 말았죠."(* 수많은 구혼자들을 제치고 데이아네이라를 차지하게 된 헤라클레스는 그녀를 사랑하던 반인반마 네소스에게 독화살을 쏘았다. 죽어가던 네소스는 자신의 피 묻은 망토를 그녀에게 벗어주며, 훗날 헤라클레스의 마음이 떠났을 때 그에게 망토를 입히면 마음이 돌아올 거라고 거짓으로 말한다—옮긴이)

마리오는 별안간 활기를 되찾으며 논술을 계속했다.

"고대 그리스인들이 세상을 문명화시켜야겠다는 충동에 사로잡혔을 때, 가장 시급하다고 여긴 임무는 옷을 벗기는 일이었습니다. 처음에는 구석기 시대를 생각하며 음경을 감추었죠. 레슬링 경기를 나체로 하도록 규정한 때는 이성과 문화의 시대였습니다. 만약 그리스 전사들과 철학자들이 때맞춰 이전의 음부가리개를 무시하지 않았더라면, 아마 우리는 여전히 야만인으로 남아 있을 겁니다."

이태리 남자의 눈에서 냉소적인 빛이 스쳤다.

"특히 도리아족 미소년들이 5종 경기를 나체로 했던 이유가 단순히 동작의 편안함 때문이겠거니, 하고 여기시면 안 됩니다. 그들의 주된 의도는, 성인 동성애자들에게 자신들의 아름다운 몸을 보여주는 것이었죠. 실내 체육관에는 경기를 주관하는 여신인 아테나 조각상 옆에 늘 에로스의 조각상이 함께 있었고, 그 에로스의 발치에서 인간은 최초의 지혜로운 진보를 이루고 있었던 겁니다."

한순간 그는 어느 먼 시대를 꿈꾸는 듯이 보였고, 엠마뉴엘은 만약 마리오가 그 시대에 속해 있었다면 무척 즐거워했을 거라고 생각했다. 그가 손으로 급선회하는 동작을 해보이며 말을 계속했다.

"지금 내가 부인에게 상기시키는 수치심의 역사는 다른 사람들에게는 성적 금기사항이 될 만한 것들입니다. 만약 부인이 친구들의 모임에 가서 다음과 같이 고백한다고 생각해 보세요. '나는 남자의 음경이 내 입 안으로 들어오고, 거기서 쾌감을 쏟아내는 걸 정말 좋아해! 나는 매일 손으로 자위를 하면서 정말 즐거워! 내 침대는 남편의 몸 말고 다른 남자들의 몸이 올라오는 걸 좋아해!' 그럼 부인은 어떤 불명예를 입게 되겠습니까? 물론 이러한 금기사항들이 중요한 의미를 가질 때가 있었죠. 남자의 의무가 지구에 사람을 번식시키는 것이었을 때는 정액을 헤프게 쓰도록 놔두는 게 큰 문제가 되지 않았습니다. 따라서 자위행위를 죄악으로 만든 걸 좋게 생각할 수도 있을 겁니다. 그런데 오늘날 인구 증가는 위험한 수준에 이르렀으니 이제는 여자의 몸 안에 사정하는 행위가 처벌받아야 하지 않겠습니까? 그리고 아무런 번식의 위험이 없는 곳에 정액을 뿌리는 게 미덕이 되어야지요. 아내가 혹시라도 다른 남자들에 의해 임신이 될까 봐 불안해하던, 남편들의 케케묵은 생각이 무의미해진 겁니다. 독특한 방식을 즐기게 해주는 자위행위와 구강행위의 예술에 피임기술이 더해지면서 더욱 그렇게 되어버렸습니다. 따라서 종족 번식의 기능을 벗어나 추구하는 쾌락을 비난 받아 마땅하다고 여기는 태도는 시대에 뒤떨어진, 그리고 건전한 생각을 위협하는 것입니다. 새로운 음경을 맛보고 싶어하는 우리 부인들의 취향을 정당하고 무해한 것이라고 인정할 때가 되었다는 말이죠."

마리오는 엠마뉴엘의 대꾸를 기다리는 것 같았다. 하지만 그녀가 아무 말도 하지 않자, 그는 말을 계속 이었다.

"우리의 아이들이 기성세대와는 다른 정신력을 갖기 원한다면, 어리석은 금기와 쓸데없는 불안으로부터 벗어난 세계를 찾게 해줘야 합니다. 새침하고 경건한 학자들은 대부분 자기 자신에 갇혀 있는 삶을 살죠. 파스칼 같은 사람이 자유로운 정신이 없었다면 어떻게 남들보다 더 많은, 그리고 더 큰 진리를 찾을 수 있었겠습니까? 그리고 자신에게 눈가리개와 올가미를 강요하도록 내버려두는 예술가가 있다면, 말이나 되겠습니까? 맨살을 드러내는 육체는 처벌받게 될 것이라고 믿는 사람이 있다면, 이 사람을 어찌 미래의 명예를 짊어진 인간이라 할 수 있겠습니까? 벌거벗은 은총의 여신들과도 같은 천부적인 미를 지닌 암술을 보세요. 꽃의 영광을 위해 자연이 만들어준 그 아름다운 신체를, 어느 사악한 신이 자기 자신에게 제한된 가치로, 그리고 오직 자신만의 타락을 위해 누리게 한다면, 용납이 되겠습니까? 하지만 안심하세요. 그 반바지로 음부를 봉쇄해봤자 부인에게 주어진 영원의 은총을 아무도 막지 못할 테니까 말입니다……. 제가 좀 격하게 굴어 죄송합니다. 그렇지만 수천 년에 걸쳐 자만심과 대담성으로 강인해진, 그리하여 자신만만하게 웃을 수 있는 위대한 인간이, 지성을 논하고 회의에 빠질 수 있는 시적 감성의 아름다운 사람들이 오늘날, 정숙한 척 궁색을 떠는 여자들의 새침함과 수치심 속에서 위안을 찾으려 드는 비겁한 아킬레스의 꼴이 되었다면, 내가 어떻게 참을 수 있겠습니까? 에로티시즘의 임무는 바로, 강제로 입혀놓고 노역을 시키는 죄수복과 우스꽝스럽게 만드는 옷차림을 사람들에게서 벗겨내는 일입니다."

엠마뉴엘은 자신의 젖꼭지가 팽팽하게 당기고 있는 얇은 저지를 온화한 눈길로 내려다보았다. 마리오는 개의치 않고 자신의 의무에 대한 변론을 계속했다.

"색정주의가 그 자체로 선한 것을 지니고 있는지는 잘 모르겠습니다. 하지만 제가 알고 있는 바로, 그 정신은 우리에게 어리석음과 위선에 대한 반감을 갖게 하고, 자유로워질 수 있는 힘을 줍니다. 이 세상이 감옥일 때, 에로티시즘은 줄톱이 되고, 사다리가 되고, 언어가 됩니다. 아마도 색정주의보다 더 효과적으로 인간을 쓸데없는 두려움으로부터 해방시키고, 역사 이래의 억압으로부터 끌어내고, 천체에 대한 기준조차 없는 자유로운 공간에 이르게 해줄 수 있는 건 없을 겁니다. 우리가 바야흐로 비약의 시대에 이르렀음에도 불구하고, 나는 호모 에렉투스(직립원인)들의 신체 비하 또는 신중함, 계략이 계속 부인의 행동 방식을 결정하려 드는 게 영 마음에 안 듭니다. 그래서 요청드리는 건데, 부인을 바라보는 사람들이 자신들보다 덜 혐오스럽고, 덜 무기력하고, 덜 비겁하고, 덜 예속당하고, 훨씬 흉내를 덜 내는 혈통을 만들어내도록 부인의 아름다움과 육감을 마음껏 과시하세요."

그는 몸을 누이면서 엠마뉴엘의 발 위에 머리를 얹었다.

"자연의 너무 어린 법과 도시의 너무 늙은 법에 의해 비인간화될 위험이 있는 사람들에게, 부인의 적나라한 음부를 통한 도발은 아마도 불순종과 위험에 대한 취향을 되살려주게 될 것입니다."

그가 다시 몸을 일으켰다.

"만약 지성의 역할이 진리를 알게 해주는 것이라면, 도덕의 역할은 그 진리를 인정하는 데 있지 않겠습니까? 눈을 뜨게 만드는 오직 하나의 방식과, 거짓말을 해서는 안 되는 오직 하나의 규칙에 근거해서 말입니다. 별로 어려워 보이지 않죠. 그런데!"

그가 어깨를 으쓱해 보였다.

"인내심을 가지셔야 합니다! 부인은 아마도 수학 전공시간에 누군가가 이렇게 말하는 걸 들었을 겁니다. '진리는 결코 승리를 얻지 못한다. 하지만 그의 적수들은 결국 죽기 마련이다.'"

그는 갑자기 어떤 내적인 환영이라도 본 것처럼 기분이 유쾌해진 듯했다.

"너무 오래 걸리더라도, 기다리는 게 신중할지 아닐지 누가 알 수 있겠습니까? 로봇이 인간보다 더 나아 보이기 시작하는 시점에서, 우리는 서둘러 우리의 육체를 시험해보고, 육체가 지닌 권능을 영광스럽게 만들어줘야 하지 않겠어요? 우리가 보존하고 있는 것에 대해 애착을 갖고 있다면 말입니다. 목이 마르지 않는데도 마시고, 아무 때나 섹스를 하는 행위가 우리를 다른 동물들과 가장 잘 구별시켜주는 특징이라는 사실은 이미 밝혀졌죠. 조만간, 성적 질서에 대해 색정주의의 무질서로 맞서려는 취향이, 인간이 앞으로 지니게 될, 기계와 구별되는 유일한 특성이라고 밝혀져도 나는 놀라지 않을 겁니다. 차후 언젠가는 우리 우주선을 조종하게 될 인조인간들도 교미를 통해 쾌감을 느끼고, 번식할 줄 알게 되리라는 사실은 의심의 여지가 없습니다. 하지만 그 로봇들이 자위를 선호하면서 자연과 상식에 관한 법칙들을 문제시하기 전까지, 그리고 여성 로봇들이 이성의 성기가 주는 오르가슴의 맛을 알게 되기 전까지는, 우리가 유리한 입장을 고수하게 될 겁니다."

엠마뉴엘은 마음이 혹하는 것 같았다. 마리오는 그녀와 함께 나른한 감촉을 즐겼다. 하지만 그것도 잠시, 다시 주제로 되돌아갔다.

"인간이란 단지 초한수(수학에서 무한집합의 원소 수효—옮긴이)나 싱크로트론(입자의 궤도 반지름이 증가함에 따라 점점 커지는 자기장을 통해 입자들을 그 궤도에 국한시키는 순환입자가속기—옮긴이), 코르티손(부신 피질에서 분비되는 호르몬 중 하나—옮긴이), 이식 심장만 있다고 되는 게 아닙니다. 물론 신진대사의 저해 요인을 없애고, 중간자와 분자들을 활용할 수 있으면 더욱 좋겠죠. 하지만 벵골원숭이의 Rh인자를 밝혀내고, 솔레노이드 코일을 이용해 그 동물의 욕구와 관련된 파장의 길이까지 측정할 수 있게 된 세상에서, 삶의 가치를 발견하는 일은 그 어느 때보다도 시급한 문제로 남아 있습니다."

그의 말투에 열정적인 억양이 실렸다.

"그건, 고기를 익혀 먹는 걸 자랑스러워하는 야만의 형태가 태아의 염색체를 변화시키고, 원자의 구조를 바꾸는 기술과 공존할 수 있다는 사실을 보여주는 것입니다. 그처럼 저속한 광경 앞에서도 우리는, 혼란과 망상 가운데 용기를 잃지 않게 해주고 캄캄한 벽에 부딪치지 않도록 해주는 아라크네의 실-미(美)에 대한 정열—을 손에서 놓지 않도록 주의해야 합니다. 그것이 바로 사랑에 대한 사랑입니다. 왜냐하면, 사랑은 우주의 행로 속에서 앞으로 나아가는 능력인 동시에 작품들 중에서도 특히 아름다운 작품이기 때문입니다. 인간으로 만들어진 예술, 인간을 만드는 예술, 예술이 된 인간. 우리를 영원하게 만들어주는, 경이로운 육신에 대한 사랑은 예술이어야 합니다! 우리가 마치 우주의 평원을 통해 양자의 거대한 강물이 실어가는 바위처럼, 그리고 층층이 무수한 보석으로 이루어진 무한의 공간처럼 지속되도록 말이죠. 마치 천사의 상흔과도 같이 연약한 맥박과 세포를 지니고 태어난, 고독하고 덧없는 재능을 갖춘 우리들에게 더없이 웅대한 미래가 남아 있으니 얼마나 다행입니까. 따라서 우리는 물질이라는 불멸의 공간 속에서 별처럼 반짝이는 눈빛에 두 팔을 치켜든, 우리들의 기쁨과 명예가 될 형상들을 빚어 물려주어야 할 것입니다. 오직 하나뿐인 인간의 진정한 생존물, 유일하게 인정받은 자신의 후손, 죽음에 대한 승리를 위한 자신의 도전, 그것은 바로 **자신의 작품**입니다! 따라서 부인은, 지금의 내 자신보다 더 나은 것을 남기지도 못하고 죽지 않을까, 두려워해야 합니다. 거친 삼베와 수의를 모면할 수 없는 부인의 육체를 인생의 끌로 행복하게 새겨내고, 영원히 남게 될 조각 작품으로 만들 수 있다면, 그 모습이 해묵은 신앙심과 어리석은 걱정들 위로 얼마나 높은 곳에 세워질 수 있을 것인가는 부인에게 달린 것입니다."

마리오는 두 손을 펼치고 하늘을 향해 얼굴을 들었다. 그의 목소리가 잠겨 있었다.

태양과 빛, 달, 그리고 별들이 어두워지기 전에…….

엠마뉴엘은 자기 무릎을 껴안고 있는 마리오의 팔을 걷어냈다. 그리고 그가 운하의 물가에서 말했을 때처럼 그를 바라보았다.

"네, 시대에 따라 모든 건 이미 쓰였습니다. 기독교조차도. 어느 날, 마법과 제물에 혈안이 된 인간들 앞에, 불신과 멸시에 사로잡힌 그들의 부족 앞에 한 남자가 나타나 이렇게 말을 합니다. '서로 사랑하라! 너희는 오직 한 형제자매의 무리이니 선택받은 인종도 없고, 노예도 죄인도 없다. 내가 너희를 허구와 살육으로부터 깨어나게 하리라. 우상과 원죄의 가공적인 짐을 덜어주리라. 너희의 사제들과 사원과 경전은 이제 아무런 대답에도 쓸모없는 것이니, 너희는 결코 대답을 얻지 못하리라는 걸 알면서 자신에게 스스로 물음을 던져야 하느니라. 너희의 존재와 자유를 세우는 것은 끝없이 이어지는 추구일 뿐, 너희는 너희가 하게 될 행위에 대해서만 심판받게 되리라…….' 바로 그날, 세상은 한 걸음 앞으로 나아갔던 겁니다. 그리고 복음서는 무의미해졌습니다. 진보의 교리는 모든 삶의 도약이 죄악으로 여겨지는, 구속의 거대한 장치가 된 것입니다. 메시아가 개혁의 길을 열었으나, 교회가 가로막아버렸던 거죠. 이제 부인의 사랑이 개혁의 새로운 소식이 되어야 합니다. 그것은 신성모독으로 바리새인들이 또다시 얼굴을 가려야 하는 그곳의 수치심으로부터 해방되는 사랑, 편견을 무너뜨리고 위대한 시작을 알리는, 신비와 요술로 가득 채워진 닻과 같은 사랑입니다. 그건, 나약함과 두려움에 대한 승리이자 생명의 승리입니다. 전도서의 외침을 기억하세요. '네가 사랑하는 여인과 함께 삶을 기뻐하라. 너의 손이 할 수 있는 모든 것을 힘껏 할지니, 왜냐하면 너희가 가게 될 죽은 자들의 거처에는 더 이상 업적이나 지혜, 학문, 예지가 없기 때문이다.' 육신이란 우리가 사랑을 하소연할 만한 가치를 지닌 것입니다. 그래서 죽어가는 여인은 이렇게 외치죠. '아니요, 천국은 싫습니다! 천국 대신 사랑하는 사람을 주세요!' 정신착란자가 외치는 죽음에 대한 사랑에 반해, 건전한 생각을 가진 자는 삶의 자비와 살아 있는 자들의 육체적 향연만을 믿으려 하는 법입니다. '죽은 사자의 몸보다 살아 있는 개 한 마리가 낫다.' 육신에 대한 경멸만이 육신을 부패하게 만들고, 육체의 법칙을 천박하게 여기는 자만이 육체를 천박하게 만들어버리는 것입니다. 이 세상에 성스러운 어떤 것이 있다면, 그건 바로 성스러움을 구현하는 성기입니다. 죽을 때에 이르러 다음과 같이 말할 수 있다면, 그 사람은 행복한 겁니다. '나는 육신에 내기를 걸었고, 나는 내 인생을 잃지 않았다.' 엠마뉴엘, 나는 세상의 미래를 위해 떳떳하게, 그리고 서슴없이 부인의 몸을 걸고 내기를 하겠습니다."

마리오는 잠시 생각에 잠겼다가 좀 더 차분해진 어조로 말을 이어갔다.

"옛날의 사제는 욕망의 영역까지 충분히 멀리 나가볼 엄두를 못 냈습니다. 왜냐하면, 정신적 영역은 단지 욕망을 향한 하나의 단계에 불과했으니까. 진화의 비밀스런 이름인 에로티시즘은 물질의 점진적인 정신화에 불과합니다. 두뇌는 그 자체로 우리에게 있는 그대로의 현상을 파악하게 해줄 뿐이지요. 그래서 성기가 필요한 겁니다. 자연보다 더 먼 시각을 가진 창조적 기관, 즉 우리를 지구가 아닌 다른 곳, 지구 너머를 투시하게 해주는 신체기관이 바로 성기입니다. 그것이 없다면 인간은 꼼짝달싹 못하고 있을 겁니다. 인간의 뇌가 천사의 뇌보다, 그리고 인공두뇌 조직보다 더 위대하다면, 그곳에 정액의 강물이 흐르고 있기 때문입니다. 음경은 우리에게 주어진 행운이고, 그것이 없다면 인간은 허리가 얼어붙은 기계 덩어리에 불과할 겁니다."

마리오는 한순간 다시 거만한 태도를 보였다.

"이제 성기와 뇌에 관해 말씀드렸으니, 부인은 앞으로 이 두 기관이 각기 마땅한 대우를 받을 수 있도록 해주시리라 믿겠습니다. 더 이상 색정예술과 육감의 단순한 취향을 혼동하지 마세요. 대다수의 사람들에게 있어 육감의 능력은 쓸데없이 낭비된 재산이나 마찬가집니다. 그들이 행하는 방식이란, 원숭이도 조금만 영리하면 따라 할 수 있는 정도밖에 되지 않으니까. 색정주의는 무엇보다도 육감을 인간에 어울리도록 해주는, 조직적 사고입니다. 사람들이 터무니없는 말을 하도록 내버려두지 마세요. 에로티시즘의 참된 모습은 외설이 아니라, 사랑입니다."

갑자기 마리오의 목소리가 마치 상처받은 사람의 심정처럼 울렸다.

"부인은 나를 인정도 없는 괴팍한 사람인 줄로 알고 있었던가요? 사람들의 고통이 나를 얼마나 많이 외치게 만드는지 아직 잘 모르실 겁니다! 나는 사람들의 존재 이유가 행복이라는 사실과 그 가능성을 믿고 있습니다. 부인 역시 호기심과 용기를 굽히지 않는다면 그 행복을 찾게 될 것입니다. 변화를 규칙으로 갖는 세계에서, 사람들은 변하는 방법을 배우면서 살아가는 방법 또한 알아갈 수 있는 거라고 생각합니다. 그러기 위해서는 과거의 집착으로부터 벗어나고, 자신들의 사고방식과 법을 때맞춰 쇄신해야 할 필요가 있는 것이지요. 가장 시대에 뒤떨어지면서 편협하고 부당한 사고 방식은, 둘로 짝을 맞추는 이항방정식과, 하찮은 단위에 입각한 사이비 성(性) 도덕 논리를 사람들에게 강요하는 형태입니다. 부인도 수학 전공자로서 잘 아시겠지만, 우리는 특이한 가치들에 대한 연구가 공동체적 가치들에 대한 연구로 대체되어버린, 그런 시대에 살고 있는 겁니다. 우리에게 고통을 가중시키기만 하는 관습을 걷어내려면 영웅적인 용기가 필요하지요. 우리는 스스로 도덕적 존재라고 여기면서 아직도 행복하게 살아야 할 의무에 대해 확신을 갖지 못하고 있단 말입니다! '행복한 사랑은 없다'는 말은 사실이 아닙니다. 내가 부인에게 가르치는 사랑은 행복에 대한 기회를 다시 주려는 사랑입니다. 권태와 타락의 산물이 아니라 앞서가는 젊음과도 같은, 건강함의 신호입니다. 아직 이루어지지 않은 세상에 대한 경험이죠. 내일의 환희가 부인을 향해 두 팔을 내밀고 있습니다. 고독은 인간의 영원한 사명이 될 수 없습니다. 그건 지식을 향한 초보적 단계이고, 어리숙한 정신 질환에 불과하고, 어른이 되면 낫게 되는 것 아니겠습니까? 나는 인류의 미래가 소외가 아닌 협력에 달려 있다고 믿습니다. 우선 두 사람부터 시작해 셋, 넷…… 그리고 진정한 단위를 이루는 무리들, 복잡 다양한 공동체들, 중복된 육신을 가진 정신들의 협력 말입니다. 어쩌면 그런 식으로 수억 년이 지나게 되면 오늘날 우리들에게 '절망의 저편'을 겨우 맛보기 시작하게 해주는 조건이 극복될 수 있지 않을까요? 내가 색정주의에 부여하는 미덕이 바로 그것입니다. 마침내 고독의 벽을 무너뜨리고, 인간에게 인간에 대한 맛을 느끼게 해주는 것. 나는 색정주의가 그렇게 할 수 있으리라고 확신합니다. 다른 어떤 규율보다, 어떠한 형태의 고행이나 종교의식, 마약보다도 더 좋은 성과를 올릴 겁니다. 내가 볼 때 독점과 질투는 절대적인 범죄이며, 인류의 풍부한 능력을 망가뜨리기나 하는 자살사교집단의 위선적인 행태에서 나온, 진보에 대한 테러입니다. 두 사람 이상이 함께 사랑을 나누는 행위는 사랑에 대한 모욕이나 배신, 또는 실패가 아닙니다. 오히려 풍성한 삶으로 들어가게 해주는 문이고, 사랑의 주체를 증가시키면서 사랑하는 대상이 따돌려지지 않도록 해주는 방식이지요. 언젠가 우리에게 가능해질 그 사랑의 형태는 감정의 마비나 무지, 유아기를 종결시키게 될 것입니다. 그리고 새로 시작될 인간의 시대는 아마도 꾸밈없는 환희의 시대일 겁니다. 신비스런 성기와 황금빛 젖가슴에 대한 자부심, 엉켜 춤추는 팔의 원무, 열광적인 날갯짓, 거리낌 없이 벌어지고 약동하는 다리, 이러한 자유는 마지못해 보내는 휴가철의 우울한 탱고를 낡아빠진 유행으로 만들어버릴 거란 말입니다. 무덤들 사이의 젊음은 그처럼 가능한 것입니다. 나는 그런 미래를 애써 믿으려고 할 필요를 못 느낍니다. 그것이 나의 유일한 신념이니까요!"

마리오의 눈이 엠마뉴엘의 마음을 흔들어놓았다. 하지만 그녀는 가만히 있었다.

"새로운 세상은 부인의 육체가 지닌 창작적 재능 그리고 대담성을 통해 이루어지게 될 것입니다. 나로서는 부인의 행운을 간절히 빌어야 하겠지요. 부인을 신격화하고 숭배하는 일은 다가올 세대가 맡아서 할 겁니다. 그런데 색정주의 또한 언젠가는 하나의 종교가 되어 교회와 예배, 사제, 악마, 라틴어, 파문, 면죄부, 전쟁의 구실 등을 갖추게 될 때, 모든 해답은 우리에게 있다고 외치게 되겠지요. 그리고 색정주의의 법과 화형식에 주눅이 든 지구가 다시 슬픈 세상이 된다면, 그제야 사태를 직시하는 사람들은 또 다른 반란을 준비할 수 있을 겁니다. 부인의 역할은 현재의 거짓 신들과 서글픈 신전들, 신앙 없는 예배를 전복시키는 것입니다. 엠마뉴엘, 우리들의 악으로부터 세상을 구해주세요!"

그녀는 마리오를 바라보며 잠시 기다렸다. 한두 번 눈썹을 깜박거린 후 눈을 감고, 가만히 머물러 있었다. 마리오에게는 무척 길게 느껴졌던 몇 분간의 부동자세에서 풀려난 그녀는 상체를 일으켜 세웠고, 아주 천천히 상의의 아랫단을 걷어 올려 반바지 단추를 풀고, 무릎을 거쳐 발목까지 바지를 미끄러져 내리게 한 다음 한쪽 발로 걷어내 담장 뒤 풀섶으로 떨어뜨렸다. 차갑지도 뜨겁지도 않은, 단단하고 매끄러운 돌의 촉감이 그녀의 엉덩이를 수축시키고 있었다.

마리오가 그녀에게 등을 대고 누워 아랫배 부분이 완전히 드러나도록 자세를 취하게 했을 때, 그녀는 아무런 이의도 제기하지 않았다. 몸이 더욱 수월하게 내맡겨지도록 그녀는 두 발을 난간 양쪽 너머로 걸쳐놓았다. 도드라진 그녀의 음부, 그리고 우기의 변덕스런 서광 아래 황갈색과 그림자를 번갈아 빚어내는, 긴 방추형의 민감한 근육으로 아름답게 굴곡진 허벅지가 활짝 열렸다.

2

초 대

그녀가 들어가게 될 '카페 모임'은
유일하게도 아직 어느 정도 사람들의 존중을 받을 수 있는,
소수의 저주받은 자들과 축복받은 자들로 이루어진
엘리트집단이었다.
왜냐하면, 사람들이 어떻게 생각하든지 간에,
어려운 문제는 그 모임에 들어가는 것만이 아니었기 때문이다.
앙드레 피에르 드 망디아르그, 『전망대』 중 '쇠사슬, 불, 영혼의 밤'

길가 쪽에서는 나무들 때문에 그녀를 쉽게 볼 수 없었다. 하지만 울타리 너머 정원 쪽으로 난 창문을 통해 이웃 사람들이 그녀를 쳐다보고 있는 게 분명했다. 누굴까? 엠마뉴엘은 그들을 한 번도 본적이 없었다. 어떤 기분을 느끼고 있을까? 어쩌면 자위를 하고 있는지도 모른다. 그녀는 이웃 여자의 흥분된 손을 떠올렸다. 발기된 음핵이 단단해지고, 간

절한 파동이 엠마뉴엘의 관자놀이까지 와 닿았다.

마리오의 목소리에 그녀는 깜짝 놀랐다.

"부인은 하인들이 보는 앞에서 자위를 하기도 합니까?"

"물론이에요."

사실 그녀가 아침에 침대나 샤워실에서, 아니면 점심식사 후 긴 안락의자에서 책을 읽거나 음악을 들으면서 자위를 할 때, 가끔씩 지켜보는 과묵한 심복은 에아 한 사람뿐이었다. 다른 하인들은 별다른 호기심을 보이지 않는 것 같았다. 엠마뉴엘의 속마음을 읽기라도 한 듯 마리오가 말했다.

"그렇다면 그 하인을 지금 오라고 하세요. 그 친구 참 잘 생겼던데!"

엠마뉴엘은 가슴이 철렁 내려앉았다. '안 돼, 그럴 수는 없어! 그럴 수 없다는 걸 마리오가 알아줘야……' 하지만 그의 비판적인 눈길이 그녀를 억누르고 있었다. 그가 시간을 재고 있는 것 같았다. 그녀는 자신의 죄목을 가늠해보는 스톱워치의 숙명적인 초침 소리를 듣고 있는 듯한 착각에 빠졌다. 일 초, 이 초…… 이미 얼마나 긴 시간이 그녀의 기록에 올라가 있을까? 엠마뉴엘은 자기가 조만간 마리오가 예고한 대로 행동하리라는 걸 알고 있었다. 그렇다면 망설인들 무슨 소용이 있단 말인가?

그녀는 담담하게 하인의 이름을 불렀다. 처음에는 거의 들리지 않을 정도의 목소리가, 이름을 반복해 부르면서 더욱 커졌다. 고양이의 눈빛과 정글의 몸짓을 가진 하인이 나타났을 때, 마리오는 가까이 다가오라는 손짓을 한 다음 두 사람 곁에 무릎을 꿇고 앉도록 했다.

"저 친구가 부인을 쾌감에 이르게 해주길 원하십니까?" 마리오가 엠마뉴엘에게 물었다.

그녀는 입술을 깨물며 청년이 불어를 할 줄 안다고 귀띔해주고 싶었다. 그러나 마리오는 그녀가 한 번도 들어본 적이 없는 언어로 말을 하기 시작했다. 젊은이는 엠마뉴엘과 마찬가지로 어색한 표정을 지으며 눈을 내리감은 채 반쯤 기어들어가는 소리로 대답했다. 마리오가 그에게 뭔가를 가르쳐주고 있는 모양이었다. 엠마뉴엘에게는 이미 익숙해진 어조였다. 태국 사투리로 하는 색정론이 저렇게 듣기 좋다니! 그녀는 난처한 상황에도 불구하고 그들의 대화를 즐겼다. 하지만 이내 소스라치며 얼굴을 찌푸렸다. 마리오가 예고도 없이 청년의 손을 그녀의 음부로 가져왔고, 필요한 동작을 이끌어주면서도 손을 빼내지 않도록 단속하며 서투른 놀림을 고쳐주는 것이었다. 얼마 후 수줍어하던 손이 충분히 익숙해졌고, 마리오는 청년 혼자서 임무를 계속하도록 놔두었다.

"저 친구, 부인을 갈망하고 있었다고 내게 고백했습니다." 마리오가 말했다. "그럼, 부인이 그동안 이 청년을 고통스럽게 만들었다고 보는 게 맞겠죠?"

그녀가 아무 대답도 하지 않자 그가 물었다.

"신분에 어울리지 않는 상대라 두려우신 겁니까?"

"물론 아니에요!" 몸이 달아오른 가운데 화가 난 엠마뉴엘이 반박했다. 그리고 소리를 질러줄 참이었다. '남자는 다 같은 남자잖아요!'

"저 사람은 부인의 젖가슴과 배, 입, 음부에 목말라하고, 몸을 만지며 안으로 들어가고 싶어 합니다. 부인이 도착한 날부터 부인을 유혹할 용기가 생기기만을 기다려왔답니다. 그런데, 이제 육체에 관한 한 대담하게 주도해나갈 수 있는 사람은 부인 아닌가요? 어린 동생이 부인보다 더 의기양양하도록 놔두실 겁니까?"

그러고는 별로 상관도 없는 조언을 했다.

"안나마리아를 생각하세요."

엠마뉴엘은 노력해보았다. 그런데 여지없이 안나마리아 대신 비의 모습이 떠올랐다. 어쩌면 장미향 때문일 것이다.

그녀는 잃어버린 친구를 위해 전날 적었던 편지가 생각났다. 수취인을 찾을 길이 없으니 이제 쓸모없는 말들이 되어 버린…….

내가 너에게 전해주는 소식은, 이곳 태국의 하루가 오직 너와 나를 위해 밝았다는 거야. 너를 환히 비추는 태양이 이제 막 나를 깨웠어. 마치 자신의 어김없는 정열에 행복해하는 시계추처럼 말이야. 우리는, 하늘이 우리에게 공평하게 나누어지도록 충분히 가깝게 놓여진 두 정열의 진자 운동을 닮았어.

나는 수많은 벽 뒤로 열리는 너의 모습을 향해 꿈을 펼치고 있어. 너의 부재로 뒤척이는 꿈을, 잠으로 하얗게 뒤덮인 나의 다정한 그리움을. 난 너를 힘껏 껴안아. 나의 숨결이 너의 입술을 적시도록.

나의 손가락 마디마디가 너의 눈을 뜨게 하고, 너의 머릿결과, 비단처럼 부드럽고 탄력 있는 다리를 되살려내고 있어. 그리고 너의 얼굴에 다채로운 꽃빛 가면을 다시 씌워. 나는 너를 지금의 모습으로 다시 만든 거야.

계절보다 더 충실한 기억의 시계판 위로 서성이는 네 그림자의 율동에, 나는 내 삶의 지침을 맞춰놓았어. 나는 공간의 끝, 새벽빛을 받으며 너의 냉담한 자취를 찾아 하염없는 걸음으로 너의 주변을 맴돌곤 해. 그런데 나는 태양이 없는 행성 같지 뭐야.

나는 깨어날 때마다, 비록 너에게 들릴 가능성은 희박하지만, 부재의 깊이 속에서 너에게 말을 걸어. 네가 없는 요즘의 날들을 나는 하루씩 가슴에 새겨. 마치 참나무 껍질에 이름을 새기는 연인처럼. 우리가 서로 떨어져 지내게 될 잠결과 불면의 숲을 지나는 어느 길 잃은 나그네에게, 뒤엉켜 있는 우리의 이름이 너와 나의 전설을 얘기해주도록 말이야.

그리고 나무와 나무를 지나서 나는 네가 있는 곳까지 갈 거야. 숲 속의 빈터에 있는 너의 샘물, 결국은 내가 그곳에서 휴식을 취하게 될 거라는 걸 나는 알아. 나는 너의 곁에 누워 내 얼굴을 보려고 몸을 기울이겠지. 지루한 걸음을 멈추고, 나의 근원, 너의 싱그러운 물로

내 얼굴을 축일 거야! 너의 존재로 나의 갈증을 풀면, 더 이상 세상의 어느 누구도 나의 입술로부터 너를 떼어놓지 못해. 아침이면 너는 나의 밤을 씻겨줄 테고, 저녁이면 너는 하루의 모든 걸 잊게 만드는 망각이 될 테니까…….

엠마뉴엘의 마음속에 욕망과 애정과 갈채가 자리 잡고 있었다. 이제 돌담 위에서 누구의 손이 그녀의 다리를 벌리게 하든, 덧창 뒤에서 누가 훔쳐보든, 누가 귀를 기울이며 엿듣든 아무 상관없었다. 그녀는 오로지 자부심만 느낄 뿐이었다.

엠마뉴엘과 마리오는 자리를 옮겨 거실로 들어왔다.

"차를 어떻게 드시겠어요? 설탕을 여덟 개 아니면 열네 개? 아니면 일 미터?"

"부인이 기분 나빠하지 않는다면, 더 인간적인 감로는 어떻겠습니까?"

그렇게 되묻고 난 마리오는 그녀의 얼굴을 차분하게 훑어보면서 명령을 내렸다.

"가까이 다가오세요."

엠마뉴엘은 곁으로 가 앉아 마리오의 몸을 어루만지려 했으나, 그가 만류했다. 그래서 그냥 뭔가를 열심히 배우려는 표정으로 그를 행복하게 바라보았다. 신격화되기 위해 해야 할 처신을 그보다 더 잘 알고 있는 사람이 있을까? 그녀가 지금 자신의 몸 안에서 느끼는 영광스런 기쁨은 다른 남자들이 알고 있는 기쁨과 형태가 다른 걸까? 굳이 달라야 할 이유가 있을까? 그녀 뱃속의 깊은 뿌리로부터 가상의 음경이 부풀어올랐다. 맥박 쳤고, 손가락 사이에서 단단해지며 무르익었다. 그녀는 남성의 힘찬 기운으로 뻗쳐진 성기를 따라 오르는, 곧 분출되어 나올 수액을 느끼며 혼절 상태에 빠졌다. 지금 이 순간 그녀는 자신의 성기와 합쳐진, 사랑스런 또 하나의 성기를 향해 몸을 밀착시키며 그와 동시에 쾌감의 절정에 이르렀다. 그리고 밤을 비워냈다. 이름 없는 씨앗들의 밤을.

그녀의 입술이 살짝 열렸다. 누가 그 입술의 갈증을 채워줄 것인가?

마리오가 그녀에게 가느다란 잔을 건넸다. 아, 이 그윽한 교감! 그것은 다른 사람으로부터 온 물질 속에서 이루어지는 자신의 발견이다. 사랑스런 육체의 고유한 물질을 서로 한 모금 한 모금씩 탐하는 달콤한 순간들…….

"이제 다시 여자가 되세요!"

마리오의 지시에 그녀가 항의했다. 엠마뉴엘은 그녀가 여자들을 위해서는 여자이듯이, 그에게는 남자이고 싶었다. 이런 생각을 그에게 말하면서 그녀는 자신을 소년처럼 사랑해줄 수 없겠냐고 물었다.

"아무리 나를 기쁘게 해주고 싶다 해도, 내 앞에서 여자처럼 자위를 할 수 있는 소년이 어디 있겠습니까? 내가 다른 사람들로부터 얻을 수 있는 걸 굳이 주려고 하지 마세요."

투정을 그친 엠마뉴엘은 저지를 벗어버린 다음 자신의 멋진 알몸을 바라보며 웃었다. 그녀의 두 손이 스스로 아끼는 몸을 따라 미끄러져 내려갔다. 내려가던 손이 다시 올라와 젖가슴을 받쳐 들었고, 유두를 힘껏 누르며 돌기시켜 음핵처럼 민감하게 만들었다. 그러다 갑자기 오르가슴의 기미를 진정시키려는 듯이 가슴의 굴곡을 따라 허리를 향해 천천히 내려갔고, 또다시 겨드랑이 쪽으로 올라오더니 애절한 젖가슴의 기다림을 달래주었다.

그녀의 입술이 허공에서, 사랑해주고 싶은 입술과 허리와 성기를 찾았다. 하지만 결국 자신의 음부를 되찾은 손은 순간의 기분에 이끌려 분홍빛 보드라운 살로 덮여 있는 작은 입구에 이르렀고, 한 점 연약한 육신을 손가락으로 꼬아 돌며, 누르고, 스치고, 손끝의 미세한 진동과 타격으로 쉴 새 없이 자극했다.

두 눈을 감은 채 긴장된 허리와 V자로 꺾인 다리를 발바닥으로 버티고 있는 그녀의 모습은, 물들기 시작하는 저녁노을 속에서 검정과 주황, 분홍 색조가 어우러진, 고행의 놀라운 장면을 연출했다.

자기 자신에 대한 애정이 그녀를 채웠고, 그녀로부터 감미로운 오열과 탄식을 자아냈다. 그녀는 몸이 달아올라 울부짖으며 환희에 넘친 고행 속에서 새로운 힘을 길어내고 있었다. 그녀는 유예의 순간을 연장시켜보려고 애쓰며 자신의 몸이 완전히 녹아 들어가 있는 음부를 그만 해방시켜주고 싶었지만, 그럴 수가 없었다. 그녀는 계속 가야 했다. 끝까지, 매번 자신이 마지막이라고 여기는, 더 이상 넘을 수 없는 그곳, 결코 더 이상은 다다를 수 없을 거라고 느끼는, 그 한계까지 가야만 했다.

그녀는 자신의 음부를 폭력으로부터 보호하려는 듯이 손을 조개껍질처럼 오므려 감싸보았지만, 결국 쾌락의 폭풍우 속으로 휘말려 들어갔다. 하늘과 땅이 갈라지는 느낌 속에서 마치 벌거벗은 한 마리 새처럼 그녀는 남자의 가슴 위로 쓰러졌다.

마리오의 손이 그녀의 손과 합쳐졌고, 그녀는 이 무한한 행복이 자신의 것인지 남자의 것인지 더 이상 분간할 수가 없었다.

그런데 마리오가 그녀를 밀어내더니 긴 쿠션의자 위에 엎드리게 했다. 그녀의 검은빛 머릿결이 어깨를 덮었고, 허리의 굴곡 아래까지 출렁였다. 전율에 휩싸인 둔부가 움찔거리고 있었다.

"나는 왕가의 칙사로 왔습니다. 이제 나의 임무를 수행할 때가 된 것 같군요."

느닷없이 마리오의 어조가 격식을 갖추었다.

"오르메 세나 오르메아세나 왕자 전하께서 모레 저녁, 말리가트 궁에서 열리는 연회에 부인을 초대하고 싶어 하십니다. 원하신다면 제가 모셔다 드리겠습니다."

"그 왕자가 저를 알고 있다는 건가요?" 엠마뉴엘은 무슨 영문인지 잘 몰랐지만 관심을 보이려고 노력했다.

"아직 부인께 소개드린 적이 없죠. 그래서 직접 초대를 못한 겁니다. 대신 제가 부인의 승낙을 받아오겠다고 장담을 했습니다."

"그럼 제 남편은요?"

"남편이요? 그분의 동행까지는 기대하지 않습니다."

"아니, 그렇다면……" 그녀가 발끈했다.

하지만 마리오가 그녀의 말을 가로챘다.

"친애하는 부인, 아무래도 초대받은 모임이 어떤 것인지 알려드리는 게 도리에 맞을 것 같습니다. 물론 먹고 마시고 춤을 추게 되겠지만, 특히 부인의 명예에 어울리는 사람들에게 몸을 베풀 수 있는 기회를 갖게 될 겁니다. 그곳에서 부인이 하게 될 행위는 부인이 지닌 권능의 진가를 알아보게 해 줄 것입니다. 다만, 의심의 여지가 없긴 하나, 참석자들의 자질이 부인의 재능에 버금가기만 한다면 말입니다."

"그러니까 저를 난교에 끌어들이겠다는 말씀이세요?"

"그 '난교'라는 표현이 영 마음에 안 듭니다. 그건 무질서

하고 거친 모양을 떠올리게 하는 말이잖습니까? 저는 차라리 관능의 축제라 부르겠습니다. 알아두셔야 할 건, 부인이 요구하지 않는 이상 어떤 난폭한 행위도 가해지지 않을 겁니다. 사유학파를 실망시키는 한이 있더라도 우리 초대 손님들은 오직 여자의 자발적인 색정행위만 즐기게 될 것이니까요."

한순간 생각에 잠겨 있던 엠마뉴엘이 쏘아붙였다.

"그 밤이 지나고 나면 전 선생님의 이상에 더욱 가까워져 있을 거란 말인가요?"

그러고 나서 마리오가 대답하기도 전에 말을 덧붙였다.

"나는 그 경험을 해볼 준비가 돼 있어요."

하지만 그녀는 그렇게 확신할 정도는 아닌 것 같았다.

"남편한테 얘기해야 할까요?"

"아직까지 남편한테는 아무 말도 안 하고 싶어하시는 줄 알았는데요?"

"하지만 며칠 밤씩이나 제가 어디서 뭘 하는지 걱정도 안 하고 내버려둘 리는 없을 거예요."

"결국은 짐작하게 될 겁니다."

"그러면요?"

"그러면, 부인이 내기를 제대로 걸었는지를 알게 되겠죠."

"네? 제가 내기를 걸었다고요? 무엇에다 말이죠?"

"남편의 사랑에."

"저는 그 사람의 사랑을 의심해본 적이 없어요!"

"아니, 제가 부인한테 말한 사랑은……"

엠마뉴엘은 검은 물빛 운하에 둘러싸인 집에서 들었던 마리오의 논증을 기억해냈지만, 그 말을 믿어야 할지 어떨지 여전히 판단이 서지 않았다.

"그럼 시험을 해보셔야죠!" 그가 제안했다.

"그런데 만약 남편이 말이에요, 선생님이 생각하는 방식으로 저를 사랑하지 않는다면 어떡하죠?"

"그럼 모든 기회를 다 잃게 되겠지요. 지성과 사랑에 대한 모든 걸."

"저는 남편을 잃고 싶지 않고, 남편도 절 잃는 걸 원치 않아요."

"뒤로 한 걸음 물러서는 게 더 확실할 거라고 여기시는 것 같은데요?"

"확실하거나 가능하거나 하는 그런 문제가 아니에요. 제가 원하는 건 단지 남편과 저, 두 사람의 관계가 아니라 그 이상의 것이니까요."

"부인은 이제 누군가의 소유물이나 울타리에 갇힌 영토가 아닙니다. 남편에게 한 인격체로 존재하는 것, 그 이외의 선택은 더 이상 없습니다."

"그럼 저하고 정사를 나누는 남자들에게 저의 존재는 어떤 것이죠?"

"우선 그 사람들이 부인께 어떤 존재인지부터 살펴보세

요. 그럼 부인의 존재가 그들에게 어떤 의미를 갖는지 알게 될 겁니다. 그 사람들이 부인과 다르길 원하세요?"

"다르지 않았으면 좋겠어요."

"부인은 남자들한테 몸을 내맡길 때 자신의 쾌락만 생각하십니까?"

"남자들이 쾌감을 느낄 수 있게 해주는 것도 좋아해요."

"그렇다면 남자들의 부인에 대한 갈망이 부인의 자유를 해치는 건 아니군요. 그들의 욕망이 부인의 마음을 상하게 한 적이 있습니까?"

"오히려 저를 행복하게 해주는 걸요."

"남자들이 부인에게 욕망을 충족시켜달라고 노골적으로 요구한다면 그런 감정이 안 들까요?"

"대답을 이미 알고 계시잖아요."

"그 대답을 부인이 남자들한테 줘야 하는 겁니다. 남자들이 부인 같은 분께 확신을 갖기란 힘든 일이니까요. 부인을 두려워하지 않을 때 비로소 그들에게 부인의 존재가 어떤 것인지를 알게 될 겁니다. 그제야 부인의 바람이 이루어지게 되는 것이죠. 연인들이 부인과 식별되지 않는 상태, 그 상태는 역사 이래로 남자들이 자신도 모르는 사이에 바라고 있는 것입니다."

"그러면 제가 어떤 남자도 실망시켜선 안 되겠네요?"

"그렇습니다. 남자는 부인의 몸속에 있을 때만 의미를

갖는 존재이니까요."

엠마뉴엘이 미소 짓는 모습을 보며 그가 말을 이어갔다.

"그리고 부인의 육감은 모든 사람의 육감에 속하니까요."

잠시 과묵하게 있던 엠마뉴엘이 마지막 질문을 던졌다.

"그런데…… 임신을 하게 되면요? 누구의 아이인지도 모를 거잖아요."

"당연하지요. 그 문제 또한 현실적인 결과로 받아들여야 하는 겁니다."

엠마뉴엘은 그러한 예측을 받아들이기 힘든 것으로 여기진 않았지만, 그 생각을 입 밖으로 내진 않았다. 그녀가 남편과 함께 파리에서 지낼 때, 아이를 갖지 않기로 서로 동의했었다. 하지만 그녀가 방콕에 도착한 이후부터, 아니 비행기 안에서부터 주의를 소홀히 했던 것이다. 이상하게도, 어쩌면 어느 날 남편에게 다른 남자의 아이를 가진 것 같다고 통보해야 할지도 모른다는 생각이 들면서도 그녀는 별로 걱정이 되지 않았다. 왠지 설명은 할 수 없지만, 그녀는 남편이 그 소식을 이해심 있게 받아들이고, 사건을 있는 그대로 존중해줄 거라는 확신이 들었다.

"저희 집에 머무는 동안 뭘 좀 하셔야 하잖아요?"

그날 저녁 엠마뉴엘이 크리스토퍼에게 물었다.

"장, 후배님께 태국여자들이라도 좀 소개시켜드리지 그

러세요. 아니면 재미난 곳에라도 좀 모셔가든가.”

“좋은 생각인데.” 장이 말을 받았다. “우리 중국 스트립쇼 한번 보러 갈까?”

“끔찍한 소리 하지 마세요, 선배님!” 크리스토퍼가 정색했다.

엠마뉴엘은 젊은 후배의 조신한 태도가 마음에 들었다.

“어머, 어쩜 그리 군자 같으실까?”

“그렇지도 않아. 사실은 위선자거든.”

후배의 투덜거리는 소리에 아랑곳하지 않고 장이 물고 늘어졌다.

“저 친구가 어린 소녀들을 만나면 어떻게 되는지 한번 봐야 돼.”

“어린 소녀들이라고요!” 엠마뉴엘이 열광했다. “얼마나 어려요?”

“이만큼.”

장의 손이 바닥에서 일 미터 정도의 높이에 머무르자 그녀가 입을 삐죽 내밀었다.

“너무 작은 거 아니에요?”

크리스토퍼는 두 사람과 함께 그냥 웃고 말았다.

저녁 식사를 마친 세 사람은 차이나타운의 미로를 지나 마치 화물역처럼 생긴 극장으로 갔다. 땀에 젖어 흥분한 관객들은 대부분 선 채로, 벌거벗은 십대 소녀들이 열을 지어

지나가는 단상을 향해 목이 터져라 소리를 지르고 있었다. 하지만 완전히 나체가 아니라는 걸, 세 사람은 앞자리에 여유롭게 비어 있는 특별석의 철제 의자에 앉으면서 확인할 수 있었다. 허리를 동여맨 줄에 매달린, 포커 카드 크기만 한 방수포 아니면 플라스틱 조각이 사타구니를 가리고 있었다. 소녀들은 차례로 지나며 두 손가락으로 가리개를 살짝 들어올려 아랫배의 뽀송뽀송한 음부를 보여주었고, 관중은 기쁨의 탄성을 질렀다. 그렇게 퍼레이드가 삼십여 분 이어지는 동안 열성 팬들은 지루해하는 기색이 전혀 없었다. 세 유럽인은 쇼걸들의 매력을 비교해가며 대화를 즐기고 있었다.

엠마뉴엘은 '젖가슴이 작은 키다리 소녀'가 제일 마음에 들었다. 물론 그녀의 생각에 남자들은 아무도 동의하지 않았다. 하지만 도톰하고 부드러운 음순으로 뒤덮인 한 소녀의 길게 파인 음부에 대해서는 장과 엠마뉴엘이 공통적으로 호감을 표시했다.

"저는 이런 주제를 가지고 대화를 나누는 부부를 여태 본 적도 들은 적도 없습니다." 크리스토퍼가 신기해하는 표정으로 말했다.

"나는 저 소녀하고 한번 자봤으면 좋겠어요." 엠마뉴엘이 크리스토퍼를 더 당황하게 만드는 말을 했다.

'저 분이 나의 자제력을 완전히 시험에 들게 하는 군.' 크리스토퍼가 속으로 생각했다. '어떻게 되는가 한번 보실까요, 그럼!' 맨살로 드러난 엠마뉴엘의 다리가 중국소녀들의 유혹보다 더 그의 마음을 흔들고 있었다.

"저는 말이죠. 부인하고 그래 보았으면 좋겠습니다."

'그냥 농담이려니 하고 넘어갔으면!' 크리스토퍼는 금방 자기가 한 말을 후회하면서 생각했다. '아무래도 내가 지나친 것 같은데…….'

"저 친구가 아주 영악해졌어." 장이 말을 툭 던졌다.

크리스토퍼는 숨이 콱 막혔다. 실내의 요란한 울림 속에서 자기 목소리가 선배한테까지 들릴 줄은 몰랐기 때문이었다. 그는 후회했고, 자신이 상스럽고 초라하게 느껴졌다.

갑자기 엠마뉴엘은 그에게 몸을 주고 싶은 욕망이 심하게 일었다. '오늘 밤에 그렇게 할 거야.' 그녀는 충동을 가라앉히지 못하고 남편 쪽으로 몸을 기울이더니 애교 띤 목소리로 속삭였다.

"여보, 크리스토퍼에게 몸을 줘도 괜찮아요?"

"그럼, 괜찮지."

그녀는 남편을 격렬하게 껴안으며 입술을 포갰다. 그녀가 남편을 사랑한 이후 지금보다 더 행복하게 느낀 적은 없었다.

이브의 투쟁

오 나의 영혼이여,

불멸의 삶을 바라지 말고 가능한 세상을 즐겨라.

핀다로스

하늘에 계신 우리 아버지

그곳에 머무르소서

저희는 해마다

계절과 예쁜 소녀들로

때로는 너무나 아름다운 이 세상에 머무를지니……

자크 프레베르,『말』

다음 날, 아리안느가 엠마뉴엘에게 전화를 걸어 자기 집으로 오면 어떻겠냐고 물었다. 초대의 목적은 쉽게 짐작할 수 있는 것이었다. 엠마뉴엘은 남편이 긴급하게 부탁해놓은 반찬거리 핑계를 대면서 거절하고 말았다. 수화기를 놓고 나서 그녀는 왜 그렇게 피하고 싶었을까, 생각해보았다. 아리안느가 정말 마음에 끌리지 않아서일까? 젊은 백작 부인이 자신에게 행사했던 지배력을 떠올리기만 해도 그녀는 벌써 몸이 나른해졌다. 물론 그녀는 아리안느의 애무를 좋아하고 있었다. 그렇다면 비에 대한 의리 때문일까? 그 감정 또한 확실한 건 아니었다. 엠마뉴엘은 아리안느에 대한 소홀함이 그 전날 마리오를 여기까지 데려다 주었던 소녀에게 자신이 느끼고 있는 매혹 때문일 것이라는 결론을 내렸다.

이름이 '안나마리아 세르긴느'라고 했다. 그녀는 누구일까? 아마도 아주 별난…… 오늘 오후 엠마뉴엘의 집으로 올 거라고 마리오가 말했었다. 실제로 그녀는 세 시쯤 아주 희한한 자동차를 몰고 나타났다.

엠마뉴엘은 당황스러워 눈살을 찌푸렸다. 그녀가 바지를 입고 있어 천사의 다리는 볼 수가 없었다. 엠마뉴엘보다 길이가 더 길게 내려온 블라우스 때문에 젖가슴 또한 음미할 수가 없었다. 그런데 엠마뉴엘은 옷을 갖춰 입은 몸매도 나체만큼 유혹적일 수 있다는 사실을 처음으로 깨달았다.

그녀는 호기심을 감추려 하지 않고 방문객의 모습을 유심히 살폈다. 안나마리아가 참다못해 웃음을 터뜨렸고, 엠마뉴엘은 어색해서 고개를 떨구었다.

"제 차림이 단정치 않아 보이세요?"

"아뇨, 솔직해 보이는 걸요."

안나마리아가 그녀에 대해서 알고 있는 게 뭘까? 엠마뉴엘은 용기를 내서 물어보기로 했다.

"왜 마리오 선생님은 제가 여자들을 좋아한다고 아가씨한테 얘기했을까요?"

이제 그녀는 이 소녀를 원하는 마음이 일지 않았다. 평소에는 아주 편안하게 주도적인 입장을 취하던 그녀는 왠지 기가 눌려 있었다. 다행히 소녀가 태연하게 말을 받은 덕분에 엠마뉴엘은 입가에 미소를 띠었다.

"그뿐만 아니라 다른 말도 해줬죠. 부인은 정말 사랑스러운 분이시네요."

"무슨 말을 그렇게 해줬을까? 궁금하네요."

"할 말이야 얼마든지 있지 않겠어요? 달동네에서 벌인 부인의 장난이라든지 귀여운 노출, 스리섬(threesome) 놀이, 또 뭐가 있더라? 벌써 한 4분의 3은 잊어버렸나 봐요."

엠마뉴엘은 마리오가 그렇게 입이 가벼울 줄은 미처 몰랐다고 생각했다. 그녀는 괘씸한 생각이 들었다.

"그래서 아가씨는 그런 행실을 어떻게 생각해요?" 엠마뉴엘이 굳은 표정으로 물었다.

"저는 오래전부터 사촌 오빠를 어떻게 다뤄야 하는지 잘 알고 있었어요."

소녀는 엠마뉴엘에 대한 판단을 교묘하게 피해갔다. 하지만 괜히 자학적인 생각이 들었는지, 엠마뉴엘은 그녀의 신중한 태도를 무시한 채 계속 따지고 들었다.

"그러면, 예를 들어 제가…… 남편을 속이는 게 적절하다고 생각하세요?"

"전혀 적절하지 않아요."

안나마리아의 유쾌한 말투와 짐짓 꾸민 미소가 비난을 더욱 구체화시켰다.

"그럼 마리오 삼촌 때문에 창피하셨겠네요?"

"아뇨. 부인이 방탕에 빠진 건 삼촌 때문이 아니니까요."

"아, 그래요? 그럼 누구 때문이죠?"

"물론 부인 자신 때문이죠. 그런 걸 좋아하시니까."

엠마뉴엘은 한방 얻어맞은 기분이었다. 하지만 그녀는 원칙을 내세우며 자신을 변호했다.

"삼촌과 삼촌의 논리도 분명히 한몫 거들었잖아요."

안나마리아가 다시 웃음을 터뜨렸다. 마음을 즐겁게 해주는 아주 해맑은 웃음이었다. 두 여자는 거대한 타마린드 나무 아래, 작은 나무 벤치에 걸터앉아 몸을 앞으로 기울인 채 턱을 팔에 괴고 마주 보았다. 나무의 신선한 기운이 어찌나 짙은지 작열하는 팔월의 태양마저 스며들지 못할 정도였다. 파란색 옷을 입은 안나마리아에 비해, 엠마뉴엘은 다리를 들어 올릴 때마다 엿보이는 자그마한 팬티 위로 얇은 레몬색 스웨터를 입고 있었고, 까맣게 도드라진 유두를 확연히 구별할 수 있었다. 도톰한 머리 타래가 눈과 뺨 위로 흘러내릴 때마다 엠마뉴엘은 암망아지처럼 고개를 흔들거나 이빨로 깨물거나 또는 입에 머금고 눈썹을 찌푸린 채 잠시 생각에 잠기곤 했다.

그녀는 조금 전처럼 다시 안나마리아를 조목조목 뜯어보았다. 믿기지 않을 정도로 아름다웠다. 스포츠클럽의 미녀들과 아리안느, 스라소니처럼 땋은 머리에 요정의 눈을 한 마리안느, 비보다도 더 아름다웠다……. 엠마뉴엘의 마음이 따끔따끔 아파왔다. 그녀는 눈앞의 장면을 정당화시켜보려고 애썼다. 비를 비롯한 모든 여자들이 지상의 존재라면, 안나마리아는 그렇지 않았다. 아무도 모르는, 다른 행성에서 온 여자였다. 엠마뉴엘의 상상력이 한동안 은하계를 떠돌았다. 성운들의 검은 심연 너머로 우주가 지녀가고 있을 아름다운 존재들을 짐작해보자 그녀는 왠지 마음이 아팠다. 안나마리아의 장난스런 말투에 그녀는 지상으로 돌아왔고, 결국 기회는 얼마든지 있는 거라고 생각했다.

"마리오 삼촌의 이론들은 저도 잘 알아요. 게다가 그 내용들을 수긍하고 있는 걸요."

그녀는 놀라워하는 엠마뉴엘의 표정을 내심 즐기다가 명랑하게 말을 이어갔다.

"저도 삼촌과 마찬가지로 사람은 본성을 변화시켜야 한다고 생각해요. 자연에 맞서고, 능가하고, 더 이상 자연 상태에 머물러 있지 않아야 한다는 거죠. 자연의 목소리는 죄악의 길로 이끄는 것이에요."

"그것 참, 삼촌의 입을 통해서는 들은 적이 없는 표현이네요." 엠마뉴엘이 쿡, 웃음을 터뜨렸다.

안나마리아는 입을 삐죽 내밀며 너그러운 표정을 지어 보였다.

"삼촌은 말하는 걸 매우 두려워하는 사람이에요. 모르셨어요? 너무 신중해서 스스로 고통을 짊어지고 있죠. 아주 깐깐한 귀족이라고나 할까?"

두 여자는 마음이 통하여 동시에 웃었다.

"그런데 아가씨도 학위를 받으신 것 같은데, 맞아요?"

"삼촌의 엄청난 예술학 학위에 비하면 보잘것없어요."

"어디 계셨는데요? 로마?"

"아니요! 파리에."

"마리오 삼촌이 새침데기라고 무척 강조를 하던데요?"

"새침데기라고요? 아마 그랬겠죠. 근데 학교 작업실에서 지내는 동안 달라졌을 거예요."

"나는 아가씨가 더 끔찍한 모습을 하고 있으리라 여겼어요. 숫처녀에 금욕에 도덕적이고 종교적인!"

안나마리아가 호호 웃으며 재미있어했다.

"짐작이 그리 빗나가지 않으셨네요. 사실 저는 동정녀에다 도덕적이면서 금욕적이고, 하나님과 교회의 자식으로서 지나치게 까다로운 여자예요."

그렇게 말해놓고 그녀는 엠마뉴엘의 혐오스러워하는 얼굴 표정을 즐겼다.

“말씀드린 대로 저는 부인의 방탕한 행실이 놀랍지도 않고, 제가 부인과 같은 편이라고 말하지도 않을 거예요. 사실 그런 식의 삶은 너무 슬픈 것 같아요. 저한테는 자연과 다를 바 없는 모습으로 느껴지거든요. 충격적일 것까지는 없지만, 저는 반대하는 입장이에요.”

“그럼 아가씨는 어떤 부류의 사람이에요?” 엠마뉴엘이 별로 탐탁하지 않다는 말투로 물었다. “유감스러운 것은, 아가씨가 너무 예쁘다는 사실이에요.”

안나마리아가 상냥하게 웃었다.

“고마워요. 부인도 아주 예쁘신데요, 뭐.”

엠마뉴엘이 한숨을 내쉬었다. 서로에게 반한 상대를 만나면 당연한 듯이 몸을 끌어안고, 입과 입을 포개고, 가슴과 가슴을 맞대고 다리를 엮는, 이미 습관이 된 상황에 비해 그녀는 너무 낯설게 느껴졌다. 안나마리아에게서 동정의 눈빛이 스쳤다.

“부인께서는 아름다운 처녀가 하나님을 믿는 게 격에 맞지 않다고 여기세요?”

“사실 외설적으로 보여요. 자연을 거스르는.”

“제가 그렇게 말했잖아요!” 안나마리아가 기뻐서 소리쳤다. “거슬러도 엄청나게 거스르고 있는 거죠! 그리고 그건 좋은 거예요. 저를 거북하게 만들 때조차도. 왜냐하면 저도 가끔씩 자연의 즐거움을 재창조해보고 싶기도 하니까. 전 순수한 정신으로 태어난 사람이 아니거든요."

"아가씨가 육감적이라는 말인가요?"

"그럼 제가 불감증인 여자로 보이세요?"

엠마뉴엘은 중립적인 입장을 취했다.

"글쎄 잘 모르겠네요…… 그럼 어떻게 하세요?"

"그냥 참죠, 뭐."

엠마뉴엘이 얼굴을 찌푸리며 말했다.

"그럼 혼자서 애무도 안 한다는 말이에요?"

안나마리아는 아무 거리낌 없이 대답했다.

"그럴 때도 있긴 하지만, 당황스러워요."

"아니 왜죠?"

엠마뉴엘이 화가 난 말투로 따졌다.

"왜냐하면 그건 나쁜 짓이니까요. 매번 유혹에 빠질 때마다 저는 정말 사력을 다해 후회를 해요. 후회의 크기에 비한다면 제가 잠시 느꼈던 쾌락은 아무런 가치도 없어요. 자연 속에서 혐오스러운 부분이 바로 그것이죠. 우리에게 미끼를 던져 함정에 빠지게 만드는. 현혹, 환상, 한숨…… 금방 잃어버리는 그런 것들을 우리가 과연 즐길 수 있을까요? 그런 것들이 정말 애착의 대상이 될 수 있는 건가요? 그런 것들을 위해 다른 모든 걸 희생시킬 만한 가치가 있는 건가요?"

"다른 모든 것은 어떤 걸 말하는 건가요?"

"인간을 동물과 다르게 만들어주는 것. 정신, 영혼, 희망 같은 것들이죠."

"그건 같은 게 아니에요! 나는 정신을 희생시키고 싶은 마음은 전혀 없어요. 반면에 영혼은…… 그리고 희망이라면 나한테 얼마든지 있어요."

"하나님을 보고 싶어 하는 희망 이외에도 진정한 희망이 있다고 생각하시나 보죠? 부인이 영생을 믿지 않는다면, 이미 절망 상태에 있는 거예요."

"저는 말 그대로의 인생을 믿어요. 그것만 해도 이미 괜찮지 않나요? 그리고 나는 전혀 절망적이지 않아요. 오히려 그 반대로, 행복하답니다. 어떤 후회도 저의 일상을 망쳐놓지 않아요. 쾌감에 이르는 걸 좋아한다고 해서 영혼에 대한 생각을 거부하는 건 아니죠. 내가 즐기는 인생은 나를 존재하게 하는 모든 것이에요."

"왜 부인께서는 그렇게 육감과 인생을 혼동하시는 거예요? 저도 부인만큼 행복과 아름다움에 감동할 줄 알아요. 하지만 진정한 즐거움은 육체적인 게 아니잖아요. 그건 흥분 상태의, 동물적인 심장박동과는 다른 거예요. 그리고 우리들의 삶과 꽃의 삶은 같은 게 아니라, 우리들의 삶이 그보다 훨씬 더 아름답죠. 우리의 삶은 자연을 떠나왔고, 솟아올라 날아가고 있어요. 도처에 죽음밖에 없는 지상으로부터 멀리 우리를 구해주는 것이에요. 우리들의 운명은 물질보다 더 오래 지속되는 것이란 말이죠. 인간을 만들어낸 진화는, 육신의 감미로움에서 영혼의 감미로움으로 이어지는 과정이었거든요."

"그건 좋아요. 하지만 우리는 그 과정을 의식 또는 이성, 아니면 시라고 부를 수 있지 않겠어요? 그리고 그건 육체와 반대되는 것이 아니에요. 제가 쾌감을 즐길 때, 육신을 즐기는 건 정신이에요. 짐승으로 돌아가는 육신이 아니라…… 아가씨는 육신이 그 자체로만 즐기길 원하는 거잖아요. 왜 그래야 하죠? 삶은 정신과 육체를 합한 전체로서의 감미로움이에요. 그 둘의 양상이 다른 것일까요? 아가씨는 우리가 이 세상에서 쾌락을 즐기는 걸 원하지 않는 것 같은데, 그럼 어디서 즐겨야 하는 거죠? 다른 곳이 더 나을까요? 우리를 이 세상의 주인으로 만드는 영혼을 자리 잡게 하려고 다른 세상을 찾는 건 아무 의미가 없는 거예요."

"그건 다른 세상이 아니에요."

엠마뉴엘은 귀를 의심하며 그녀의 얼굴을 뜯어보았다.

"영원히 사는 삶을 부인께서는 원치 않으세요?"

"물론 원하죠. 저도 삶이 영원했으면 좋겠어요! 하지만 아가씨가 원하는 방식으로는 아니에요. 그런 낙원 속에서의 삶은 아니라고요. 지상을 벗어난 삶은 살고 싶지 않아요. 제가 겪고 싶은 유일한 불멸성은 언제나 지금의 나로서 살아갈 수 있는 현재의 형태를 말하는 거예요. 늙지 않고, 미워지지 않고, 죽지 않는. 삶은 너무나 아름답고, 그 자체가 기적이니까요. 우리를 살아 있게 만든 지구, 우리를 바위처럼 차갑게 내버려둘 수도 있었을 지구를 떠나야 한다면, 끔찍한 일 아니겠어요? 우리들의 의지와는 상관없이, 우리들의 잘못으로 그렇게 된다면 어쩔 수 없겠지만요! 왜 아가씨는 지상에서 달아나는 꿈을 꾸고 있어요?"

"저는 부인이 생각하는 만큼 지상이 아름답다는 확신이 들지 않아요. 속이고, 죽이고, 배고프고, 고통스럽고…… 아름다움과 기쁨보다는 고통과 추함이 더 많은 곳이잖아요."

"저는 그렇게 바보도 아니고, 바보가 아니라는 걸 알아요. 그래서 저는 모든 사람이 지상의 세계를 위해 모든 여력과 지식과 꿈을 바쳤으면 하고 바라는 거죠. 불행에 무릎을 꿇고 다른 곳에서 위안을 받을 거라고 푸념을 늘어놓는 대신 말이에요. 하나님을 만들어내기 위해 들이는 노력과 하나님의 법을 지키기 위해 필요한 사랑과 용기, 그러한 것들을 지상의 세계를 사랑하게 만들고, 아름답고 행복한 곳으로 만드는 데 쓴다면, 그래서 이 세상이 더 이상 아무도 잃어버리고 싶어 하지 않는 곳이 된다면, 모두가 편안한 삶을 누릴 수 있지 않겠어요?"

엠마뉴엘은 자신이 지금까지 그처럼 오랫동안 말을 한 적이 없었던 것 같았다. 그리고 안나마리아는 열심히 그녀의 말에 귀를 기울이고 있었다.

"부인은 어떻게 삶을 살아야 하는지 잘 알고 계시네요.

그럼 죽음을 맞이한다면 어떡하시겠어요?"

엠마뉴엘은 한동안 가만히 있었다. 마치 충격을 받은 것처럼. 그러다 거의 외침에 가까운 소리로 대꾸했다.

"아무것도 안 해요! 아가씨는 왜 그런 걱정을 해요? 하긴 기독교 신자들은 죽기만을 바란다는 사실을 알고 있긴 하지만요."

"아니에요! 그들은 죽음에 의미를 부여하고 싶은 것뿐이에요!"

엠마뉴엘은 어깨를 으쓱해 보였다. 죽는다는 것은 더할 나위 없이 부조리하고, 말도 안 되게 부당하고, 돌이킬 수 없이 불행한 일이 아닌가. 그녀에게 죽음은 의미가 없었다. 그녀는 어느 날 엠마뉴엘이라는 존재를 완전히 없애버리고 부정하게 될 사건, 지금까지 있었던 것에 대한 반대적인 형태에 관심을 갖고 있는 안나마리아가 혐오스러웠다. 그녀는 갑자기 눈물을 글썽거리며 조여드는 목구멍에서 토막토막 잘려 나오는 어조로 말했다.

"차라리 저의 삶에 대해서나 걱정하세요. 무슨 일이 일어나 모든 게 끝나게 되면, 내가 색채와 별로 채워진 이 세상을 못 보게 될 때, 다른 사람들이 이 세상에서 찾게 될 것이 뭔지 알지 못하게 될 때, 그리고 아름다운 것들이 내게 아름답지 않게 될 그때, 아가씨가 내게 관심을 보이고 나를 사랑하고 나를 알려고 해 봤자 아무 소용없는 거잖아요. 내가 더 이상 살아 있지 않다면 어떻게 누군가가 나를 사랑하는 걸 알 수 있겠어요? 나는 볼 수도 들을 수도 느낄 수도 없을 텐데. 제발 내가 죽기를 기다리지 마세요! 나는 내가 죽고 난 다음에야 사람들이 '아, 이 여자는 살기 위해 태어났던 거구나'라는 사실을 알게 되는, 그런 누군가가 되고 싶지 않단 말이에요. 나는 사람들에게 전설이 되는 걸 원치 않아요! 수백 년이 지나도 여전히 아름다운, 아니 지금보다 더 아름다운 날은 존재하고, 사람들이 지금과 다른 태양을 보며 깨어날 거라는 생각만 해도 나는 벌써 가슴이 많이 아파요. 나는 어쩌면 늙기도 전에 눈물을 흘리면서 죽을 수도 있겠죠. 내가 바라는 먼 훗날의 세상이 오기도 전에 죽는다는 건 얼마나 슬픈 일인가요…… 나는 온갖 경이로운 일들이 가능한 이 세상을 마음껏 누리고 싶어요. 하지만 결국은 죽고 말겠죠. 내가 기다리게 될 세상을 알기도 전에 말이에요. 나는 내게 유일한 것을 잃게 되고, 사물은 내가 없어도 계속 존재할 것 아니겠어요? 아무것도 나를 위로해주지 못할 거예요. 비록 하나님과 저세상이 있다 하더라도 나는 원치 않아요. 나는 이 지상의 삶을 어떠한 것과도 바꾸고 싶지 않답니다. 나는 모든 걸 잃게 될 거라는 사실을 알지만 그렇다고 나의 땅과 인생을 하늘의 숙소와 바꾸고 싶지 않아요. 지상을 저당 잡힌 안식처와 기쁨이 무슨 소용이겠어요! 사회보장, 은퇴 같은 건 필요 없어요. 세상이 내 인생을 앗아가면, 그래요, 난 아무것도 가진 게 없이 오열하며 더 이상 살지 못하는 슬픔을 외치게 되겠죠. 하지만 살아온 것에 대한, 이 지상에서만 살았던 날들에 대한 후회는 없을 거예요. 아직도 느끼고 싶은 이곳, 이 지상에 나는 머물러 있고 싶어요. 다른 어느 곳도 아닌 여기서. 그리고 신이 아닌 사람들과 함께 말이에요!"

안나마리아와 얼굴을 마주하고 있던 엠마뉴엘은 이제 나뭇가지들 사이의 먼 한 점을 바라보고 있었다. 그러다가 다시 소녀의 눈을 똑바로 쳐다보면서, 평소에는 거의 보기 드문 신랄한 어조로 말을 덧붙였다.

"죽음? 아가씨의 신은 그게 뭔지 알 수 없어요. 왜냐하면 그분은 죽지 않으니까. 이미 죽은 자들 또한 무엇도 알 수 없어요. 오직 우리, 살아 있는 사람들만이 죽음이 뭔지 알 수 있다는 말이죠."

그날 저녁, 엠마뉴엘은 전화로 마리오에게 불평을 늘어놓았다.

"선생님의 조카는 왜 그렇게 따분해요? 전 그 아가씨와 신학적인 토론이나 하면서 시간 낭비하고 싶지 않아요."

"부인께서는 더 잘할 수 있으실 텐데."

"그 아가씨는 저세상에 대한 열정밖에 없는 걸요."

"괴테가 한 말을 좀 해주시죠. '진정한 이상은 현실적인 정신이다.'"

"직접 해주시면 되잖아요. 왜 저한테는 무수히 늘어놓는 격언을 조카에게는 안 해주시는 거죠?"

"안나마리아에 대한 구원이 부인의 의무라는 걸 혹시 잊으셨습니까?"

"아니, 어떻게 제가 그럴 수 있다고 생각하세요? 저는 수녀를 유혹한 적은 한 번도 없어요."

"한번 해 보시죠. 꽤 묘미가 있을 텐데요."

"제겐 없어요. 전 단순한 여자라 쉬운 걸 좋아하거든요."

"안나마리아를 좋아하시잖습니까?"

엠마뉴엘은 대답하지 않았다. 사실 자신의 정확한 감정을 알 수 없었다. 그녀가 내쉬는 한숨이 수화기 저편으로 전달되었다.

"영혼의 노력은 보상을 받게 되는 법입니다." 격려가 담긴 어조로 마리오가 예언했다

"그 아가씨의 이름이……"

"벌써 말씀드리지 않았습니까?"

"네, 했어요. 그래서 궁금한 게, 선생님 이름의 슬라브식 표현 같아서요. 이탈리아 여자가 아니에요?"

"맞습니다. 그런데 우리 선조님들이 워낙 국경을 가리지 않고 떠돌아다니셨거든요. 안나마리아는 토스카나 지방의, 비잔틴에 접붙여진 크레타의 꺾꽂이에서 나와, 알렉산드리아의 줄기에서 자라난 러시아의 가지에서 싹 튼 아이입니다."

"아유, 그만하면 됐어요!"

"결국은 정원사 얘기밖에 안 될 겁니다."

"저는 또다시 사랑에 빠지고 싶지 않아요."

"그럼 기분 전환이나 하시면 되죠. 분별없이 말입니다."

"어제 저녁에 해 봤어요."

"그게 뭔지 얘기해보세요."

엠마뉴엘은 플라스틱 카드 스트립쇼에 대해 설명해주었다.

"그런 다음에, 한 못생긴 여자가 아주 희한한 묘기를 보여줬어요. 삶은 계란을 질 속에 넣었다가 다 부서진 상태로 내놓지 뭐예요. 바나나도 똑같은 신세가 됐죠. 그러고 나서 불을 붙인 시가를 질 속에 넣었다 빼더니 연기를 동그랗게 내뿜는 거예요. 마지막으로 중국 붓을 음부에 꽂은 다음 비단 족자를 펴고 위에서 아래로 아주 정성 들여 시를 한 편 적었어요."

"별거 아니군요. 그런 건 로마에서도 볼 수 있습니다."

"그다음, 터번을 두른 한 인도 남자가 나타났는데, 전통의상 밖으로 뻗쳐 나온 성기가 엄청나게 컸죠. 거기에 온갖 무거운 물건들을 걸어놓는데 끄떡없이 버티는 거예요!"

"제대로 태어난 남성이라면 그 정도는 다 합니다. 그래서 그 끄떡없는 남성한테 무슨 보상이라도 해주던가요?"

"글쎄요. 처음에 나왔던 상태 그대로 다시 들어갔어요."

"그건 좀 수상하네요. 아마 모조품이었을 겁니다. 그 다음은 뭡니까?"

"몸에 베일을 걸친 한 젊은 여자가 나타났어요. 너무 예뻐서 다들 정신이 없었죠. 그런데 바구니를 열더니 그 여자만큼이나 멋진, 이 미터 정도 길이의 상앗빛 뱀을 꺼내잖아요. 인도에서 백 년에 한 번 볼까 말까 한 희귀한 종류 같은데, 그 뱀을 목과 팔, 허리에다 칭칭 감지 뭐예요. 그러고 나서 여자가 입고 있는 옷을 하나씩 벗어 던지니까, 뱀이 젖가슴 사이에 똬리를 틀더니 혀로 유두를 핥으며 여자를 흥분시키는 거예요. 그러고는 입술과 눈 위에 입을 맞추는데, 마치 사랑에 빠진 것처럼 여자가 얼마나 행복해 보이던지 질투가 날 정도였어요. 그다음은 어쨌는지 아세요? 여자가 뱀 머리를 입 안 깊숙이 넣고는 눈을 감고 천천히 빠는데, 마치 뱀을 마시고 있는 듯했어요. 그러더니 여자가 허리에 걸치고 있던 마지막 베일의 금색 허리띠 단추를 풀고 이제 완전히 나체가 되었어요. 그랬더니, 그 왕뱀이 여자의 배 아래로 미끄러져 내려가 다리 사이를 지나는가 싶더니 다시 엉덩이 쪽으로 올라와 허리 부분에 이른 다음, 음부를 찾아가는 거예요 글쎄. 그러고선 두 갈래로 갈라진 혀로 음핵을 핥기 시작하는데, 얼마나 속도가 빠른지 마치 비행기의 프로펠러처럼 돌아가는 흔적만 보일 정도였다니까요. 여자는 쾌감의 신음을 내고 있었죠. 그리고 사람들이 방석을 가져와 바닥에 깔고 여자를 그 위에 눕혔는데, 우리가 앉아 있는 자리 바로 앞에서 다리를 벌리고 있어서 조개처럼 예쁜 분홍빛 음순이 다 보였어요."

"뱀은 어떻게 됐습니까?"

"그 여자 몸속으로 들어갔어요. 머리가 마치 음경처럼 다 들어가던 걸요. 어떻게 숨을 쉴 수 있었나 몰라."

"머리만 들어갔습니까?"

"웬걸요. 커다란 몸뚱이 한 부분도 뒤따라 들어갔어요. 비늘이 움직이는 게 보였고, 몸을 따라 흐르는 파동도 구별할 수 있었죠. 아마도 진동기처럼 떨리는 혀가 몸 안을 핥고 있었을 거예요."

"얼마나 굵던가요?"

"남자의 성기보다 더 굵었는데, 거의 제 손목 두께만 했어요. 그런데 머리가 뾰족하게 생겨서 들어가는 데 어려워 보이진 않았어요."

"그래서 어떻게 되었습니까?"

"그 여자는 뱀의 머리가 밖으로 나올 때까지 손으로 몸뚱이를 잡아 끌어냈어요. 그러고는 곧바로 다시 안으로 집어넣고, 그렇게 한참을 반복했죠. 여자는 줄곧 쾌감에 몸부림쳤고, 마치 자신이 뱀이 된 것처럼 방석 위에서 헐떡이며 소리를 질렀어요."

"부인께서도 같이 흥분하셨습니까?"

"아, 저도 그처럼 절 사랑해주는 뱀이 한 마리 있었으면 좋겠어요!"

"제가 한 마리 구해 드리겠습니다."

"그 여자는 나중에 몸에서 완전히 나온 뱀을 가슴에 꼭 끌어 안았어요."

"그리고 여자는 돌아갔습니까?"

"네. 남편 말로는, 매일 저녁 그 여자 방으로 찾아오는 남자들이 무척 많다고 했어요."

"부인도 그 여자와 함께 지내는 기회를 가지셨어야 하는 건데."

"저도 그러고 싶었죠. 그런데 남자들 틈에 줄을 서서 기다린다고 생각하니까 주눅이 들어서요."

"그것도 좋은 경험이었을 겁니다."

"대신 꿈에서 만났어요!"

"그래, 무슨 일을 꾸미셨습니까?"

"늘 하던 대로, 자위를 하면서 그녀와 사랑을 나눴어요. 하지만 뱀이 없으니 손가락만 가지고 했죠, 뭐."

"그랬더니 그 여자에 대한 갈망이 없어졌습니까?"

"아니요. 훨씬 더 심해졌어요."

"뱀 때문에요?"

"아뇨, 제가 여태 한 번도 가진 적이 없는 욕구 때문에……"

"어떤 욕구입니까?"

"여자한테 돈을 주고 정사를 나누고 싶은 욕구예요."

마리오는 잠깐 동안 침묵을 지켰다.

"누구와 가장 먼저 하고 싶으시죠? 안나마리아, 아니면 뱀 여자?"

"뱀 여자요! 제 생각에 안나마리아는 뱀 가지고 아무것도 못할 거예요."

생각에 잠긴 듯 마리오가 아무 반응도 보이지 않자 엠마뉴엘이 말을 다시 걸었다.

"한 마리 구해주실 거예요?"

"약속드리죠."

"하얀색으로?"

"비늘이 입술처럼 부드러운 걸로."

"그 뱀이 저하고 사랑을 나눌 수 있을까요?"

"그럴 수 있도록 제가 직접 사육을 하죠."

엠마뉴엘은 갑자기 어린애 말장난 같은 대화가 우스워 깔깔거리며 웃었다.

"그다음 얘기를 해 보세요." 마리오가 재촉했다.

"무용수들이 등장할 즈음 우리는 그만 나왔어요."

"지루했던 모양이죠?"

"더 이상 볼 만한 게 없었어요." 시큰둥해진 엠마뉴엘이 한숨을 내쉬었다.

"그럼 이제 부인이 출연할 차례가 되었나 봅니다."

"근데 별로 성공적이지 못했어요."

"무슨 말씀이세요?"

엠마뉴엘은 크리스토퍼에 대한 자신의 충동적인 욕구를 남편에게 털어놓은 사실과, 남편이 어떻게 허락해줬는지에 대해 설명했다.

"이제 저한테 만족하세요?"

마리오는 그녀의 행동이 만족스러웠다. 그 사건은, 네발로 다니던 인류가 직립의 자세를 택한 만큼이나 엠마뉴엘의 정신적 진보를 위해 중요한 것이었다. 손님과 나눈 정사의 밤은 과연 만족할 만한 것이었을까?

"손님과 나눈 정사의 밤은 없었어요." 후회나 아쉬움이 드러나지 않는 말투로 엠마뉴엘이 고백했다.

"뭐라고요?"

"집으로 돌아왔을 때는 더 이상 그 욕망이 없었거든요, 게다가 잠이 쏟아지는 바람에 크리스토퍼의 방문 앞에서 그냥 뺨과 코, 입술에 살짝 입을 맞춰준 것밖에 없어요. 대신 그 사람은 마음이 아주 뒤숭숭했을 거예요."

"그것 참 유감입니다!"

"하지만 다 물거품이 된 건 아니에요. 막상 침대에 누우니까 잠이 안 오잖아요. 그래서 남편이 사랑을 해줬는데, 평소보다 훨씬 더 좋았어요. 소리를 지를 때마다 크리스토퍼 생각을 했죠. 옆방에 있는 그 사람은 아마 오랫동안 깨어 있었을 거예요. 그렇지만 저도 남편도 그 사람에 대해서는 아무 말도 하지 않았어요. 그냥 우리 둘이 느낀 기분만 가지고 얘기를 나눴죠. 저는 여태 그렇게 노골적인 주제를 남편한테 얘기해본 적이 없거든요. 남편은 온갖 가능한 체위를 이용했고, 결국 곯아떨어졌어요. 그런데 저는 금방 잠들지 못하고 다시 크리스토퍼 방으로 가서 남편의 손길로 아직 뜨거운 몸을 주고 싶은 욕망에 뒤척거렸지 뭐예요. 실제로는 그러지 못했지만. 혹시라도 그 사람이 충격을 받을까 봐 염려스럽기도 하고, 그냥 열심히 자위를 했는데 언제 밤이 지나갔는지 기억도 안 나요. 두 남자가 아침을 차려 먹는 소리도 못 듣고 정오께나 일어났어요. 그러고는 발가벗은 채 남자들과 함께 식사를 했죠. 괜히 크리스토퍼한테 심술이 나서 말이에요."

"아주 잘하셨네요. 오늘 저녁에는 미리 그 친구 침대로 가 누워 계세요. 들어오면서 깜짝 놀라게."

"안 돼요. 그 사람은 떠났거든요."

"떠나요?"

"네, 남편과 함께요. 점심 식사 중에 댐 공사 현장으로 전보가 왔다면서 곧바로 두 사람 다 공항으로 출발했어요."

"거참 유감이군요. 그래도 오르메아세나 왕자의 초대에 대해서는 남편한테 말할 시간이 있으셨겠죠?"

"아니요."

"왜, 말할 용기가 없었습니까?"

"그런 게 아니라, 어젯밤 이후로 저는 남편한테 무슨 허락을 받는 건 두렵지 않거든요. 다만 어떻게 얘기해야 할지 몰라서……."

"남편의 승낙으로 인해 다른 남자들한테 몸을 주면서 느끼게 될 쾌감의 일부를 잃게 될까 봐 그러십니까?"

"아직은 가능한 한 남편을 속이고 싶어요. 모든 걸 다 허락받으면 더 이상 그럴 기회가 없을 거잖아요."

"그렇지만……"

마리오는 말을 하려다 말고 화제를 바꿨다.

"대망의 순간을 위해서는 필요한 준비가 되셨습니까?"

"대망의 순간이라니요?"

"말리가트의 밤 말입니다."

"아! 그게 그렇게 대단한 행사인가요?"

"아니, 갑자기 거만해지신 모양입니다."

"그게 아니라, 이미 충분한 경험을 한 것 같은 생각이 들어서요. 아직도 발견할 게 더 남아 있어요?"

"숫자의 희열이죠. 부인의 참석을 즐기기 위해 기다리고 있는 사람들이 많습니다. 부인이 연회에 올 거라는 소문이 파다하거든요. 감히 다가서지도 못할 거라고 여겨지던 부인이 누구에게나 열려 있게 될 거라는 생각에 이 나라 남자들이 열광하고 있나 봅니다."

"뭐라고요! 선생님이 그 비밀을 퍼뜨렸어요?"

"부인을 갈망하고 있는 사람들이 이틀 동안 누릴 수 있는 환상과 희망, 고통과 희열을 굳이 박탈할 것까진 없지 않겠습니까? 부인을 갖기 위한 기다림, 그건 바로 포옹의 실현이나 거의 다름없는 일종의 행복 아니겠어요? 부인도 지금 그 꿈으로 설레고 있지 않습니까?"

"말을 듣고 나니까 지금, 겁이 나요. 저는 발정 난 무리들에게 제 몸을 가지고 다투게 하고 싶지 않아요. 그리고 벌써 제 이름이 그 사람들 입에 오르내린다는 생각만 해도…… 또 그 사람의 입을 통해 분명히……"

마리오가 웃음을 터뜨리자 눈물이 날 정도로 속이 상한 엠마뉴엘이 화를 버럭 냈다.

"그래, 주변 사람들하고 저를 우스꽝스럽게 만드는 게 그렇게 재미있으세요? 그 사람들 앞에서 무슨 말을 할지 뻔해요. '프랑스에서 온 지 얼마 안 된, 그 귀여운 여자 아시죠? 심심풀이로 제가 가르쳤습니다. 아직 덜 여문 처녀였죠. 이제 제가 원하는 모습을 갖춘 것 같으니까 여러분들께 넘겨드리렵니다. 아직까지는 그런대로 신선한 여자입니다. 물론 저한테도 그렇게 해주셔야죠. 여러분들이 다음 번 처녀를 차지하게 되면 제 생각도 하셔야 되는 겁니다!'"

"그래서 제가 부인으로부터 원하는 것을 가졌단 말씀이신가요?" 마리오가 부드러운 말투로 따졌다.

아무 대답이 없자 그는 말을 계속했다.

"그 점을 제외하고, 그리고 제가 아무런 보상도 요구하지 않았다는 사실을 제외한다면, 상당히 옳은 추측을 하신 거죠. 저는 부인의 신선한 몸에 대해 장황하게 설명을 했습니다. 사실 저와 같은 시각으로 느낄 수 있는 남자들은 별로 없습니다. 어느 날 부인께서는 어떤 다른 명성을 얻으실 거고, 백 명의 애인을 갖는 것보다 더 귀한 갈망의 대상이 되실 겁니다. 하지만 현재로서 사람들의 정신을 들뜨게 만드는 건 부인의 순결함입니다. 그리고 부인께서는 앞으로 가능하게 만들 걸작품을 미리 즐길 줄 아셔야 합니다. 남편과 몇몇 사소한 경험밖에 모르는 부인의 처녀 같은 몸이 내일이 되면 처음으로 수많은 남자들에 의해 뚫리고 쇠진될 겁니다. 그리고 남자들에게는, 당연히 지켜져야 할 약속처럼 소중한 기쁨으로 기억될 것입니다."

마리오의 어조가 갑자기 바뀌었다.

"엠마뉴엘, 부인은 아직 숫처녀입니다! 내일이면 저를 통해서 신분이 달라지게 될 것이고, 오늘은 그 중요한 행사를 앞둔 전야입니다! 부인이 겪게 될 순간들은 성배보다 더 중요한 것이죠! 그런데도 제가 얘기하지 않기를 바라세요? 부인께 헌신할 사람들이 미리 준비도 하지 않길 바라십니까? 우리가 부인을 비웃는다거나 부인의 육체에 대해 천박하게 말한다고 여기신다면 정말 큰 오해를 하시는 겁니다. 사람들에게 베풀어지는 것들 중에 사실 귀중한 게 얼마나 되겠습니까? 따라서 사람들이 이제 부인의 귀중함을 알아보게 될 거라고 생각하시면 되는 겁니다. 말씀드린 것처럼, 저는 부인을 보잘것없고 하찮은 모임이 아니라 명예로운 자리로 모시려는 겁니다. 그리고 아무한테도 부인을 넘겨주지 않습니다! 오히려 부인께 군중과 행렬, 예절과 격식, 그리고 만찬이 갖추어진 대관식을 바치려는 것입니다. 어떻게 그걸 모르신단 말입니까? 지난 며칠간 제가 부인과 함께 있으면서 아무것도 안 가르쳐준 적이 있었던가요?"

엠마뉴엘의 어조에서 뉘우치는 기색을 읽으며 마리오는 안심했다. 그녀는 두 번 다시 회의에 빠지지 않을 것이었다. 그리고 무지로 인해 재차 머뭇거릴 위험도 없었다. 그녀는 내일 밤 말리가트 성에서 그러한 사실을 증명해 보일 것이었다. 이제 마리오는 친구들에게 그녀를 즐길 수 있을 거라는 말을 서슴없이 할 수 있게 되었다. 엠마뉴엘은 동의를 했고, 그녀의 몸은 남자들을 기다렸다. 그들을 갈망했고, 원했다.

오랜 시간 대화를 마친 후 그녀는 잠자리에 들었다. 그런데 커다란 침대가 텅 비어 있는 느낌이었다. 마리오가 상기시켜준 장면들이 감겨진 눈꺼풀 뒤로 펼쳐졌다. 아무리 정당화시켜보아도 불안감을 지울 수 없었다. 잠을 청했다. 내일의 시련을 위해 휴식과 망각이 필요했다. 하지만 도무지 걱정을 가라앉힐 수가 없었다.

한 가지 방법이 있었다. 그녀는 애무를 시작했다. 그런데 놀랍게도 쾌감이 그녀의 손을 거부했다. 아무리 기억을 더듬어봐도 이런 적은 없었다. 초조하게 손을 놀려보았지만 정신은 다른 곳에 가 있었다. 날카롭고도 부드러운, 아직 느껴보지 못한 맛의 새로운 유혹이 가슴속으로 올라왔다. 목을 뜨겁게 데워오는 그것을 거부하면서 버텼다, 오랫동안. 그 저항이 그녀를 짜증스럽고 지치게 만들 때까지. 마침내, 녹초가 되어 나른한 관능에 몸을 내맡긴 그녀는 두근거리는 마음으로 불을 껐다. 그리고 천천히 침대로 다가가 음부가 문 쪽을 향해 보이도록 왼쪽 다리를 걸치고 앉았다. 그녀의 손이 침대 머리맡의 호출 벨을 눌렀다. 젊은 하인이 방문을 열고 들어오는 소리를 들으며 그녀의 손과 몸이 풀어졌고, 젖가슴이 편안하게 부풀어 올랐다.

말리가트의 밤

육신은 하나의 거대한 이성적 체계이며,
오직 하나의 감각과 어우러진 다양성,
전쟁과 평화, 양떼와 양치기 같은 것이다.
니체, 〈짜라투스트라는 이렇게 말했다〉

엠마뉴엘이 입고 있는 가느다란 주름의 이오니아식 옷은 매우 여린 청옥색으로 거의 하얀색에 가까웠다. 한쪽 어깨는 드러나 있고, 다른 쪽 어깨 위의 천 자락은 황금부엉이 장식으로 이어져 있었다. 그리고 허리의 윗부분은 넓고 평평한 고리를 엮어 만든 사슬로 조여놓았다. 풍성한 주름 외에 자수나 다른 손질을 가하지 않았지만, 젖무덤 사이에 네모나게 구멍을 뚫어 만든 금목걸이가 걸려 있었다. 동물무늬가 새겨진 금붙이는 아마도 사라진 어느 왕국의 화폐로 쓰였을 것이다. 그리고 오른쪽 팔꿈치 위로 에메랄드를 박아 넣은 노예 팔찌가 눈길을 끌었다.

"저는 대량 학살에 바쳐진 몸이니까 이피게니아의 장식을 선택했어요."

"정말 아름다우십니다, 부인. 잘 어울리기는 한데……"

아무런 대꾸도 하지 않고 그녀는 키 낮은 등불 가까이 다가섰다. 희미한 불빛이었지만, 그녀의 다리가 투명하게 드러나 마치 유리로 된 옷을 입고 있는 듯했다. 엠마뉴엘이 미소를 지으며 허벅지를 앞으로 내밀었다. 그러자 옷자락이 저절로 열리면서 허리띠부터 바닥까지 갈라졌다. 그런 식으로 그녀가 춤을 추게 되면 맨살의 다리가 교대로 드러나게 될 것이었다. 다리는 물론 황갈색 복부, 음부조차도 아무 때나 드러날 수 있게 해주는 옷차림이었다.

"이걸 좀 보세요!"

검은 삼각주 위로 자그만 진주 알이 총총히 뿌려져 있었다. 하녀 에아가 네 시간에 걸쳐 음모 위에 하나씩 매달아놓은 작품이었다.

"이렇게 귀한 보석은 난생 처음입니다." 마리오가 그 가치를 인정했다.

"소맷부리에도 있어요!"

동심원 형태의 옷자락은 왼쪽 겨드랑이부터 허리까지

파여 있었다. 측면에 있는 사람은 엠마뉴엘이 팔을 들어올리거나 몸을 앞으로 기울이면 맨살의 젖무덤을 볼 수 있는 데다, 그녀와 춤을 추는 상대는 옷 사이로 손을 집어넣을 수도 있는 형태였다.

마리오는 속으로 놀랐다. '엠마뉴엘의 옷장 속에 저런 파티복이 예비되어 있었다니. 아니면 이틀 동안 새로 맞춘 옷일까? 재단사가 옷을 만들면서도 무척 당혹스러웠을 거야. 여성적 치장에 대해 잘 모르는 사람 같은데…… 반투명한 옷에 받쳐 입어야 하는 모슬린을 저런 모양으로 만들다니 말이야. 그냥 옷장에 내버려두는 게 훨씬 낫겠어. 아니면 태워버리든가!' 마리오가 투덜거렸다. "나체의 영광을 위해 만들어진 의상이 아닌 옷들은 죄다 모욕적이야."

"선생님이 제 옷장을 한번 점검해보는 게 낫겠어요. 마음에 안 드는 게 있으면 다 불 속에 던져버리셔도 돼요."

"그렇게 하죠!" 마리오가 못마땅한 표정으로 승낙했다.

말리가트는 대리석 건물들로 구성된 성채였다. 분수대와 회랑을 갖춘 정원에는 양피지 등불이 달빛과 어우러져 차갑고 마법적인 분위기를 연출하고 있었다. 짧게 깎은 잔디와 구릉 사이로 나 있는 오솔길에는, 무궁화나무와 백색 기둥이 늘어서 울타리를 이루면서 테라스까지 이어졌다. 광대한 넓이 때문에 도심의 소리와 격리된 이곳에서 떨어지는 분수의 물소리, 완만하게 춤추는 물굽이의 율동, 그리고 희미하게 들려오는 사람들의 음성이 고요한 배경을 연출하고 있었다. 중국제 항아리에 심어놓은, 치자나무를 비롯한 꽃나무들의 강한 향기가 방문객들의 발길을 맞이했다. 야외에 설치된 자줏빛 야간 등이 건물 복도와 연회장까지 길 안내를 해주고 있었지만, 아직은 아무도 눈에 띄지 않았다.

주인은 엠마뉴엘 일행을 맞이하기 위해 준비 중인 모양이었다. '참석자들은 다른 장소에 모여 있는 걸까? 우리가 길을 잘못 든 건 아닐까? 아니면 너무 일찍 도착한 건지도 몰라.' 엠마뉴엘이 이런저런 생각을 하다가 마리오에게 물었다.

"손님은 어떤 사람들인가요?"

"방콕에서 제일 아름답고 재기가 넘치는 사람들이죠. 이곳에 초대받으려면 아주 지적이고 잘생겨야 합니다."

"우리도 그런 사람들에 속하는 게 맞나요?"

마리오가 웃었다.

'이곳의 주인은 어떤 사람일까?' 엠마뉴엘은 내심 초조했다. '아마도 세도가일 거야. 분명히 엄격할 테고, 어쩌면 변태적이고 괴팍할지도 몰라. 이렇게 생소한 곳을 무턱대고 온 자체가 미친 짓일까? 왕자와 그의 공모자들이 나를 장에게 돌려보내줄까?'

그녀는 아직 발길을 돌릴 수 있었다. 아무도 그녀를 보지 못했고, 넓은 정원은 비어 있는 데다 관리인들조차도 모습을 보이지 않고 있었다. '하지만 옆에 마리오가…… 그는 무슨 생각을 하고 있을까? 그가 내 비겁한 행동을 아무한테도 말하지 않을 수 있을까?'

엠마뉴엘은 자신이 악몽 속에 있는 것 같다고 느끼며 그의 뒤를 쫓아갔다. 그녀는 자기가 잘못 생각했다는 확신이 들었다. '용기를 내어 저 사람의 손아귀를 벗어나야 하는데…….'

마침내 빨간 불빛이 희미하게 새어 나오는 창문을 발견했다. 그녀가 얼핏 들은 것 같은 소리는 웃음이었을까? 아니면 외침? 건물의 문은 다 닫혀 있고, 외부에는 아무런 인기척도 없었다.

"마리오!" 그녀가 외쳤지만, 너무 소리가 낮아서 그는 못 들은 것 같았다.

그들은 작은 방으로 들어섰다. 세 남자와 한 여자가 소파에 나란히 앉아 있었다. 대기실에 들어서자마자 라오콘 조각상처럼 색정으로 뒤엉킨 사람들과 마주치지 않을까 걱정스러워했던 그녀는 마음이 놓였다. 여자가 매우 어려 보였다. 근엄한 얼굴에, 깊고 까만 눈은 놀라울 정도로 길게 뻗어 관자놀이 쪽으로 치켜올라가 있었다. 그녀의 머리채는 고대 이집트의 두터운 술 장식이 달린 투구를 연상시켰다. 검은 모피로 인해 더욱 말라 보이는 그녀의 옷차림은 어느 한 군데 흐트러짐이 없었다. 엠마뉴엘은 문득 자신의 모습이 끔찍스럽게 느껴졌다. 이 또한 마리오의 의도적인 연출이 아닐까 생각했다. 그가 태국어로 한마디를 건네자 그 젊은 여자는 무표정하게 답변했다. 마리오는 기다리고 있던 정보를 얻은 듯이 단호한 동작으로 엠마뉴엘을 데리고 방을 벗어났다.

"우리, 어디로 가는 건가요?" 엠마뉴엘이 볼멘 소리로 물었다. "저 여자는 누구죠? 이곳에 있기에는 너무 어리지 않아요?"

"오늘 저녁 만찬의 주인공입니다. 왕자의 무남독녀죠. 오늘로 열여섯 살이 됩니다."

놀라워할 틈도 없이 그녀는 훨씬 더 넓은 살롱으로 접어들었다. 겨우 조명 흉내만 낸 불빛 속에서 누가 들어오는지 상관하지도 않고 몇 커플이 춤을 주고 있었다. 하녀 한 명이 달콤하고 알코올 도수가 센 과일 칵테일을 가져다 주었다(태국여자가 몸에 걸친 거라곤 허리와 엉덩이 부분을 둘러맨 황마 천 자락뿐이었고, 음부와 허벅지는 그대로 드러나 있었다).

"이건 아무래도 사랑의 묘약이겠죠?" 엠마뉴엘이 마음을 가라앉혀보려고 농담을 던졌다.

"당연하지요. 동양에서 먹고 마시는 건 모두 미약이라고 보시면 됩니다."

'이 사람이 왜 이렇게 칙칙하게 구는 거지? 그래도 날 혼자 내버려두지만 않았으면!' 곧이어 한 남자가 다가왔다. 아마 잘 알고 있는 사람인 듯 마리오는 엠마뉴엘에게 그를 소개시켜주었다.

그녀는 금방 남자의 이름을 잊어버렸다. 그는 냉담하면서도 정중하게 몸을 숙이며 춤을 청했다. 엠마뉴엘은 마지못해 허벅지 위의 치맛자락을 한 손으로 부여잡고 남자를 따라갔다.

남자는 키가 훤칠해서 얼굴을 마주 보려면 허리를 굽혀야 했다. 그는 엠마뉴엘에게 나이가 몇이며 어린 시절은 어디서 보냈는지, 취미는 뭔지, 독서와 연극을 즐기는지, 좋아하는 작가는 누군지 꼬치꼬치 캐물었다. 그녀는 그런 시시콜콜한 질문들이 거슬려 처음에는 아주 불편했지만, 어느새 남자가 주도해나가는 무도의 방식을 좋게 평가하고 있었다. 그녀는 문학에 대해 말하기보다 율동에 몸을 맡기고 싶은 욕구가 더 컸다. 무도는 그녀를 미지의 세계로 이어주고 있었고, 남자의 듬직한 팔에 안긴 그녀는 차분한 느낌을 되찾기 시작했다.

이윽고 그녀는 자기 몸이 먼저 남자에게 바짝 달라붙으며 도발적인 몸짓을 하고 있다는 걸 깨달았다. 그건 그녀가 남자로부터 어떤 특별한 매력을 느껴서가 아니라 그저 조건반사적인 동작일 뿐이었다. 그녀의 경험에 의하면 춤, 접촉, 발기, 남자의 오르가슴은 밀접하게 이어지는 동작들이었다. 파리에서의 풋사랑들(남편과 떨어져 있는 동안 예기치 않게 그녀를 찾아오긴 했지만, 침대로까지 이어질 만큼의 대담성은 없었던)

덕분에 엠마뉴엘은 여가 시간을 멋지게 보내는 방식에 익숙했다. 그녀는 상황에 맞춰 이상적으로 행동할 수 있었을 뿐만 아니라, 필요한 조건이 갖춰지기만 하면 그녀의 몸이 스스로 반응할 수 있는 수준이 되어 있었던 것이다. 그녀의 육체는 상대방의 욕구나 자신의 의지가 요구하지 않더라도 이 무도가 진정한 목적을 이루도록, 다시 말해 쾌감을 즐길 수 있도록 자동적으로 움직일 줄 알았다.

엠마뉴엘은 춤이라는 방식을 여러모로 만족스럽게 여기고 있었다. 공식적으로 간통을 범하지 않고도 삶을 즐길 수 있는 방식 중의 하나였기 때문이다. 그녀의 육감은 그 수직적인 기교를 통해 상대에게 허락해주는 만큼 자신도 쾌감을 얻을 수 있도록 다듬어져 있었다. 물론 은밀하게 꾸며진 부분이 있다는 걸 알고 있었지만, 어쩌면 그러한 결함 자체가 짜릿한 묘미를 더해주는 것일지도 몰랐다.

오늘 저녁, 그녀는 익숙했던 몸짓을 되찾았다. 말리가트의 손님과 몸을 스치며 그의 남성이 단단해지고, 자신의 아랫배를 향해 뻗쳐오도록 이끌었다. 그녀는 상대의 예측할 수 없는 기분에 맞추는 것보다 자신이 주도하는 행위가 훨씬 편하게 느껴졌다. 그녀는 우연하게 만나게 된 이 남자의 품을 마치 피난처처럼, 보호소처럼 바라보았다.

남자는 그녀의 솜씨를 즐기며 쾌감의 절정으로 이끌려 가는가 싶더니, 그녀가 임무를 마무리할 즈음 갑자기 몸을 피해버렸다. 엠마뉴엘은 버럭 화가 났다. '절정의 기회를 거부하는 남자라니. 비록 더 좋은 기회가 기다리고 있다 하더라도 우리는 현재의 순간에 충실해야 하는 거잖아?'

토라진 이유를 짐작 못할 리 없는 남자가 가느다란 보석 반지를 낀 엠마뉴엘의 손가락을 잡으며 결혼은 했느냐고 물었다.

"물론 했죠." 뾰로통해진 엠마뉴엘이 괜한 의심을 탓하는 말투로 대꾸했다.

"아, 그러시군요. 정부는 있으세요?"

"결혼한 지 일 년밖에 안 됐어요!"

'사실 나한테 정부가 있는 걸까?' 그녀는 자문해보았다. '적어도 마리오 한 명은 있잖아?' 그런데 갑자기 그 생각이 우스꽝스럽게 느껴졌다. '성관계를 가진 적이 없는 유형의 정부가 있기나 한 걸까? 만약 성관계한 남자를 정부라고 불러야 한다면, 나의 정부는 비행기 안에서 만난 미지의 남자들, 그리고 삼로인 건데? 그리고 사원의 어린 소년도 포함시켜야지? 옛날에 함께 춤을 추면서 쾌감의 절정에 이르렀던 젊은이들도 안 될 건 없잖아? 만약 정액의 분출이 정부의 조건이라면, 나를 생각하면서 자위를 한 모든 남자들이 내 정부가 되는 거야!'

자신의 엉뚱한 추론에 엠마뉴엘은 언제 기분이 나빴느냐는 듯이 소리 내어 웃고 말았다.

"선생님, 정부가 뭐예요?"

남자는 그녀가 애교나 부리려고 하는 둔한 여자려니 여기면서 정중하게 웃음을 지어 보였다. 그런데 엠마뉴엘은 그 말의 개념적인 문제를 정확히 따져나가기 시작했다. 그리고 느닷없이 전혀 알지도 못하는 남자에게, 아직 남편은 물론 마리안느, 마리오한테조차 말한 적이 없는 내밀한 부분까지 아주 상세히, 그리고 한치의 거리낌도 없이 털어놓을 수 있게 된 자신에 대해 스스로 감탄했다. 남자는 갑자기 깊은 인상을 받은 듯, 보다 정확한 설명을 요구했고 그녀가 역으로 묻는 외설적인 질문에 친절히 대답해주었다.

"제가 보기에 부인은 그저 단순한 어휘를 너무 심각하게 받아들이는 게 아닌가 싶습니다." 남자가 결론을 유도했다(두 사람이 춤을 추기 시작한 지가 꽤 오래되었다). "부인과 사랑을 나눈 이런저런 방식에 따라 남자에게 정부라는 호칭을 줘야 할까 말까 굳이 고민할 필요가 있을까요? 제 생각엔, 어린 태국 소년은 물론 비행기에서 만난 남자들, 그리고 자전거 택시 운전수 모두 부인의 정부입니다(부주의로, 아니면 조심스러워서였을까? 그는 마리오의 이름은 거론하지 않았다). 그렇지 않다면 부인의 정부라고 부를 수 있는 사람이 누가 있겠습니까?"

"맞는 말씀이네요. 그럼 파리 무도장의 파트너들은요?"

"그 사람들은 경우가 좀 다른 것 같습니다. 부인이 그들에게 베풀어준 쾌락은 사실 남자를 거부하는 아주 교묘한 방식이었던 것이죠. 결국 중요한 건 그러한 부인의 의도일 겁니다. 그건 바로 남편에 대한 정조를 지키려고 하는 의식에서 나온 일종의 기교 아니었겠습니까? 반면에 어린 태국소년을 애무해주었을 때의 심정은 달랐을 겁니다."

"하지만 여자들과 정사를 나눌 때도 저는 간통이라는 느낌이 들지 않아요. 그 차이를 설명할 수 있으시겠어요?"

남자는 설명하지 않고 가만히 있었다. 모호한 논리에 더 이상 흥미를 느끼지 못하는 모양이었다. 그는 엠마뉴엘이 요구하는 논리적 설명을 해주는 대신 그녀의 몸을 능숙하게 끌어안았다. 그녀 또한 자신의 논쟁거리를 금방 잊어버리며 남자에게 입술을 주었다. 다시 남자의 몸에 바짝 달라붙으며 오직 쾌감만 생각했다. 그녀가 다리를 내밀자 남자는 자신의 다리 사이에 넣고 꽉 조였다. 그리고 그녀의 젖가슴과 음부로 이어지는 길을 찾았다. 두 사람은 거의 춤을 춘다고 볼 수 없는 동작으로 비틀거리며 가끔씩 다른 커플들과 몸을 부딪쳤다. 부딪힌 사람들도 사실 비슷한 몸짓을 하고 있는 건지도 몰랐다.

엠마뉴엘은 문득 자신의 추억 속에 빠져 있느라 의식하지 못하고 있었던 외부 세계를 인식하기 시작했다. 이상하게도 주변의 여자들(대여섯 명 정도의)은 그녀와 닮은 모습을 하고 있었다. 한순간 그녀는 마치 여러 면으로 된 거울을 바라보는 듯한 착각에 사로잡혔다. 투명한 베일을 걸치고, 까만

색 긴 머릿결에 한쪽 어깨를 드러낸 여자들이 한결같이 아름다웠다. 여자들은 남자들의 다리 사이로 한쪽 허벅지를 밀어 넣으며, 어디선가 들려오는 희미한 음악의 박자에 맞춰 똑같은 형태의 원무를 췄다. 놀란 표정으로 엠마뉴엘을 바라보던 여자들이 그녀의 눈과 마주치자마자 얼굴을 돌렸다.

그녀는 여자들 중의 누군가가 섹스를 했으면, 하고 은근히 바랐다. 그런데 바로 엠마뉴엘이 자신의 파트너에 의해 그 장면의 주인공이 되었다. 남자는 엉켜 있는 몸을 풀지 않은 채 무도장을 빙 둘러 감싸고 있는 실내 테라스로 그녀를 데려갔다. 그곳에는 다른 초대손님들이 있었다. 그는 초록색 비단이 씌워진 보조 의자에 걸터앉으며 엠마뉴엘의 무릎이 마주 보이도록 자세를 조절했다. 그리고 그녀의 그리스 의상을 걷어내 다리를 벌리게 한 다음 두 손으로 엉덩이를 쓰다듬었다. 곧이어 남자는 그녀의 무릎을 구부리게 하면서 몸을 자기 앞쪽으로 끌어당겼다. 여자의 축축한 음부가 자신의 성기에 닿자 그는 손가락으로 음순을 벌려 두 손으로 여자의 둔부를 받쳐 들고 몸과 몸을 관통시켰다.

"어서 해달라고 부탁해보세요."

"네, 해주세요." 엠마뉴엘이 헐떡이며 말했다.

"더 크게! 사람들이 다 들을 수 있게!"

그녀는 몸을 뒤틀며 크게 외쳤다.

남자가 계속 요구했다.

"더 크게!"

그녀는 시키는 대로 했다. 점점 더 많은 수의 관객들이 모여들어 그녀가 몸부림치며 흐느끼는 모습을 지켜보았다.

"아, 될 것 같아요, 조금만 더! 조금만 더! ……"

마침내 그녀는 조용해졌고, 남자는 축 늘어져 움직이지 않는 그녀가 다시 정신을 차릴 때까지 그녀를 안아주었다. 그러고 있는 중에도, 아직 그녀의 몸 안에 있는 남자는 조금씩 움직이며 그녀의 허리를 들어 올린 다음 힘차게 떨어뜨렸다. 그러고는 두 배, 세 배, 몇 십 배 더 격렬하게 파고들었다. 엠마뉴엘의 목에서 다시 신음이 새어 나왔다. 남자가 그녀의 어깨를 깨물며 그녀의 몸 안에서 폭발했다. 그녀는 배 속 깊은 곳에서 분출하는 남자의 몸을 느끼고, 한 번 더 정신을 잃었다.

두 사람을 지켜보고 있던 관객 중의 한 명이, 엠마뉴엘의 상대 남자에게 그녀를 자기한테 맡겨줄 수 있겠느냐고 물었다. 그녀가 일어났다. 그녀는 한순간에 지나지 않았던 정부를 자신이 아쉬워하고 있는지를 따져볼 새도 없이 새로 온 남자에게 손을 내밀었고, 오른편에 있는 대기실로 따라 들어갔다. 남자 하인이 나타나 음료를 제공했다. 케이크를 한 조각 먹으며 엠마뉴엘은 생각했다. '결국 알지도 못하는 남자와 섹스를 하고 말았어. 이제 곧 또 다른 남자와 하겠지. 그런데 갑작스러운 느낌이 별로 안 드는 이유가 뭘까?'

그녀의 새로운 주인은 등불 아래서 잠시 휴식을 취하며 노획물을 만족스럽게 살펴보았다.

"부인을 계속 찾고 있었습니다!" 남자가 말했다.

"특별히 저를요?" 엠마뉴엘이 놀란 얼굴로 말을 받았다. "이곳에는 저 같은 여자들이 많을 텐데요!"

"그렇겠죠. 하지만 제가 여기 온 건 부인 때문입니다."

"마리오의 광고를 들으셨나 봐요!"

남자는 고개를 끄덕이며 말을 이어갔다.

"부인은 다른 여자들하고는 다릅니다."

"어떻게 다를까요?"

"부인이 여기 있다는 게 믿어지지 않습니다. 그 옷을 통해 부인의 나체를 볼 수 있다는 사실이……."

갑자기 엠마뉴엘은 이 명상적인 남자가 따분하게 느껴졌다. '마리오는 도대체 어디로 가버린 걸까? 나를 이런 바보들한테 버려두고 말이야!'

그녀는 자리를 박차고 일어나 앞을 향해 똑바로 걸어갔다. 남녀의 몇몇 무리들이 복도를 따라 한가하게 어슬렁거리고 있었다. 아마도 서로 잘 알지 못하는 사람들끼리 군데군데 무리를 짓고 있는 모양이었다. 그녀는 언젠가 여행객들 틈에 섞여 고성(古城)을 방문했을 때 이와 같은 느낌을 받았다는 사실을 기억해냈다. 여행객들은 안내자의 취향에 따라

방을 둘러보면서 양탄자 그림과 옛 초상화들을 감상했었고, 다른 한쪽에서는 안경을 쓴 학회 회원들이 돌아다니며 분주했었다.

얼마 후 엠마뉴엘은 영지의 한가운데에 이르렀고, 잔디밭에 앉아 차를 마시는 사람들을 만났다. 엠마뉴엘은 문화 심포지엄을 참관하고 있는 것 같았다. '참관하는 사람들이 누군지는 알겠는데, 주인 식구들은 어디 있는 걸까?'

사실 그녀는 주인을 만나고 싶은 마음이 별로 없었고, 오히려 가능한 한 서로 마주치지 않게 되기를 바라고 있었다. 그리고 더 이상 머뭇거리지 말고 조용히 사라지는 게 더 나을 것 같았다. 이 장면은 마리오가 그녀의 마음을 끌기 위해 묘사했던 '축제'의 모습과 전혀 달랐다.

스모킹 옷을 입은 두 남자와 야회복 차림의 한 젊은 여자가 그녀가 있는 곳 근처에 자리를 잡고 앉아 여러 나라 말을 섞어가며 얘기를 나누기 시작했다. 그러다가 한 명이, 성채 밖으로 나가 스와핑 파티를 위한 미녀를 찾고 있는 중이라는 설명을 엠마뉴엘에게 정확한 불어로 해주었다. 그녀는 마음이 끌렸다. 그러나 묘하게도 그들을 따라 나서려는 순간, 양심의 가책을 느껴 걸음을 멈추었다. 젊은이들이 끌리긴 했지만, 같이 어울렸다가는 뭔가 잘못될 것 같은 예감이 들었다.

그렇게 머뭇거리고 있는 동안 반대편에서 세 사람이 나

타났고, 그들은 일언반구도 없이 엠마뉴엘을 낚아채더니 연이어 여러 개의 문을 통과했다. 그녀가 저항할 여지도 없이 벌어진 상황이었다. 그런데 마지막으로 지나간 문틈으로 음악 소리와 함께 웃음이 터져 나왔고, 방 안쪽을 얼핏 훔쳐본 그녀는 놀라운 광경을 발견했다. 모피로 덮인 긴 소파 위에 아리안느 백작 부인이 두 남자와 함께 있었던 것이다. 모두 발가벗고 있었다. 엠마뉴엘의 외침을 들은 아리안느가 팔꿈치를 괴며 몸을 일으켰다. 그러고는 전혀 놀라는 기색이 없이 그녀를 큰소리로 불렀다.

"어머나, 순결한 우리 숫처녀! 어서 이리 와. 세상에, 옷이 어쩜 저렇게 예쁠까! 빨리 벗어버려."

아리안느는 오른손으로 아주 우아하게 옆에 있는 남자의 음경을 거머쥐고 있었고, 그녀의 왼쪽 젖가슴에는 다른 남자의 음경이 놓여 있었다. 세 사람 모두 엠마뉴엘을 향해 다정한 미소를 지어 보였다.

"아마 배가 고파 죽을 지경일 텐데? 망고 타르트라도 좀 먹어. 샴페인도 한잔하고. 우리 아버지의 포도주 창고에서 나온 거야."

엠마뉴엘은 갑자기 바뀐 조명에 눈이 아팠다. 그녀는 성채에 도착한 이후로 미로 같은 방이며 회랑을 다니면서 어두침침한 조명을 벗어날 수 없었고, 말리가트는 그녀의 뇌리에 암흑의 세계처럼 각인되고 있었다. 그런데 별안간 너무 환한 방으로 들어오자 그녀는 지금 자신이 아치와 난간에 온통 횃불을 밝혀놓은 스튜디오나 극장 무대 위에 와 있는 건 아닌지 의심이 들었다. 착각 속에서 그녀는 눈을 들어 천장이 있는지 확인해보았다. 배경 위쪽으로 높게 솟은 천장이 그녀의 의심을 걷어냈다. 실내 장식은 더할 나위 없이 부자연스러웠다. 수코타이의 불교 사원 흉내를 낸 문 위에 걸어놓은 클레의 그림, 눈부시게 하얀 석고로 초벽한 한쪽 벽면, 다른 벽 중앙에 놓인 에트루리아 운동선수의 조각상……. 세 번째 벽은 위아래 할 것 없이 값비싼 양탄자들로 얽히고설켜 있었다. 그리고 엠마뉴엘이 도끼창인 줄 알았던, 금 등으로 장식을 한 나무—옛 왕족 범선의 노였다—다발이 불안한 형태로 세워진 채 아리안느와 그녀의 기사들이 누워 있는 소파를 굽어보고 있었다. 가구라고는 타일 바닥 위에 아무렇게나 늘어놓은, 시커멓게 색이 바랜 나무, 또는 가죽이나 청동으로 된 상자들뿐이었다. 탁자나 의자 대용으로 쓰이는 것 같은 그 물건들 위에, 엠마뉴엘을 데려온 젊은 사람들이 이미 자리를 잡고 앉아 음료를 마시며 그녀를 지켜보고 있었다.

"저의 처소에 오신 걸 환영합니다." 엠마뉴엘의 뒤편에서 낯선 억양의 목소리가 들려왔다.

'이번에는 진짜로 나타났어, 왕자가!' 아득해지는 정신 속에서 그녀가 생각했다. 뒤로 돌아볼 용기가 나지 않았다. 왕자가 그녀의 앞으로 왔다. 그리고는 약간 미간을 찌푸린 채 그녀의 얼굴부터 젖가슴, 아랫배, 다리, 발끝까지 살폈다. 그녀는 수험생이 된 기분이었다. 어쩌면 그저 내가 누군지, 여기서 뭘 하는지 궁금해할 뿐인지도 몰랐다. 그녀는 긴장해서 맥이 빠진 목소리로 말했다.

"저는 세르기니 후작하고 같이 왔습니다. 그분이 말씀하시길……"

"알고 있습니다." 왕자가 말을 가로챘다. "저의 초대에 응해주셔서 무척 감사합니다. 이곳이 불편하진 않으십니까?"

다시 입이 얼어붙은 그녀가 예의 바르게 웃었다. 그는 비판적인 시선으로 그녀를 뚫어져라 쳐다보았고, 그의 심사에서 벗어나게 위해 그녀는 무슨 말이나 행동을 해보려고 노력했다. 그러나 주인은 그녀에게 소파가 있는 쪽으로 주의를 기울이라는 눈짓을 했다. 그녀는 한마디도 하지 못하고 시키는 대로 했다.

한 남자는 아리안느의 몸을 관통하고 있었고, 다른 남자는 그녀의 젖가슴에 성기를 대고 계속 문지르고 있었다. 아리안느의 몸이 굽이치며 오그라들다 곤두서고 풀어졌다. 그녀의 근육들은 부위마다 무진 애를 쓰고 있는 모양이었다.

"저 사람들과 같이 어울리고 싶지 않으십니까?" 왕자가 물었다.

전혀 그러고 싶지 않았지만 그녀는 감히 입 밖으로 표명하지 못했다.

"옷을 벗으면 더 편하실 텐데."

두 번 되풀이해 말하기 전에 그녀는 허리띠의 단추를 풀었고, 옷을 어디에 놓으면 좋을지 몰라 주변을 둘러보았다. 주인이 손을 내밀었고…… 그녀는 어깨 끈을 잡아매고 있는 브로치를 끌렀다. 옷이 몸을 따라 단번에 발목까지 흘러내렸다. 그녀는 금으로 된 장신구들만을 몸에 지닌 채 똑바로 서서 손길을 기다렸다.

왕자가 그녀에게 찬사를 보냈다. '저 사람이 나를 어떻게 할까?' 그녀는 목이 바짝 타오는 걸 느꼈다. 아리안느의 몸속에 있지 않은 남자가 일어나더니 엠마뉴엘의 손을 잡으러 왔다. 남자에 이끌려 그녀는 똑바로 누운 다음 한쪽 다리가 소파 밖으로 걸쳐지도록, 그리고 하얀 모피 위로 총총히 진주가 박힌 그녀의 까만 음부가 돋보이도록 자세를 잡았다. 남자가 무릎을 꿇은 다음 혀로 그녀의 음부를 파헤치기 시작했다. 그녀는 눈을 감고, 할 수 있는 만큼 남자의 애무만을 생각하며 두근거리는 심장을 가라앉히려고 노력했다. 노련하고 차분한 새 정복자가 그녀를 깊숙이 핥아주는 동안 그녀는 위협과 경계심을 떨쳐버렸고, 관능적인 육체를 되찾았다. 엠마뉴엘은 다시 기쁨의 노래를 퍼뜨렸다.

"아, 될 것 같아요!"

엠마뉴엘이 모든 숨을 다 내뱉고 더 이상 움직이지조차 못하게 되었을 때에야 남자는 그녀의 몸을 놔주었다. 잠시 후 그녀는 남자를 자기 몸 쪽으로 천천히 끌어당겼다. 그러고선 허벅지 위로 무겁게 느껴지는 성기를 두 손으로 잡아 몸속으로 들어오게 했다. 남자는 다시 그녀를 조심스럽게 품은 다음 남성의 쾌락을 위해 거침없이, 격렬한 몸짓을 되풀이했다. 희열에 떠는 그녀의 입에서 긴 헐떡임이 터져나올 때까지. 그녀는 입 안의 점액을 향해 올라오는 정액 냄새를 맡았다.

다른 남자들이 다가와 포만감에 찬 동료를 밀어내고 그녀의 엉덩이와 허리를 들어 올리며 방석을 받쳤다. 외국어로 짧은 명령이 내려졌다. 누군가가 그녀에게 다리를 수직으로 세우라고, 통역을 했다. 그녀는 다리를 들어 올려 허벅지를 가슴 위에 포갰다. 딱딱하고 거친 음경 하나가 그녀의 몸속으로 길을 뚫으려고 시도했다. 갑작스런 고통에 그녀가 소리를 질렀다. 머리를 좌우로 흔들며 도움을 청하던 그녀가 옆에 있는 아리안느의 손을 잡았다.

"싫어! 이 사람들 좀 막아줘. 나는 하고 싶지……"

그 순간 주위 사람들이 서둘러 남자를 끌어냈다. 그녀는 급히 다리를 내려놓고 나서 친구를 끌어안았다.

아리안느가 그녀를 진정시키며 귀에 대고 속삭였다.

"저 사람(조금 전 엠마뉴엘이 정사를 나누는 걸 본 남자를 가리켰다), 네 입술을 갖고 싶대. 직접 말할 용기가 나지 않나봐. 어때, 그건 괜찮겠지?"

엠마뉴엘이 고개를 끄덕였다.

아리안느가 뒤로 물러나자 남자가 다가와 그녀의 몸 위로 몸을 포갰다. 그리고 그녀의 입술에 입술을 맞대고 빨아들였다. 그녀의 치아 사이로 파고든 남자의 혀가, 입천장과 혀를 오랫동안 집요하게 다루며 그녀를 쾌락으로 젖게 했다. 그녀는 점점 가라앉는 자신을 느꼈다. 오직 혀의 위력에 다시 굴복하려는 자신을 거부하며 포기와 복종에 맞서 버텼다. 하지만 결국 관능의 감미로운 물결에 휘말려 온전히 내맡겨지고 말았다.

남자가 그녀를 바라보며 만족한 표정을 지었다. 그가 마치 온실처럼 그녀의 어깨를 손으로 감싸며 중얼거렸다.

"자, 안아줄게! 저 아래서부터 지금 네 몸을 따라 뜨거운 것이 치솟아 오르는 게 느껴지지? 그렇게 너의 가슴까지 올라갈 거야. 그리고 얼굴을 뒤덮게 되겠지. 우선 너의 젖가슴 속에 내 그것을 파묻어줄게. '사이'가 아니라, 두터운 그 '속'에. 알겠어? 차례차례로 말이야. 그 속을 뚫고 들어가 으스러뜨려줄게. 근육이란 근육은 다, 젖샘까지 터져버리겠지. 그렇게 해도 되지?"

엠마뉴엘이 아무 대답도 하지 않자 그는 말을 계속했다.

"가슴까지 끝내고 나면 입 안으로 들어가 너의 목을 난도질해줄게. 온 힘을 다해 내 아랫도리를 너의 몸속에 박아줄 거야. 다물었던 입이 열리고, 숨이 막혀 피를 토할 때까지. 소리조차 못 지를 테니 아무도 도와주러 올 수 없겠지. 그 다음엔 무릎으로 너의 옆 가슴을 꽉 조여놓고, 내 허리를 들어올렸다 내렸다 하면서, 오른쪽으로 왼쪽으로 앞으로 더 멀리 나가면서 한 군데도 남김없이 후려치고 갈라놓아줄게. 혀, 목젖, 그 위쪽까지 들어가볼 거야. 그럼 우리는 질 속에서 하는 것처럼 너의 입 안에서 오입을 하는 거야. 너의 눈물이 내 배 위에서 느껴질 테고, 내 그것의 눈물이 널 시원하게 해주지 않겠어? 곧 눈물이 쏟아질 모양이니 더 이상 꾸물거리지 않는 게 좋겠어."

그녀는 거대한 음경이 몸속으로 들어오는 동안 아픈 걸 참느라 입을 최대한 벌려야 했다. 그런데 남자는 그녀에게 이미 예고한 형벌을 가할 시간도 없이 쾌감으로 웅얼거리며 진한 정액을 수북이 쏟아냈다.

"다 마셔. 입 안 가득히 들이마셔. 그리고 움직이지 마. 이렇게 오래 있을 거니까. 나는 아직 안 끝났고, 계속 느끼고 있어……."

묵직한 액체로 범벅이 된 얼굴의 엠마뉴엘은 그 순간 누군가가 자신의 다리를 벌리는 걸 느꼈다. 저항해보려고 애썼지만 눈에 보이지 않는 다른 남자가 이미 그녀의 음부 속으로 길을 내며 단번에 그녀를 차지했다. 목과 아랫배를 동시에 점령당한 그녀는 공포에 사로잡혔다. 이제 완전히 몸을 빼앗긴 그녀를 구해줄 수 있는 건 없었다. '정말 죽을지도 몰라…….' 그녀는 능욕당한 순결을 부끄러워하면서도 환희와 승리를 소리쳐(그렇게 할 수만 있다면) 외치고 싶었다. '결국에! 두 남자와 동시에 몸을 나누게 된 거야.' 그녀는 몹시 기뻐했다. '내내 기억에 남을 경험이잖아? 두 번째로 순결을 빼앗긴 날이 된 거야. 마리오가 예고했던 대관식이지…….' 그녀는 이제 공식적으로 순결의 마지막 남은 오점들을 깨끗이 씻어낸 것이다. 그녀는 혼란스러운 와중에 웃음을 터뜨렸다. 그리고 자신의 영광을 스스로 축하했다. '이제 완전히 끝났어. 난 더 이상 숫처녀가 아니야!'

그녀는 자신의 진급을 도운 주역들 모두의 뺨에 입을 맞춰주고 싶은 심정이었다. 그렇게 열렬한 생각 속에서 그녀는 자신의 입이 포로가 되어 있다는 사실을 잊고 있었다. 그녀는 다시 숨이 막혀 껄떡거렸고, 이를 안타깝게 여긴 남자가 잠시 물러섰다. 아래쪽의 남자가 언제 사정을 했는지조차 모르고 기진맥진한 그녀를, 남자들이 안아주었다.

얼마 후, 분간이 제대로 안 되는 여러 손이 남자를 끌어내어 여기저기 그녀의 몸을 만지거나 혹은 벌렸다. 그녀는 자신의 입 안에 사정을 한 남자를 유심히 살펴보았다. 그 같은 털북숭이는 본 적이 없었다. 그의 몸은 다리며 가슴, 배 할 것 없이 가히 짐승의 털이라고 할 만큼 짙고 까만 체모로 덮여 있었고, 비교적 털이 듬성듬성한 어깨는 햇볕에 그을려 거친 느낌을 주었다. 레슬링 선수나 나무꾼 같은 근육질에,

미간에서 합쳐지는 두터운 눈썹은 덥수룩한 머리와 뒤섞여 있는 것처럼 보였다.

나쁘지 않은데, 라고 생각하며 그녀가 질문을 던졌다.

"어느 나라에서 오셨어요?"

"그루지야에서. 내가 그곳에 한번 데려가주지."

엠마뉴엘은 그가 한 마흔 살쯤 아니면 그보다 좀 더 많을 거라고 짐작했다. 그 생각을 말하자, 남자는 그런 말을 흔히 듣는다며 껄껄 웃었다.

"계산이 한참 빗나갔어. 올해 나이가 예순넷일세."

엠마뉴엘은 입이 딱 벌어졌다. '세상에! 말도 안 돼…… 그렇게 늙었다니! 어떻게 나처럼 어린 여자가 발가벗고 할아버지뻘 되는 남자의 몸을 맞대고 누워 있을 수 있단 말이야! 사실 레지옹도뇌르 훈장까지 받은 내 할아버지라면 이 자리에 있을 자격이 있긴 하겠지만. 그래도 그렇지, 아무리 뻔뻔해도 할아버지와 잠자리를 같이 하는 공상까지 하긴 힘들잖아? 근데 지금 실제로 그러고 있는 중인걸!'

게다가 이 노신사는, 엠마뉴엘이 최근에 알게 된 남자들 중에서 가장 마음에 들었다. 그녀는 자신의 취향을 부끄러워해야 할지, 아니면 단순히 육감의 문제라고 여겨야 할지 판단이 서지 않았다. 노신사는 이미 그녀를 멋지게 안아주었고, 그녀는 푹신푹신한 그의 가슴을 편안하게 느끼고 있었다. '그렇다면 잘잘못을 따질 필요가 있을까? 그는 나를 행복하게 만들어주었고, 그럼 그와 사랑을 나눈 건 잘한 일이잖아?' 그녀는 이런 생각을 밀어붙였다. 동시에 한숨을 내쉬었다. '나는 이 사람 같은 할아버지의 정부가 되었으면 좋겠어.' 그녀는 그와 함께 극장에서, 식당에서 가슴이 파인 옷을 입고 다리를 드러내고 있는 장면을 상상했다. 백발의…… 아니, 흑발의! 비단 망토를 걸치고 훈장을 가슴에 단 그의 품에 안겨 있는 장면을…… 그때 현실의 남자 목소리가 그녀를 육십 대와의 몽환적인 근친상간으로부터 끌어냈다.

"네 젖가슴을 먹게 해줘."

그녀는 팔꿈치를 괴고 일어나 무릎을 꿇으며 상체를 내밀었고, 왼쪽 유방이 남자의 무성한 콧수염 위에 놓이도록 자세를 잡은 다음 허리를 꺾어 흥분된 젖꼭지가 남자의 붉은 입까지 내려가도록 해주었다. 그때 아리안느의 얼굴이 그녀의 오른팔 아래서 불쑥 나타나며 노신사에게 제안했다.

"그 가슴을 저와 함께 나눌까요?"

"물론 좋지."

"게다가 우리 친구는 나누는 걸 아주 좋아해요."

'맞아.' 엠마뉴엘은 속으로 인정했다. '그 말이 맞을 거야.'

한쪽 유두는 그루지야인의 입에, 다른 한쪽은 아리안느의 입에 물린 엠마뉴엘은 파도의 긴 물결에 씻겨가는 몸을 바람에 내맡겼다. 수많은 물거품이, 바다의 물줄기와 달콤한 진흙이 그녀의 뱃전을 어루만졌고, 어딘지 알 수 없는 해안

에 이르러 황금빛 피부의 남자들이 그 위에 보석과 향료를
가득 실었다.

새로 온 남자들이 각자 자기소개를 했다. 엠마뉴엘은 잠시 정사를 멈추고 얘기를 같이 나눴다. 그녀는 어느새 활기를 모두 되찾았고, 한 시간 전 일시적으로 사기가 저하되었던 기억마저 사라지고 없었다. 마침내 그녀는, 꽤 많은 수의 손님들이 오고 가는 살롱에서 자신이 발가벗은 채 있다는 사실을 지극히 정상적인 것으로 느꼈다. '대부분의 사람들은 목단추까지 채운 야회복을 입고 자유분방한 이 세상과는 거리가 먼 것처럼 행동하지만, 그럴 수도 있잖아? 옷 입는 걸 좋아하는 사람은 옷을 입고, 벗는 걸 좋아하는 사람은 벗고, 그럼 되는 거지. 굳이 문제 삼을 필요가 없는 거야.'

한편 엠마뉴엘은 지금 머물러 있는 성 내부에서 시간에 대한 의구심을 불러일으키는 시각적 분열을 계속 경험하고 있었다. 그녀를 색정적 세계로 이끄는 신비스러운 분위기가, 오르페우스나 디오니소스 시대처럼 인식되면서도 아울러 먼 미래에 있는 것 같이 느껴지기도 했던 것이다. 그녀는 발가벗은 여인들이 우주 공간의 유형인들과 검은 옷을 입은 남자들 틈에서 금속으로 만들어진 길을 걸어가고 있는 듯한 착각을 하고 있었다.

옷을 말끔하게 차려 입은 대기자들 중에서 두 남자가 그

녀를 똑바로 눕게 한 다음 그 위에 아리안느를 거꾸로, 다시 말해 음부가 엠마뉴엘의 입과 수직이 되도록 엎드리게 했다. 관례적인 체위를 연출하지 않을까(최근에 아리안느와 그런 따분한 자세를 많이 해 본 엠마뉴엘로서는 썩 내키지 않는) 하는 생각이 들었지만, 예상과는 전혀 달랐다! 한 남자가 멋진 정장 밖으로 건장하고 긴 음경을 꺼내더니 아리안느의 질 속으로 삽입하는 것이었다. 엠마뉴엘은 바로 눈 앞에서 벌어지는 광경을 생생하게 지켜보았다.

무한히 길게 느껴지는 순간 속에서 그녀는 강인한 남성이 고환까지 박혀 들어갔다가 나오고 다시 들어가는, 그 거만한 몸짓을 마주하며 제대로 정신을 차리지 못했다. 바로 입술에 닿을 듯한 '근접 영상'만큼 강력한 최음제를 그녀는 여태 본 적도 들은 적도 없었다. 그녀는 야무진 방아질에 의해 끈적해진 질의 마찰음을 들으며 물보라가 뿜어져 나오기를 기다렸다. 그리고 눈 앞의 장면이 끝없이 이어졌으면 하고 바랐다. 극도로 흥분된 그녀는 다른 사람의 손길이 닿지 않아도 전율하는 육감에 휘말려 들었고, 자위행위조차 할 필요도 없이 세 사람 중에서 제일 먼저 오르가슴에 이르렀다.

오르가슴이 지나고 난 뒤 그때까지 개입한 적이 없는 두 번째 대기자가 엠마뉴엘의 오른손을 잡아 곧장 그녀의 음핵으로 가져갔다. 그렇게 그녀를 자위행위로 유도한 남자가 배낭을 열더니 카메라를 꺼내 촬영을 했다. 하지만 눈앞의 매혹적인 성교를 보느라 넋이 나간 엠마뉴엘이 그러한 기척을 알아챌 리 없었다.

때가 되자 갑자기 음경이 빠져 나왔고, 서둘러 얌전한 엠마뉴엘의 입 안으로 들이닥쳤다. 그러고선 아리안느의 맛이 배어 있는 정액을 쏟아냈다.

엠마뉴엘이 액체를 다 마셨을 때, 누군가의 손이 음부에 있던 그녀의 손을 걷어내며 몸 안으로 들어왔다. 처음에는 아리안느인 줄 알았으나 느낌이 너무 거셌다. 아마도 두 번째 '정장 차림의 남자'일 것이었다. 그녀는 젖무덤 사이로 누군지 확인해보았다. 예상했던 남자는 아니었지만 낯익은 얼굴이었다. 그녀가 대사관 만찬에서 만났을 때 해군복을 입고 있었던, 그는 반나체 상태의 그녀 앞에서 가장 마음의 동요를 일으켰던 사람들 중의 한 명이었다. 그녀는 욕망과 절제 사이의 갈등을 드러내던 혼란스런 그들의 말투를 기억했다. 그 추억이 새삼 즐거웠다. 그녀는 그 사람들 중 한 명 앞에서 완전히 발가벗은 모습으로 있는 것이다. 그리고 남자는 그때보다 훨씬 더 자연스러운 얼굴을 하고 있었다.

아리안느는 이제 기진맥진한 듯 옆으로 쓰러졌고, 엠마뉴엘이 아주 유연하게 몸을 일으키며 말했다.

"저는 햇볕에 그을린 해군을 본 적이 없어요. 이유가 뭘까요?"

"사실 부인 옆에서 저처럼 하얀 피부를 가지고 있는 걸 창피하게 여겨야 할 겁니다. 하지만 남자의 직분이란 미적인 것을 보여주는 데 있는 건 아닙니다."

"그럼 뭘 보여주는 데 있나요?"

"법이죠."

엠마뉴엘은 나흘 전 이 남자가 보여주었던 수줍음과 공손한 기색을 되짚어보았다. 하지만 지금의 그는 법에 충실하면서도 자신감에 찬 미소를 띠고 있었다. 그녀가 보기에는 고무적인 모습이었다.

"제 역할을 제대로 하려면 뭘 어떻게 하면 될까요?"

"특별한 건 없습니다. 그냥 따르시기만 하면 되죠."

그는 명백하게 대답을 마무리했다. 그래도 엠마뉴엘이 한마디 덧붙였다.

"그 정도면 괜찮네요."

그녀는 갑자기 그 이상의 욕심이 생겼다. 자신의 순종이 완벽해지려면 대중적인, 즉 만인에게 선포된 형태를 갖춰야 할 것 아닌가? 즉 남자들이 그녀의 육체뿐만 아니라 명성까지도 지녀야 하고, 그녀에 몸에 대한 소유를 벽장의 비밀로 남겨둘 게 아니라, 그녀를 거쳐간 남자들에게 공공연한 찬양의 대상이 되도록 해야 했다.

그녀가 물었다.

"장교님은 저를 손아귀에 넣었다고 남들한테 자랑하실

건가요?"

"그럴 리가 있겠습니까!" 그가 놀라서 반박했다.

"왜요? 남자가 같이 잔 여자들에 대해서 말하는 건 기분 좋은 일 아닌가요?"

"부인 같은 여자는 경우가 다릅니다."

"제가 장교님을 명예롭게 하기에는 부족한 모양이죠?"

남자는 그녀가 무슨 논쟁거리를 찾으려 하는지 확실히 몰라서 웃고만 있었다. 아마도 이 세상이나 시대와는 별 상관없는, 아주 난해한 문제를 시험해보려는 게 아닐까 하는 막연한 생각이 들었다. 두 사람은 넓은 침대의자 위에서 마주 보고 앉아 있었다. 몸을 웅크린 엠마뉴엘과 다리를 옆으로 뻗은 남자는 서로 몸이 닿지 않은 상태였다.

"정말 그러신 건가요?" 그녀가 계속 따졌다. "장교님께서 저 때문에 창피하지 않으시다면 숨길 필요가 없잖아요. 동료들에게 저를 차지한 사실을 털어놓는다면 저는 기쁠 거예요."

"진심이십니까?"

그는 엠마뉴엘을 바라보면서 그녀가 농담을 하고 있지 않다는 걸 깨달았다. 하지만 그는 더욱 당황스러워했다.

"부인은…… 참 재미있군요! 저는 완전히 그 반대로 생각했었는데…… 그건 일종의 '노출 취미' 같은 겁니까?"

긍정적인 대답으로 여길 만한 소리가 그녀의 목젖에서 소리로만 새어 나왔다. 그곳은 머릿속에 든 생각을 어휘를 통해 전달한다는 자체도 어려운 곳이었고, 너무 미묘한 논제를 다루기에 적당하지도 않았다. 게다가 남자가 사용한 단어가 그녀의 마음에 들지 않았다.

"부인께서 좋아하신다면, 그렇게 하죠."

장교는 미래의 그 장면이 여자를 흥분시키고 있다는 걸 눈치챘다. 그는 앞으로 엠마뉴엘과 나눈 쾌락을 화젯거리로 삼을 때마다 다시 느끼게 될 것이었다. 아울러 비밀의 누설은 그녀 스스로 원했던 것이라는 사실도 말할 것이었다……. 그는 갑자기 그녀에 대한 욕망이 너무 강하게 솟구치는 바람에 하마터면 그녀의 몸을 덮칠 뻔했다. 그러나 우선 생각부터 정리하는 게 순서였다. 의구심에서 완전히 벗어나지 못한 그가 물었다.

"그렇다면 제가 부인의 이름도 밝히길 원하십니까?"

"네, 그렇게 해주세요."

자신과 함께한 새로운 형태의 방탕이 세간의 대화 주제가 된다는 생각이 이 여자의 마음을 홀리고 있는 게 분명했다. 그건 일종의 세심한 일탈 같은 것이리라.

"부인은 참 묘한 분이시군요." 그가 무뚝뚝하게 말했다. "부인은 방콕에 도착한 이후로 남편에게 지나칠 정도로 충실한 분이 아니셨습니까? 그런데 오늘 저녁 대뜸 극에서 극으로 달려드시다니요. 이런 반전에 이유라도 있습니까?"

"잘못 아셨어요. 저는 항상 그랬는걸요."

그녀는 진짜로 자신의 내부에서 어떤 변화가 일어났다고 생각되지는 않았다. 하룻밤 사이에 일어난 돌연한 변화는 더더욱 아니었다. 마리오가 그녀를 도와준 건 사실이지만, 그건 변화라기보다는 자기 자신이 될 수 있는 권리를 자각하게 해준 것뿐이었다. 어쩌면 이와 함께 자신의 존재에 대한 의무까지 자각하게 된 것일지도 몰랐다. 그러나 엠마뉴엘은 사랑을 의무처럼 여기고 싶지는 않았다. 그 점에 관한 한 마리오도 그녀를 설득시키지 못했다…….

바다의 남자가 그녀를 말없이 지켜보았다. 하지만 그녀가 뭔가 말을 덧붙이려는 기색을 보이자, 불쑥 몸을 일으켰다.

"우리는 쓸데없는 말로 시간을 낭비하고 있습니다. 자, 이리 오세요!"

그는 엠마뉴엘의 팔꿈치 아래를 낚아채고 걸음을 옮겼다.

"친구를 어디로 데려가려는 거예요?" 아리안느가 간섭을 했다. "그냥 놔두세요. 엠마뉴엘은 우리 거예요."

"지금은 제 겁니다." 남자가 그녀에게서 멀어지며 말했다.

"금방 돌아올 거지?" 아리안느가 외쳤다.

엠마뉴엘이 그녀에게 염려 말라는 신호를 보냈다.

귀족 클럽

하나님,
우리들의 정신을 키우기 위한
지상의 사물이라는 빵과
창조된 아름다움이라는 술이 없다면
어찌 되겠습니까?
우리가 드높아지기 위해 오르는 길은
물질로 이루어져 있으니…….

테야르 드 샤르댕

새벽 한 시, 말리가트 성에서 손님들을 위한 심야 만찬이 벌어졌다. 빨간색과 초록색 피망, 레몬 껍질, 바질, 박하를 함께 넣어 끓인 수프, 연뿌리와 쿠베바 후추를 넣은 오징어 수프, 게살과 잘게 썬 해삼을 곁들인 상어 날개 요리, 바닷가재 집게를 소두구 향료와 함께 코코넛 우유로 연하게 만든 다음 중국, 인도네시아, 베트남 등지에서 밀수입된 스물일곱 가지 향료를 섞어 건조시킨 요리, 어린 새 구이, 특히 볏이 달린 새끼 뿔닭의 유백색 머리와 길고 부드러운 부리로 만든 요리, 바삭바삭한 다리 구이, 그리고 샐비어와 빈랑나무 잎을 곁들여 혀가 타버릴 정도로 맵게 만든 어린 수탉 요리, 무지갯빛의 끈적끈적하고 투명한 심줄 요리(보기에는 가는 국수 같지만 실은, 어릴 때는 수컷이지만 크면서 암수 양성이 되다가 늙어서는 암컷이 되는 해파리의 섬모로 만든 요리다. 물론 날것으로 먹는 이 요리는 단백질과 인산을 풍부하게 지니고 있다)…….

젊은 청춘 남녀들이 살롱과 테라스를 가로질러 다니며 이러한 음식들 외에 콜로신트 호박을 반으로 잘라 제비 집에 죽을 담고 그 위에 거북이 알을 띄운 요리, 악어 카레, 다람쥐 간 요리, 코브라 꼬치구이, 꽃가루와 녹용가루로 버무려 익힌 버섯요리, 굴 기름으로 튀긴 죽순과 종려나무 잎 요리, 흑금을 입힌 칠보 항아리에 담은 신선한 원숭이 골 요리 등을 열심히 즐겼다. 발가벗은 청년들이 몸에 유일하게 걸치고 있는, 허리띠 앞쪽으로 은도금 사슬과 은 그물로 장식된 일종의 앞치마 같은 것 사이로 그들의 성기가 얼핏 보였다. 그리고 봉긋한 가슴의 소녀들은 음부를 재스민, 무궁화, 협죽도 꽃잎으로 장식했고, 저마다 목에 걸고 있는 비단 줄에는 음경 모양의 금박 상아로 만든 부적이 달려 있었는데, 그것은 연회가 이어지는 동안 처녀 딱지를 떼주는 데 써도 될 만큼 컸다(이곳에 초대받은 소녀들은 그때까지 처녀성을 지니고 있었고, 이 연회가 끝나면 더 이상 처녀가 아닐 것이었다).

엠마뉴엘은 차려진 음식을 하나씩 다 맛보았다. 그러고 나서 디저트로, 설탕에 절인 만드라고라 뿌리, 풍뎅이, 자벌레와 나방을 먹었고, 광동의 화주(火酒)와 코랏의 흰쌀맥주, 그리고 채찍질처럼 가슴을 후려치는 남부 지방의 '태양주'를 마셨다. 만찬을 치르고 난 엠마뉴엘은 자신이 그곳에 언제부터 있었는지 도무지 알 수가 없었다. 하루 전부터? 아니면 한 시간, 한 달? 아니면 태어났을 때부터?

그녀는 성의 어느 장소에 와 있는지조차 모른 채 생전 처음 보는 사람들과 함께 바닥에 주저앉아 있었다. 웃고 떠들고 휴식을 취하고 있는 무리 속에서 마음이 편안했다. 파란색의 두꺼운 모직 양탄자에 누워 있던 갈색머리의 덩치 큰 남자가 엠마뉴엘의 허벅지에 목을 기댔고, 또 다른 한 남자는 그녀의 발을 어루만졌다. 그녀의 가슴속에서 세레나데가 울려 퍼졌다. '부드러운 밤, 아름다운 밤이여!'

얼마 후 왕자가 그녀를 다른 방으로 데리고 와서 자신의 손님들에게 소개했다. 주변으로 몰려든 남녀가 그녀의 모습에 감탄하며 머리를 만지고 입을 맞추고 허리를 껴안았는데 누가 누군지 분간할 수가 없었다. 엠마뉴엘이 너무 답답하고 더워서 불평을 하자, 왕자는 그녀의 팔짱을 끼고 손님들 틈을 빠져 나와 포석을 깐 안뜰로 데려갔다.

밤기운에 그녀는 생기를 되찾았다. “옷을 다시 입어도 될까요?” 왕자가 시종을 불러 지시를 내렸다. 기다리는 동안 엠마뉴엘은 어린 시종이 옥색의 고운 베일을 다시 찾아올 수 있을까 걱정되었다. ‘그렇게 예쁜 옷을 잃어버렸으면 어떡하지…….’ 그런데 시종은 벌써 옷과 허리띠, 금 브로치까지 하나도 빠짐없이 챙겨왔다. 그러고선 주름을 매만지기 위한 거울, 몸에 뿌리는 향수, 머리를 빗는 솔이 어디 있는지를 몸짓으로 알려주었다. 그녀가 감사의 뜻을 표하자 소년은 두 손을 얼굴 앞으로 모으고 이마를 숙였다. 그 후 왕자가 그녀에게 제안을 했다.

“저하고 같이 가시죠, 아직 정원을 못 보셨겠지요? 산책을 좀 하면 기분 전환이 되실 겁니다.”

‘저 사람도 나하고 사랑을 나눌까?’ 그녀가 속으로 생각했다. 그녀는 해군 장교가 시범을 보여준 처치법에서 아직 완전히 회복되지 않은 상태였다.

그녀는 성채의 주인을 따라 연못과 묘목장을 가로지르며 언제 저 사람이 나를 품을까 상상했다. ‘분수에서 뿜어져 나온 물에 축축이 젖은 저 잔디 위에서? 아니면 인도보리수의 공중뿌리가 드리워진 분홍빛 사암 벤치 위에서? 병풍의 그림 속 인물을 연상케 하는 저 괴상한 능직 의상을 언제 벗게 될까? 그러면 아마도 장엄한 기풍을 좀 잃게 되겠지.’ 갑자기 두 소녀가 정자에서 튀어나오더니 껑충껑충 두 걸음 만에 시야에서 사라졌다. 소녀들은 몸에 걸치고 있던 사롱 두 벌을 바닥에 떨어뜨려 놓고 순식간에 자취를 감추었다. 엠마뉴엘은 소녀들의 야생 영양 같은 몸을 아쉬워했다.

"여자들에 대한 부인의 취향도 제가 잘 알고 있습니다. 오늘 밤 저의 성에서 혹시 마음에 드는 친구가 있던가요?"

그녀가 감동했다.

"저에 대해 그런 것까지 알고 계시다니! 이곳에 도착한 지 겨우 삼 주밖에 되지 않았는데, 도시 전체가 제가 뭘 하는지 궁금해하고 있는 걸까요?"

"도시 전체가 아닙니다. 도시 속의 한 도시가 그렇죠. 그리고 어떻게 부인에 대해 열광하지 않을 수 있겠습니까? 우리는 늘 부인을 기다리고 있었습니다."

"왜요? 제가 보기엔 이 비밀스런 도시의 모든 여자들이 저와 비슷하던데……."

"우리는 남매든 쌍둥이든 친누이만을 사랑할 수 있을 뿐이다, 라고 어느 고상한 분이 말했죠. 우리가 부인을 사랑하는 건 당연한 일입니다."

"그럼 안나마리아가 왕자님의 누이인가요?" 그녀가 별로 협조적이지 않은 말투로 물었다.

하지만 왕자와의 논쟁은 그리 만만치가 않았다.

"그걸 누가 알겠습니까? 때로는 친오빠를 알아보는 데만도 한평생이 걸리죠. 심지어 몇 생애가 걸리기도 하고요."

"우리가 다시 태어날 수 있다고 믿으세요?"

"그걸 제가 어떻게 알겠습니까? 우리가 죽을 수 있는 건지조차 모르는 걸요."

"저는 죽고 싶지 않아요."

"그럼 부인은 죽지 않을 겁니다."

그가 엠마뉴엘을 연못으로 이어지는 대리석 층계참에 앉혔다.

"최근에 중국의 한 여성 기술자가 지은 시를 한번 들어 보시겠습니까?"

산은 나의 베개요
하늘은 나의 처마로다.
내일은 내가 산을 두 쪽 낼 것이니
이제 하늘은 무너지지 않으리라.

엠마뉴엘은 목이 멨다.

"저는 삶을 가지고 뭘 해야 할지 알아요. 그런데 죽음을 가지고는 뭘 해야 하죠?"

왕자가 그녀를 다정하게 바라보며 대답했다.

"**삶을 모르니 어찌 죽음을 알겠는가?** 공자가 한 말입니다. 왜 괜한 걱정을 하시는 겁니까?"

"그런 생각은 안 하고 있었는데, 안나마리아가 와서 저의 말년을 들먹이잖아요. 그때부터 생각하게 된 거예요."

"원하는 대로 생각하시는 건 좋지만, 두려워해선 안 됩니다. 존재와 존재의 끝이 불확실하게 여겨진다면 얼굴을 두 손에 묻어보세요. 마침내 신을 보게 될 겁니다. 바로 우리가 두려워해야 할 대상이죠. 그러면 생각이 훨씬 더 진척되어 있을 겁니다!"

엠마뉴엘은 쿡, 웃음을 터뜨렸다. 하지만 왠지 서글펐다. 왕자가 그녀에게 위안의 말을 건넸다.

"부인의 나라 작가인 조르주 바타유가 이렇게 말했습니다. '자랑하려는 건 아니지만, 내게 죽음이란 것은 이 세상에서 가장 우스꽝스럽게 보이는 것이다.'"

"저는 그렇게 생각하지 않아요."

왕자가 웃었다. 엠마뉴엘은 한숨을 내쉬고 계속 말했다.

"무슨 까닭인지 모르겠지만 이삼 일 전부터 모든 게 저를 그 문제로 연결시키는데, 지금까지 그렇게 사랑을 많이 나누고 죽음에 대해 얘기한 적이 없었어요. 그런데 그 두 가지가 계속 엇갈린단 말이죠."

"그건 당연한 이치입니다. 삶에 가치를 부여하는 것은 집착으로 이어지기 마련이니까요."

"그래서 모든 걸 다 잃어버려야 하는 건가 봐요."

"정말 그럴까요? 마리오 세르기니 후작이 말하기를 부인께서 수학을 좋아하신다는데, 수학이 부인의 이해를 도울 수 있을 겁니다. 수학자들의 계산에 의하면, 운동 상태의 물질이 빛의 속도에 이르면 수축되어 사라지게 됩니다. 이 물질은 우리들의 시야에서, 아니면 관측 장비를 통해 조금 더 넓어진 시야에서까지도 벗어날 수는 있겠지만, 더 이상 존재하지 않는다고 누가 장담할 수 있겠습니까? 마찬가지 이유로, 저 다른 세상에서 우리들을 살펴보고 있던 생명체들에게는 지구 위의 우리도 오래전부터 존재하지 않은 겁니다. 백억 광년 떨어져 있는 저들의 은하계를 삼켜버린 속도의 빈 공간 속에 우리는 가라앉아 있는 거죠. 이제 서로가 육안으로 다시 볼 수 있는 가능성은 절대 없습니다. 어이없는 자연의 정수, 그리고 수수께끼 같은 그 숫자에 의해 나눠지긴 했지만, 저들과 우리는 각자 고유한 체계와 소통 불가능한 공간 속에서 나름대로 삶을 이어가고 있는 게 아닐까요? 현재로선 우리가 하달리(Hadaly) 로봇처럼 외롭게 남아 밤새 죽은 별들의 에너지를 측정하고 있다 하더라도 슬퍼해선 안됩니다."

"맞아요. 저도 그 내용을 알고 있어요."

"그렇다면 시간이 지옥으로 이어지는 게 아니라는 걸 아시겠군요. 미래는 현재의 죽음이 아니라, 다만 또 다른 측면일 뿐입니다. 옛날에는 우리가 달의 한쪽 면만을 알고 있었죠. 그런데 다른 한쪽 면이 죽음이 아니었다는 사실을 이제 알게 되지 않았습니까? 어쩌면 다른 행성에서 다른 방식으로 본다면, 우리는 아직도 죽어 있는 건지도 모릅니다……."

엠마뉴엘은 행복하면서도 동시에 울고 싶은 충동에 사로잡혔다. '그래, 삶의 밝은 측면 위에서 터져 나오려고 하는 눈물의 기척, 그것 또한 행복이 아닐까?' 그녀는 희망과 절망이 뒤섞인 심정으로, 고개를 뒤로 젖히고 하늘을 바라보았다. 검은 머리가 대리석 층계에 닿을 듯했다. 매 순간 어느 공간의 경계에서 꺼져가고 있을 아득한 별들이, 그녀가 보내고 있던 애정의 단편과 그녀가 가슴에 품고 있었던 꿈(언젠가 저 먼 세상을 알게 될 때, 저들의 어깨를 두 팔로 감싸고, 허리를 불꽃으로 끌어안아주기 위해 가고야 말리라는), 미친 꿈을 싣고 어디론가 사라졌다.

한 남자가 두 사람 곁으로 와 앉았다. 아주 바짝 깎은 암갈색 머리가 그의 젊은 나이를 돋보이게 했다. 엠마뉴엘은 그의 갑작스런 방해를 언짢은 기색 없이 맞이했고, 흥미롭다고 생각했다.

"미카엘, 나보다는 자네가 이 부인을 동행하는 게 더 나을 것 같군. 기분 전환을 좀 시켜드리게."

엠마뉴엘은 항의했다. 왕자와 함께 있는 동안 만족스러웠던 그녀로서는 이 기분을 '전환'하고 싶지 않았다. 하지만 왕자는 그녀의 손을 잡더니 젊은이의 손에 쥐어주었다.

"자, 두 분 모두 백조처럼 수영하러 가세요."

연꽃의 하얀 봉우리와 달빛으로 밝혀진 연못의 물이 포

근해 보였다. 엠마뉴엘은 앞으로 나가 한쪽 발을 담가보았다. 따뜻했다. 그녀가 남자를 향해 고개를 돌려 의중을 물었다. 남자는 웃으며 그녀를 격려했다. 그녀는 잡고 있던 손을 놓고 몇 발짝 물러나 황금부엉이 브로치를 끄르기 위해 팔을 어깨 위로 올렸다.

대부분 나체로 있었던 그녀가 투명한 어둠에 싸인 정원에서 다시 옷을 벗기 위해 취하려는 몸짓은, 그 자체가 나체보다도 더 적나라한 느낌을 불러일으켰다. 야성의 수줍음이 그녀의 손가락을 둔하게 만들었다. 그런데 두 남자가 기다리고 있다는 생각과, 자신의 변형을 선물로 보여줘야겠다는 마음으로 용기를 냈다. 이렇게 옷을 벗는다는 사실은 어떤 의미를 지닐 것인데, 바로 엄숙한 예비 동작과 의례를 갖춘 색정적 행위를 구현하게 되는 것이다. 그녀는 아직 나체가 되지 않은 자신의 상태를 즐겼다. 그것은 나체가 되면서 스스로 아름다운 작품이 될 수 있는 여지를 지닌 상태로, 이미 완성되어 움직이지 않는 미보다 더 나은, 탄생되려는 미에 대한 약속이었다. 진흙을 가지고 젖가슴과 배, 다리와 얼굴의 형태를 부여하는 과정처럼, 비상의 순간을 기다리고 있는 것이다.

그녀는 우선 허리띠를 풀었다. 바람에 부풀어오른 베일이 허리로 미끄러져 내리며, 길게 파인 고랑의 그림자로 둘로 나뉜 등을 드러냈다. 둔부에 걸쳐져 있던 천 자락이 허벅지와 발목을 휘감았고, 옛날 조각가들이 비너스 상을 장식하기 위해 즐겨 사용했던 주름들이 나타났다. 실제로 엠마뉴엘은 고대의 꿈에서 솟아난 것 같았고, 수천 년 동안 남자들이 가슴 속에 간직해오던 그 형상에 어울리는, 믿기지 않는 모습으로 눈앞에 있었다.

아마도 그 환상은 번개처럼 지나가는 것일지도 모른다. 그녀의 긴 머리채와 젖가슴의 윤곽, 현대적인 허리선이 조금만 움직여도 조각상의 신성은 사라져버릴 것이었다. 하지만 살아 있는 육신은 그 조각상의 우아한 미를 물려받아 살덩이가 지닌 위세와 권능을 갖추고 서 있었다. 그러나 어쩌면, 남자들이 손을 뻗고 싶었던 대상은 신적인 맵시보다 더 완벽한 엠마뉴엘의 인간적인 아름다움이 아니라, 환상의 시대에 '불멸'이라는 비현실적인 매혹을 불어넣은 석조의 허위적인 모습이 아니었을까? 크니도스의 아프로디테 여신상이 생기를 지닌 젖가슴이라면 누가 엠마뉴엘의 가슴에 눈길을 주겠는가? 엠마뉴엘이 아무리 완벽한 생살의 젖가슴을 가지고 있다 하더라도, 그 옛날 동굴과 신전에 신상을 가둬놓고 사랑을 헌신적으로 바치던, 그 환상적인 사랑에 못 이겨 조각을 강간하기조차 했던(물론 신체에 무수히 파여 있는 상처들을 근거로 한 가설이긴 하지만) 남자들의 마음은 얻지 못할 것이다.

왕자와 미카엘은 물속으로 사라지는 환상을 아무 말없이 바라보았다. 연못의 물결에 엠마뉴엘의 모습이 부서졌다. 이내 부서지는 단편들마저 존재를 멈췄고, 결국 그녀는 사라졌다. 머리채의 줄기만 남아 물 위를 떠다녔다. 아리따운 처녀들과, 그들의 경건한 춤과, 섬나라의 꿈으로 장식된 항아리들과 함께 침몰되어버린 옛 그리스 무역선이 바다 위에 남긴 검은 흔적처럼…….

미카엘이 옷을 벗고 엠마뉴엘과 합류했다. 두 사람은, 잿빛 두루미와 수반에서 떨어진 재스민의 향기로운 꽃잎 한가운데를 떠다니며 수중식물에 걸리기도 하고, 사람의 무게를 견딜 수 있다는 수련의 거대한 잎 아래로 가라앉기도 했다. 어느새 왕자는 자리를 떠났다. 두 사람의 몸이 마주쳤다. 엠마뉴엘의 젖가슴은 남자의 욕망을 노래하는 플루트처럼 길고 단단한 음경과 마주치며 놀랐다. 남자가 물속에서 성교를 시도했지만 몸이 미끄러운 데다 너무 힘을 주며 서두르는 바람에 뜻대로 되지 않았다. 그럭저럭 남자는 몸을 합쳤고, 그녀는 쾌락과 고통이 뒤섞인 소리를 외쳤다. 그녀가 고통을 못 견뎌 하자 남자는 그녀를 연못가로 데리고 나왔다. 그곳에서 엠마뉴엘은 혀와 손가락, 배, 허벅지로 남자를 애무했다. 그리고 가슴의 두 봉우리로 음경을 꽉 조여 마치 처녀의 질 속에 있는 것처럼 자극해주었다. 결국 그녀는 남자로부터 진한, 두 손에 가득 담길 정도로 수북한 정액을 받아냈다. 그녀는 손을 자기 입술로 가져갔다가 남자에게 내밀었다.

"먹어볼 거야?"

남자는 고개를 흔들며 웃었다. 대신 빰을 그녀의 얼굴 옆으로 가져가 그녀가 정액을 마시는 걸 지켜보았다. 엠마뉴엘의 젖은 머리채가 두 사람의 어깨를 덮으면서 머리 하나에 몸이 두 개인 모습이 되었다.

잠시 후 그녀가 한기를 느끼기 시작하자 남자는 위쪽으로 몸을 길게 포개어 엎드렸다. 두 연인이 나누는 사랑의 속삭임 위로, 보석이 박힌 벨트에 성운이 서린 검을 든 오리온 성좌가 떠 있었다. 그녀가 신비한 주문을 외었다. **"알니타크 알닐람 민타카**(오리온 좌를 이루는 세 별의 이름—옮긴이)……." 그녀의 의식이 꿈속으로 녹아들었다.

꿈에서 깨어나자, 엠마뉴엘은 왠지 마음이 불편했다. 알지도 못하는 남자의 나체에 눌린 채 정원에서 자신이 도대체 뭘 하고 있는 건지 이해할 수 없었다. 게다가 옆에 있는 남자는 축 늘어져 죽은 듯이 조용했다. 갑자기 겁이 덜컥 났지만 조금씩 기억이 되살아났고, 더 이상 그곳에 머물러 있고 싶지 않았다. 그녀는 남자에게 집으로 좀 데려다달라고 부탁했다. 몸이 너무 지친 데다 잠이 쏟아져 자신의 침대에서 잠들고 싶었다. 며칠 내내, 아주 깊이……. 그런데 남자는 아직 시간이 너무 이르니 날이 밝을 때까지 기다리는 게 좋겠다며 망설였다. 곤란해진 그녀는 마리오를 다시 만나야겠다고 작정했다. 그녀는 옷을 입었다. 몸의 물기는 말라 있었고, 비단의 포근한 감촉에 마음의 안정을 되찾았다. 그런데 엠마뉴엘은 무엇보다도 먼저 물에 젖은 꽃잎과 낙엽이 들러붙어 있는 머리를 빗고 싶었다. 그녀는 성 안에 은과 상아로 된 도구들을 갖춘 욕실이 여러 군데 있었다는 사실을 기억해냈고, 손님들의 시중을 드는 소녀들 중 한 명을 골라 문 앞까지 안내를 받았다. 안내해준 소녀에게 기다릴 필요는 없다고 귀띔하고서 안으로 들어갔다.

그녀는 뜨거운 물에 한참 들어가 있다가 나와 몸을 말렸고, 파우더와 향수를 뿌리고 문지르고 어루만지고 머리를 빗었다. 아마도 미카엘을 통해 그녀가 있는 곳을 알아냈을 왕자가 찾아오지 않았더라면, 그녀는 밤새 그곳에 있었을 것이다.

“누군가가 부인을 독차지하고 있는 것 같다고 불평하는 남자가 한둘이 아닙니다. 남자들이 하소연 좀 그만하게 해주시면 안 되겠습니까?”

“좀 전에 지나오면서 열광적인 분위기가 대체로 가라앉아 있던걸요. 남자들도 별로 눈에 띄지 않았고요. 다들 잠자러 간 줄 알았어요.”

“빈곤한 남자들이 기회를 노리기에 안성맞춤이지 않습니까.” 왕자가 농담을 건넸다. “육체에 생기를 불어넣는 일은 정신의 몫이죠. 제가 적당한 곳에 귀족 클럽을 만들어놨습니다. 그 사람들에게 여태까지의 유희는 서곡에 불과합니다. 부인께서도 지금까지는 한가한 시간이 아니셨던가요?”

"정원에서 왕자님이 제게 넘겨준 미남은 누군가요?"

"미카엘 말입니까? 알고 계신 줄로 여겼는데, 미국 대사관의 해군 무관입니다."

엠마뉴엘은 눈도 깜박거리지 못하고 정지했다. 주먹으로 얼굴을 한 방 얻어맞은 것 같았다. '비의 오빠라니! 어떻게 내가 그걸 몰랐을까? 똑같은 눈매, 똑같은 입술! 웃는 모습, 구릿빛 머리, 거만한 자세, 말투까지 다 똑같았는데! 완전히 판박이였는데도 못 알아봤다니, 세상에!'

엠마뉴엘은 정신이 나간 채 왕자의 안내를 받아 색이 바랜 나무 문 앞에 도착했다. 갑판처럼 낡아 빠진 문짝은 새겨 넣은 철선이 마름모꼴로 겹치면서 묵직한 돌쩌귀를 이루었고, 못을 박아 보강시킨 모서리와 빗장 자물쇠는 상징적인 형상들을 구성하고 있었다. 하지만 그녀의 눈에는 아무것도 들어오지 않았다.

왕자가 문을 밀고 그녀를 먼저 들여보냈다. 실내에는 에어컨을 틀어놓아서 바깥의 밤공기보다 훨씬 더 추웠다. 적갈색 연무가 눈앞을 흐리게 했다. 또 그녀는 사람의 것이라기보다는 풍경 자체에서 나오는 것 같은 향기가 자신의 주변으로 몰려드는 느낌을 받았다. 그 향기는 생강과 사프란인 것 같기도 했고, 꽃이라기보다는 숲 향에 가까운 허브 아니면 향료에서 나는 것 같기도 했는데, 긴박하면서도 맵고, 순수하면서도 복합적인 향기였다. 어쩌면 그녀의 살결을 맛보기 위해서가 아닐까?

그녀는 우선 바닥에 놓여 있는, 육각형의 받침대와 두꺼운 유리로 만들어진 등불들을 발견했다. 은색 판으로 된 가리개들이 그 등불들의 앞을 가리고 있었다. 희미한 불빛 속에서 양탄자의 흰색과 겨우 구분되는 온갖 크기와 두께의 방석들은, 유황색 펠트 또는 청록색 벨벳, 짧은 털 모피, 오징어먹물로 까맣게 칠한 낚싯줄, 마오리족들이 쓰는 것과 같은 깃털장식 등으로 마감해놓은 것들이었다.

거의 손으로 만질 수 있을 정도의 색감이 매 순간 농도를 달리하는—아마도 방문이 열리면서 들어온 기류 때문일 것이다—방 안의 독특한 어둠에 금방 적응이 되긴 했지만, 엠마뉴엘은 아직 제 몸의 윤곽 너머까지는 파악하기가 힘들었다. 비교적 뚜렷하게 보이는 형체라고는 쿠션 위의, 그녀보다 어려 보이는 세 명의 여자들뿐이었다. 그녀들은 서로 몸을 붙이지 않은 채 다리를 넓게 벌리고 똑바로 누워 있었다. 그중 한 명은 왕자의 딸이었다. 그 주변으로, 남자인 것 같은 형상들이 쳐다보고 있었다. 그들은 등불이 손에 닿을 거리에 있었는데, 방 안을 채운 수증기의 움직임에 따라 시시각각 그 윤곽이 변했다.

엠마뉴엘은 주인을 향해 돌아섰다. 그의 목소리가 듣고 싶었다. 너무 많은 우연 속에서 한꺼번에 들이닥치는 낯선 느낌들을 조금이라도 덜기 위해, 제일 먼저 떠오르는 이름을 꺼냈다.

"아리안느…… 그녀도 여기 있나요?"

"그녀가 여기 있었으면 좋겠습니까?" 왕자가 대답했다. "원하시면 불러오죠."

"아니, 아니에요!" 엠마뉴엘이 마치 스스로 잘못을 인정하는 것처럼 서둘러 만류했다.

그리고 경쾌한 모습을 가장하며 바로 말을 이었다.

"즐겁게 잘 지냈을까요?"

말을 하고 나서 그녀는 마치 연회가 끝나기라도 한 듯 자신이 과거 시제를 썼다는 걸 깨달았다.

"그럴 겁니다." 주인이 미소를 지으며 말했다. "오늘 밤은 어느 누구보다도 더 성공을 거뒀을 겁니다."

'왜?' 엠마뉴엘은 마음속으로 물음을 던지며 그의 추측에 반발했다.

"저보다 더 그렇다는 말씀이신가요?"

자존심과 당혹스러움이 그녀의 목소리를 여리게 왜곡시켰지만 따질 건 따져야 했다.

"그녀가 나보다 더 예뻐서 그런 건가요?"

"아닙니다."

"아니면요? 내가 더 예쁘면, 내가 더 많은 애인을 가질 권리가 있는 거잖아요, 어떤 누구보다도 더!"

그녀의 의기양양한 목소리가 붉은 방 안에 울려 퍼졌다.

한 남자가 그림자들로부터 빠져나와 그녀의 팔목을 잡았다.

"그건, 우리가 결정하는 겁니다!"

그녀가 남자를 알아보고는 조용해졌다. 해군 장교였다.

그가 엠마뉴엘을 앞세우고 나가자 연무는 뒤로 물러나고, 다른 사람들이 모습을 드러냈다. 대부분 남자였다. 거의 어린아이에 가까운 소년들도 있었다. 짧고 투명한 머리를 한 앵글로색슨계 전투비행사 같은 얼굴이었다. 조금 더 성숙해 보이는 소년들은 햇볕에 그을린 모습을 하고 있었는데, 경멸적이면서도 단호한 눈매를 가진 시베리아인들의 뚜렷한 골격이 돋보였다. 그 밖에 다양한 유형의 남자들이 있었다.

여러 개의 손이 그녀의 어깨를 누르며 그녀를 차갑고 미끄러운 천 위에 앉혔다. 누군가가 그녀의 몸을 만지고 다리를 벌렸다. 그녀가 옷을 걷어낼 틈도 주지 않고 입을 탐하거나, 말을 건네지도 않고 곧바로 음부를 차지했다. 여러 명이 한꺼번에 자신을 나눠 가지게 될 거라는 건 예상했지만 그녀는 눕지 않았다. 허벅지 사이에서 열심히 움직이는 손들이 그녀를 아프게 만들었지만, 거침없이 몸을 열고 더 안으로 깊숙이 들어오길 기다리며 그녀는 아무 불평도 하지 않았다. 그 이상의 손놀림도 받아들일 마음의 준비를 하고 기다렸다. 자신이 더 이상 두려워하지 않고 있다는 사실을 깨닫자 그녀의 가슴은 자부심과 기쁨으로 채워졌다. 이제 신체적인 두려움이나 정신적인 머뭇거림은 없었다.

해군 장교가 지시를 내리자 마법처럼 손들이 스르르 물러나면서 그녀를 자유롭게 했다. 마치 순식간에 혼자만 남은 것 같기도 했다. 그녀를 탐하던 후보자들이 팔 하나 길이의 거리만 떨어져도 마치 용해되어버린 것처럼 어둠 속에 잠겨버릴 수 있었기 때문이다. 향기가 밴 어둠이 요술 막대기를 휘두른 것처럼 그녀를 둘러싸고 동그란 허공을 그렸다.

"아리안느를 데려오게." 눈에 보이지 않는 우두머리가 명령을 내렸다.

갑작스런 열기가 훅 끼쳐왔다. 엠마뉴엘은 아직, 지금 이 순간, 방을 벗어날 마지막 가능성이 있다는 걸 자각했다. 아무도 그녀를 붙들지 않을 거라는 걸 알았다. 그렇게 선택의 여지를 남겨놓았다. 입구의 문을 열어둔 의미가 바로 그것이었다.

그녀는 남았다. 누구를 위해서 그런 것도 아니었고 체념했기 때문도 아니었다. 단지 그러고 싶은 욕구 때문이었다. 그녀는 자신의 목 안에서, 후두의 양쪽에서 이는 그 욕구를 느꼈다. 마치 그녀를 껴안기 시작하고 있는 누군가의 손처럼. 그녀의 혀가 데워졌고, 맥박이 빨라졌다. 관자놀이가 뜨거웠다. 그것은 지금까지 알지 못했던 욕망의 형태였다. '빨리 좀 해주었으면!' 그녀가 마음속으로 갈망했다. '내가 이렇게 기다리고 있는 걸, 보면 알잖아. 이제 남자들은 원하는 대로 내 몸을 나눠 가지기만 하면 되는데!'

"우리가 어떻게 해주길 바라십니까?" 유희의 주동자가 물었다. 엠마뉴엘은 형식적인 질문의 진의를 가늠해보았다.

'그가 내 미소를 잘못 이해한 걸까? 아니면 그저 의례적인 말에 불과한 걸까?'

"남자가 낫겠습니까? 아니면 여자?"

하지만 그녀가 무슨 말을 꺼내기도 전에 그는 스스로 먼저 대답을 내놓았다.

"사실 이런 질문은 무의미합니다. 색정주의가 어느 수준에 이르게 되면 더 이상 성의 구별은 필요 없으니까요."

그가 다시 명령조의 말투를 취했다.

"몸을 보여주세요!"

엠마뉴엘은 몸을 뒤로 젖히며 왼쪽 팔꿈치를 괴고 누웠다. 그리고 옷자락을 양쪽으로 걷어내 음부를 드러냈다. 음모에 장식되어 있던 진주알은 대부분 어디론가 떨어져 나가고 없었다. 한쪽 무릎을 들어 올리고, 오른쪽 다리를 옆으로 벌렸다. 그런 다음 두 손가락으로 천천히 음순을 열어 보였다.

"자, 이제!" 해군 장교가 소리쳤다. 그 말은 분명히 엠마뉴엘 주변에 있는 남자들을 향한 외침이었다.

'몇 사람이나 될까?' 그녀는 아직 방의 크기조차 가늠하지 못하고 있었다. '백 명쯤 있다면? 그렇다 하더라도, 남은 밤 동안 지금의 기회를 이용할 수 있는 남자는 그리 많지 않을 거야.'

그녀가 솔직히 털어놓을 수는 없었지만 정말 걱정스러웠던 부분은, 자신의 경험이 수치스러운 것이 되지 않을 만큼 건장한 남자들이 충분히 있을까 하는 것이었다. 곱슬머리에 두툼한 입술을 한, 덩치 큰 한 남자가 그녀의 다리 사이에 무릎을 꿇으러 오자 그녀는 적잖이 안심했다. 아마 아프리카 남자일 것이다. 그는 아랫배에 두고 있던 엠마뉴엘의 손을 치우고 상체를 앞으로 기울인 다음 한쪽 손으로 몸의 균형을 잡았고, 다른 쪽 손으로는 그녀가 만족할 수 있을 만큼의 단단하고 뜨거운 음경을 잡아 위치를 조절했다. 하지만 첫 상대의 크기가 조금만 덜 위압적이었다면 그녀는 좀 더 편하게 받아들일 수 있었을 것이다.

남자가 몸을 꿰뚫고 들어오는 동안 그녀는 고통을 참으며 자신의 명예를 지켰다. 그녀가 처녀였을 때처럼 흥건한 눈물이 뺨을 적셨다. 지나치게 큰 성기가 계속해서 안으로 들어오고 있었다. 자신의 음부가 그렇게 깊은 줄 몰랐다고, 그녀는 생각했다. 남자가 마침내 목표에 이르렀을 때, 그는 결코 상대방을 위해 자신의 권능을 삼가는 친절을 베풀지 않았다. 그래도 그녀가 너무 고통스러워하는 순간엔 앞뒤로 움직이지 않고 기다려주었다. 이미 돌이킬 수 없는 상태에서, 그는 아랫배와 허벅지의 근육을 서서히 움직이면서 자신의 육중하고 단단한 음경을 이용해 그녀 몸속의 섬유질이 한쪽으로 유연하게 늘어나도록 돌려주었다. 남자는 결국 축축하게 젖어 뜨겁게 달아오른 그녀를 두 팔로 힘껏 껴안았고, 그녀의 목에서 올라오는 쾌감의 첫 신음 소리를 들었다.

그때부터 남자는 갑자기 격렬한 놀림으로 사정없이 몸을 박아 넣고 물러나면서, 반복되는 매 동작마다 그녀를 울부짖게 만들었다. 그녀의 고통스런 외침은 남자를 멈추게 하기는커녕 더욱 흥분시키고 있었다. 머지않아 절정에 이른 남자의, 거의 동물적으로 외치는 신음 소리가 그녀의 절규와 뒤섞였다. 그가 야성적으로 부려놓는 힘처럼 진하고 묵직하게 뿜어져 나온 정액이 엠마뉴엘의 몸속 깊숙이 스며들었고, 그녀는 혀끝으로 도는 남자의 맛을 느꼈다. 그런데 남자는 사정을 한 후에도 그녀의 가슴 위에 쓰러져 얼굴을 머릿결에 파묻은 채 오랫동안 성기를 계속 박아 넣었다. 경련으로 움찔거리는 그의 둔부가 엠마뉴엘에게 날카롭고 얼얼하면서도 감미로운 맛의, 새로운 감각을 선사해주었다. 그녀는 남자의 거친 뺨에 얼굴을 맞대고 헛말을 쏟아내면서 깨물고, 입술을 헤집고, 방향을 잃은 자신의 감각 속에서 오열했다.

남자는 한결같이 난폭한 동작으로, 한결같이 격렬한 박자로 그녀의 몸을 파헤치고, 일궈나갔다. 여태 그녀가 겪어보지 못한 오랜 시간 동안 그렇게……. 그녀는 여태 즐겨본 적이 없는 만큼 엄청난 쾌락을 즐겼다. 두 번의 혼절 사이에서 순간적으로 그녀는 또렷한 의식을 찾았고, 사랑이란 언제나 그 이상의 무엇이 될 수 있다는 생각을 했다. 만약 이 남자가 엠마뉴엘을 품지 않았다면, 그녀는 이렇게 많은 쾌락을 느낄 수도 있다는 사실조차 평생 모르고 지냈을 것이다.

'나는 나 자신을 넘어서야 해.' 그녀는 스스로에게 제안했다. '오늘 밤은 나를 초월해야 하는 거야.' 그런데 이전의 다른 어느 때보다 더 황홀한 또 한 번의 오르가슴에 이른 후, 그녀는 더 이상 쾌락에 대한 욕구가 일지 않았다. 불과 바람을 겪고 난 그녀는 극도로 진정한 상태가 되었고, 전례 없는 통찰력과 평정을 얻었다. 그녀가 바로 전에 느꼈던 감정이 쾌락이었다면, 이 새로운 상태는 행복일 것이다.

남자가 괴성을 지르며 두 번째 정액을 쏟아냈다. 그러고는 살해된 사람처럼 움직이지 않았다. 다른 남자들이 그를 끌어내고 뒤를 이었다. 엠마뉴엘은 더 이상 아무것도 알 수 없었다.

다시 정신을 차렸을 때, 그녀는 자신이 모르는 사이에 얼마나 많은 애인이 거쳐갔을까 헤아려보았다. '반드시 숫자를 세봐야 해.' 그렇게 스스로를 다그쳤다. '그러지 않으면 아무 쓸모도 없는 거야.'

다음 남자들이 이어지는 동안 그녀는 새로운 형태의 희열을 발견했다. 그것은 이전에 느끼던 성적 쾌감의 절정이 아니라, 그보다 더 매혹적인 형태의, 두뇌적인 쾌락이었다. 그녀는 자신이 육체적 오르가슴, 즉 육신의 오르가슴을 색정적 오르가슴, 다시 말해 정신의 오르가슴으로 대체시킬 수 있게 되었다고 생각했다. '욕망에 몸을 내맡기는 것은 아무 것도 아니야. 색정주의란, 의지에 따라 몸을 내맡기는 거야. 색정주의는 바라던 것이 끝날 때 시작돼. 아니, 어쩌면 쾌락이 끝나는 시점에서 진정한 의미와 존엄성을 되찾으며 시작되는 것이 아닐까? 아름다움이 뜻하지 않게 드러나는 것처럼……'

이런 생각이 들자 엠마뉴엘은 너무 오래 그녀의 몸을 즐기는 남자들을 보며 걱정이 앞섰다. 왜냐하면 그녀가 원하는 건 모든 사람들에게 몸을 나눠주는 것이기 때문이었다. 사람들이 기다리다 지쳐서 더 이상 흥미를 느끼지 못하거나 그 상태로 포기해버린다면, 그녀로서는 실망이 클 것이었다. 그래서 그녀는 한 남자가 몸을 쏟아내는 것을 지켜보면 안심이 되었다(일시적으로). 이제 이 남자는 곧 또 다른 한 남자에게 자리를 물려줄 것이었다. 또한 그녀의 마음을 혹하게 만든 것은, 그녀의 몸을 빠져나온 남자들이 상체를 일으키며 무릎을 세운 다음, 웅크린 상태로 그녀의 다리를 넘어 그림자 속으로 되돌아가는 모습이었다. 그 방은 모든 움직임이 바닥에서만 이루어져야 하는, 수직성이 금지된 곳 같았다. 자리를 새로 이어받는 남자들이 각자 취향에 따라 그녀의 다리 사이에 무릎을 꿇거나 몸 위에 길게 엎드려 단번에 성기를 삽입했다. 그녀는 손으로 조절하여 삽입을 하는 모습을 지켜보며 사랑의 맛이 배어나는 흥분을 느꼈다.

남자들은 녹초가 된 성기에 적당한 허리 움직임의 속도를 찾아가며 그녀의 입술을 열심히 더듬었고, 다른 남자들은 차례를 기다리며 그 과시적인 동작을 지켜보았다. 그녀는 남편에게 배운 기교를 모두에게 베풀며 그들의 쾌락을 더해주었다. 자신의 노련한 몸놀림이 상대 남자들로부터 황홀한 헐떡임을 끌어낼 때마다 그녀는 마음속으로 남편에게 고마움과 애정을 전했다.

암묵적인 합의에 의해, 아니면 해군 장교가 내렸을지도 모를 지시에 의해 그녀의 몸을 애무하는 남자는 하나도 없었다. 그런데 평소 같았으면 그처럼 예의 없는 포옹에 그녀는 분명히 모멸감을 느꼈을 것이다. 하지만 주어진 상황으로 볼 때 그럴 수밖에 없는 것 같았다. 그녀는 많은 남자들을 위해 스스로 쾌락의 도구가 된 것처럼 여기며 그들이 쾌감을 더 많이 누리기만을 바랐다. 그녀의 음부와 그 속에서 음경이 느끼는 감각에 남자들이 만족하기를, 그리고 그녀의 몸은 개의치 말고 각자의 기호에 맞게 만족해할 수 있기를 바랐다. 그녀가 가진 더할 나위 없이 좋은 장점은, 자신의 예술에 대한 자존심이었다. 그래서 그녀는 가장 완벽한 만족감을 남자들에게 주기 위해, 그리고 남자들이 이 세상 최고의 창녀처럼 친절하고 편안한, 게다가 예기치 않은 손길을 지닌 그녀를 가슴에 품는 것이 얼마나 기분 좋은 일인지를 온 도시에 알리고 다니도록 자신의 창조성과 모든 사랑의 기교를 다 동원했던 것이다. 아플 때도 있었고, 아무것도 느끼지 못할 때도, 생각조차 하기 싫을 때도 있었다. 그리고 결국은, 그녀에 대한 남자들의 갈망이 그쳤다. 그 순간 그녀는 숫자 세는 것을 완전히 잊어버리고 있었다는 사실을 깨달았다.

시간이 한참 지난 후, 누군가의 목소리가 그녀를 깨웠다. 방 안이 더 추워진 것 같았다. 그녀를 품었던 남자들 일부는 돌아간 것일까? 엠마뉴엘은 누가 말을 걸고 있는지 분간하기 위해 잠시 기다렸다. 방 안의 불빛은 더 밝아져 있었지만, 그녀의 눈은 아직 잠에서 덜 깨어난 상태였다. 마침내 그녀는 자신의 머리맡에 서 있는 사람을 알아보았다. '다리가 정말 멋져! 특히 다리가 이어지는 곳, 불꽃처럼 이글거리는 음모 아래의 도톰하고 육감적이고 싱싱하고 외설적인 모양의, 근사한 돌출부! 비정상적으로 보일 정도의 불룩한 음부 위의 저 숲을 이미 봤던 기억이 나.' 수영복 흉내를 낸 얇은 천 위로 음부의 윤곽이 그대로 드러나 있던 그때, 음모뿐만 아니라 음부 전체를 두드러지도록 배치해놓은 흰색의 가느다란 리본 때문에, 나체의 상태보다도 더 시선을 끌어당기는 그 모습에 엠마뉴엘은 그녀를 원했었다. 하지만 그때 눈앞에 드러나 있던, 몸을 일으키기만 하면 입에 닿을 거리에 있던 그녀의 공격적인 성기도 충분히 아름다웠다. 그러나 차라리 저 성기가 엠마뉴엘의 입술까지 내려오는 편이 더 나을 것이었다. 엠마뉴엘은 그 성기가 그녀의 입 위에 잘려진 해산물처럼 놓이고, 그녀의 갈증을 적셔주길 바랐다.

갑자기 그녀는 알싸한 감각 속에서 다시 몸이 달아오르는 것을 느꼈다. 그런데 이 수수께끼 같은 존재는 아무런 움직임도 없었다.

"당신을 알아요." 마침내 엠마뉴엘이 말했다. 마치 여자의 출현이 꿈이 아니라는 걸 확인해보려는 듯이. "대사관의 수영장에서 봤었죠. 그렇지만 이름은 아직 몰라요……"

그리고 다시 말을 이었다.

"새끼사자 같았었죠."

"제 이름은 메르베라고 해요." 젊은 여자가 말했다. "로마 사람들은 저를 피아마(Fiamma)라고 불렀죠. 왜냐하면 난 그 사람들을 불타게 만들었으니까. 또는 레나타(Renata)로 불려요. 왜냐하면 난 그들이 타버린 재로부터 다시 태어나거든요. 저의 애인은 저를 마라, 라고 부르죠. 인도의 악마 이름처럼. 또 마야, 릴리트, 그렇게 불리기도 해요."

"많은 이름을 가져서 좋겠어요." 엠마뉴엘은 인정해주면서도 좀 어이가 없었다.

"아직도 더 많이 있긴 해요. 하지만 오늘 밤과는 안 어울리는 것들이라서. 방금 말한 이름들은 제가 발가벗고 있을 때만 쓰는 거예요."

그러고는 눈을 찌푸리며 담담하게 말을 덧붙였다.

"물론 남자 이름들도 있죠. 제가 남자 역할을 할 때 쓰는."

엠마뉴엘은 눈썹을 치켜떴다. 상황을 있는 그대로 받아들이기로 했다. '저렇게 희한한 존재에게는 불가능한 것이 전혀 없을 거야' 그녀는 더 깊이 들어가지 않기로 했다.

"남자로 바뀌더라도 그 머리는 그대로 있었으면 좋겠어요."

'안 그러면 정말 별로일거야.' 그녀가 속으로 생각했다. 엠마뉴엘의 머리보다 더 길고 풍성한 저 황금빛 정글은 마치 중국인들이 붉은 유약을 발라놓은 것 같은 황금빛이었다.

'여자면 어떻고 남자면 어때?' 그녀가 생각했다. '난 저 아이와 사랑을 나눴으면 좋겠어!' 그녀는 눈으로 음모 아래의, 가장자리가 말려 있는 구멍을 살펴보았다.

이번에는 새끼사자가 엠마뉴엘을 찬찬히 뜯어보았다.

"태국에 좀 더 일찍 오셨으면 좋았을걸. 부인을 더 비싸게 팔 수 있었을 거예요!"

하지만 너무 심각하게 받아들일 건 없다는 듯이 입술을 삐죽 내밀었다.

"괜찮아요. 그래도 기회는 다시 올 테니까."

엠마뉴엘이 물었다.

"여자들을 파세요?"

그러고선 대답을 기다리지 않고 짐작했다. '저 새끼사자는 아마 미덕이나 악덕, 유죄나 무죄 같은 걸 모르는 부류에 속하는 게 분명해. 아마 나이도 필요 없겠지. 저 애, 얼굴은

열 살인데 젖가슴은 스무 살이고, 천사 아니면 악마의 것 같은 저 아랫부분은 나이가 영원한 것 같잖아?'

"아리안느는 어디 있어요?" 엠마뉴엘이 갑자기 물었다.

메르베가 야릇한 눈길로 그녀를 응시하더니 툭 던지듯 말했다.

"저하고 욕실로 함께 가요."

그녀의 말투는 자신의 제안이 별로 중요하지도 않고, 특별한 의미도 없다는 듯이 천연덕스럽기 짝이 없었다.

'왜?' 엠마뉴엘은 속으로 자문하며 아마 섹스를 위해서는 아닐 거라고 확신했다. 어쨌든 모든 사람들이 하는 것처럼은 아닐 것이라고, 그녀는 막연히 짐작했다. 이 사자 여인으로부터라면 무엇이든 기대해볼 수 있을 것이었다. 그녀는 막 따라 나서려고 하는 자신의 의지를 느꼈다. 하지만 몸을 일으킬 수가……

엠마뉴엘이 낌새를 알아채고 개입을 하기도 전에 남자들이 불쑥 나타나 메르베를 데려가버렸다. 아마도 말리가트 성에서는 사랑과 간식이 규칙적으로 번갈아 이루어지게 하는 모양이었다. 때마침 하인이 음식과 음료를 쟁반에 담아 가져왔다. 그녀는 배가 고팠다.

그녀는 식탁의(더 정확히 말해서, 방석 위의) 동료들을 만났던 기억이 없었다. 하지만 모두들 잘생겼다. 조금 전 그녀를 품었던 남자들일까? 물어보기만 하면 알 수 있었겠지만, 그녀는 차라리 불확실한 상태로 있는 게 더 짜릿할 것 같았다.

아편파이프가 분배되었고, 수증기는 푸른빛을 띠었다. 이미 한번 맛을 본 엠마뉴엘은 마음이 내키지 않았다. 근처에서 누군가가 시구를 읊었다.

"너무나 감미로운 공기가 죽음조차 가로막는구나……."

'어디서 읽었던 시더라?' 그녀는 기억이 나지 않았다. 몸은 피곤한데 잠을 이룰 수 없는 그녀는 깨어 있는 채로 꿈을 꾸었다.

"남편한테는 뭐라고 할 생각이세요?" 그때 옆에 있던 젊은이가 그녀에게 물었다.

그녀는 얼버무리는 시늉만 했다. 그건 너무 복잡한 문제였다.

"아리안느가 도착했습니다." 누군가가 공지했다.

하지만 문은 닫혀 있었고, 누군가가 움직이거나 나타나는 기색도 없었다. 엠마뉴엘은 갈증을 느꼈다.

"자, 물 좀 마셔보세요." 젊은이가 그녀의 어깨를 부축하며 물 마시는 걸 도와주었다. 그러고선 한숨을 쉬며 말했다.

"한 번 더 부인과 사랑을 나누고 싶지만, 정말이지 이제 몸이 지쳐서요!"

'저도 그래요.' 그녀가 생각했다. '하지만 상관없어. 똑같은 걸 쉴 새 없이 되풀이할 순 없으니까.' 그녀는 자신의 몸을 살펴보았다. 이렇게 많은 사람들 속에서 발가벗고 있는 자신이 바로크(baroque)하게 느껴졌다. 언제 옷을 다 벗겨놨는지 기억도 나지 않았다. 그녀는 활짝 벌어져 있는 자신의 다리를 끌어 모았다. '아무도 거들떠보지 않는 성기란 참 우스꽝스럽구나. 이런 시간에는 나 스스로도 몸에 손을 대고 싶은 마음이 들지 않아. 도대체 몇 시나 됐을까? 그리고 내 예쁜 옷은 어디 있는 거지? 이번에야말로 완전히 옷을 잃어버린 모양이야. 집에 어떻게 돌아가지?'

"남편한테 뭐라고 해야 할까 생각 중이에요."

남자가 그녀의 고민을 짐작하면서 고개를 끄떡였다. 그러고는 좋은 생각이 났다는 듯이 말했다.

"그분께 마라를 선물로 드리면 어떨까요?"

'그 소녀의 애인이야.' 엠마뉴엘이 생각했다.

"부인의 댁에는 그렇게 세 명이 함께 살아야 할겁니다." 남자가 갑자기 확신에 찬 표정으로 말했다. "아주 잘 어울릴 겁니다. 틀림 없어요."

'왜 하필 마라, 아니 레나타, 아니 피아마인 거죠?'라고 물어보고 싶은 생각이 그녀의 뇌리를 스쳤다. '아리안느, 또는 마리안느라면 더 좋을 텐데? 아니면 또 다른 여자, 예를 들어 안나마리아라면? 그것도 나쁘지 않을 텐데요?' 하지만 그 청년이 이 세상에서 가장 사랑스러운 여자로 여기고 있을 그의 애인, 마라 이외의 여자를 거론해서 괜히 마음에 상처를 줄까 봐 말을 삼갔다.

"네, 그것 참 좋을 것 같아요." 그녀는 결국 제안을 자연스럽게 받아들였다.

"그렇다면 머뭇거리고 있을 시간이 없습니다." 남자가 재촉했다. "두 분은 이런 기회를 놓치면 안 됩니다."

"기회라니요?" 엠마뉴엘은 마음이 끌리지 않으면서도 물어보았다. "어떤 모습이 더 나을까요? 두 여자와 한 남자, 아니면 한 여자와 두 남자?"

그녀에게는 후자가 더 나은 것 같았다. '다른 남자라면, 크리스토퍼 아니면 마리오? 아니, 마리오는 곤란해. 크리스토퍼, 그 사람도 안 돼.'

"어떻게 생각하세요?" 몇 분 정도 졸고 나서 그녀가 다시 물었다.

"두 여자 쪽이 더 어울릴 것 같습니다. 부인은 레즈비언이시잖아요. 어쨌거나 중요한 건, 시작을 하는 겁니다. 어떤 방식을 취하느냐 하는 문제는 부차적인 거죠. 제가 책을 한 권 보내드리겠습니다."

"스리섬에 관한 건가요?"

"그 내용도 들어 있죠."

"그러면 읽어봐야겠네요. 왜냐하면 아직 저는 어떻게 실행에 옮겨야 하는 건지 잘 모르고 있거든요. 아마 그리 쉬운 일은 아니겠죠. 세 명이 함께 춤을 추는 것 같을까요?"

"거의 비슷할 겁니다."

엠마뉴엘은 그처럼 스스럼없이 구는 젊은 친구를 보며 놀라워하는 표정을 지었다. 그가 말을 계속했다.

"더 어려울 수도 있죠. 그럼 다행이지 말입니다! 저절로 잘돼간다면 오히려 나쁜 징조가 아니겠어요? 재미도 없을 거고. 쉬운 건 우리들 취향하고는 안 맞죠."

'우리는 즐기려고 그걸 하는 것도 아니죠.' 엠마뉴엘은 속으로 한술 더 떴다. '우리가 이곳에 있는 건, 미래의 인류에게 기회를 주기 위해서죠. 도덕에 맞서거나 도덕을 무시하기 위해서가 아니라, 또 다른 도덕을 만들어내기 위해서라는 거예요. 우리가 우주의 성좌를 가로질러 가고 있는데, 아더왕의 전설이 어울리겠어요? 묵은 땅에 사과를 재배하려면 묵은 도덕으로 충분하겠지만, 베텔기우스(오리온 성좌의 알파 별—옮긴이)를 탐험할 자격을 지니려면 더 나은 걸 찾아야 하는 거예요. 잠깐, 지금 내가 마리오 행세를 하고 있잖아?'

"우리가 스스로 진화되기는 아마 어렵겠죠." 그녀가 목소리를 내어 계속 말했다. "하지만 우리가 우리보다 더 진화된 아이들을 원한다면? 바로 그렇게 해야 하는 걸 거예요, 분명히."

청년이 심각하게 머리를 좌우로 흔들었다.

"부인은 너무 낭만적인 분이시네요."

"제가요?" 모멸감을 느끼며 엠마뉴엘이 소리쳤다.

"모든 사람이 다 그렇죠. 우리는 영리하지만, 감정이 지식을 못 따라가거든요. 생각은 아인슈타인처럼 해도 사랑은 『폴과 비르지니』(프랑스 작가 생피에르가 지은 소설. 문명의 오염에서 멀리 벗어난, 열대의 섬에서 자란 폴과 비르지니의 청순하고 비극적인 사랑을 아름답게 그렸다—옮긴이)처럼 한단 말이에요."

그녀가 어깨를 으쓱해 보였다.

"아인슈타인의 법칙은 사랑에 적용되지 않아요. 앞으로도 영영. 사랑은 자연의 속성이잖아요."

"바로 그거죠! 그래서 온갖 난처한 일이 생기는 거죠. 사람들은 사랑을 어리석게 할 수밖에 없고, 그래서 인류의 비극이 일어나는 겁니다. 우리는 우리가 가진 지성을 물질을 지배하는 능력으로 간주하지만, 물질은 지금도 우리의 능력을 능가하고 있잖아요? 하지만 사랑에 관한 한 우리는 스스로 방법을 고안해낸 겁니다. 그러니까 작품 속에서 거짓 주름들이 발견되더라도 하나도 놀랄 게 없죠."

"우주는 매끈한 사라사 무명천 같은 거예요." 엠마뉴엘이 말을 받았다. "인간은 그걸 아름답게 하려고 주름을 잡아놓았어요. 적어도 그렇게 믿게 하고 싶은 거죠. 그런데 사실은, 그 작업을 통해 자신의 존재를 확인하고 싶은 거예요!"

"시간이 그 주름을 깨끗이 펴줄 겁니다. 수천 년 후에 다시 보세요. 부인의 다림질 솜씨가 흔적이나 남아 있는지."

"어쩌면 사랑은 더 이상 그곳에 없겠죠. 하지만 그 흔적은 남아 있을 거예요."

젊은이는 커다란 잔에 든 술을 단숨에 비운 뒤 갑자기 말투를—어쩌면 주제도 함께—바꿨다.

"하룻밤 사이에 많은 사람들과 자는 건 아무것도 아닙니다. 그냥 일시적 욕망일 뿐이죠. 부인이 여기서 하는 것은 휴가를 보내는 거나 마찬가집니다. 정상적인 생활에서 하나의 예외인 겁니다. 도덕에서 벗어난다고 해서 새로운 도덕을 세울 수 있는 건 아니에요."

"잘못 생각하셨네요. 오늘 밤 내가 한 건, 내가 좋다는 걸 알기 때문에 한 거예요."

"**깨끗한 사람들에게는 모든 것이 깨끗하니, 그 자체로 더러운 것은 하나도 없다,** 사도 바울이 한 말입니다. 또 이렇게도 말했죠. **모든 것이 허락되었으나 모든 것이 이루어지는 건 아니다.** 부인이 세상을 바꾸길 원하신다면, 축제에서 돌아오는 길에 이룰 수 있을 거라고 믿으시면 안 됩니다. 우선 집에서부터 부인의 도덕이 지배하도록 만들어야 합니다. 일요일이든 평일이든, 말리가트의 생활 방식을 평소의 규칙으로 만들어놓게 될 때, 부인의 행실은 비로소 설득력을 갖게 되고 다른 사람들을 위해 쓰이게 될 것입니다. 예를 들어, 부인이 제게 와서 남편과 마라를 결혼시켰다고 말한다거나, 저녁 식사 후에 부인이 남편의 친구들한테 몸을 줬다는 사실을 털어놓는다면 저는 아주 감명을 받을 겁니다. 주위의 눈을 피하지 말고, 온 도시가 지켜보고, 알도록 해야죠. 성 요한 축제의 밤에만 그렇게 하는 게 아니라, 매일 그래야 하는 겁니다."

그는 잠시 쉬면서 더 이상 말할 기운이 남아 있지 않다는 표정을 지었다.

"간음, 부정, 방탕. 그와 같은 행동이 그저 사소한 실수나 은밀한 유희라면 저는 별로 관심 없습니다. 제가 부인을 신뢰하길 바라신다면 당당하고 거만하게, 대중들이 보는 앞에서 행동을 보여주세요. 그리고 옷을 벗고 있는 아름다움, 많은 사람들의 정신과 육체를 쾌락으로 이르게 해줄 자유를 부인의 최고의 선으로 내세울 수 있어야 합니다. 미덕, 다시 말해 진정성과 용기를 그 증거로 보여주세요. 편협한 남편의 바람기 있는 여자로 보여져서는 안 됩니다. 한 남자와 결혼했다고 해서 다른 여러 남자들과 사랑을 나누는 걸 방해할 순 없다는 사실을 공표하고 직접 보여줘야 합니다. 모든 사람들이 보는 앞에서 남자들과 함께 계세요. 감히 부인의 정부가 되려고 시도하지 못하는 남자들이 당혹스러워하면서도 부인의 명성을 지키도록 만들어야 합니다. 혹시 또 모르잖아요, 언젠가 그들도 부인의 매혹적인 손길에 의해 마비된 성기에 생기를 되찾고 다시 진정한 남자로 변하게 될지? 아, 아니죠! 부인의 마법이 그런 사람들에겐 오히려 아무 생각도 없게 만들 수도 있으니까, 기적을 일으키려는 마음은 떨쳐버리세요! 차라리 이성적인 방식으로 부인의 이론을 증명해 보이는 게 더 나을 겁니다. 같은 시대의 사람들에게 부인이 어떻게 지내는지 보여주면서 생각을 하게 만들어야 합니다. 모든 학문의 결과가 그러하듯 부인이 겪은—모두에게 알려지고 확인될 수 있는—경험의 결과를 주변 사람들로 하여금 알게 해주는 것입니다. 애정의 다수적인 결합, 동시적인 여러 육체의 친밀성과 열정의 복합성이 영혼의 결함으로 여겨질 수 있는 무질서 같은 것이 아니라, 성인의 나이가 갖는 사명이라는 사실을 말입니다. 우리가 너무 오래 아이처럼 머물러 있을 순 없잖아요? 유아기는 금방 싫증이 납니다. 충실한 사랑의 모양을 그려놓고 그 안에서 하는 돌 차기 놀이, 질투에 찬 사랑과 서로 속이는 사랑의 네 모퉁이에서 하는 팽이 돌리기 놀이, 그런 건 더 이상 하고 싶지 않습니다. 어느 날의 허망한 약속들, 마를 날이 없는 눈물, 죽이고 죽임을 당하는 애정들은 이제 지긋지긋하죠. 우리는 이제 모든 것을 할 수 있는 존재로서의 우리처럼 살고 싶은 겁니다. 볼기를 때리고, 절제를 하고, 그런 시대는 지나갔습니다."

젊은이가 입을 다물었다. 엠마뉴엘은 그를 깨우지 않도록 조심하며 몸을 일으켰다. 메르베를 다시 만날 수 있을까 생각하며 나가다가 출입문의 장식에 머리를 꽝 부딪혔다. 나갈 의도는 없었지만, 출입구가 열려 있는 김에 그냥 나갔다. 그녀는 텅 빈 회랑을 따라 걸었다. 더웠다. 그러나 얼마 후 생기가 도는 듯한 방 하나가 나타났고, 그 안에 마리오가 있었다. 그녀가 반가워서 큰 소리로 외쳤다. 하지만 미소년들에게 너무 열심히 영광을 베푸느라 그랬는지 그는 그녀의 외침을 못 들은 모양이었다. 그는 엠마뉴엘 쪽으로 등을 4분의 3 정도 돌리고 앉아 있었다. 그녀는 웃음을 참으며 가까이 다가가 그의 어깨 너머로 고개를 밀었다. 그런데 그의 앞쪽에 드러누워 있는 나체는 비, 그녀였다.

엠마뉴엘은 심장이 멈춘 것 같았다. 그녀의 정숙한 여인, 비! 그리고 마리오. 여자들과 관계를 갖지 않는 마리오가 온 기력을 다해 음경을 비의 성기 속에 넣고 있었다. 그녀가 지키지 못했던 애인의 몸속에 말이다. 그녀는 자세히 보고 싶었지만 눈물이 앞을 가려서…… 입술을 깨물며 돌아섰다. 그러고선 달음질로 방을 가로질러 달아났다. 어딘지도 모르는 곳에 부딪혔고, 어느 현관을 지나 어느 샛길에서 달음질을 멈췄다. 숨이 차 헐떡였다.

그러다 어느 순간, 사람들 틈에 앉아 있는 아리안느와 마주쳤다. 엠마뉴엘은 그녀의 무릎 앞에 쓰러지며 머리를 다리 위로 떨어뜨렸다.

"나를 좀 데려다줘!" 그녀가 애원했다. "여기 더 있고 싶지 않아. 우리 그만 돌아가."

"왜 그래, 자기?" 아리안느가 은근히 비웃었다. "누가 못된 짓이라도 한 거야?"

"아니, 아무것도 아니야. 집에 돌아가고 싶어."

"집에? 집에는 아무도 없잖아. 가서 뭘 하려고?"

"그럼 너희 집에 데려가줘."

"정말 그러고 싶어?"

"그래."

"우리 집에 있겠다고?"

"그래, 그런다니까!"

"그럼 넌, 이제 내 거야?"

"약속할게."

"정말로?"

"보면 알잖아, 나는 지금 너밖에 없다는 걸."

아리안느가 몸을 기울여 그녀에게 입을 맞추었다.

"가자."

엠마뉴엘이 헝클어진 머리를 흔들며 말했다.

"네가 하라는 대로 다 할 거야."

아리안느가 그녀의 손을 잡고 달빛 아래의 대리석과 잔디를 가로질렀다.

"근데 나 지금 홀딱 벗었어." 엠마뉴엘이 어린애 같은 목소리로 투덜거렸다.

"그게 무슨 상관이야?"

자동차를 타고 가면서 두 여자는 아무 말도 하지 않았다. 엠마뉴엘이 아리안느의 어깨에 얼굴을 기댔다.

밝아오는 새벽이 거리의 가로등 불빛을 하나 둘씩 끄고

있었다. 버스들이 종을 땡땡거리며 지나다녔고, 과일 장수들은 가격을 외치며 행인들을 불러모았다. 네거리에서 빨간색 신호에 로드스터가 멈춰 서 있을 때, 자동차 안을 들여다보던 아이들이 검은 가죽 위의 발가벗은 여자를 발견하고는 놀란 눈을 동그랗게 뜨고 짓궂게 소리를 질렀다.

수위가 대사관의 철문을 열어주었다. 오래된 건물 앞을 흐르는 강에서는 나룻배를 젓는 사공의 휘파람 소리가 부산스러웠다. 두 여자는 층계를 올라 아리안느의 방으로 들어갔다. 고사리 향기가 났다. 엠마뉴엘은 팔짱을 끼고 다리를 구부린 채 침대 위에 몸을 던졌다. 아리안느의 목소리가 꿈이 되어 들려왔다.

백작 부인은 말리가트를 떠날 때 입고 왔던 기모노를 벗어 던졌다. 그리고 옆방 문을 살짝 열고 미끄러져 들어갔다.

"이리 와서 좀 봐요." 말을 하고 손가락을 자기 입술 위에 갖다 댔다.

그녀의 남편이 일어나 옆방 침대까지 그녀를 따라갔다.

"보세요." 그녀가 황홀한 표정으로 중얼거렸다. "이제 내 거야. 당신한테 빌려줄게요."

남편에게 돌아가라는 신호를 한 뒤, 그녀는 엠마뉴엘의 등 뒤로 누워 허리를 껴안고 잠들었다.

아리안느의 행복

원컨대 우리 집에는 철이 든 여자가 있었으면…….

기욤 아폴리네르, 『동물우화집 또는 오르페우스의 행렬』

결혼의 축성은 신성모독을 통해서만 확인되는 것이다.

피에르 클로소프스키, 『유리병을 부는 사람 또는 사회연극』

아리안느와의 동거는 밤낮의 구분을 없앴다. '내가 언제부터 이곳에 와 있었지? 남편은 출장에서 돌아왔을까?' 엠마뉴엘은 모든 지표를 잃어버린 상태였다.

"자위를 안 하고 있기만 해 봐, 아주 두들겨 패줄 테니까." 아리안느가 그녀에게 이미 그렇게 경고를 해 놓은 터였다.

말한 그대로, 그녀는 엠마뉴엘이 쾌락에 몸을 맡기고 있지 않을 때마다 대가를 톡톡히 치르게 만들었다. 엠마뉴엘이 잠을 너무 많이 자거나 화장을 너무 오래하거나 식사를 너무 오랫동안 하면, 그때마다 벌을 받았다. 엠마뉴엘은 이제 침대를 떠나지 않는 습관이 들었다. 그리고 모르고 있었던 자위의 강도나 박자를 터득해갔다.

"만족할 줄 모르는 여자가 돼야 해!" 그녀의 교관은 그렇게 다그쳤고, 엠마뉴엘은 지시에 따라 변해가는 자신을 경이로워했다.

특히 '자아 방출'이라 부르는 찬사는 아리안느가 선호하는 주제 중의 하나였다.

"자연이나 도시에는 그런 게 필요 없어. 볼링 선수한테도 필요 없는 거지. 섹스는, 먹고 숨 쉬는 것처럼 필요 불가결한 거야. 자위행위는 있을 법하지 않은 존재들을 생각해내서 네모난 캔버스 위에 그린다거나 아니면 플루트의 선율을 창작해내는 것과도 같은, 잃어버린 시간에 속하는 거라고. 내 생각에, 자위는 시적인 행위야."

그리고 또 말하기를,

"네가 사랑을 권태로워한다면 난 참을 수 있을 거야. 하지만 네가 자위를 중단한다면 차라리 난 네가 죽어 있는 꼴을 보는 게 더 낫겠어."

아니면

"네가 만나는 여자한테서 다른 건 아무것도 알 필요 없어. 그저 하루에 몇 번이나 자위를 하냐고 물어봐. 너보다 횟수가 적다면 그런 여자애하고 뭘 할 수 있겠어?"

또는

"남자들이 결혼할 상대방 여자가 자위를 하는지 안 하는지 그것도 모르고 결혼한다면, 그게 말이나 되겠어? 그래 놓고선 도대체 어떤 사랑을 나눌 수 있겠냐고?"

때로는 긍정적으로

"맞아! 여자한테는 관심 없는 여자들과 결혼하려는 남자들도 있기는 해. 자연 속에는 어떤 형태의 변종이든 있는 거니까!"

아리안느는 자기의 포로가 실신할 때까지 자위를 시키는 여자였다. 그녀는 자위행위를 하고 난 후 축 늘어진 엠마뉴엘의 몸 위에 엎드려 다리와 배, 젖가슴, 얼굴을 비벼대며 오르가슴에 이르곤 했다. 때로는 목에 팔깍지를 하고 똑바로 누워 엠마뉴엘에게 몸을 핥아달라고 요구했다. 유난히 단단하고 돌출된 아리안느의 음핵은 아주 또렷하고 완벽한 형태로, 남자의 음경처럼 빨 수 있을 정도였다. 그래서 엠마뉴엘은 그 음핵을 몇 시간 동안 입에 물고 있기도 했다.

아리안느가 지쳐 더 이상 움직일 수 없을 상태가 되면 남편 질베르를 불렀다.

"이제 당신 차례야."

질베르는 하루에 두 번, 세 번, 어떤 때는 네 번씩 엠마뉴엘에게 정액을 잔뜩 먹였다. 그는 이제 엠마뉴엘하고만 섹스했다. 그가 그녀의 질 속에 사정을 하면 그 즉시 아리안느가 달려들어 넘쳐나는 남녀 모두의 진액을 음미했다. 하루는 그녀가 남편에게 물었다.

"당신한테 엠마뉴엘이 이상적인 배우자가 될 수 있을 것 같지 않아요? 당신 친구들한테도 좋을 거고, 원하는 만큼 즐길 수 있을 테니까."

그리고 엠마뉴엘하고 단둘이 있을 때는 또 다른 식으로 꼬드겼다.

"너한테는 한 명의 남편으로는 충분치 않아."

"아니, 그럼 너는?"

"나는, 내 남편들을 나눠주는 걸 좋아하지."

"남편들? 벌써 여러 명이 있단 말이야?"

백작 부인이 아름답게 웃었다.

"앞으로 생기게 될 사람들을 말하는 거지!"

엠마뉴엘이 갑자기 걱정스러운 얼굴을 했다.

"질베르가 네 마음에 안 들어?"

"무슨 그런 소릴 다하니, 넌?"

"그 사람한테 나를 선물로 줬잖아."

"그 사람이 내 마음에 안 든다면 네게 선물로 줬겠어?"

"그럼 그냥 나눠주고 싶은 거네?"

"꼭 그런 건 아니고, 사실 나는 원하는 게 아무것도 없거든. 계획을 짜고 세우고, 그런 건 딱 질색이라서. 나는 그냥 일어나는 상황 그대로가 좋아. 뭔가가 일어난다는 건 언제나 좋은 거니까."

"남편을 간직하게 돼도 좋은 거고, 남편을 간직하지 못하게 돼도 좋은 거고?"

"바로 그거야."

"그건 네가 남편을 사랑하지 않으니까 그런 것 같은데."

"아, 그런 거야?" 놀라서 묻는 아리안느를 보자 엠마뉴엘은 좀 부끄러웠다.

"아리안느, 내가 보기에 넌 시도해보는 즐거움 때문에 모든 걸 시도하는 것 같은데?"

"그게 바로 지성이잖아, 안 그래?"

"너한테 나쁘게 보이는 건 하나도 없어?"

"물론 있지. 빼앗는다거나 배제시키는 모든 것들. 유아기의 미덕 속에서, 중용에 만족하면서, 더 이상 아무것도 알고 싶어 하지 않는 걸 자랑스럽게 여기며, 이런저런 것들은 좋아하지 않기 때문에 하지 않을 거라고 외치는, 그렇게 유충처럼 살아가는 모든 사람들. 거기서 뭘 찾았길래 그렇게 멀찌감치서 혐오스러워하느냐고 한번 물어봐. 놀랍게도, 그들은 거기에 가본 적도 없는 거야. 알겠어? ……마치 화성인을 좋아하지 않는 거랑 같아. 악의 정신, 그건 자신의 무지와 진부

함을 즐기는 행태야. 호기심이나 경험, 발견, 그런 건 거부하는 거지."

"하지만 뭔가를 시도해보고 나서 안 좋아할 수도 있는 거 아냐?"

"다행히 잘 태어났으면, 모든 걸 마음에 들어 할 수 있는 기회가 더 많지 않겠어?"

"마음에 드는 것도 피곤할 때가 있기 마련이야."

"새롭게 만들 수 있으면 안 그래. '지난번에 어떤 남자가 날 안아줬는데, 얼마나 섹스를 잘하는지 몰라!' 종종 이런 얘기를 하지? 새로운 누군가와 섹스를 하는 건 언제나 좋으니까."

"그럼 결혼할 필요가 있어?"

"그것 또한 알아야 하는 거니까. 더 자유롭게 되기 위해 결혼하는 거야. 영리한 여자들은 결혼 전보다 결혼 후에 더 많은 애인을 갖게 되리라는 걸 알아. 그만하면 이유가 훌륭하잖아?"

"남편들이 동의를 한다면 정말 좋겠구나. 그런데 여자는 많은 남자들과 자기 위해 결혼하지만, 남자는 여자를 자기하고만 자게 하려고 결혼한다는 게 문제야."

"그럼 불평만 하지 말고 여자들이 남자를 가르쳐야지!"

"남자를 잃게 될 수도 있는데?"

"필요하다면 어쩔 수 없잖아. 뒷걸음질 치는 것보다야

낫지 않겠어?"

"그럼 너는 생각이 같은 남편이 있는데도 왜 그 사람과 떨어지려고 하는 거야?"

"내가 그이와 떨어지려고 한다고 누가 그래?"

"네가 그 사람을 나하고 결혼하도록 부추기고 있잖아!"

"그러면 내가 그 사람과 헤어져야 하는 거야?"

"그 사람이 더 이상 네 남편이 아니라면! ……빼앗는 건 나쁘다고 네가 말하지 않았어?"

"그래서? 우리 둘의 관계를 끊어야 한다는 거야? 질베르가 다른 여자를 가질 수 있고, 신체적으로 세상의 반이 우리로부터 멀어질 수 있겠지. 그렇지만 나는 언제나 그이를 위해 존재할 거야."

"네가 다시 결혼하더라도?"

"그렇다고 나 아리안느가 없어지진 않잖아? 나는 그저 남자만 한 명 더 갖고 싶은 것뿐이야."

"그래도!"

"사랑은 각기 나름대로의 자리가 있는 거야. 다른 것으로 교체될 수 있는 사랑은 하나도 없어. 그리고 어떤 사랑도 다른 사랑의 자리를 방해하지 못해."

"만약 질베르에게 네가 아닌 다른 여자가 생기고, 네게도 다른 남자가 생긴다면 말야, 그래서 다시는 서로 만나지 않게 된다면, 둘 사이에 공통적으로 남는 게 뭘까?"

"사랑이지 뭐겠어!"

엠마뉴엘이 당황스러워하자 아리안느가 설명을 했다.

"그 사람과 나는 같은 방식으로 사랑해. 서로 눈을 바라보고 손을 마주 잡는 식의 사랑이 아니라고. 우리들 각자가 느끼는 가장 큰 기쁨은, 상대방에게 모든 가능성을 누릴 수 있게 해주는 거야."

"하지만 사랑하는 사람과 같이 사는 게 좋지 않아?"

"좋지. 난 같이 사는 게 싫다고 말하지 않았는데."

"그런 의미도 있었어."

"아니야. 나는 삶이 나눔으로 이루어져 있다는 걸 알아. 그것만으로도 나한테는 좋아. 변덕스럽고 불확실하다 해도 나는 별로 힘들어하지 않거든. 삶의 대가는 알 수 없는 것이라고? 그렇더라도 나는 달려들어 겪어볼 거야. 하지만 만약 너는, 너의 목표를 알고 네가 바라는 삶의 형태를 찾았다면, 그리고 그 형태를 지키는 데 온 정열을 다 쏟고자 한다면, 네 나이에 맞게 안정을 누릴 권리가 있는 거야. 비록 너의 꿈이 화석화되어버렸다 하더라도, 단순하게 파악된 미래의 한 자리쯤은 그리 나쁘지 않겠지. 질베르가 내 친구로 남는다면, 물론 나는 행복하겠지. 그리고 우리 둘이 각자 새로 시작하려고, 또 다른 모험을 위해 떠나려고 결심한다 해도 나는 행복할 거야. 변하는 건 잃어버리는 게 아니거든. 어쩌면 변화에 맞서는 게 두려운 것일지도 몰라. 그 사람과 나 사이에 존재하는 것, 그걸 우리한테서 빼앗아갈 수 있는 건 오직 한 가지밖에 없어."

아리안느가 사려 깊은 눈빛으로 친구를 바라보았다.

"만약 질베르가 죽으면, 나도 죽을 거야. 넌 아직 사랑이 뭔지 몰라."

"아마도." 엠마뉴엘이 인정했다. "아마도 나는 아직 사랑을 잘 모를 거야. 하지만 배워가야지."

한번은 엠마뉴엘이 말리가트 성의 수수께끼에 대해 말을 꺼냈다.

"사자 갈기 머리를 하고 있는 애 있잖아, 걔는 누구야?"

"우리 모임의 주문 담당이야."

"아주 어릴 때부터 들어왔겠는데?"

"그 아이의 자질이 일찍부터 눈에 띄었으니까."

"어떤 자질인지 알고 싶어."

"정 원하면 소개시켜줄 수 있어."

"일부러 수고 안 해도 돼. 서로 인사는 나눴거든. 근데 그것뿐이었어."

"어디까지 가기를 바랐었는데 그래?"

"그것 참 좋은 질문인데!"

"날개가 불길에 타지 않도록 조심하는 게 좋을걸."

"왜 갑자기 조심스러워졌을까? 모든 걸 다 시도해봐야

한다고 말한 게 누군데?"

"네가 어디까지 가고 싶어 하는 건지 모르니까 하는 말이잖아."

"그럼 내가 어떤 위험에 처하게 될지 좀 가르쳐줘."

"죽음에 이르게 하는 쾌락도 있는 거야."

"예를 들어 어떤? 금지된 마약 같은 거?"

"네가 알고 있는 그런 거 아냐. 더 이상 물어보지 마."

"그렇다면…… 너는 그런 경험을 해 봤다는 말이야?"

"더 이상 대답 안 할 거라고 말했잖아."

"그래도 난 메르베한테 날 한번 맡겨보고 싶어."

"그 애가 널 어떻게 보살펴줄 수 있을 거라고 생각하는 건데?"

"내가 원하면, 그걸로 충분한 거 아냐?"

아리안느가 그녀를 만족스럽게 살펴보았다.

"말해봐. 너 정말 남자보다 여자가 더 좋아?"

엠마뉴엘은 이마를 찌푸리고 잠시 생각에 잠겼다. 그러나 분명하지 않았다.

"솔직히 잘 모르겠어. 여자들을 바라보는 건 너무 좋아해. 젖가슴을 만지는 것도 좋고, 혀를 입 안에 밀어 넣는 것도, 내가 여자들 몸 위에서 오르가슴을 느끼는 것도, 여자들을 내 몸 위에서 오르가슴에 이르게 만드는 것도 좋아해. 내 허벅지 사이에 있는 다른 여자들의 허벅지, 내 혀끝에 있는 음부의 맛, 다 좋아."

그러고 나서 한순간 꿈을 꾸는 듯하더니 다시 털어놓았다.

"근데 정액을 좋아하는 것도 사실이야. 내 몸 안에 뭔가를 넣어주는 것도 좋아해."

"그 마지막 장면을 내가 서비스해줄 수도 있는데."

"똑같은 게 아니잖아."

"더 나을 수도 있어.'

"네가 뭘 넣을 건지에 따라 다르겠지 뭐."

"결정해. 남자를 부를까, 아니면 내가 보살펴줄까?"

"그럼 네가 해!" 엠마뉴엘이 허락했다.

아리안느가 몸을 기울여 그녀에게 입을 맞췄다.

"보상으로 나중에 질베르를 마시게 해줄게."

그녀가 일어나서 플로렌스 가죽으로 된 둥근 궤를 꺼내왔다. 모자 정도를 보관할 수 있을 만한 크기에 옛날 도금 방식으로 된 모양으로, 꽤 무거워 보였다. 그녀가 궤를 침대 위에 올려놓았다.

"한번 열어봐."

엠마뉴엘이 고리나 자물쇠를 찾아보았지만 아무 데도 없었다.

"비밀 상자거든."

의기양양해진 아리안느가 가늘게 파인 홈으로 손톱을 밀어 넣자 뚜껑이 슬쩍 열렸다. 엠마뉴엘이 박수를 쳤다.

"멋진 소장품이야!" 그녀는 스프링 침대 위에서 무릎을 구르며 기뻐했다.

불규칙하게 배치된 공간 속에 다양한 높이에, 색깔과 모양도 제각각인 음경들이 수직으로 세워져 있었다. 뱀처럼 생긴 것, 삿갓버섯 모양, 귀두가 불룩하게 튀어나온 사각형, 휘어진 것, 동양적인 것, 심하게 주름진 것, 구릿빛, 길고, 짧고, 작달막하고, 거칠고, 늘씬한 것 등 고르려면 머리가 아플 지경이었다. 음경의 뿌리 부분은 벨벳 뭉치에 싸여 좁거나 부푼, 여러 형태를 이루고 있었다.

여주인은 상자에서 물건들을 하나씩 꺼내 자랑스럽게 보여주었다. 망사로 되어 부드럽고 탄력 있는 것, 아랫부분을 누르면 귀두가 두 배로 부푸는 고무 음경, 문양이 들어간 도자기, 채색을 하거나 매끄럽게 다듬은 목각 음경, 그중에는 물이나 크림을 뿜는 것도 있었다.

엠마뉴엘이 흑단으로 된 것을 손에 올려놓고 무게를 가늠해보았다. 까맣게 불거져 있는 동맥이 마치 마디가 굵게 진 무화과나무 뿌리 같았다. 귀두나 줄기에 거친 털이 무성한 것, 거대한 사마귀의 머리처럼 생긴 것, 나일론 줄이 감긴 것들은 별로 내키지 않았다. 반면 희귀한 재료로 만든 것들은 멋졌다. 노랗게 색이 바랜, 친근감 있는 굴곡의 반들반들한 상아 음경은 보고만 있어도 사랑에 빠질 것 같았다. 고환을 실물 크기로 깎아낸 세공품은 고급스러운 장식품으로 놓아도 손색없을 것 같았다. 촉감이 차가우면서도 짜릿했다. 시험해보았으면, 하는 욕심이 일었다.

그런데 아리안느는 다른 걸 추천했다.

"저런 시체들은 놔두고, 차라리 이런 창조물을 한번 보고 어떤지 말해봐."

그녀는 제자에게 더 하얀색의, 따라서 더 최근에 만들어진 상아 제품을 보여주었다. 모양이 아주 놀라웠다. 몸통이 짤막하고 불룩한 바나나 모양에, 양쪽 끝의 동그란 부분이 똑같은 혁신적인 작품이었다. 손에서 빠져나오자마자 질 속으로 완전히 들어가서 사라질 것 같은 그 물건을 어떻게 다룰 수 있는 걸까, 엠마뉴엘은 궁금했다.

"바로 그런 용도로 만들어진 물건이야." 아리안느가 설명했다. "남자 애인이 해주는 것처럼 앞뒤로 움직이며 사용하는 게 아니야. 이건, 안에다 넣은 다음 그대로 놔두면 돼. 그런 다음 산책을 하거나 흔들의자에 앉아 있는 거지."

"흔들의자는 왜?"

"왜냐하면 이 작품은 내부가 비어 있는데, 수은을 담아 놓았거든. 그게 자유롭게 돌아다니면서 나눠지고 합쳐지고 벽면에 부딪치면서 동요를 일으키는데, 한순간도 가만히 있지 않아. 어때? 네 몸 안에 이게 있으면 얼마나 좋을지 상상이 되니?"

"지금 바로 해 볼래!"

"잠깐 기다려. 우선 이것부터 본 다음에."

아리안느가 새로 꺼내놓은 표본은 외양이 특이하진 않았다. 광택이 나는 금속제로 크기나 모양은 그저 평범했다. 그런데 그 무게가 호기심을 불러일으켰다. 아래쪽에 전기 코드가 달려 있었다.

"전기 진동기잖아?"

"진동 마사지기. 어제였나, 아침에 사우나 시설에 갔을 때 해 봤었지? 그런데 이건 모든 주변적인 감각을 몸 한가운데로 모아서 느끼게 해주는 거야."

"아주 교육적이겠네."

"응, 나쁘지 않아. 근데 여기 더 좋은 게 있지. 자, 봐."

아리안느는 아주 색다른 물건을 하나 더 꺼냈다. 진짜 살로 만든 것 같은 음경을 보면서 엠마뉴엘은 불쾌감을 느꼈다. 남자 몸에서 잘라낸 건 아닐까? ……감촉이나 선, 표피의 주름까지 그런 생각이 들게 만드는 데다 생기마저 지니고 있었다. 꺼림칙하지 않을 수가 없었지만, 그녀는 용기를 내서 손으로 잡아보았다. 그러자 이내 단단해지면서 부풀어오르고 커지면서 발기했다. 그녀는 놀라서 소리를 지르며 물건을 손에서 놓아버렸다.

"어머 끔찍해라! 이런 건 분명히 악마가 만들었을 거야!"

아리안느가 웃으며 약간 경멸스러운 표정을 지었다.

"그렇게 흑백논리를 따지는 사람일 줄은 몰랐는데."

그녀는 물건을 집어 아무렇게나 어루만졌다. 그러자 그 물건은 다시 한번 충혈이 되면서 붉어지고 손안에서 박동했다. 귀두가 돌기로 뒤덮인 살덩이가 곧 터져버릴 것 같았다. 얼마 지나지 않아 엄청난 크기로 변했다. 붉게 물든 고환이 전율했다.

"봤지? 네 몸 안에 넣으면 저절로 이렇게 돼. 너는 할 일이 없어. 가만히 있어도 저 녀석이 혼자서 수축했다가 팽창했다가, 길이와 두께가 줄었다가 다시 늘어나고, 힘줄처럼 단단해지거든. 그뿐 아니라 온도도 변하고, 흥분 상태에서는 뒤틀고 날뛰기도 해. 효과가 충분치 않다 싶으면 골수까지 관능으로 떨리게 만들어주는 파동을 낸다니까. 네가 이걸 알게 되면, 천하의 카사노바도 시시해질 거야."

아직 실감이 나지 않는 듯 엠마뉴엘이 음경을 시큰둥하게 바라보았다.

"마지막으로, 네가 충분히 쾌감을 느꼈을 거라고 판단이 되면 얘도 사정을 해."

"너 지금 나를 무슨 바보로 아니?"

"안 믿기면 한번 해봐."

엠마뉴엘은 전혀 내키지 않았다. 오히려 그 물건이 무서웠다.

"안에는 뭐가 들었는데?"

"건전지, 인쇄 회로, 트랜지스터 같은 전기 장치가 들어 있어. 알고 보면 만들기 쉬운 거야."

"그렇겠는데. 하지만 너무 인공적이라서 내 취향에 안 맞아. 쾌락을 위해 그렇게 복잡한 것까지 필요하진 않아."

"나도 알아. 그렇지만 평범한 것에서 벗어나는 게 나쁜 건 아니야."

잠시 생각에 잠겼다가 엠마뉴엘이 말했다.

"색정적이라면 제대로 된 활기가 있어야지."

아리안느는 그녀의 찌푸린 얼굴을 보자 웃음이 나왔다.

"이 물건보다 다른 형태로 더 완벽한 장치들을 네 마음대로 쓰게 해주는 집을 내가 아는데, 거길 데려가면 네 표정이 어떻게 될까? 근데 가만 보니까 넌 진보적인 거하고는 취향이 별로 안 맞나 봐."

도발의 낌새를 느낀 엠마뉴엘이 아무 말도 하지 않았다.

할 수 없이 아리안느가 다시 다그쳤다.

"어떤 집인지 알고 싶지 않아?"

결국 호기심이 엠마뉴엘의 저항을 꺾어버렸고, 아리안느는 조건을 붙여도 괜찮겠다고 생각했다.

"말해주는 대신 뭘 줄래?"

"내 마지막 수치심을 버릴게."

"그럼 오늘 저녁 테니스를 칠 때, 궁둥이까지 내려오는 주름치마를 입어. 물론 속에는 아무것도 입지 말고. 치맛자락을 바람에 맡기고 스스럼없이 깡충거리며 뛰어다니는 거야."

“누구를 위해서 그래야 하는데?”

“카미나드를 위해서. 아직 너를 본 적이 없는 친구야. 무슨 생각을 하게 될지 한번 보자고.”

“나한테 한 번도 말한 적이 없는 남자잖아.”

“말할 게 하나도 없으니까 안 했지. 나한테는 마치 물음표 같은 친구거든.”

“젊어? 아니면 늙었어?”

“네 나이 또래야.”

“참 운도 좋네, 그 친구. 근데 왜 너는 미성년자와 결혼하지 않았지? 순진한 사람을 좋아하는 것 같은데.”

“교양을 쌓으려면 연상의 남자들이 필요하니까. 그런데 내가 공부를 마치게 되면 학교 선생이 돼도 괜찮지 않겠어?”

“줄지어 앉아 있는 애들한테 네 다리를 보여주면서 말이야? 애들을 죄다 애타게 만들어서 죽이려고?”

“아이들이 살아가는 묘미를 알 수 있도록 네가 나를 도와주면 되잖아? 수업 시간을 우리 둘이 나눠 갖지 뭐.”

“그럼 카미나드한테 시험을 치르게 하는 것부터 시작하면 되겠네.”

“근데 너는 어떤 과목에 제일 약한 것 같아?”

“만족감 과목. 너는 수업에 들어가게 되면, 요즘 남자들하고 별 다를 바 없이 불쌍한 그 학생들이 괜한 욕망으로 앓아 눕지 않도록 어떻게 할 거야?”

"꿈을 꾸게 해줘야지. 나는 아이들이 꾸는 꿈의 현실이 될 거야."

"그럼 아이들이 더 이상 아무것도 거부하지 않는 걸 배우게 되겠네! 아주 멋진 신세계가 탄생하겠어! 하긴 넌 벌써 첨단의 전초기지에 들어가봤다면서?"

"넘겨짚지 마. 로봇들이 초인간적 존재이긴 해도 결코 인간들을 대신할 순 없는 거야."

"그럼 어디에 쓸모가 있는 걸까?"

"우리가 기다릴 수 있도록 도와주지."

"남자들이 자기들의 창조물만큼의 능력을 지닐 수 있을 때까지?"

"너무 그렇게 많이 요구하면 안 되는 거잖아! 그냥 남자들이 세상에 나타나도록."

아리안느가 엠마뉴엘의 사타구니 사이에 머리를 대고 편하게 누웠다. 그리고 한 손으로는 친구의 젖꼭지를 만지작거리고, 다른 한 손으로는 자기 젖가슴을 어루만졌다.

"우선 철판으로 된 칸막이 방을 떠올려봐. 절벽처럼 차가운 느낌의 벽면에는 계기판들이 설치돼 있고, 조종기와 손잡이, 전기 스위치를 갖추고 있어. 나머지 세 벽면은 라일락, 자두, 또는 서로 다른 빛깔의 비단으로 덮여 있고. 왜냐면 그 안에 여러 개의 객실이 있거든. 손님들이 많이 오니까 하나 가지고는 모자라지. 한 칸 길이가 한 이 미터? 너비는 일 미터 오십? 높이는 사람이 서 있을 만큼 충분해. 물론 창문은 하나도 없어. 칸막이 아래에서부터 4분의 3 높이에 내장된 튜브에서 나오는 조명은 공간 전체를 균일한 세기로 비추는데, 차갑고 강렬한 느낌이야. 에어컨 바람이 나오고, 편하기보다는 불안하게 만드는 음악이 거의 안 들릴 정도로 흐르고 있어. 아주 현대식의, 완벽하면서도 무미건조한 병원이나 실험실 같은 느낌을 주는 공간인데, 첫눈에 안심이 안 돼. 침대도 없고 의자도 없으니 어디에 자리를 잡아야 할지 알 수도 없고."

아리안느는 자신의 손가락으로 전해지는 감촉을 음미하기 위해 잠시 휴식을 취하며 느린 한숨을 내뱉었다. 그리고 다시 말을 이었다.

"물론 바닥에 바로 누울 수 있다는 걸 금방 눈치채게 되지. 마감재를 보면 알 수 있거든. 벽면과 마찬가지로 비단 쿠션으로 되어 있는 바닥은 더 여유롭고 푹신해. 탄성이 있는 솜과 깃털을 넣고 마름모꼴로 누빈 솜이불인데, 두께가 고급 매트리스 정도 되지 않을까? 네가 이미 경험해본 적이 있는지 모르겠지만, 계기판 맞은편에 있는 문은 저절로 닫히는 거야. 그럼 넌 혼자 남게 되지. 아니, 옆에 여자보조원 아니면 남자보조원이 한 명? 아니면 둘 다. 그건 네가 선택하기 나름이고, 아무튼 그 사람들이 기계 작동 방법을 알려줄 거야. 단추의 방향이라든지 손잡이, 계기판의 지침, 표시등의 색깔……. 그래 봤자 무슨 말인지 이해 못할 거야. 만약 네가 그곳에 있다면, 기계 같은 건 거들떠보지도 않고 기술자들과 바로 섹스를 해버리겠지. 넌 괜히 입장료만 내고 들어온 꼴이지 뭐야. 그렇지만 상식으로 돌아가서, 지금 우리는 좀 덜 충동적이면서 분별력은 좀 더 있는 누군가를 대상으로 해야 하지 않겠어?"

"예를 들면, 너."

"그래, 그러면 예를 들어 나. 내가 말이야, 기술자들이 장황한 설명을 하도록 내버려둔 다음 핵심만 파악하고 그 사람들은 돌려보내. 그리고 나는 지시에 따라 자세를 취하는 거야. 다시 말해 금속판 벽 쪽으로 다리를 벌리고 누워. 이때 나는 빈 공간인줄 알았던 천장이 활기를 띠기 시작하는 걸 발견하지. 형상들이 나타나고, 몸짓이 뚜렷해지고, 매혹적인 색채들이 드러나. 이윽고 아주 색정적인 장면들이 벌어지는데 인종, 나이, 사람 수 따질 것 없이 뒤죽박죽이야. 늙은이들이 어린 소녀들을 먹고, 자기네들끼리 뒤엉켜 게이 섹스를 하는 소년들, 납치해온 여자 한 명을 동시에 겁탈하는 다섯 야만인들…… 글쎄, 이 녀석들은 여자가 할 수 있는 모든 체위를 강제로 즐긴 다음, 그 여자를 다른 식량들과 함께 만찬 식탁에 바치는 거야. 그리고 켄타우로스, 백조들과 교미를 하는 숲의 요정들, 어린 당나귀, 커다란 개들과 성교를 하는 어린 소녀들…… 이 정도 장면들만 가지고도 몸을 흥분시키기엔 손색이 없겠지? 그런데 한술 더 떠서, 갑자기 내 발바닥에 넓은 페달이 걸쳐지지. 그러면 나는 살짝이라도 페달을 한번 밟아봐야 하지 않겠어? 그래서 밟아보면, 벽면에서 꼬불꼬불한 샤워기 호스 같은 팔이 차례로 나오기 시작하는 거야. 하나씩 나오는지, 아니면 동시에 나오는지는 잘 모르겠지만 어쨌든 아주 천천히. 아마 나도 모르게 조종기를 작동하고 있겠지? 어떻게 보면 크롬강으로 만들어진, 무시무시한 뱀 같기도 해. 그런데 팔 끝부분에는—네가 예상하고 있겠지만—남자의 멋진 성기가 달려 있는 거야. 제각각 다른 모양으로, **아이의 살처럼 신선하고, 오보에처럼 부드럽고, 초원처럼 푸른, 당당하고 풍요로운, 그러나 타락한.**"

"음……"

"오, 무한히 확장하는 사물이여. 정신과 육감이 온통 열광하는 그 장면들, 한번 상상해봐. 그런데 어느 것부터 시작해야 할지, 선택의 문제가 남아 있어. 여기서 발명자의 천재성이 드러나게 되는데, 아무리 네가 숙달됐다 해도, 네가 페달을 밟는 추진력이 아무리 절묘하다 해도, 우연이 아닌 다음에야 네가 선택한 애인을 가까이 다가오게 할 수가 없는 거야. 네가 어떤 걸 보면서 작정을 하자마자 어찌된 영문인지 계속 줄기를 늘이고 있던, 코브라처럼 길어진 마법의 음경들이 난해한 춤을 추기 시작해. 너울거리고, 물결치고, 엇갈리고, 감기고, 풀어지고, 애수에 젖은 변덕스런 갈대처럼 허공을 후려치고, 그러다 갑자기 너를 향해 달려들면서 서로 맞닿을 순간 몸을 돌려 오그라들고, 너는 점점 현기증이 나면서 미쳐버릴 지경이 돼. 절망에 빠진 네가 결국 자위를 하려는 순간, 경이롭게도, 네가 그토록 원하던, 증오스러운 파충류 중의 하나가 별안간 네게 와 닿는 거야. 네가 필요로 하는 바로 그곳을 정확히, 한 치의 실수도 없이 겨냥해서 그저 가장자리만 건드리는데, 그 접촉의 기쁨이 얼마나 완벽한지 너는 이전의 원망과 짜증을 즉시 잊어버려. 그리고 이렇게 외쳐. '아, 그래, 바로 거기!', '너무 좋아!' 너는 사랑에 빠지고, 네 몸을 온전히 내맡겨버려. 너의 결정이 옳은 거지. 왜냐면 그건 멋진 예술이면서 과학이니까. 동작을 늦추다가 되돌아가고, 비틀리고, 부풀어오르고, 사랑스러운 기적의 느낌은 끊임없이 너의 몸 안으로 파고들고, 너는 이제 더 이상 막을 수 없을 것 같은 예감에 두려워하며 죽음마저 각오하게 되거든. 하지만 너의 몸이 어디서 시작되고 어디서 끝나는지 너보다 더 잘 알고 있는 그 사물은, 여태 어느 누구도 시도해본 적이 없는 극한까지 탐색해 들어오는 게 아니겠어? 눈에 보이지 않는 해부 실험의 대상이 된 것처럼 너는 완전히 열려 있는 거야. 잠시 후 너는 더 이상 아무 생각도 안 하게 되고, 웃음을 터뜨리고, 정신을 잃고, 눈물을 흘리고, 죽고, 더 강렬하게 살고, 마침내 별들이 있는 곳에 이르게 되지. 모든 것이 끝났다고 생각하지만, 너의 신기한 발바닥은 뱀처럼 도사리고 있는 머리들을 더욱더 자극하고, 네 다리의 경련에 놀라 물러난 음경 대신 또 다른 음경이 그 자리를 채워. 그럼 새로운 감각이 몰아치겠지. 이번에는 미지의 물질이 점점 가속도를 내면서 더욱 단호하게, 견딜 수 없을 정도로 타격을 가하고, 너는 사랑에 겨운 외침으로 울부짖어. 두 번째 사물이 헐떡이며 너의 몸을 떠나자마자 또 다른 음경이 너를 점령하고, 새로운 진동과 압력에 내맡겨진 너의 몸은 지나치게 큰 물건들에 의해 팽창되거나, 아니면 다시 무수히 많은 덩굴손 위에서 축소되는 거야."

"그렇게 끝도 없이 이어지는 거야?"

"로봇이 아무리 강하다 해도 인간하고 거의 같아. 그런 인공 음경들도 때가 되면 네 몸속을 진액으로 채우거나, 배나 젖가슴, 얼굴 위에 사정을 하면서 쾌락에 무릎을 꿇는 시간이 있기 마련이거든. 그들의 정액은 진귀한 사향이 풍부하게 들어 있어. 네가 원한다면 얼마든지 마실 수 있도록 해주지. 살을 가진 애인들과는 달리 그들은 자기 체액에 대해 인색할 줄을 모르기 때문이야. 그러니까 특히 끝도 없는 네 욕망의 갈증을 채워주기에는 맞춤이지 뭐야. 차례로 거대한 원형의 음경들이 어떤 남자의 정액보다 더 관능적이고 달콤하게 미끄러져 들어오면서 저마다 독특한 향의 액체로 사랑스럽게, 그리고 오랫동안 너의 입 안을 채워줄 거야. 그러면 넌 그 맛이 얼마나 기품 있는지, 얼마나 강렬하게 너를 취하게 만들어주는지를 알게 될 거야. 마침내 기계가 신호를 보내면 누군가 너를 다른 방으로 데려가는데, 그곳에는 네가 정신을 되찾기 전에 너의 몸을 즐길 수 있도록 거액을 지불한 고객들이 기다리고 있어. 그래서 너의 체험은, 아주 약삭빠른 가게 주인이 다중의 이익을 누리게 해주는 거야. 네가 자동인형을 위해 지불한 금액에다 너도 모르는 사이에 주인이 팔아버린 네 몸값을 더하면, 엄청난 액수가 되지."

아리안느가 가죽 상자를 열고 귀두가 비정상적으로 큰, 똑같은 형태의 스펀지고무 음경 두 개를 꺼냈다. 그러고선 밑부분을 서로 맞대고 돌리며 나사를 조였다. 그러자 한가운데가 똬리 모양으로 된 이중 음경이 되었다. 그녀가 탄력성을 시험해보느라 힘껏 구부려 양쪽 머리를 근접시킨 다음 손을 놓으니까 대번에 원래 모양으로 돌아가는 것이, 안쪽에 용수철 역할을 하는 기다란 심이 들어 있는 듯했다.

아리안느가 한쪽 음경을 엠마뉴엘의 질 속으로 가능한 한 깊숙이 집어넣었다. 그러고 나서 자신의 음부를 친구의 사타구니 사이에 솟아 있는 나머지 음경에 맞춰 두 사람의 음모가 뒤섞일 때까지 내려 꽂았다. 그다음, 남자 애인이 하는 것처럼 몸을 길게 포개며 누워서 천천히 성교를 시작했다. 매 동작마다 그녀는 상대의 몸 끝을 누르는 라텍스 성기의 감촉을 느꼈다. 신음 소리와 함께 사랑의 고백을 내뱉는 엠마뉴엘의 입을 입술로 뭉개버리면서, 유두와 유두를 맞대고 비비면서, 자신의 허리를 감고 있는 엠마뉴엘의 두 팔을 머리 위쪽으로 옮겨놓았다. 이윽고 탄탄한 엉덩이가 치솟아 올랐고, 맹렬한 몸놀림이 점점 빨라졌다. 그리고 급기야 오르가슴에 전율하는 아리안느의 모습은 흡사 사정에 이르는 남자 같았다. 하지만 그녀는 힘을 늦추지 않고 계속 여자의 몸속으로 난입했다. 연이어 절정을 넘는 엠마뉴엘은 기쁨의 눈물로 범벅이 된 얼굴로, 지칠 줄 모르는 여주인의 단단한 등을 손톱으로 할퀴며 상처투성이로 만들었다. 그렇게 두 여자는 모든 계획이나 모든 남자들은 잊은 채 날이 어두워질 때까지 계속했다. 잠마저도 두 사람을 더 이상 떼어놓을 수 없었다.

"질베르, 아리안느한테 애인이 얼마나 있었어요?"

"아주 많았습니다."

"언제부터 그랬어요?"

"우리가 서로 알기 전부터. 그때는 저 친구, 쾌감을 느끼는 것만 좋아했었죠. 그래서 제가 쾌감을 느끼게 해주는 걸 좋아하도록 가르쳐준 겁니다."

"아리안느는 백작님을 만났으니 운이 좋았던 거네요?"

"모든 사람이 다 마찬가지죠 뭐. 혼자서 성장할 순 없는 법이니까."

"좋은 스승을 못 만난 탓에 재능 있는 소녀들이 얼마나 많이 처녀로 죽었겠어요!"

"여자는 일곱 번째의 정부에게 일곱 번 몸을 준 다음에야 처녀가 아니게 됩니다."

"그럼 아리안느, 넌 어떻게 처녀성을 잃게 됐는지 얘기 좀 해줘!"

"내가 저 사람과 사랑에 빠지고, 약혼을 했을 때였어. 남편 친구들 모두 내가 예쁘다며 날 좋아했는데 말이야, 나랑 같이 있는 게 그렇게 자랑스러웠나 봐. 그리고 남편은 친구들한테 나를 기꺼이 맡기는 거야. 때로는 당황스러울 정도로. 예를 들어, 어느 날 저녁 늦게 식사를 마치고 나왔는데, 친구들한테 나를 집까지 바래다주라고 부탁해놓고 혼자 가 버리잖아 글쎄. 처음에는 상처받았다니까. 저 사람이 나한테 싫증이 난 걸까? 나를 더 이상 보고 싶지 않은 걸까? 아니면 내가 짐스러워서? 별별 생각을 다 했던 거지. 그런데 저 사람이 그렇게 나를 내버려두는 건 나를 멀리하려는 의도가 아니라는 걸 알게 됐어. 친구들과 나 혼자만 남겨두고선 그 장면을 상상하며 즐기는 거지. 그리고 얼마 후부터는 노골적으로 친구들과 자리를 같이하는 동안 그들이 나한테 갖는 욕망을 짐작하면서 행복해하는 거야. 친구들을 자주 초대하는 이유가 그거였어. 그런데 그 즐거움이 더 대담해져서 친구들이 나를 마음대로 하게끔 유도하기 시작했고, 나도 머지않아 그런 감정을 공유할 수 있게 됐어. 마치 피아노 줄처럼 긴장되고 떨리는, 너무 긴장돼서 아프기도 한 그 느낌 알지? 얼마 있다가, 한밤중에 저 사람의 가장 친한 친구 둘 사이에 끼어 천장이 열린 컨버터블을 타고 집으로 돌아가는 길이었거든. 그런데 아주 야릇한 쾌감이 입 속을 자극하면서 치마 아래의 허벅지를 나 혼자 몰래 비비게 만들잖아. 남편은 내게 아무 말도 안 했고, 나는 저 사람한테 아무것도 부탁한 게 없었어. 그런데 어느 날은 아주 간단하게, 이전에 알지 못했던 자유와 전날까지 없었던 능력, 새로운 맛의 관능이 내 안에서 생겨나는 거야. 다시 친구의 자동차를 타고 집에 돌아가는 길에 나는 남편만 생각하며 욕망을 느끼고 있었는데, 나도 모르는 사이에 몸짓으로 옆에 있는 두 남자의 본능을 자극시키고 있더란 말이지. 젖가슴으로 남자들의 팔을 누르고, 어깨를 밀어붙이고, 위험한 신뢰에 나를 내맡기고 있었던 거야. 길이 멀 때는 그 친구들의 목에 머리를 대고 잠들어버리기도 했어. 바람에 흩날리는 긴 머릿결이 남자들의 얼굴에 마구 스치게 하면서. 때로는 그들의 허벅지에 대고 무릎을 웅크린 채 잠들어버리기도 했지. 어쩌다 남자들의 손이 자연스럽게 내게 오면, 무릎 사이에 꼭 품고 따뜻하게 만들어 줬어. 온 세상이 잠들어 있는 정원, 우리 집 철문 앞에 나를 내려줄 때면 나는 뺨을 내밀어 그들이 입을 맞추게 했어. 내 허리를 그들의 몸에 바짝 붙이고 있는 동안 내가 나른해지면서 흥분하고 있다는 걸 그들은 당연히 눈치챘을 거야.

다음 날 질베르를 다시 만났을 때, 나는 그 사람 친구들을 내가 얼마나 좋아하는지, 그리고 두 남자 사이에 꽉 끼어 자동차를 타고 가는 동안 내가 얼마나 흥분됐는지 다 얘기했어. 그랬더니 훨씬 더 열정적으로 나를 안아주는 거야. 나는 내 내부에서 아주 그윽한 뭔가가 싹을 틔우고 있다는 걸 느꼈지. 우리는 계속 함께 몰려다녔는데, 두 남자가 나를 집으로 바래다주는 횟수가 늘어나면서 그들은 더 대담해졌고, 내 욕망은 더욱 뚜렷해졌어. 결국 어느 날 밤, 두 남자 중 한 명이 내 젖가슴을 어루만지기 시작했고, 나는 여태 알고 있었던 그 어떤 쾌감보다 더 감미로운 순간을 맛보며 그 손길에 몸을 맡겼어. 그가 내 옷의 단추를 풀다가 장식으로 달린 줄이 엉켜 아주 난처해하는 걸 내가 거의 무의식적인 상태에서 도와줬다니까. 그랬더니 맨살 안으로 들어온 그의 손이 젖꼭지를 향해 천천히 올라온 다음 내가 좋아하는 방식으로 아주 미치게 만드는 거야. 이제 끝난 거지. 나는 그 남자한테 넘어가버렸어. 그 황홀한 순간이 얼마나 오래갔는지는 몰라. 차는 점점 더 천천히 달리고 있었고, 운전을 하고 있던 친구는 헤드라이트에 비친 포플러나무 길을 차분하게 살피고만 있더라고. 내 허리에 닿아 있는 그의 단단한 몸을 느끼면서 또 얼마나 행복했는데! 결국 자동차는 어디선가 멈췄어. 아무 말도 필요 없었지. 두 남자는 내가 완전히 몸을 내맡기고 있다는 걸 알고 있었으니까. 그때 나를 안 품어줬어 봐. 얼마나 내가 둘을 미워했겠어! 그런데 그 후 내가 질베르를 다시 볼 용기가 있었을까? 나는 더없이 절실하게 그 사람을 사랑할 수 있었어. 두 남자가 서둘러 나를 차지하길 잘했지 뭐야. 처음의 남자는 계속 내 젖가슴만 만지고 있었고, 또 다른 남자는 우리 둘을 바라보고만 있더라고. 난 발가벗은 모습을 그들에게 보여주고 싶었어. 왜냐면 둘 다 나의 나체에 대한 욕망에 사로잡혀 있다는 걸 알고 있었으니까. 그래서 오래전부터 다리를 드러내 보이거나, 내 나이 또래 아이들이 감히 시도하지 못하는 데콜테(어깨와 가슴을 크게 판 깃 트임—옮긴이)차림으로 그들의 욕망을 부추기고 있었던 참이었거든. 이제 나는 질베르가 아닌 다른 남자의 손과 눈길을 나의 젖가슴뿐만 아니라 사타구니를 비롯한 온몸으로 느낄 수 있게 되었던 거야. 게다가 그 사람의 부인이 되기도 전에 바람을 피우는 셈이 되는 거지. 배우자의 간통, 그게 좋다는 건 너도 알겠지. 그런데 약혼녀의 간통, 그게 얼마나 경이로운지 알아? 친구들한테 자기 약혼녀를 집에 바래다주라고 맡기는 척하면서 저 사람은 그들과 자기 여자 사이에서 전대미문의 신화가 탄생하기를 바라고 있었던 거야! 넌 이 불가능한 꿈의 무한한 가능성이 어떤 건지 알기 힘들 거야. 차를 운전해준 남자가 쳐다보고 있는 내 다리를 나도 한번 봤는데, 드러난 모습이 얼마나 매혹적이었는지 몰라. 애무를 견디면서 미끄러져 내려가는 몸 때문에 옷은 올라가고, 나는 까만 슬립

아래의 음모를 보여주고 싶은 마음이 들었어. 그건 쉽지. 엉덩이만 움직이면 되니까. 그랬더니 가슴에 있던 손이 곧바로 음부를 찾으러 오는 거야. 난 애무를 하고 있던 그 남자가 밑으로 내려 올 생각은 전혀 안 하는 줄 알았거든. 마침내 두 사람은 나를 나무 아래로 데려갔고, 자기들이 입고 있던 옷을 벗어 바닥에 깐 다음 차례로 내 몸을 즐겼어. 환상으로만 품어오던 온갖 괴상한 체위를 다 시도해 보더라고. 다음부터는 날이 밝아올 때까지 우리가 뭘 했는지 모르겠어. 기진맥진한 데다 다들 몸이 이슬에 젖어서 얼마나 추웠는데. 허리도 무지 아팠어. 나는 하룻밤 사이에 기적을 이룬 나 자신을 감탄스럽게 바라봤어. 바삭거리는 대지의 꽃나무 가지 아래 발가벗고 다리를 벌린 채 처녀성을 바친, 다 큰 소녀를 말이야."

엠마뉴엘은 그녀의 말이 끊기지 않도록 조심하면서 양 팔꿈치에 턱을 괴었다. 그리고 사랑에 빠진 스핑크스처럼 귀를 기울였다.

"그 사건이 있고 난 뒤, 질베르와 나는 결혼할 수 있었어. 물론 나는 저 사람한테 아무 말도 안 했고, 친구들도 마찬가지야. 하지만 사랑이 그 정도의 직감도 없다면 어디다 써먹겠어, 안 그래? 나는 정말 질베르의 아내가 되고 싶었거든. 으레 결혼한 연인들이 하는 것처럼 우리는 서로를 바라보며 가슴 설레며 며칠 동안 축제를 벌였지. 그러고 나서 우리는 다른 사람들 생각이 났고, 잘 알거나 잘 모르는 사람들 중에 사랑받을 자격이 있는 친구를 골랐어. 우리의 결혼 이후 이어지게 될 이야기는 이렇게 시작된 거야. 우리는 창조주가 인간에 대해 가졌던 첫인상을 진지하게 받아들였던 거지. '혼자 있는 것이 보기에 좋지 않더라.' 우리의 비밀은 이게 다야. 그리고 나는 남편으로부터 우정이란 걸 배웠어."

엠마뉴엘은 아리안느가 행복한 얼굴을 하고 있다고 생각했다.

"우리를 갈망하지 않았던 친구들은 사랑하는 척만 했지." 아리안느가 말을 덧붙였다. "우리를 갈망했던 친구들은 대부분 우리와 우정을 나눌 수 있을 때까지 기다렸어."

"그럼 우리는 아무것도 안 해도 그 사람들과 우정을 나눌 만하게 보이는 거야?"

"아니, 아니니까 내가 그 사람들한테 몸을 주는 거지. 내가 친구들을 고통스럽게 만들려고 사귀는 것처럼 보여? 내게 친구들이란, 지구를 살 만한 곳으로 만들어주는 존재들이야. 게다가 그들은 내가 가지고 있는 모든 것에 대한 권리가 있어. 내가 가진 가장 아름다운 것도 친구들에게 돌려줘야 할 사소한 것일 뿐이야. 그런데 나한테 몸뚱이 말고 더 아름다운 게 뭐가 있겠어?"

근처 대성당의 종소리가 세속의 춤을 주제로 한 저녁 미사를 알렸다. 아리안느가 계속 말했다.

"난, 사랑하는 방식이 오직 하나뿐이라는 사실을 알지 못하고 살아왔었지. 내 어린 시절의 도덕은 육체와 영혼을 따로 사랑하고 싶어 했어. 속지 않기 위해서는 매우 신중하고 예리한 자질이 필요한 거잖아? 그래도 흔히 속을 수밖에 없는 걸 뭐. 성서를 보면 알 수 있듯이, 잘못된 생각으로 인한 죄악이 가득하잖아. 아마 나도 밤을 새가면서 이론 공부를 하는 틈틈이 그 책을 좀 읽었을 거야. 다행히 나는 어린 나이에 결혼을 했고, 실천을 통해 배울 수 있었어. 나도 좋은 스승이 한 사람 있었거든."

그녀는 고백을 마무리 짓느라 익살맞은 말투 뒤로 감정을 숨겼다.

"질베르는 나의 첫 친구였어. 그리고 나머지 좋은 친구들이 뒤를 이었지. 나는 그들의 벗은 몸을 품은 채 학교에서 가르쳐준 복수성에 대한 문제를 풀게 된 거야. 왜냐면 발가벗은 친구와 발가벗은 애인을 구별하기란 쉬운 게 아니거든. 엠마뉴엘, 너도 오늘 저녁 내가 평소에 사람들이 나의 애인 또는 나의 여자친구라고 부르는 방식을 무시하고, 너는 내게 그 둘 다로도 구별되는 사람이 아니라고 하더라도 기분 나빠하지 않겠지?"

철 드 는 나 이

사랑: 타인의 성에 대한 열정

부부의, 합법적 사랑 – 결혼, 처녀막, 결혼식

불법적인, 자유로운 사랑 – 내연관계, 방탕, 음란, 동거(자유로운)

매수된 사랑 – 매춘, 하녀와의 사랑

불륜의, 범죄적, 불순한 사랑 – 간통, 근친상간

폴 로베르 외,『르 프티 로베르 사전』

나는 오직 하나의 일을 위해 뒤에 있는 것을 잊어버리고

표적을 위해 달려나가노라.

빌립보서 3장 13절

"실종되신 줄 알았잖아요." 안나마리아가 자동차 트렁크에서 이젤과 물감, 붓을 꺼내면서 말했다.

"아마 그랬을 거예요." 엠마뉴엘이 말을 받았다.

"어디에 자리를 잡으시겠어요?"

엠마뉴엘이 팔을 들어 가리켰다.

"저기, 테라스에요."

마리안느의 마법을 목격했던 바로 그곳이었다. 안나마리아는 물론 그런 종류의 과시하고는 어울리지 않을 것이다.

엠마뉴엘은 지나는 길에 초콜릿과 비스킷을 챙기면서 에아에게 오랜지 즙을 준비해달라고 부탁했다.

"적어도 제가 지켜보는 동안에는 부인이 말썽을 안 부릴 테니 안심해도 되겠죠?" 말을 하며 안나마리아가 그녀를 어깨로 툭 밀쳐 쿠션에 등을 기대고 앉게 했다.

엠마뉴엘은 괜히 멋쩍어 쿡 웃음을 터뜨렸다.

"저를 똑바로 보세요." 소녀가 그녀의 턱을 손가락으로 들어 올리며 지시했다.

안나마리아의 눈이, 그림의 모델이 된 엠마뉴엘의 눈 속으로 빠져들었다. 심장박동이 빨라졌다. 안나마리아는 그녀의 맞은편 타일 바닥에 그대로 책상다리를 하고 앉아서 나지막한 이젤 위에 그리 크지 않은 캔버스를 올려놓았다.

"제가 그 안에 다 들어갈 수 있다는 거예요?" 모델이 따지고 들었다.

안나마리아가 웃기만 하고 있자, 그녀가 다시 물었다.

"발가벗고 있는 게 더 낫지 않겠어요?"

"그래도 상관없지만, 저는 부인의 눈만 그릴 거예요."

엠마뉴엘은 아주 깜짝 놀란 얼굴이 되었다.

"나는 포즈 취하는 거 정말 싫어하는데!"

"포즈는 안 취하셔도 돼요. 대신 아리안느의 집에서 숨어 지내는 동안 저지른 끔찍한 일들이나 얘기해주세요."

"그럼, 그런 일에 관심이 있는 거네요?"

"뭐…… 그럴 수도 있겠죠? 어쩌면 부인을 이해하는 데 도움이 될지도 모르고요."

"내 눈을 그리는 데도 도움이 될까요?"

"혹시 모르잖아요?"

엠마뉴엘은 별로 흥이 안 나는 표정으로 한숨을 내쉬었다. 그러고선 마음속으로 당돌하게 들릴 만한 말을 찾았다.

"요 며칠간은 말이죠, 제대로 되는 일이 하나도 없었어요. 오죽하면 이렇게 모델이나 하고 있겠어요!"

안나마리아는 별로 기분 나빠하지 않는 표정으로 엠마뉴엘에게 의문의 눈빛을 던졌다. '왜 며칠간?' 그런 궁금한 기색을 노리던 집주인은 기꺼이 답변해주었다.

"임신이 아니라는 사실을 어제 알게 됐지 뭐예요."

안나마리아의 얼굴에서 비난의 기미를 읽었다고 여긴 그녀는 더 뻔뻔하게 말했다.

"나흘 동안 정말 애 엄마가 되는 줄 알았는데, 날씨 때문에 그랬었나 봐요."

"오히려 운이 더 좋으신 거네요, 뭐."

"운이라고요! 왜? 난 임신이 되었다는 사실을 아주 긍정적으로 받아들였을 텐데요."

"누구의 아이인지도 모르고 말이에요?"

"바로 그 부분이 재미있는 거잖아요."

그녀는 솔직하게 웃음을 터뜨렸다. 안나마리아는 그녀가 진짜로 그렇게 생각하고 있다고 판단했다. 희망이 보이지 않았다.

"그렇지만 누군지 짐작해볼 수는 있었을 거예요." 엠마뉴엘이 몽롱한 표정으로 말을 덧붙였다.

그녀는 마음속으로 손가락을 꼽아가며 계산했다. 안나마리아는 사악한 의도로 가득해 보이는 그녀의 길로 더 이상 끌려들지 않으리라 마음먹었다. 그리고 말없이 다시 작업에 집중했다. 캔버스 가운데 회색과 검정색 선을 교차시키면서 일종의 불안한 풍경을 그려냈다. 그녀가 대화 주제에 관심이 없는 걸 보고 실망한 엠마뉴엘이 물었다.

"한번 봐도 돼요?"

"아니요. 아직 별거 없어요. 끝나면 얘기해요."

"그럼 언제 끝나요?"

"급할 것 없잖아요. 그래서, 나흘 동안 해야 할 일도 제대로 못하고 계셨던 거예요?"

"그래도 할 수 있는 일은 많았죠."

그 일들이란 게 죄다 섹스에 관한 이단적 형태라는 걸 모를 리 없는 안나마리아가 세부적인 내용을 회피했다.

"결국 남편의 집으로 돌아오신 거군요. 아리안느가 부인을 사랑하지 않았나요?"

엠마뉴엘이 어깨를 으쓱해 보이며 말을 받았다.

"아가씨는 아직 아무것도 몰라요. 난 그저 장을 다시 보고 싶었을 뿐이에요."

"새로 차린 살림집에 남편분을 모셔서 차라도 한잔 하시지 그랬어요."

"안 그래도 그렇게 했어요."

"어떻게 평가하시던가요?"

"유머스럽게. 다 같이 어울려 얼마나 즐거웠는데요. 케이크도 나눠 먹었어요."

"별 문제 없이요?"

"그러고 나서 연인처럼 집으로 돌아왔는걸요."

"불쌍한 아리안느!"

"왜요? 다시 만날 건데."

"센느 백작님은요?"

"그분이요? 그분도 원할 때마다 나를 가질 수 있어요."

"……."

이번에야말로 안나마리아의 침묵은 그녀의 고백을 불행하게 여기는 기색이 뚜렷했다.

"장이 이번 일에 대해서 정말 아무 말도 안 했어요? 부인이 보고 싶었다던가 뭐 그런 말도요?"

"행복하게 있는 걸 보고 만족해하던걸요."

"그럼 부인은요? 남편이 혼자 있는 걸 생각하면 마음에 걸리지 않던가요?"

"너무 지나치게 생각할 거 없어요. 내가 남편을 그다지 오래 내버려둔 것도 아니니까. 그 사람이 출장에서 돌아온 지 나흘밖에 안됐고, 여기서는 이틀만 혼자 있었어요."

"만약 그분이 부인의 친구들 중 한 명과 그 이틀을 보냈다면, 어떡하시겠어요?"

엠마뉴엘은 어이없는 질문에 눈을 동그랗게 떴다.

"정말 반가워했을 거예요! 나도 그러기를 바랐을 테니까. 메르베를 좀 더 잘 알았더라면……."

"메르베!"

"참 예쁜 여자죠?"

"예쁜 건 잘 모르겠고, 어떻게 그 애와 장을……."

"왜요? 두 사람이 안 어울릴 것 같아요?"

"엠마뉴엘, 부인은 정말 머리가 좀 어떻게 됐어요. 아니면 제가 생각했던 것보다 훨씬 철이 덜 들었던지. 그 애한테 남편을 빼앗아 갈 기회를 주겠다는 거예요?"

"남편을 빼앗는다고요? 왜 그렇게 말을 심하게 하죠? 빼앗지 않고 내 남편과 잘 수는 없는 건가요?"

안나마리아가 고개를 설레설레 흔들며 정말 조심해야겠다는 표정을 지었다. 엠마뉴엘은 웃음을 터뜨렸다.

"그러니까 우리 남편이 일단 메르베를 맛보게 되면 그 아이 매력에 홀딱 빠져서 아무것도 눈에 안 보이게 될 거란 말인가요?"

아무 대답이 없자 엠마뉴엘은 다시 대화를 풀어나갔다.

"안나마리아! 나는 육체적으로 남편보다 나를 더 즐겁게 해주는 남자들하고 정사를 나눠봤어요. 그렇지만 나는 그 사람들하고 살려고 남편을 떠날 마음이 하나도 없고, 오히려 그 남자들을 알기 전보다 더 남편을 사랑해요. 이건 어떻게 설명하시겠어요?"

"저는 설명할 게 아무것도 없어요!"

"하지만 이건 간단한 거예요. 여기서 우리는 두 가지 사실을 알 수 있죠. 하나는 내가 장을 사랑한다는 것이고, 또 다른 하나는, 섹스를 하면 할수록 이전보다 더 나은 사랑을 하게 된다는 거예요."

뾰로통한 얼굴을 하고 있는 안나마리아를 보며 그녀가 설명을 보충했다.

"만약 한 남자에 대한 사랑이 육체적으로 쾌락을 더 느끼게 해주는 남자와 나누는 사랑을 이겨내지 못한다면, 그건 불명예스러운 거예요."

"그래서 여자는 오로지 자기 남편만 섬겨야 한다고 권하는 거죠." 안나마리아가 객관적인 어조를 띠려고 애쓰면서 말했다.

"누가 그렇게 권하는 건데요?" 엠마뉴엘이 격앙했다.

"두려워하는 사람들이겠죠. 그들의 미덕을 이루는 근본이 바로 두려움이니까."

"그럼, 남편이 말은 안 하지만 부인의 행실로 고통스러워하고 있다면 어떡하시겠어요?"

"남편은 그런 열등감이 없는 사람이에요. 자기 부인들의 부정을 두려워하는 남자들은 자신에 대한 확신이 없는, 스스로 무능한 애인이라고 생각하는 사람들이라고요. 장은 결코 두려워하지 않아요. 그 어떤 것에 대해서도. 그래서 난 그 사람을 사랑해요."

"그분이 부인한테 애인을 사귀라고 격려했나요?"

엠마뉴엘은 눈을 깜박거리며 잠시 생각했다.

"격려는 아니고, 허락해주는 거죠."

그리고 솔직한 심정을 감추지 못하고 털어놓았다.

"사실 나는, 장이 질베르가 하는 것처럼 했으면 좋겠어요. 그럼 난 이 세상에서 가장 행복할 것 같아요."

"질베르처럼? 그분이 뭘 하는데요?"

"아리안느를 친구들한테 빌려줘요. 그 여자는 참 운도 좋지 뭐예요!"

"끔찍하네요!"

"보세요. 아가씨도 두려워하잖아요."

"엠마뉴엘, 부인은 선과 악의 개념을 다 잊어버리신 것 같아요! 어떻게 남편이 아내의 몸을 거래하는 걸 인정할 수 있단 말이에요? 소비품도 아니고."

"'거래'라고요? 마침 단어를 잘 쓰셨네요. 그분은 아무런 대가도 바라지 않아요. 이런 방식을 거래라고 한다면 나도 소비되었으면 좋겠네요."

그녀는 표현이 유발시킨 효과에 만족하며 계속 말했다.

"빌려준다는 건, 더 가치 있게 소유하는 방법 아닌가요? 질투에 사로잡힌 남편은 자신만을 위해 아내를 간직하면서 뭘 잃어버리고 있는지 모르죠. 수전노가 금괴를 끌어안고 있는 것처럼요."

"그렇다면 차라리 장한테 매춘을 시켜달라고 하시지 그래요?"

엠마뉴엘은 눈썹을 치켜 올렸다. 그것 참 좋은 생각이라는 표정으로. 그리고 두 여자는 한동안 말없이 있었다. 안나마리아는 자신의 화폭 이외에는 모두 잊어버린 듯 보였다. 엠마뉴엘이 지친 한숨을 내쉬며 몸을 일으켰을 때, 그녀는 붓을 내려놓더니 팔꿈치를 쿠션에 괴고 잠시 휴식을 취했다. 그러고선 같은 주제로 다시 말을 꺼냈고, 엠마뉴엘은 매우 반가워했다.

"아리안느는 남편이 정한 남자들한테만 몸을 주나요?"

"아니에요."

"부인의 이론에 의하면, 잘못된 거잖아요. 남편이 괜찮겠다고 판단한 친구들에게 자기 아내를 빌려주는 특권을 무시해버리는 거니까요. 남편의 권리를 해치는 행실이죠. 좋은 아내가 아니라, 방탕한 여인으로 행동하는 거라고요."

안나마리아는 자신의 논리를 만족스럽게 여기며 생각을 밀어붙였다.

"그리고 부인은 아리안느보다 더 나빠요. 남편이 정해주지 않은 남자들한테만 몸을 주니까."

"좋은 아내가 되는 방식은 그보다 더 많이 있어요." 엠마뉴엘이 언성을 높이며 반발했다. "중요한 건, 결혼 생활을 위해 색정주의가 쓰여야 한다는 거죠. 무엇보다도 우리가 원하는 건, 행복한 사랑을 누리는 것 아닌가요?"

"그런데 부인의 방식이 행복한 사랑을 누리는 데 도움이 될지 모르겠어요!"

"왜 그렇게 생각하죠? 아까 내가 말했잖아요, '사랑의 행위는 내게 사랑하는 법을 가르쳐준다'고."

"따라서, 행복은 단지 사랑의 기교에 관한 문제일 뿐이라는 건가요?"

"내가 이뤄나가는 진보는 단지 육체적인 것만이 아니에요. 더욱 정신적인 것이랍니다. 별로 나쁘지도 않은 걸 가지고 고통스러워할 필요는 없지 않나요? 하지만 대부분의 연인들은 사랑하고 싶은 마음 그 이상으로 괜히 고민하는 걸 좋아하거든요. 난 그런 병적인 취향에서 벗어났어요. 나는 사랑이 남편과 나, 우리 두 사람을 위해 어떤 위안이 되길 바라지 고민거리가 되는 건 원치 않아요. 시험 기간이 아니라 휴가 기간이었으면 좋겠어요. 슬프게도, 내 생각이 너무 늦었는지도 모르죠. 결혼하기 전에 이미 그런 자격을 갖췄어야 하는 건데 말이에요."

"처녀성은 미래의 남편을 위해 준비된, 어느 누구에게도 양도할 수 없는 재산이에요."

"물론이죠. 다만 약혼녀가 지참금으로 무지와 서투름, 억제된 냄새, 편견의 화관을 끌고 오는 것이 아니라, 고상한 취미, 학문, 연애술을 자랑스럽게 지니고 오는 경우를 제외했을 때만 맞는 말이에요. 만약 그녀가 혼인식 전에 교양을 쌓을 정신이 없었다면, 결혼 후에 바로 명예 회복을 하겠죠! 남자아이 뒤를 쫓아다니다가 싱그러운 꽃송이처럼 돌아오는 처녀들은 남편의 기쁨이 되고 자랑거리가 되는 거예요. 부부의 정조를 위해 세워놓은 촛불에 노랗게 그을린 처녀들에 댈 게 아니죠."

"참 고상한 감성주의네요! 정직한 부부들을 시들시들하고 창백하게 만드는!"

"단순한 관찰의 결과일 뿐이에요. 결혼은, 엉뚱한 모양의 사랑과 넘쳐흐르는 사랑으로 자극을 가해야만 활짝 꽃을 피우는 것이랍니다. 두 사람이 오랫동안 나누는 식탁 위의 소금 같은 사랑인 거죠."

"그런데 간을 맞춰주는 것이 아니라 독살시켜버리면? 그로 인해 결혼이 죽어버리면 어떡하죠? 대부분의 경우 가장 흔히 나타나는 결과잖아요. 아니라고 말하실 건가요?"

"그렇다면 나쁜 결혼이었겠죠! 우리는 장례도 안 치를 거예요. 그건 어느 누구를 위한 상실도 아니니까."

"그럼 결국 에로스의 증인들만 살아남겠군요!"

"다른 사람들은 살아 있는 게 아니죠. 살아가는 흉내만 내고 있으면 어째요?"

"그럼 부인처럼 다른 여자들하고 방탕에 빠지는 경우, 그 여자들에 대한 남편들의 질투 또한 일고의 가치도 없는 건가요?"

"내가 무슨 바보들이나 옹호하고 야만인들을 격려해주는 역할까지 맡은 줄 알아요? 어떤 원시 부족들은 아직도 여자들이 지나치게 쾌락을 즐기지 못하도록 어릴 때 음핵을 잘라버리는 모양이던데, 우리는 그런 수고를 굳이 할 필요 없잖아요? 처녀들이 스스로 알아서 억제를 시켜버리니까. 피그미족 문명보다 못한 그런 문명에 내가 어떻게 일고의 가치를 줄 수 있겠어요?"

"부인처럼 엉뚱한 사랑으로 넘쳐흐르는 배우자는 배려심이 별로 없는 것 같아요. 그렇게 환상에 몸을 맡기고 다니다가 어느 날 다른 남자의 아이를 낳게 되면 남편의 마음이 어떻겠어요?"

"'다른 남자의' 아이가 아니라, 그냥 사람을 낳는 거죠. 어떻게 아이들을 포도주나 치즈 내놓듯이 원산지를 따지나요? 난 아이를 갖게 되면 어떤 씨앗에서 나온 것인지는 궁금해하지 않을 거예요. 어떤 세상에 태어나게 할 것인가가 더 중요한 거니까. 만약 그 아이가 지성과 자유의 세상에 태어나지 않는다면, 분명히 사생아일 거예요."

안나마리아는 한동안 팔레트에 시선을 고정시킨 채 생각을 정리했다. 그러다 고개를 들어 물었다.

"부인은 아이들에게 아무것도 금지하지 않을 건가요?"

"서기 천 년의 시대처럼 사는 건 금지할 것 같아요."

"그럼 어떤 종류의 사랑을 권해주실 건데요?"

"오직 한 가지 사랑만."

"그 아이들에 대한 사랑이 지금 남편에 대한 사랑과 똑같을 거란 말인가요?"

"세상에는 오직 한 가지 사랑만 있다고 말했잖아요."

"하지만 그 명예로운 사랑의 독점권을 남편한테 주지는 않으면서 잠은 또 같이 자는 거네요."

"그래서요?"

"아이들과도 섹스를 하실 건가요?"

"그건 나도 모르죠. 아이들이 태어나게 되면 그때 대답할게요."

"그럼 아이들끼리는, 자유롭게 사랑을 나누도록 놔둘

건가요?"

"자유롭게 사랑을 나누도록? 그 반대는 당연히 꼴사나운 모양이겠죠."

"최악의 상황이 벌어지겠네요."

"아가씨 같은 사람들은, 금기를 위반할 생각만 해도 가슴이 부들부들 떨릴 거예요!"

"신의 법에 대해 말하는 건 듣지 않더라도 최소한 자연법은 인정하시겠죠?"

"아, 그거야 물론 모두 받아들이죠. 선택의 여지가 없는 것이니까! 나의 전자들은 내 몸의 핵을 중심으로 마음껏 돌고 있고, 나를 짓누르는 그들의 무게로 인해 나는 결국 죽고 말 거예요. 경험을 통해 내가 그 전자들보다 더 강하게 만들어지지 않는다면, 나는 그 법칙을 견뎌내지 못할 거란 말이에요. 그런데 오빠가 여동생하고 정사를 나누지 못하도록 금하는 그런 법은 어디에도 없죠. 사실 자연은 도처에서 그런 관계를 조장하고 있을걸요?"

"그럼 몸을 닿지 않고 사랑을 나누는 건 허락되지 않은 건가요?"

"이런저런 걸 금하는 사람은 바로 아가씨예요. 나는 모든 게 허락되어 있다고 생각해요."

엠마뉴엘은 대화가 지겨워지기 시작했다는 표정을 지으며 암고양이처럼 기지개를 켜고 하품을 했다. 그러다 갑자기 폭발했다.

“몸을 닿지 않고 사랑을 나누고, 사랑하지 않으면서 서로 몸을 닿고! 이천 년 전부터 기독교인들은 그 문제를 놓고 열광적으로 뱅글뱅글 돌고 있죠. 그 강박관념에 자기들만 머리가 돈다면야 그런대로 봐주겠어요. 그런데 온 지구를 이상하게 만들어놨잖아요? 남성 조각상의 사타구니를 삼각형으로 막지를 않나, 타히티섬 원주민들한테 와이셔츠를 입히질 않나, 우리가 우리 몸을 부끄러워하게 만들어놨잖아요. 이 넓은 지구상에서, 말총으로 만든 옷을 입고 고행자처럼 규율을 열심히 지키는 일 말고 더 유익한 일은 없는 건가요?”

“육신의 가치 말고 다른 가치들도 있어요.”

“제가 육신의 가치를 말하고 있는 걸로 보여요? 내가 보기에 육신에서 자라나는 정신은 기도에 중독이 된 정신 못지않게 가치를 지니고 있는걸요?”

“그리고 그 정신은 인생에서 색정주의 말고는 다른 의미를 찾지 못하고 말이죠?”

“물론 색정주의에 눈이 먼 사람은 인생의 다른 의미를 보지 못해요. 마찬가지로, 육신을 아무 가치 없게 여기는 사람은 정신의 가치 또한 보지 못하는 법이에요.”

“부인, 그렇게 예언자 같은 말투로 저를 암흑으로 몰아붙이지 마세요! 여기서 부인의 진실을 더 잘 보게 해준다면, 아마 부인의 말을 따르고 싶을 것만 같네요.”

"그럼 나를 잘 보세요! 내가 악을 구현하는 여자처럼 보여요? 악마의 얼굴을 하고 있느냐고요? 그리고 내 몸을 보세요. 저주의 흔적이라도 지니고 있는 것 같아요?"

단숨에 그녀는 스웨터를 걷어내고 젖가슴을 앞쪽으로 내밀었다. 안나마리아가 미소를 지으며 중얼거렸다.

"'악마의 아름다움' 같네요. 저는 그런 모습은 믿지 않아요. 진정한 아름다움은 신의 것이니까."

"아름다움은 인간의 작품이에요."

안나마리아는 한동안 아무 말없이 그녀를 바라봤다. 그러고는 유감이라는 듯이 몸을 훌쩍 일으켜 붓을 모으고, 튜브물감의 뚜껑을 닫았다.

"끝났어요?" 모델이 반가운 얼굴로 물었다.

"오늘은요. 내일 더 나갈 수 있을지 봐야죠."

엠마뉴엘은 의자에서 뛰어내려와 몸을 숙이고 캔버스를 보더니 인상을 찌푸렸다.

"아무것도 안 닮았잖아요. 타원형 초상화도 아니고."

일요일 오후, 장은 아내와 크리스토퍼를 경마장으로 데려갔다. 엠마뉴엘은 관중을 둘러봤지만 알 만한 얼굴은 보이지 않았다. 여느 때처럼 사람들은 그녀의 모습에 감탄했다. 그런데 스캔들을 예고하는 표정이나 미소는 찾아볼 수 없었다. 얼마간의 시간이 흐른 뒤, 별로 젊지도 잘생기지도 않은 어느 두 남자와 함께 나타난 아리안느를 발견했다. 그녀는 매우 놀랐다.

"외교관 나리를 수행하고 있는 중이지." 백작 부인이 말했다. "너는 여기서 뭐해?"

"경마 내기에서 이기는 법을 장에게 배우고 있어."

"그래서, 돈을 따?"

"항상 따는 걸."

"보기보다 세구나!"

두 여자는 함께 웃었다. 누군가가 확성기를 통해 무슨 말인지 알아들을 수 없는 소리를 외쳐댔다. 엠마뉴엘이 발뒤꿈치를 세우고 우아하게 몸을 돌려 소리가 나는 쪽으로 마주 섰다. 치맛자락이 프로펠러처럼 그녀의 허벅지를 따라 돌며 올라갔고, 엉덩이의 또렷한 곡선을 얼핏 드러내 보인 다음 다시 살포시 떨어졌다.

"상당한데!" 아리안느가 감탄했다. 그러고 나서, "어머, 크리스토퍼 좀 봐. 왜 저런 눈을 하고 있어?"

"나를 사랑하니까."

"넌?"

"저 사람 귀엽지."

"사랑은 잘해?"

"나중에 얘기해줄게."

엠마뉴엘은 주제를 바꿨다.

“마리안느가 편지를 보냈어.”

“그 애! 뭘 하고 지낸대?”

“바다, 바람, 모래, 바다 위의 바람, 모래 위 바다의 흔적…… 이런 말을 중얼거리는데, 시(時) 바람이 들었나 봐.”

“뭔가 숨기고 있는 게 분명해.”

“서명까지 했던데? ‘성 오르가슴 동정녀 마리아 수녀원, 자위의 성모 수녀원 원장수녀로부터’ 이렇게.”

“걱정 안 해도 되겠네.”

“비가 다녀갔다는 얘기도 했어.”

“그래? 또 다른 건?”

“그런데 있잖아, 너 그 여자 진짜 이름이 뭔지 알아?”

“누구 말하는 건데?”

“비 말이야. 괜히 모르는 척하지 말고.”

“아, 난 또 누구라고. 아비가엘. 아비가엘 아르노.”

“아르노? 너 지금 날 놀리는 거야? 어떻게 쓰는데?”

“불어 이름하고 똑같아. a—r—n—a—u—l—t.”

“뭐? 말도 안 돼…….”

아리안느는 어이없어하는 엠마뉴엘의 얼굴을 보고 놀랐다.

“너 갑자기 왜 그래?”

“그거 내 이름이야! 결혼하기 전에 쓰던 우리 집안의 성(姓)이야…….”

"그게 뭐가 이상한데? 미국으로 건너간 사촌일 수도 있잖아."

"그런 말 같지 않은 소리 하지 마."

"좋아. 그럼 내가 바른대로 얘기해주지. 비는 존재하지 않아. 네가 꿈을 꿨던 거야."

엠마뉴엘은 손을 이마로 가져갔다.

"얼마 전부터 내가 경험했던 것들은 모두 꿈이었을까?"

엠마뉴엘은 잠시 침묵을 지키다가 다시 물었다.

"비의 오빠는? 그 사람도 공상의 인물이라고?"

"나한테는 아니지." 아리안느가 쾌활한 목소리로 말했다. "말리가트 이후로는 아니라는 말이야. 사실 그 전에는 좀 배경적인 인물에 불과했지."

"그럼 그날 밤, 너 그 남자하고 사랑을 나눴어?"

"우아하게."

"나도야."

"그래? 우리 둘 다 운이 좋았네."

"그 정도였어?" 엠마뉴엘이 농담을 건넸다.

"평소에는 그 남자 자기 누이밖에 모르는 사람이야."

"자기 누이만?"

"그렇다니까."

"왜? 그렇게 좋아했단 말이야?"

"미치도록."

엠마뉴엘이 머뭇거렸다.

"그 사람이…… 그러니까…… 비가 그 남자의…… 정부란 말이지?"

"그걸 질문이라고 해! 정말 모르고 있었나 봐? 두 사람 다 드러내놓고 다녔는데. 미카엘과 아비가엘, 아비가엘과 미카엘…… 마치 다프니스와 클로에, 클레오파트라와 남자 형제들 같지. 그 애가 너한테는 말 안 했어?"

엠마뉴엘은 자존심을 찌르는 그녀의 말을 곰곰이 짚어보았다. 그리고 아득한 울림으로 말을 되뇌었다.

"두 사람이 연인 사이."

"원칙에 어긋나기라도 한 거야?"

"아니, 그게 아니라……"

"전문가가 한 말 기억하잖아. '근친상간은 혈연관계를 확장시키고, 따라서 조국을 위한 시민들의 사랑을 활발하게 만든다.'"

갑자기 기분이 유쾌해진 엠마뉴엘이 미소를 지었다.

"순종 경주마 시합까지 보려면 두 시간은 더 있어야 할걸." 잠시 후 아리안느가 귀띔해 주었다. "저렇게 질주하는 동물들한테 관심 있어?"

"없어."

"그럼 차라리 남자들하고 노는 게 어때?"

"그게 더 좋겠는데. 좀 이따 봐."

그녀는 남편에게 갔다.

"산책 좀 하고 와도 되죠? 끝날 때쯤 올게요."

"그러지. 우리가 여기 없으면 바로 찾아오면 될 거야."

그녀는 경마장을 테니스와 스쿼시 코트, 수영장으로 양분하는 클럽 건물을 가로질렀다. 그녀의 얼굴에서 바람기를 읽은 걸까? 마주치는 남자들의 눈빛이 보다 진득하게 느껴지기 시작했다. 아니면 역광으로 비치는 구월의 햇살에 투명해진 그녀의 실크 원피스가 드러내는 나체 때문일 것이다.

엠마뉴엘에게는 이 원피스가 너무 정숙하게 느껴졌다. 전면 단추 여밈으로 되어 있는 옷은 으레 그런 것처럼 가슴이 보이도록 위쪽이 풀어헤쳐져 있었다. 그녀는 앞자락을 차올리며 걸어갔다. 지나가는 사람들이 환영을 본 건 아닌지 확인하기 위해 멈춰 섰다. 눈 앞에 음부의 검은 삼각주가 분명히 나타났었는데……. 그녀는 아래쪽부터 음부 높이까지의 단추를 담담하게 풀었다. 이제 그녀의 나풀거리는 옷자락은 걸음을 옮길 때마다 허벅지를 보여주었다. 그녀 자신도 옷자락 사이에서 불거져 나오는 황금빛 살을 지켜보았다. '어쩜 다리가 이렇게 예쁠까!' 그녀는 스스로도 만족했다. '젖가슴도 예쁘고, 몸 전체가 다 예쁘지…… 섹스가 하고 싶어.'

남자들한테 건네는 그녀의 시선이 그들을 당황스럽게 만들었다. 하지만 그녀는 지나가버렸고 남자들은 몸을 돌려 그녀를 바라보았지만 감히 따라갈 생각은 하지 못했다. 노래가 하고 싶었다. 그녀는 노래를 불렀다. 한 일행이 걸음을 멈추고 감탄의 미소를 지었다. 맨다리로 걷는 걸음이 무용수처럼 유연했다. 갑자기 그녀가 달리기 시작했고, 치마가 흩날렸다. '나는 행복해. 더 이상 고통 받지 않을 거야. 무지의 시간은 지나갔어. 어린애 같은 고민들도 끝이야! 난 이제 어떻게 사랑해야 하는지 알아!'

그녀는 온갖 색깔의 자동차로 가득한 시멘트 광장에 이르렀다. 분홍, 파랑의 거대한 미국 차들, 근육질의 빨간 이태리 차, 하얀 난쟁이 차……. 문득 추억이 그녀의 가슴을 조여왔다. 대학을 떠나기 전 그녀가 읽었던 마지막 책 제목이 『하얀 난쟁이 별들의 스펙트럼 연구를 위하여』였다. 그녀는 위대한 천체물리학자가 되고 싶었다. 그런데 마리오는 방정식과 미지수들은 다른 사람들에게 맡겨둬야 한다고 말했었다. 그녀에게 어울리는 역할은, 물리적 사랑과 미적 작품을 만드는 것이라고 했었다…….

그녀는 한숨을 내쉬며 조그만 자동차의 짤막하고 낮은 코를 어루만졌다. 앞쪽에 튀어나온 커다란 눈을 보아하니 영국 차가 틀림없었다.

"차가 마음에 드세요?" 유쾌한 음성이 들려왔다.

깜짝 놀란 그녀는 로드스터 운전대에 팔을 얹고 있는 남자를 발견했다. 빈정거리는 듯한 얼굴에 머리를 짧게 깎은 청년의 맑은 눈빛이 파랬다. 엠마뉴엘은 그에게 공모의 추파를 건넸다.

"한번 타보시겠어요?" 남자가 말을 이었다.

그리고 손바닥으로 알루미늄 차체를 쓰다듬었다. 가죽 냄새가 기분 좋게 풍겨왔다. 엠마뉴엘이 가까이 다가섰다. '아주 잘생겼어. 하지만 선택은 내가 한 거라는 사실을 잊지 말아야 해.'

그녀는 한쪽 무릎을 들어 자동차 문 모서리에 기댔다. 그러자 치맛자락이 허벅지를 따라 흘러내렸다. 청년은 그 광경을 마음껏 살피며 혀를 찼다.

"스위트피(sweet pea) 같으시네!"

그가 빈 좌석을 가리키며 말했다.

"이리 오시죠, 꽃미녀님."

한 걸음 더 앞으로 나가던 엠마뉴엘이 차 뒤편 보닛 위에 엉덩이를 대고 앉더니 몸을 한 바퀴 빙그르르 돌렸다. 그리고 반나체가 된 차림으로 미끄러져 내려와 남자 곁에 자리를 잡았다. 그녀가 얼굴을 내밀자 청년이 광대뼈를 어루만지며 입술을 핥았다. 그녀는 남자의 품으로 파고들었다. 그런데 그녀는 그가 왜 곧바로 자기의 음부를 만져주지 않는 건지 이해가 되지 않았다.

시동을 건 남자는 운전대를 단단히 움켜쥐고 회오리바람처럼 도시를 가로질렀다. 물과 진흙으로 넘치는 교외의 논을 지나갔다. 두 사람이 지나가는 걸 보기 위해 물소들이 둔하게 머리를 들어 올렸고, 거위와 오리 떼들이 꽥꽥거리며 흩어졌다. 엠마뉴엘은 몸을 웅크린 채 머리는 남자의 건장한 목에 묻고, 바짝 모은 두 무릎을 그의 허리에 붙였다. 속도를 바꾸지 않을 때마다 그는 한 손으로 그녀의 무릎을 토닥거려 주었다. 하지만 여전히 그녀의 열려 있는 음부나 바람에 드러나는 젖가슴을 탐할 기미를 보이지 않았다.

엠마뉴엘은 작은 둑으로 막아놓은 밭 한가운데의 오아시스를 여러 번에 걸쳐 발견했다. 주변으로 늘어선 타마린드, 케이폭 나무들이 매우 인상적이었다. 그녀는 나무들을 향해 손을 뻗으며 소리를 질렀다.

"저기!"

하지만 차의 속도 때문에 그 광경은 이미 사라져버렸고, 두 사람은 자기들의 엉뚱한 행각을 재미있어하며 함께 웃어젖혔다. 그런데 머지않아 앞쪽 하늘로 구름이 몰려왔다. 걱정스러운 얼굴을 하던 운전수가 네거리에서 속도를 거의 줄이지 않은 상태로 차를 돌렸다. 그리고 전속력으로 방콕을 향했다. 익숙한 경치가 나오자 엠마뉴엘은 자세를 바꾸기로 했다. 그녀는 머리를 운전수의 허벅지 위에 놓고 누웠다. 나무와 강철로 된 운전대가 아무래도 좀 위협적이었다. 그녀는 남자의 배 쪽으로 머리를 바짝 댔다. 아니나 다를까, 잠시 후 그녀가 기다리던 남자의 욕망이 부풀어오르는 걸 목덜미로 느꼈다. 흔들리는 목의 자극으로 그것은 점점 커졌고, 완전히 발기되자 엠마뉴엘은 더 이상 참을 수가 없었다. 그녀의 손이 자신의 발가벗은 엉덩이 사이로 들어갔다. 그 후의 시간은 연속적인 전율이 되었다.

묵직하고 더운 물방울들이 그들을 후려쳤지만 엠마뉴엘은 여전히 희열 속에 몸을 맡기고 있었다. 청년은 자동차를 자갈길에 세운 다음 그녀를 품에 안고, 조그만 별장 안으로 데려갔다. 그녀의 머리는 물이 흥건했고, 황갈색 비단은 몸에 달라붙어 있었다. 남자는 그녀를 라피아 섬유로 된 소파 위에 눕히고 입술에 고인 빗물을 훑어 마셨다. 그녀의 옷을 걷어내고, 옷을 벗고, 아무런 예고도 없이 그는 음경을 그녀의 몸속으로 깊숙이 집어넣었다. 오랫동안, 입을 악물고 눈을 감은 채 사정을 했다. 그녀는 그의 상체를 휘어 감았고, 자신의 오르가슴을 억누르며 그의 이기적인 쾌락이 온전하도록, 절정의 고독한 세계가 후회 없이 이루어지길 기다렸다.

그가 몸을 일으키고 기지개를 켰다. '미치겠어, 저렇게 멋있을 수가!' 엠마뉴엘은 마음속으로 감탄했다. '우리는 정말 잘 어울리는 한 쌍의 커플이야.'

"좀 씻어야겠어요." 그녀가 말했다.

남자가 샤워실로 그녀를 안내했고, 그녀는 물을 끼얹으며 상쾌한 느낌을 마음껏 즐겼다. 물에 젖은 그녀의 머릿결이 등과 가슴 위에서 출렁이며 검은 빛을 퍼뜨렸다. 청년은 그녀를 다시 끌어안았고, 그녀의 싱그러운 몸에 자신의 몸을 비벼 대다가 어깨를 깨물었다. 그녀가 아파하며 소리를 질렀다.

"남편이 몸에 상처 난 걸 정말 싫어하는데!"

엠마뉴엘의 질책에 놀란 남자가 이빨 자국을 가련하게 쓰다듬었다. 하지만 그 자국이 금방 지워질 리가 없었다. 그녀는 남자의 손길을 빠져나와 몸을 마주 하고 무릎을 꿇었다. 그러고선 순식간에 음경을 입 안으로 넣어 빨기 시작했다. 빨아들일 때마다 그녀의 볼이 깊숙이 파였고, 틈틈이 혀로 귀두를 감싸며 핥았다. 거대하게 굴곡진 줄기가 터져버릴 정도가 되자 그녀는 갑자기 동작을 멈추고, 한 걸음 물러나 자신의 작품을 살펴보았다. 허공으로 뻗쳐 피를 토할 것 같은 그것을……. 그의 소리 없는 애원을 무시한 채 그녀는 향긋한 비누를 가지고 남자의 몸을 구석구석 문질러주었다.

그녀는 손바닥으로 한 시간 된 애인의 가슴과 복부에 궤도를 그리면서 잔뜩 불어난 거품을 가지고 근육을 주물렀다. 그러다가 거품을 훅 불며 깔깔거리고 웃었다. 이어서 등과 다리, 엉덩이를 거쳐 마침내 다시 성기로 돌아왔다. 확실한 손놀림으로 음경을 조금 전에 버림받았던 상태로 되돌려놓았다. 손바닥으로, 손가락으로 어루만지며 한순간의 여유도 없이 하얀 거품에 싸인 음경을 혼란스럽게 만들어버렸다. 남자는 뜨거운 열기가 입술로, 관자놀이로 올라오는 걸 느꼈다. 하지만 엠마뉴엘은 고통스러워하는 남자의 기운을 가

차없이 다스렸다. 그녀의 지배를 받아들이며 굴복하는 남자의 허벅지가 단단해졌고, 무릎이 아파왔고, 신음 소리가 새어 나왔다. 그녀는 귀두가 자줏빛으로 변하는 걸 보며, 고환과 그 뒷부분의 예민한 곳과 항문 입구까지 손바닥으로 손톱으로 번갈아 자극시켰다. 갑자기 그녀는 손의 온 힘을 모아 음경을 터뜨려버릴 듯이 움켜쥐고 뿌리 아래로 훑어 내려왔다. 그때 격렬하게 뿜어져 나온 정액이 그녀의 얼굴에 튀었다. 하지만 남자의 경련이 끝나기 전에 그녀는 재빨리 음경을 입 안에 물고 남은 액체를 혀로 받아 마셨다.

그녀는 그 맛있는 것이 한 주먹만큼 공중에 버려진 게 아쉬웠다. '내 두 번째 정부가 바로 곁에, 입에 닿을 거리에 있었으면 얼마나 좋았을까? 내년에 스무 살이 되면, 스무 명의 남자가 차례로 입 안에 사정을 하게 해야겠어. 그럼 가장 세련된 생일 파티가 될 거야!' 그녀는 그 생각이 너무 마음에 들었고, 현재와 미래의 황홀한 느낌에 못 이겨 깡총깡총 뛰었다.

"씻겨줄게요." 마비 상태로 서 있는 남자에게 그녀가 말했다.

그녀는 남자의 성기를 씻겨준 다음 물기를 말리고 입을 맞추었다. 그러고는 자기 몸도 말렸다.

"이제 가봐야겠어요. 벌써 깜깜해져버렸는데, 그래도 비가 그쳐 다행이에요."

그녀는 욕실에서 나와 밀짚 바닥에 놓인 옷을 눈앞으로 들어올리더니 짐짓 난처한 표정을 지었다. 완전히 물통에서 건져 올린 꼴이었다.

"이래가지고는 다시 못 입겠는걸."

물론 청년의 집에 여자 옷이 있을 리 만무했다. 그녀는 남자에게 곤란한 표정을 지어 보이며 그가 건네준 잔을 반쯤 비웠다.

"옷이 마를 때까지 여기 있어야겠어요."

집주인은 어떻게 상황 정리를 해야 할지 모르고 머뭇거렸다.

"하녀한테 다려오라고 시켜볼까요?" 남자가 방법을 궁리했다.

엠마뉴엘이 순진하게 웃었다. 그녀에게 좋은 생각이 하나 떠올랐다.

"사롱을 빌려달라고 해서 입으면 어때요?"

"……저한테 와이셔츠하고 슬랙스 바지가 있는데."

엠마뉴엘이 질겁을 했다.

"아니, 괜찮아요. 혹시 반바지가 있으면 그게 더 나을 것 같네요."

그녀는 허리춤을 꽉 조이고 다리를 궁둥이까지 말아 올렸다. 남자는, 그래가지고야 옷을 빌려 입으나 발가벗고 그냥 가나 매한가지라는 표정이었다. 그래도 와이셔츠는 사타구니 앞을 조여 묶고 단추는 다 풀어헤친 모습이 봐줄 만했다.

"이제 빨리 데려다줘요."

하얀 자동차는 다시 전속력으로 방콕을 가로질렀다.

"집이 어느 쪽이시죠?"

"스포츠클럽으로 가면 돼요. 거기서 남편이 기다리고 있거든요."

남자는 더 이상 묻지 않고 시키는 대로 했다. 주차장에 도착했을 때, 그들은 차가 두 대밖에 안 남아 있는 걸 확인했다. 그중 한 대는 엠마뉴엘의 자가용이었다. 운전수가 다가와 베트남 사람의 단조로운 억양을 띤 불어로 말했다.

"주인님께서는 집으로 들어가셨습니다. 저더러 부인을 모셔오라고 하셨습니다."

"보셨죠? 서둘러야겠어요." 젖은 옷을 손에 든 엠마뉴엘이 로드스터에서 뛰어내리며 말했다.

"그럼…… 언제 다시 볼 수 있을까요?"

"글쎄요. 자, 갈게요!" 그녀가 멀어지며 손끝으로 훅, 키스를 불어 보냈다. 남자는 얼굴을 찡그리며 체념했다.

엠마뉴엘이 타고 있는 자동차가 선인장 울타리로 둘러친 수영장을 지나가고 있을 때, 그녀는 누군가 자기를 소리쳐 부르는 듯한 느낌을 받았다. '이 시간에 여기서?' 그녀는 운전수에게 잠깐 차를 세워달라고 손짓했다. 그러고선 차창 밖으로 몸을 내밀었다. 과연, 수영장으로 이어지는 모자이크

계단 위에서 팔을 크게 흔들며 신호를 보내고 있는 어떤 여자의 모습을 발견했다. '누굴까?' 최근에 만난 여자는 아닌 게 분명했다. 계단에서 튀어 내려오는 실루엣이 이내 엠마뉴엘의 자동차 옆으로 와 섰다. 서른 살 가까이 돼 보이는 그 여자는 목은 물론 어깨, 허리, 근육질의 복부(너무 판판해서 거의 오목해 보이는) 할 것 없이 매우 가녀린 상체에 단단하고 긴 허벅지의, 날씬한 몸매를 하고 있었다. 그처럼 가녀린 모습과는 대조적으로, 가쁜 숨을 몰아 쉴 때마다 갈비뼈가 불거져 나오는 가슴에는 아주 동그란 유방이 솟아 있었다. 인도 사원의 에로틱한 조각상을 연상시켰다. 만져보고 싶게 만드는, 반들반들한 홍옥빛 광택의 젖가슴은 너무 탱탱하게 부풀어 올라 있어서 무게의 저항을 받지 않을 것 같은 착각마저 들게 했다. 엠마뉴엘은 그 유방을 경이로운 눈으로 바라보면서 '뾰족하다'는 생각을 했다. 그리고 그 매력은 비키니의 브라하고는 아무 상관없다는 걸 알았는데, 그녀의 젖가슴은 인위적인 제품의 소재나 형태, 크기로 돋보이게 하거나 감출 수 없는 독특한 모양을 하고 있었기 때문이었다.

그 젖가슴에 온통 마음이 끌려 있던 엠마뉴엘은 한참 뒤에야 얼굴에 주의를 기울였다. 길고 까만 눈은 깊은 데다 어찌나 반짝거리는지 열기마저 느껴졌다. 곧게 내려온 좁은 코, 높은 광대뼈, 두툼한 입술……. 이마를 반쯤 가리고 있는 검푸른 색 수영모의 고무줄을 엮어 올린 모양 때문에 그녀의 머리채는 비현실적인 인상을 주었다.

"수영하러 가요." 이 우연한 여인은 처음으로 초대의 말을 건넸다. 목소리가 이상하면서도 아름다웠다.

"이미 늦어서……" 엠마뉴엘은 거절하려다 말고 다른 구실을 머리에 떠올렸다.

"수영복이 없어요."

"괜찮아요. 우리밖에 없으니까."

'우리'라는 말이 매우 신비롭게 들렸다. 하지만 엠마뉴엘은 마음을 정하지 못하고 머뭇거렸다.

여자가 차 문을 열고 손을 내밀었다

"가요, 우리!"

목소리가 나긋나긋했다.

그녀의 목소리에 반한 엠마뉴엘은 갑자기 작심을 하고 차에서 내리며 운전수에게 지시했다.

"주차장에서 기다려 주세요. 잠시 후 돌아올 테니까."

미지의 여인은 엠마뉴엘이 내미는 손을 잡고 달려가기 시작했다. 계단을 단숨에 오른 두 사람은 녹지의 울타리를 통과했다. 엠마뉴엘은 별안간 멈춰선 여자의 몸에 부딪쳐 비틀거리다가 어느새 와이셔츠와 반바지, 허리띠를 풀어헤치고 발가벗은 차림이 되었다. 이번엔 분위기가 아주 적나라했는데, 공공장소에서 나체를 보이는 건 처음이기 때문이었다. 밤조차도 그녀를 가려주지 못했다. 높은 곳에 설치된 서치라

이트들이 벽옥색 타일과 분홍빛 수면 위로 대낮보다 더 강렬한 빛을 쏟아냈다.

두 남자가 가슴팍까지 물이 차는, 수영장 가장자리에 서 있었다. 여자가 키가 더 큰 남자를 가리키며 소개했다. "제 남편이에요." 그 남자도 뼈가 앙상하고 오목한 윤곽에 뾰족한 코, 아주 까만 눈을 하고 있었다. 눈빛이 너무나 강렬하여 엠마뉴엘은 남자가 자기 생각을 읽고 있다는 인상을 받았다. 어쩌면 고행자가 아닐까? 그 옆의 남자는 평범해 보였다. 그녀는 그가 더 마음에 더 들었다. 그녀와 비슷한 또래인 것 같았다.

이제 무슨 일이 벌어질까, 그녀가 생각했다. 세 사람이 엠마뉴엘을 사랑의 유희에 끌어들인 게 분명했고, 그녀는 자신에게 어떤 역할이 주어질지 궁금해하며 기다렸다.

"누구야?" 두 남자 중 연장자가 물었다.

그의 아내가 모르겠다는 몸짓을 했다.

"아무도 나를 모른다고요?" 엠마뉴엘이 언성을 높였다. "그럼 왜 불렀어요?"

"내가 아까 오후에 당신을 경마장에서 봤어요." 여자가 말했다. "나체가 다 보이는 옷을 입고 있었잖아요."

"다 보였어요?"

"보이게 옷을 입고 있었으니까 보였죠."

엠마뉴엘은 그녀의 적절한 대답에 미소를 지었다. 여자

가 다시 물었다.

"혹시 색정도착증 아니세요?"

그 말에 엠마뉴엘은 어이가 없어 여자를 쳐다봤다. '왜, 정신분열증 환자라고 하지? 아니면 간질병 환자라던가, 아니면 말더듬이?' 그녀는 웃음을 터뜨리고 말았다.

"참 재미난 생각을 하시네요."

갑작스럽게 갈색머리 남자가 말을 가로챘다.

"좋잖아요, 색정도착! 아니라면 그렇게 되는 게 더 좋을 겁니다."

엠마뉴엘은 혼란스러웠다. '어쩌면 내가 색정도착증 흉내를 내고 다닌 건 아닐까? 하지만 그 증세가 정확히 어떤 것인지 제대로 파악이 안 돼. 게다가 그것을 병이라고 할 수 있을까? 그러니까 내 상태가……' 갑자기 젊은이가 소리를 치는 바람에 그녀는 깜짝 놀랐다.

"알았다! 저 여자가 누군지 알겠어! 댐 건설업자하고 결혼한 레즈비언이야."

그의 표현이 재미있어서 엠마뉴엘이 웃었다.

"잘 알아보셨네요."

그런데 청년의 표정이 아주 당황스러웠다.

"저 여자는 남자들을 절대로 안 좋아해요."

그의 연장자는 별로 귀담아 듣지 않는 모습이었다.

"거기다 덧붙여 말이지."

엠마뉴엘은 웃고 싶은 걸 애써 참았다. 갈색머리 남자가 다가와서 그녀의 가슴과 엉덩이, 음부를 더듬었지만 모른 척 했다. 그녀의 불감증 흉내에 넘어간 남자가 자기 마누라를 부르며 명령을 내렸다.

"이봐, 이 여자 준비 좀 시켜!"

이미 익숙한 역할이라 엠마뉴엘은 상대 여자의 품 안에 금방 녹아들었다. 여자의 노련한 손가락들이 그녀의 음부를 파헤쳤다. 엠마뉴엘 입장에서는 근사한 젖무덤에 젖가슴이 닿는 감촉만으로도 상황은 이미 끝난 것이었다.

"브래지어를 벗겨버리세요." 엠마뉴엘이 간청했다.

하지만 여자는 못 들은 척하고 애무를 계속했다. 엠마뉴엘은 어느새 절정에 몸을 맡기고 오열을 하며 어지럽게 맴도는 빛을 보았다. 그녀의 머리채가 물에 잠겼다.

"자, 이제 빨리 해요." 전율하고 있는 그녀의 몸을 뒤쪽에서 붙들며 여자가 남편에게 말했다.

그는 수영 팬츠를 내린 뒤 성기를 손으로 쥔 채 엠마뉴엘의 다리를 벌렸다. 그리고 별 어려움 없이 그녀의 몸 안으로 들어갔다. 양쪽 옆에서 두 동행인이 마치 마네킹을 다루듯 엠마뉴엘을 들어올렸다 내렸다 하면서 남자를 도와주었다. 순간 그 상황을 의식하자 엠마뉴엘은 아주 즐거워졌다. '멋진데! 나는 그냥 하나의 성기일 뿐이야. 신을 만족시키기 위한 익명의 성기…….'

두 추종자는 쾌락에 빠져드는 우두머리의 얼굴만 쳐다보며 그가 절정에 다다를 만하면 속도를 멈췄다가, 다시 숨을 고르고 정신을 차릴 만하면 속도를 올렸다. 음경은 물속에서 자유롭게 움직이고 있었다. 엠마뉴엘은 몸 안에서 점점 더 커져가는, 이윽고 자신을 아찔한 폭발 속으로 앗아갈 압력을 더 이상 견딜 수 없었다.

엠마뉴엘은 남자의 물건이 더 몸속 깊이 파고들 수 있도록 무릎을 들어 올리며 남자의 엉덩이를 허벅지로 꽉 조였다. 그러고는 그의 어깨를 움켜쥐었다. 그때서야 몸을 받치고 있던 손들이 물러났고, 그녀 혼자 몸을 계속 놀리도록 내버려두었다. 그녀는 이제 불감증 흉내를 내려고 애쓸 필요가 없었다. '내가 곧 이르게 될 오르가슴은 완벽해. 그다음에, 나의 정복자는 날 원하는 대로 처리할 수 있을 테지. 원한다면 시장에 내다 팔 수도! ……하지만 우선은 자기 부하에게 주겠지, 그 귀여운 아이가 여자를 좋아한다면 말이야.'

그녀는 예쁘게 생겼을 것 같은 또 다른 청년의 성기를 찾다가 소리를 지를 뻔했다. 두 사람의 섹스를 지켜보며 그는 믿기지 않을 정도로 난폭한 손놀림으로 자위를 하고 있었다. 하지만 그녀를 놀라게 한 건 그 난폭함이 아니라 사람의 것이라고 여겨지지 않는, 음경의 흉측한 크기였다. '저게 안으로 들어온다면!' 그녀는 겁이 덜컥 났다. '아마 나는 찢어져버릴 거야, 갈기갈기. 영영 불구자가 돼버릴 거야!' 그런 생각이 들자, 모든 육감이 사라져버렸다. 그녀는 도움을 청하려고 나머지 두 사람에게 시선을 건넸지만, 아무 반응이 없었다.

둔한 신음 소리가 그녀의 눈길을 그녀 앞의 젊은이 쪽으로 다시 돌리게 만들었고, 그녀에게는 위안을 주는 흥분한 그 모습이 무기력했던 몸에 다시 생기가 돌게 했다. 괴물의 주위로 한가득 흩어진 정액이 어울려 구름을 이루면서 그녀 쪽으로 떠내려와 몸에 달라붙었다.

다시 감각에 몸을 맡길 수 있게 된 엠마뉴엘은 갑자기 흥분이 고조되어 헐떡이며 소리를 질렀다. 그녀의 몸을 꿰뚫고 있던 남자는 그녀의 열광하는 얼굴을 주의 깊게 살피며 그녀가 완전히 의식을 잃을 때까지 계속 치달았다.

그는 사정을 포기하고 그녀의 몸에서 물러났다. 일행이 그녀의 몸을 물에서 끌어내 타일 바닥 위에 눕혔다. 그리고 한동안 말없이 지켜보았다.

"곧바로 다시 할래요?" 여자가 물었다.

남편은 머뭇거리다가 어깨를 으쓱해 보였다.

"어쨌거나 당신 거니까, 알아서 결정해."

"그럼 내일 해요. 시간이 더 많으니까." 여자가 밋밋한 말투로 일행들에게 제안했다.

엠마뉴엘이 정신을 차렸을 때, 그녀의 새로운 정부가 단호하면서도 예의를 갖춘 어조로 말했다.

"내일, 오후 세시에 우리 집에서 기다리죠. 정확히 도착하리라 믿습니다."

엠마뉴엘은 그의 말투를 당연한 것이라고 여겼다. 남자는 자기가 오르가슴에 이르게 해준 여자에게 명령할 권리가 있으니까.

그녀가 물었다.

"어떻게 찾아오라는 건가요?"

"아주 간단합니다. 마천루 아시죠? 꼭대기 층입니다. 출입문에 이름이 적혀 있어요. 의학박사 마레."

엠마뉴엘은 모자이크 타일 바닥에서 반바지와 와이셔츠를 집었다. 다시 입어야 하나, 아니면 그냥 벗은 채 가야 하나 고민했다. 주차장까지는 그냥 가고 차에서 옷을 입는 중간 방식을 택했다. 그녀를 보는 운전수의 얼굴에는 아무런 생각도 나타나지 않았다.

그녀의 남편은 테라스에서 책을 읽고 있었다.

"장, 세상에, 제가 너무 늦었죠!"

그는 한 손으로 엠마뉴엘을 붙들고 괴상망측한 복장을 바라보았다. 그리고 사람 좋게 웃었다.

"바람을 많이 피웠나 봐?"

그녀는 긍정적으로 가르랑거리며 고개를 끄덕였다. 남편은 그녀의 볼을 양손으로 감싸고 가볍게 입을 맞추었다.

"아주 홀딱 젖었군."

"내 옷은 차에 있어요." 마치 그 말이 모든 걸 설명해주는 듯했다.

엠마뉴엘이 물었다.

"몇 시나 됐어요?"

남편이 시계를 들여다보았다.

"아홉 시 이십오 분. 저녁은?"

"안 먹었어요. 두 분이 식사 안하고 기다린 건 아니죠?"

"크리스토퍼가 열이 좀 있어서 아무것도 먹기 싫다는군. 그래서 혼자 먹었지."

"어머, 미안해서 어떡해! 더 빨리 들어왔어야 했는데."

그러고는 잠시 후 이제야 알아들었다는 듯이 다시 물었다.

"크리스토퍼가 아파요? 어디가 어떤데요?"

"별거 아냐. 어떤 친군지 잘 알잖아. 암망아지라면 죄다 쫓아다닌다니까! 게다가 반쯤 하다가 그만두는 법이 없는 녀석이거든."

엠마뉴엘은 안도의 한숨을 내쉬었다. 그녀는 집에 다시 돌아온 게 기뻤다.

"이 반바지 입은 꼴 좀 보세요. 꼭 바보 같아!"

그녀는 바지를 벗어 소파 뒤로 던져버렸다. 그리고 가슴팍 아래로 질끈 묶고 있던 밑단도 풀어 내렸다. 와이셔츠는 별로 길지 않았지만, 음부와 엉덩이를 가리기엔 충분했다. 그녀는 허리 부분의 단추 하나만 채웠다.

"그 정도가 아주 보기 좋아." 장이 칭찬했다. "이제 뭘 좀 먹어."

그는 엠마뉴엘의 맞은편 식탁에 앉았다. 하인이 김이 나는 사발을 가져다 놓자 그녀는 그것을 조금씩 핥아먹었다. 입가에 미소가 절로 나왔다.

"물속에 빠졌어?"

"네. 소나기도 한바탕 만났어요!"

그는 즐거운 표정으로 아내를 말없이 바라봤다. 오 분도 안 돼 그녀는 식탁을 물렸다. 그러고는 깡총 뛰어 남편의 목에 매달렸다.

"크리스토퍼를 한번 봐야겠어요."

"빨리 가봐. 그리고 이거 갖다 줘. 다시 기운 좀 차리게."

그가 노간주나무 술병을 건넸다.

"아니, 일사병에 이걸 줘요? 사람 죽이겠네."

"무슨! 이집트식 치료법이야."

그녀가 병을 겨드랑이에 끼자 와이셔츠 자락이 올라가며 엉덩이가 드러났다. 그녀는 계단을 기다시피 올라가서 노크도 없이 손님방에 난입했다. 크리스토퍼가 놀라서 시트를 끌어 덮느라 몸부림을 쳤다. 엠마뉴엘이 웃음을 터뜨렸다. '이 남자, 언제나 적절한 차림이잖아!'

"아니, 크리스토퍼, 죽지는 않겠죠?"

"네, 아니, 아닙니다. 벌써 한결 좋아졌는걸요."

그는 땀에 범벅이 된 모습이었다. 그녀는 주위를 둘러보다가 수건을 찾아 들고 곁에 앉았다. 그러고는 얼굴의 땀을 훔쳐주려고 했더니, 그가 만류했다.

"고맙지만, 안 그러셔도 됩니다."

"잠깐 계셔보세요."

그녀는 수건으로 그의 가슴까지 문질러주었다. 아랫배 쪽으로 내려가려니까 그는 안간힘을 다해 시트 자락을 끌어안았다. 그 모습에 그녀는 다시 깔깔 웃었다.

"허브 차를 한 잔 드릴게요. 오트밀도……"

"아닙니다! 배도 안 고픈데. 그보다 얼음을 넣은 진 토닉이 낫겠습니다."

"역시, 남편이 나보다 더 당신을 잘 아네요!"

그녀는 일어나 벨을 눌러 하인을 불렀다. 그녀가 다시 자리로 돌아와 앉았을 때 와이셔츠는 더 이상 허벅지를 가리지 않았고, 아랫배의 음모까지 드러내 보이고 있었다. 크리스토퍼는 거기서 눈을 뗄 수가 없었다. 관자놀이가 쿵쿵 뛰기 시작했다. '이런 나쁜 녀석이 있나!' 그는 속으로 자책했다. '벌써 몇 번이나 저 여자의 나체를 봤는데, 이제 와서, 여자가 옆에 앉아 있다고 해서, 바보짓을 할 순 없잖아!' 그가 갑자기 등을 돌렸다. 엠마뉴엘은 걱정이 돼서 손으로 그의 이마를 만져보고, 맥박을 짚어보았다.

"이마에 얼음을 좀 대는 게 좋겠어요. 의사를 부를까요?"

"아니, 걱정 마세요. 내일 아침이면 분명히 정상이 될 겁니다."

'그런데 지금은 비정상이지.' 그가 속으로 씁쓸하게 말했다. '나쁜 놈!' 그러나 그는 이 마음을 진정시키기보다 그녀의 검은 삼각주와 허벅지의 풍경을 더 음미하고 싶었다. 하지만 그가 몸을 돌리면 그녀가 시트 아래 그의 모습이 어떤 상태인지 못 볼 리가 없을 것이었다. 그럼 선배 부부와의 우정도 끝장날 것이고, 모든 게 다 망가져버릴 것이었다.

'그녀에게 나는 친오빠 같은 사람일 거야. 그러니까 저렇게 스스럼 없이, 아무것도 감추려 들지 않는 거겠지.'

"어머, 온통 빨갛네! 열이 더 오르는 게 분명해요!"

"괜찮아요!"

그가 매몰차게 쏘아붙였지만 그녀는 기분 나빠 하지 않았다. 오히려 정말 몸이 안 좋은 것 같으니 장한테 얘길 해야겠다고 생각했다. 크리스토퍼가 다시 곰곰이 생각했다. '그녀가 내 흥분 상태를 병 때문이라고 여기는 걸까? 조금만이라도 그녀를 만져볼 수 있다면 금방 편해질 텐데…….'

간절하다 못해 그의 입에서 신음이 새어 나왔고, 그의 간병인은 더욱 초조해졌다. 그녀가 질문을 해 보았지만, 그의 귀에는 들리지 않았다. 그가 유일하게 바라는 것은, 고통스러워하는 자신의 음경을 그녀가 손으로 포근히 달래주는 것뿐이었다. 그는 모든 위험을 감수하고 어떤 대가라도 치를 각오를 했다. '이 집에서 도망치는 한이 있더라도, 모든 세상 사람들이 신사가 아니라고 비난을 하더라도, 그래, 나는 고통을 감수할 것이다! 나는 한순간의 희열과 치욕적인 나머지 인생을 택하리라…….'

그가 한숨을 쉬며 돌아누웠다. 그리고 절망적으로 엠마뉴엘을 바라보았다. 그녀는 시트 아래로 불쑥 솟아 있는 모양을 금방 알아보았다. 딱한 마음이 들었다.

'불쌍한 크리스토퍼!' 그녀가 생각했다. '그래서 저렇게 불행한 얼굴이었던 거야. 하지만 내가 저 사람과 섹스를 하면, 오히려 저 사람을 더 아프게 만들지도 몰라. 어떡해야 할지 잘 모르겠어. 그래도 저렇게 불편한 상태로 놔둘 수는 없는 거잖아? 어떡해야 하지?' 그녀는 더 이상 자리를 떠날 엄두를 내지 못했다. 그는 분명히 자신의 발기된 모습에 그녀가 충격을 받았기 때문이라고 생각할 것이었다. '자기 자신이 얼마나 괴상하게 느껴질까? 그럼 솔직히 말을 하면 되잖아. 애무해줬으면 좋겠다고. 아마 저 사람은 머리끝까지 빨개져서 땅속으로 숨으려 할 거야. 아니면 좀 더 배려심을 발휘해서 물어볼까? —제가 뭐 도와드릴 일 없어요?—아마 진을 한 잔 더 달라고 하겠지. 가장 간단한 건, 그의 시트 안으로 그냥 손을 집어넣어보는 거야. 그런데 저 사람은 소리를 지를 가능성이 커. 아주 조금만 만지게 해주면 괜찮을 텐데!' 엠마뉴엘은 다시 미소를 지어 보였고, 그녀가 자기를 비웃는 거라

여긴 크리스토퍼는 더욱 자신이 초라해지는 것 같았다.

'할 수 없지 뭐! 될 대로 되라고 해.' 그는 장과 결투를 벌일 생각을 했다. '그의 손에 나는 죽어갈 것이다. 하지만 난 엠마뉴엘을 포기할 수 없어. 그녀를 갖고야 말겠어. 강제로라도. 그녀를 강간하면서, 저항하는 그녀의 입을 베개로 틀어막고, 수없이 섹스를 하리라. 그리고 열이 너무 올라 결국 죽고 말리라. 그 정도 각오라면, 난 더 이상 걱정할 필요가 없다. 하지만 그녀는? 명예에 손상을 입은 그녀는 아마도 자살해 버리지 않을까? 그런 끔찍한 상황들의 장본인은 바로 가족의 친구, 선택 받은 오빠였던, 바로 나이지 않은가.' 그는 구역질이 올라오는 걸 느꼈다. '세상에 이렇게 추잡하고 타락한 존재가 있다니! 그런 탐욕을 부려놓고 그래도 아직 부끄럽지 않은 눈물이 남아 있다면, 내 자신이 불쌍해서라도 울게 되겠지. 그녀는 정조의 상징 그 자체야. 세상에 존재하는 유일한 남자는 남편뿐이니까. 그녀의 눈에 나는 아무것도 아니지. 아예 내가 보이지도 않아. 아, 그냥 살짝 만이라도 나를 손으로 쥐어주었으면, 손가락으로 감아서 조금만 달래주었으면! 조금씩만 다가가봐야지. 그녀가 움직이지 않고 있다면, 아마 눈치 못 챌 정도로는 엉덩이에 닿아도 괜찮을 거야.'

엠마뉴엘은 그를 어이없는 눈으로 바라보았다. '정말 이상한 사람이야! 우리 집에서 지낸 지 삼 주가 다 돼가는데, 어떻게 아직도 나하고 잠 한번 안 잘 수가 있지? 바로 손 앞에 있는 여자를 즐길 생각조차 하지 않다니. 장에게 속한 건 저 사람 거나 마찬가지라는 사실을 저 사람이 알아야 해. 친구한테 집, 자동차, 책, 파이프는 빌려주면서 아내는 안 빌려준다면 얼마나 웃기는 일이냐고! 그럼 여자가 아무리 예뻐 봤자 어디다 써먹겠어?'

덥다. 그녀는 와이셔츠를 걷어내버렸다. 크리스토퍼는 그녀의 젖가슴을 거의 슬픈 눈으로 감상했다. 순수하고 완벽한 가슴이라고, 생각했다. '다른 여자 같았으면 저런 몸짓이 음란하고 도발적으로 보였을 텐데…… 저 아름다운 모습 앞에 나는 무릎을 꿇어야 해…….'

그녀는 자리에서 일어나 발끝으로 조심조심 빠져나왔다.

"그 사람 자는 것 같아요. 근데 계속 말도 안 되는 소리를 중얼거리는데, 헛소리하는 거 아녜요?"

"그 친구 횡설수설은 항상 조금씩 있지. 상태가 좋을 때도 말이야. 몰랐어?"

장이 여자의 목을 팔로 감았다.

"어때, 당신? 섹스하고 싶어?"

"항상 하고 싶어요."

그녀가 남편의 옷을 벗기기 시작하면서 말했다.

"오늘 저녁은 내가 위로 올라 갈래요."

시간이 지나고, 그녀가 신음 소리를 내며 물었다.

"간음한 아내를 가지니까 흐뭇해요?"

'만약 내가 이런 옷차림으로 경찰한테 안 붙들리고 광장을 가로질러간다면……' 엠마뉴엘이 약속 장소로 가고 있는 차 안에서 생각했다. '만약 수위한테 쫓겨나지 않는다면, 승강기 안에서 강간을 당한다 해도 난 괜찮아. 그런데, 나는 아직도 강간당할 수 있는 입장이 될 수 있는 걸까? 원하는 남자들이 있으면 그냥 다 몸을 주는데 말이야. 그러니까 이건 말이 안 돼. 이제는 어느 누구도 나를 강간하지 못하게 된 거야.' 그녀가 몸에 걸친 거라고는 붉은색 마로 된 샤쥐블(chasuble) 가운 하나밖에 없었다. 바느질은커녕 단추나 고리도 없이 사각형 천에 목을 집어넣을 수 있는 구멍 하나만 내놓은 그 옷은, 양쪽 측면이 트여 있고 가죽 줄로 허리를 동여맨 모양이었다. 그러니까 옆에서는 젖가슴과 허벅지가 다 보이고, 바람만 살짝 불어도 엉덩이와 배까지 들여다볼 수 있었다.

그녀가 세운 패션 철학은, 임시방편을 마다하지 않는 것이고, 따라서 다음과 같은 규칙을 가졌다. 치마를 입을 때는 한 뼘 정도 길이로 아주 짧게, 투명하거나 옆이 트여 있을 것. 너무 풍성한 치마는 자리에 앉을 때 걷어 올릴 것, 너무 좁은 치마는 저절로 올라가는 천으로 고를 것. 낮에는 젖가슴의 느낌을 살려주거나 유두를 도드라지게 해주는, 투명한 저지 또는 얄팍하게 짠 양파색 뜨개옷을 주로 입을 것. 그리고 블라우스를 걸칠 때는 허리까지 단추를 풀어헤치고 다닐 것. 반면 저녁에는, 젖무덤의 둥근 선이 드러나면서 몸을 숙이기만

하면 가슴이 다 보이는, 사각 또는 원형의 데콜테를 입을 것. 어깨끈이 달려 몸에 달라붙는 옷보다 틈이 벌어진 데콜테가 훨씬 더 야해 보이니까. 물론 속옷은 절대로 입지 않을 것.

그녀는 굳이 광장에서 낯뜨거운 모습을 행인에게 보여줄 필요가 없었다. 왜냐하면 차량 통행이 금지되어 있음에도 운전수가 마천루의 현관 입구까지 그녀를 태워다 주었기 때문이다. 수위나 승강기 안내원, 건물 입주자들 모두 아무런 이의가 없었다. 그녀는 자부심을 느꼈다. 자신의 대담성이 일부 승리를 거둔 것이다.

도시가 내려다 보이는 테라스는 마치 정원을 방불케 했다. 의사의 집은 정원 한가운데 만들어놓은 빌라였다. 외벽은 덩굴장미로 뒤덮여 있었고, 대문 위에는 주인의 이름이 적혀 있었다.

'의사 선생님이 장미 손질을 하고 계셔서…….' 누군가가 그렇게 얘기할 것 같은 느낌이었다. '시작이 별로 좋지 않아.' 엠마뉴엘은 직감했다. 바깥에는 아무도 눈에 띄지 않았다. '무슨 일이 벌어질까?' 늑대소굴 같은 문을 바라보면서 그녀가 생각했다. '만약 내가 살아서 다시 나오지 못한다면, 나를 어디서 찾아야 할지조차 모를 것 같아.' 그녀는 아주 비싸 보이는 돌을 살펴보았다. '대리석은 아니고, 규석일까? 저 건너편에는 전혀 모르는 사람들만 있을 텐데. 다시 아는 사람들이 있는 세계로 돌아가는 게 낫지 않을까?' 그녀는 고개를 흔들었다. '여기까지 와서 후퇴를 하다니!' 그녀가 초인종 단추를 눌렀다.

아주 젊은 처녀가 나와 문을 열었다. 하녀인 것 같은 그 여자는 흔히들 입고 있는 사롱이 아니라, 놀랍게도 엠마뉴엘의 길이보다도 더 짧은, 몸에 착 달라붙는 옷을 입고 있었다. 검은색 모직—이 더운 날씨에!—으로 된 그 원피스는 긴 소매에 풀을 먹인 하얀색 목깃을 달고 있었다. 더욱 희한한 것은, 옷자락 아래로 드러난 길고 아름다운 다리의 발목 부분이 아주 가늘었다는 점이었다.

그윽한 목소리에 억양이 너무 정확해, 엠마뉴엘은 저 보기 드문 미녀가 프랑스 여자가 아닐까 생각했다. '그렇다면 저 야성적인 피부와 아몬드빛 눈, 높은 광대뼈는 어느 나라에서 물려 받은 거지?' 그녀는 순진해 보이는 손님을 잠시 살펴보며 기다리고 있다가 입을 열었다.

"주인님께서 기다리고 계세요."

엠마뉴엘은 그녀와 함께 냉방이 된 복도를 따라갔다. 벽에는 오래된 그림들이 걸려 있었고, 양탄자의 느낌이 푹신푹신했다. 이내 넓고 시원한 방으로 들어갔다. 그런데 진홍색 실크 전등의 갓이 투과시키는 빛에 실내는 침침했고, 외부에서 들어오는 빛은 찾아볼 수 없었다. 병풍과 장식된 걸개를 도처에 배치해놓은 벽면 사이마다 성화상, 진귀한 나무, 음각 가죽, 희귀한 무기, 오래된 금붙이들이 진열돼 있었다. 부드러운 침묵, 고급 양모의 침묵이 숨결처럼 그녀 주위를 맴돌았다. 어제 만났던 얼굴들이 그녀가 들어오는 모습을 지켜보고 있었다.

엠마뉴엘을 '발견'했던 여자는 연두색 망사로 된 옷차림이었다. 머리부터 다리까지 한 벌로 된 그 옷은 묘하게도 손까지 감싸고 있었다. 이번에도 엠마뉴엘은 그녀의 머리가 금발인지 갈색인지 알 도리가 없었다. 다행히도 가장 중요한 그녀의 젖가슴은, 어제 비키니를 입었을 때와 같이 나일론 천의 압력에도 불구하고 멋지게 돌출되어 있었다.

집주인은 안락의자에 앉아 짐짓 침착한 표정으로 엠마뉴엘을 살펴보았다. 그는 좁은 바지에 줄무늬 벨벳, 올이 가는 스웨터 차림에 실크 목도리를 두르고 있었다. 엠마뉴엘이 보기에는 추위를 많이 타는 부부 같았다. 그리고 마치 저녁 식사를 위한 차림을 한 또 다른 남자가 곁에 서 있었다. 특히 눈길을 끄는 것은, 머리카락 한 올 없이 마치 상아로 만든 조각품처럼 반들반들한 그 남자의 두상이었다. 그런데 눈썹과 속눈썹이⋯⋯ 없었다. 그렇다고 어떤 혐오감이나 공포를 주지는 않았다.

그녀는 마지막으로 다른 한 남자를 알아보았다. 검은 가죽으로 된 쿠션의자 위에 마치 그림 속의 포즈처럼 비스듬히 나체로 누워 있는, 어제 수영장에서 본 청년이었다. 그녀가 판단하기에는 그 외에 다른 사람은 없었다. 물론 하녀는 물러났겠고…… 아니다! 그녀는 겨우 알아볼 수 있을 정도의 기척으로 어두운 구석 한쪽에 아직 서 있었다.

마침내 의사가 일어나 몸을 굽히며 엠마뉴엘의 손에 입을 맞추었다. 그리고 자기가 앉아 있던 의자에 앉게 했다. 민머리의 남자가 바로 옆에 있었다. 주인 남자가 그를 소개했다.

"나의 저명한 친구, 게오르그 폰 호에입니다."

'저명한?' 그녀가 표현을 기억해두었다.

"그리고 에릭은 자고 있습니다." 그가 애정 어린 어조로 말을 덧붙였다.

'에릭은 모든 권리를 가졌을 거야. 그러니까 방해하면 큰 일 날 거야.' 엠마뉴엘이 생각했다.

저명하다는 독일인이 그녀에게 잔을 내밀었다. 그러고 나서는 모두들 입을 다물었다. 한순간 그녀는 다른 사람들 모두 서로 잠을 잤을 거라는 느낌이 들었다.

엠마뉴엘은 침착해지기 위해 남자가 준 음료를 홀짝거리며 마셨다. 마지막 한 모금을 마시고 나서야 그녀는 비열한 수작을 알아챘다. 머리가 어지러웠다! 난처한 상황에 그녀는 기분이 몹시 상했다.

"지금 나한테 환각제를 먹인 거죠!"

의사가 어깨를 으쓱해 보이며 재빨리 대답했다.

"그 잔에는 알코올밖에 안 들었습니다."

"그럼 나를 취하게 만들려는 거잖아요!"

"절제는 부인이 하는 거죠."

푸대접받을 이유가 없는 엠마뉴엘이 대놓고 빈정거렸다.

"선생님, 그래서 제가 절제하도록 이곳에 오게 만든 건가요?"

'내가 반박하는 말이 논리에 안 맞을지도 몰라.' 순간 엠마뉴엘이 생각했다. '하지만 내가 여기서 뭘 하고 있는지 좀 알아야겠어!' 아무도 그녀의 방문에 특별한 관심을 보이는 것 같지 않았다. '어쩌면 이 모임은 그냥 조용히 술만 마시기 위한 건 아닐까……?' 갑작스런 대꾸에 그녀가 정신을 번쩍 차렸다.

"부인이 무슨 역할을 맡게 될지 미리 알고 싶어 하는 것 같으니 말씀드리죠. 부인은, 우리가 부인을 충분히 즐길 수 있도록 해주기 위해 지금 이곳에 와 있는 겁니다."

그는 의자를 자기 쪽으로 빙그르르 돌려 세운 뒤 거만하게 그녀를 노려보았다. 하지만 그다음 말이 더 걸작이었다.

"분명히 말해, 어제 우리가 부인께 베푼 사소한 장난은, 우리한테는 별로 재미없었던 겁니다. 부인한테 충분했다면 다행이지만, 우리한테는 훨씬 더 많은 게 필요합니다. 우리는 이렇게 끝내고 싶지는 않으니까, 오늘 우리가 만족할 만한 조치를 취할 수 있도록 부인께서 허락해주십사 하는 거죠. 어제는 부인이 만족하셨으니, 오늘은 우리 차례입니다."

엠마뉴엘의 의식 속에서 두려움의 기미가 스쳤다. 하지만 너무 심각하게 받아들일 필요는 없다고 생각했다. 시급한 문제는 이 패거리의 취향을 밝혀내는 것이었다. 그녀가 대화를 이어갔다.

"내가 마신 칵테일이 그 조치들 중의 하난가요?"

"아무 의도도 없이 그 칵테일을 줬다고는 말하지 않았습니다."

"내가 취하면 더 만족할 거라고 여기시는 건가요?"

"어쨌든 더 호의적이긴 하겠죠."

"오히려 정신이 말짱하면 더 나은 행동이 나올 텐데요, 저는."

그가 처음으로 웃었다. 그러나 여전히 거만스러웠다.

"굳이 부인을 설득시키려 하지 않는 게 더 간단한 것 같은데요."

"왜 내가 자발적으로 몸을 베풀지 못하게 하나요? 나도 내 몸을 베푸는 즐거움을 포기하고 싶지 않아요."

"우리가 부인을 어떻게 하려는지 아직 잘 모르시잖아요." 느닷없이 꿈에서 깨어난 듯한 목소리로 여자가 끼어들었다.

어느새 그녀의 손에는 쇠사슬과 채찍이 들려 있었다.

"날 고문하시려나 봐요?"

우두머리는 그 질문을 재미있게 여기는 모양이었다.

"잘못 생각하셨습니다." 남자가 나무라듯 말을 받았다. "우리의 상상력은 그 정도 수준이 아닙니다."

"부인을 변화시켜 드리려는 거죠." 여주인이 말했다.

다시 남편이 거들었다.

"부인의 감성과 의식을 변형시켜 드리려는 겁니다. 부인의 의지를 다른 능력으로 승화시켜 드릴 겁니다. 그러면 부인과의 육체관계는 이제 우리에게 새로운 흥미를 주게 될 겁니다."

'처음부터 질겁을 하고 나섰어야 했는데!' 엠마뉴엘은 속으로 후회했다.

"그래서 나를 두 분의 생각대로 바꾼 다음에는 뭘 하실 건데요?"

"정상적인 상태에서 부인이 하지 못할 일을 할 겁니다."

"내 외모가 바뀌나요?"

"네, 더 낫게."

"나는 지금 이대로도 아주 좋은데요."

"더 동물적으로 변할 수 있을 겁니다. 하지만 주로 변하게 될 것은 부인의 정신이죠."

"괴물이 되는 건가요?"

"사회적 가치 기준에 따라서는요. 그보다 부인의 행실과 정신성에 적합한 단어를 고르시는 게 좋지 않겠습니까?"

"제가 범죄를 저지르게 돼요?"

"물론이죠. 그런데 이미 저지르지 않으셨어요?"

"내가 저지른 건, 잘못 부린 말썽 정도뿐인걸요."

"생각은 저마다 다른 거니까. 우리는 부인의 자유를 좀 해칠 뿐입니다."

'내가 경솔하게 잘못 덤벼들었어.' 엠마뉴엘이 속으로 인정했다. 이제 그녀는 자신의 행동에 대한 대가를 치러야 할 것이었다. '하지만 여기서 포기할 순 없어!'

"여자들은 결코 노예 상태를 무서워하지 않아요." 그녀가 잠긴 목소리로 대들었다. "왜냐하면 그 또한 쾌락을 즐기는 방식이니까요."

"우리는 부인을 노예 이상으로 만들 겁니다."

그녀를 불안하게 만드는 건, 여전히 짐작이 안 가는 위험의 형태였다.

"내가 정신을 잃게 만들려고 한다는 걸 알아요."

"그런 낭만적인 추측은 그만두고, 좀 침착하시는 게 좋겠습니다."

"내가 두려워하는 줄 아세요?"

"그런 건 관심 없습니다. 제게 중요한 건 부인이 잠시 후 놓이게 될 상태, 그거죠."

"왜 미리 설명해주지 않으시는 건가요? 나도 준비하는 재미를 느낄 수 있을지 모르잖아요."

그는 호기심이 발동하기 시작한 눈빛으로 그녀를 바라보았다. 그러고선 혼잣말을 하는 것처럼 중얼거리듯 말했다.

"부인이 재미를 느끼든 안 느끼든, 결국 그건 중요하지 않죠. 아시겠지만, 부인은 우리가 원하는 방향으로 가는 것 외에 다른 선택의 여지가 없습니다."

"선생님이 나를 강제로 여기 데려온 게 아니잖아요. 나는 자진해서 왔어요. 그건, 뭔가를 경험해보고 싶었기 때문 아니겠어요?"

이번에는 그가 놀란 표정을 지었다.

"정말 아무런 짐작도 안 하고 왔다는 겁니까?"

"그렇다니까요. 아니면 벌써 알고 있겠죠."

그는 잠시 생각하더니, 마침내 결심했다는 듯이 말했다.

"말씀드리겠습니다. 우선 부인은 오르가슴 그 이상의 상태에 이르게 됩니다. 아무도 부인의 몸에 손을 대지 않고, 부인 스스로도 손을 대지 않습니다. 부인이 느끼게 될 감정의 형태나 세기는 이전에 느낄 수 있었던 것들과는 전혀 다릅니다. 말 그대로, 쾌락에 미친 상태가 될 거란 말이죠. 그리고 그 상태는 몇 시간 동안 계속 이어질 겁니다."

"얼마 동안이라고요?"

"이번에는 거의 두 시간일겁니다."

그녀는 입을 삐죽 내밀었다. 그렇게 지나친 정도는 아니라는 의미처럼.

"그러고 나서는요?"

"심리적으로, 부인은 협조 요구에 열렬히 응하는 태도가 됩니다. 우리가 부인을 하나의 물건, 아니면 그저 도구처럼 사용해주기를 갈망할 겁니다. 부인 자신의 쾌락이 아니라, 부인을 차지하고 있는 사람들을 위해서. 그들의 욕망을 채워주기 위해 부인은 열광적으로 몸을 내맡기게 되죠. 쾌락을 느끼게 해주고 싶어 안달을 부리게 될 겁니다."

엠마뉴엘이 웃음을 터뜨렸다.

"그렇게 지루하게 설명하실 만큼 유별난 건 아니네요! 그런 경험은 이미 수없이 해 봤거든요. 선생님이 찾는 게 그런 거라면 제가 지금 알려드리죠. 참 기분 좋은 경험이에요."

의사가 자신의 멤버들을 돌아보았다. 마치 그 사람들을 엠마뉴엘이 내뱉은 경솔한 말의 증인으로 삼으려는 듯이.

"도대체 부인하고는 말이 통하질 않는군요?" 그가 다시 빈정거리는 말투로, 하지만 적잖이 너그럽게 나무랐다. "하지만 이것만은 알아두세요. 부인의 몸을 이용하여 얻게 될 우리의 감각은, 부인의 상상을 초월할 정도로 완벽한 것이 될 겁니다. 극도로 정제된 쾌감, 바로 그것이죠. 반면, 자연적으로 얻은 만족감은 금방 권태로워지기 마련입니다."

"멋지네요!" 엠마뉴엘이 환호했다. "어떻게 그럴 수 있는 건가요? 제가 보기엔 뭔가가 있는 것 같은데요?"

"잘 보셨습니다. 어떤 준비가 필요하죠."

"저한테 마시게 한 그 음료인가요?"

"아닙니다. 주사로 놓게 될 겁니다."

엠마뉴엘이 순식간에 얼굴을 찡그렸다.

"아, 주사는 딱 질색인데!"

"걱정 마세요. 그 주사는 전혀 아프지 않습니다."

엠마뉴엘의 가슴이 두근거리는 이유는 일시적인 고통이 아니라 다른 것들 때문이었다. 그녀는 기분전환을 시도했다.

"어쨌든 주사를 놓을 거잖아요. 제게는 몸을 완전히 내맡기게 하려고 최음제까지 사용할 필요가 없거든요. 전 그냥 저절로 제 몸에 충분히 미쳐 있으니까요! 어쩌면 선생님의 그 각성제는 좀…… 특히 호르몬이 부족한 여자애들을 위한 게 아닌가요?"

"최음제가 아닙니다. 이 마약은 욕망을 자극하는 거죠. 그냥 욕망을 만족시키는 정도가 아니라, 지나치게 만족시켜 주는 겁니다."

"아편이나 하시시(인도의 대마초—옮긴이) 같은 건가요?"

"완전히 다릅니다. 방금 말씀드린 효과들은 외부적인 게 아니고, 부인 자신한테서 나오는 거죠."

"그럼 LSD 환각제 같은……?"

"그것도 아닙니다. 전혀 다른 형태로 작용하는 건데, 훨씬 더 깊고 더 극단적입니다."

"좀 더 자세하게 말씀해주세요."

"더 세부적으로는 힘듭니다."

"할 수 없죠, 뭐."

엠마뉴엘은 잠시 생각에 빠졌다가 다시 물었다.

"물론 그것 때문에 죽을 수도 있겠죠?"

그가 다시 미소를 지었다.

"그렇지 않습니다."

엠마뉴엘은 회의적인 표정을 지었다.

"의사들은 다 그렇게 얘기하잖아요. 어쨌든 미친 상태로 계속 있는 건 확실한 거죠?"

"그 정도는 아닙니다."

"그…… 말씀하신 환각 상태 이후에 다시 제정신을 찾는 건가요?"

"그렇게 끝나버린 걸 후회하게 될 뿐이죠. 다시 하고 싶은 욕구에 시달릴 겁니다."

"더 이상 끊기 힘들다는 말씀인가요?"

"더 이상 끊기 힘들죠."

엠마뉴엘은 잠자코 있었다. 그녀의 얼굴에선 아무 감정도 느껴지지 않았다. 마레 박사는 담담한 어조로 명시했다.

"몇 번 겪고 난 다음에는 하루치의 정량이 필요할 겁니다. 그렇다고 생활에 안 좋은 지장이 있는 건 아닙니다. 오히려 그 반대죠."

그는 자기 부인을 쳐다보았다. 엠마뉴엘은 저 여자도 광적인 쾌락의 세계에서 지내고 있을 것이라는 생각을 하며 갑자기 흥분을 느끼는 자신을 부끄러워했다. 날마다 쾌락의 의미를 상실할 정도로 즐기고, 사랑하는 사람들을 더욱더 쾌락에 이르도록 해주는…… 그런 생각이 유혹처럼 다가왔다. 그녀는 공상을 흔들어 떨쳐버렸다.

"몇 번을 겪고 난 다음이라고요? 처음부터 중독되는 게 아니란 말씀이죠?"

"사실 연속적인 주입이 필요합니다." 그가 유감스러운듯한 어조로 설명했다. "열 번이나 열한 번째쯤이면 습관이 됩니다."

엠마뉴엘이 비웃었다.

"그럼 오늘 제게 한 번 하려는 건 아무 쓸모도 없는 거잖아요!"

"오늘 오후 동안만이라도 충분하지 않겠습니까!" 의사가 거만하게 말을 받아쳤다. "물론 이미 얘기한 대로 처치를 받은 후에 지속적으로 즐기게 될 겁니다. 아마 열흘 정도는 걸리지 않을까 싶습니다."

"어디서 처치를 해준다는 건가요?"

"바로 여기서. 부인은 우리가 정해드리는 시간에 다시 들러야 하는 거죠."

엠마뉴엘은 그럴 수 있을 것 같지 않았다. '그들은 날 포로로 붙들어두려고 했던 게 아니었단 말이야?'

"전 다시 안 올 거예요." 엠마뉴엘이 서슴없이 말했다. 그녀는 더 이상 아무 걱정도 되지 않았다. "낙원은 내 취향이 아니에요."

그러고는 다른 사람들이 끼어들 틈을 주지 않고 환한 얼굴로 말을 덧붙였다.

"하지만 걱정들 마세요. 그래도 축제는 벌일 수 있을 테니까. 저도 괜히 방해받고 싶진 않거든요. 한 번쯤 습관을 바꾼다고 무슨 큰일이야 나겠어요!"

그녀는 방 안의 사람들을 당당한 눈길로 훑었다.

마레 박사는 그녀가 믿기지 않는다는 듯이 쳐다보았다. 그의 아내는 여전히 단호한 표정을 짓고 있었다. 그녀는 늙수그레한 남자가 어떤 얼굴을 하고 있는지 알고 싶지 않았다. '이 사람들은 죄다 날카로운 맛이 없어.' 그녀가 판단했다. '그렇다면 저 아가씨의 유쾌한 기분에 동참해야지! 그만 잠에서 깨어나게 해줘야겠어.'

"의사 선생님, 뭘 기다리세요? 결정은 내가 하고 있는 거 보이시죠? 자, 아무 걱정 마시고 놔주세요, 그 주사!"

신은 곡선으로 글을 곧게 적는다

나는 엄청난 재앙을 일으켰고,
속주의 민중들을 전멸시켰다.
하지만 그건,
그리스도와 성모에 대한 사랑으로 인해서였으니…….

카스티야 왕국 여왕, 이사벨라 가톨릭

비에 흠뻑 젖은 대지의 숨결이 푸른빛으로 어리는 이른 오후의 풍경 속에서 마리안느가 등장했다. 엠마뉴엘은 한쪽 무릎에 턱을 괸 채 문턱에 앉아 안나마리아를 기다리며 맑게 씻긴 협죽도 잎새들을 하염없이 바라보고 있었다.

"엠마뉴엘!" 마리안느가 친구를 향해 달려오면서 외쳤다. "어디서 나타난 거야? 어떻게 여기 와 있어?"

엠마뉴엘은 그녀의 금발 댕기머리를 두 손으로 거머쥐고, 바닷바람과 햇볕에 그을린 뺨에 입술을 문지르며 웃었다. 소녀가 해변을 가리키며 말했다.

"저기, 우리 아빠야. 파리에서 오는 손님들 때문에 일주일만 더 여기서 지낼 거야."

"일주일만!" 엠마뉴엘이 침울한 얼굴로 소리쳤다.

"바닷가로 우릴 보러 오지 그랬어. 내가 얘기했잖아, 거기 있을 거라고."

마리안느가 몸부림쳤다.

"머리 좀 그만 당겨. 아프잖아."

엠마뉴엘은 두 갈래로 땋은 그녀의 댕기 한쪽으로 목을 감아 조이며 말했다.

"얼마나 보고 싶었는데, 이렇게 예쁜 너를!"

"예쁜 줄 몰랐어?"

"더 예뻐졌는걸."

"당연하지."

엠마뉴엘이 물었다.

"나는? 여전히 네 마음에 들어?"

"두고 봐야지. 내가 감시 안 하는 동안 뭐했어?"

"끔찍한 짓들만 했지."

"증명해 봐."

"너의 파렴치한 행각부터 먼저 털어놔 봐."

"왜 내가 먼저인 건데?"

"왜냐면, 이제는 내가 우리 둘 중에서 덜 숫처녀니까."

마리안느의 이글거리는 초록빛 눈에서 회의적인 섬광이 번득였다.

"보니까, 마리오하고 사이가 냉랭해진 것 같은데?" 그녀가 일부러 태연한 척 물었다. "더 이상 안 만나는 거야?"

"내가 요즘 너무 선풍적인 인기를 끌고 있어서, 그분은 차례를 좀 기다려야 할 거야."

"슬그머니 빠져나가려고 하지 말고 잘못한 게 있으면 말해 봐! 너 연애 사건 있었어?"

"수없이 많았어."

"어디 그중에 하나만 얘기해 봐."

갑자기 터져 나온 배기관의 폭발음이 두 사람을 길 쪽으로 돌아보게 했다.

"뭐야 저 괴상한 건?" 마리안느가 놀라서 물었다. "누가 타고 있는 거야?"

"안나마리아 세르긴느, 알지?"

"아, 그 여자. 네 초상화를 그리고 있잖아. 어떻게 그리나 한번 봐야지."

"너 모르는 게 없다? 어떻게 그런 소식까지 알아?"

마리안느는 눈썹을 반쯤 내려 감고 빈정거리는 눈빛을 했다. 그러고는 평소처럼 상대방의 질문은 무시한 채 물었다.

"초상화가 잘 그려질 것 같아?"

"물론이지. 그런데 내 얼굴이 아니야. 유감스럽게도."

"그러니까 남자 화가한테 부탁하는 게 더 나을 거라고 내가 말했잖아."

이때 안나마리아가 다가와 두 사람과 합류했다. 그러더니 대뜸 맹랑한 질문을 던졌다.

"두 분이서 사랑도 나눴어요?"

엠마뉴엘이 그녀를 놀란 눈으로 쳐다봤다.

"그건 왜요?"

"저렇게 경이로운 여자하고 사랑을 안 나누면, 누구랑 나누겠어요?" 안나마리아가 확신에 찬 어조로 대꾸했다.

"세상에! 그동안 많이 세련돼지셨네요, 아가씨?"

"전혀 아니에요. 난 그냥 부인의 논리로 말해본 것뿐인 걸요."

마리안느가 흥미 없다는 듯한 표정으로 말을 던졌다.

"그런데 엠마뉴엘, 사람들이 저분을 레즈비언이라고 말해도 믿지마. 남자들하고 더 가까운 사람이거든."

"너 지금 무슨 말을 하고 있는지 알기나 해?" 엠마뉴엘이 야단쳤다. "안나마리아가 옳았어. 내가 너를 너무 편하게 대했나 봐."

그러고 나서 마리안느에게 명령조로 다시 말했다.

"그런데 너 뭐해, 옷을 다 껴입고? 어서 벗어."

"새로 온 손님이 놀랄 텐데." 마리안느가 애교를 부렸다.

"전혀 아니에요. 그 반대인 걸요." 젊은 이태리 여자가 부정하자 엠마뉴엘의 눈이 휘둥그래졌다.

"그렇다면!" 마리안느가 너그러운 척 승낙했다.

그녀는 눈 깜짝할 사이에 나체가 되었다. 그리고 연상의 두 여자 앞에서 퍼레이드를 벌였다.

"어때요, 만족하세요?

"네." 안나마리아가 대답했다. "제가 옆자리를 비워놓을게요. 엠마뉴엘의 초상화를 끝내는 대로 아가씨를 모델로 조각을 하죠."

"무슨 재료로 해요?"

"아직 모르겠어요. 감촉이 좋은 걸로 하려고요."

"안나마리아는 주로 동성애를 다뤄." 엠마뉴엘이 빈정거렸다. "대리석을 엉키게 해놓고 말이지."

"나는 사람들이 내 조각품을 어루만져줬으면 좋겠어." 마리안느가 말했다. "그럼 내 기분이 아주 흐뭇할 거야."

"그럼 이리 와 봐. 내가 가슴을 어루만져줄 테니까."

엠마뉴엘이 손짓하자 마리안느는 순순히 그녀의 말을 들었다. 엠마뉴엘은 소녀의 젖가슴을 양손으로 움켜쥐고 윤곽을 더듬었다. 그러면서 곁눈질로 안나마리아의 얼굴을 살펴봤다. 하지만 안나마리아의 얼굴에서는 아무런 반응도 나타나지 않았다.

“왜, 저한테 저주라도 퍼붓지 그러세요?” 엠마뉴엘이 놀랍다는 듯이 안나마리아에게 물었다.

“저 아가씨를 모델로 쓰려면 저도 그렇게 해야 한다는 거 모르세요?”

엠마뉴엘은 맥이 빠졌다.

“그러니까 의도에 따라서는 해석이 다 다른 거네요.”

안나마리아가 웃으며 말했다.

“저 아름다운 미인의 가슴을 만지는 게 죄라면, 세상이 제대로 시작되었겠어요?”

“그런데 왜 내 젖가슴은 안 만지세요?”

안나마리아가 아무 대답도 안 하자 엠마뉴엘이 짜증을 냈다.

“그럼 이렇게 하면요?”

그녀는 마리안느의 허벅지 사이로 손가락 하나를 밀어 넣고, 북극 스라소니의 털처럼 눈부신 음모를 더듬었다. 안나마리아는 여전히 냉담한 표정이었다. 오히려 마리안느가 짜증을 냈다.

“간지럽잖아. 그만 놔둬, 할 줄도 모르면서.”

거의 비탄에 가까운 슬픔이 엠마뉴엘의 가슴을 채웠다. 그녀는 혼신의 힘으로 무력감에 맞서며 생각했다.

‘나는 바보야. 그냥 자존심이 좀 상한 것뿐인데…… 아냐, 이 씁쓸한 맛은 비 때문에 생긴 걸 거야. 그런데 왜, 왜?' 그녀는 거의 광분하며 생각했다. 그러다 별안간 그녀의 고통이 부드럽게 변했다. '하나도 잘못된 게 없어. 사랑한다는 건 아무 잘못도 없는 거야. 그리고 마리안느는 정말로 나를 거부하는 게 아니야. 저 아이의 갑작스런 반응은 나도 느낄 줄 안다는, 일종의 수치심에서 나오는 거지. 괜찮아, 단지 처녀의 몸짓일 뿐이야! 저 애와 내가 철없는 나이를 완전히 벗어나게 되면, 우리는 원래 다정한 사람들이라는 걸 스스럼없이 보여줄 거야!'

그녀는 친구에게 웃음을 지어 보였다. 마치 두 팔을 활짝 벌리듯이.

"네가 옳아. 우리 둘이 똑같이 욕구가 일어날 때, 그때 사랑을 나누면 되지 뭐. 지금은 그럴 분위기가 아니잖아."

엠마뉴엘은 몸을 돌려 안나마리아의 얼굴에서 순간적으로 스치는 표정을 읽었다. 젊은 화가는 실망한 것 같았다. 아마도 상황이 다른 양상으로 전개되길 속으로 기대하고 있었을 것이다. 반면 엠마뉴엘은 자신의 원기 왕성한 상태를 되찾았다.

마리안느가 옷을 챙겨 입으려 했다.

"그냥 벗고 있어." 엠마뉴엘이 말했다. 그러고선 '이 애가 내 말을 들으면 나를 사랑하고 있다는 거야……'라고 속으로 내기를 걸었다. 마리안느가 손에 든 치마를 던졌다. 엠마뉴

엘은 환호했다. '아, 인생은 아름다워라!'

"우리, 테라스로 올라가요." 안나마리아가 제안했다.

"우리한테 차를 좀 끓여다주면 좋겠어." 엠마뉴엘이 마리안느에게 말했다.

소녀는 아주 자연스럽게 부엌으로 향했다.

"마리안느가 우리와 함께 나체로 있기를……." 안나마리아가 장난스럽게 기도를 올렸다.

'저 기도하는 습관에서 그녀를 끌어내는 것이 타락의 시작이 아닐까?' 엠마뉴엘이 속으로 생각하며 말했다.

"아직 공정한 심판관이 아니시네요. 발가벗은 처녀는, 욕실에선 특별할 게 없겠지만 부엌에서는 충분히 가치가 있답니다."

"그러니까 색정적 가치 말이죠? 그런데 색정은 선과 악의 기준이 못되잖아요. 마리안느의 몸은 열네 살 사랑스런 소녀의, 인간적인 가치인 거예요. 그녀의 몸이 유발시키는 성적인 감정과 상관없는, 미학적 가치이기도 하죠."

"아니죠! 예술가들의 잘못된 신조가 바로 그런 데 있는 거예요. 사과 대신 나체를 그림으로 그리고 조각을 한다는 것은 예술이 성적 실체가 없어서가 아니라, 예술가 자신과 관객들이 작품을 바라보면서 흥분하고 싶기 때문이에요. 그런 의도는 이론의 여지없이 명백해요. 그 증거가 뭔 줄 아세요? 예술가들은 자신들의 마음이 진정되고 나서야 사과를 그린다는 거죠."

엠마뉴엘은 상대방이 자신을 정당화할 여유도 주지 않고 말을 덧붙였다.

"내 눈은 못 속여요, 위선적인 예술가님! 뭐라고 주장하든 간에 마리안느의 몸이 아가씨 마음을 흔들고 있다는 걸 난 알 수 있어요."

"말도 안 돼요! 마리안느의 몸은 내 마음을 전혀 흔들고 있지 않아요. 반면에……"

안나마리아가 갑자기 못마땅한 얼굴로 말을 멈췄다. 이미 엠마뉴엘이 날렵하게 그녀의 발 앞에 자리를 잡고 앉아 두 팔로 목을 감싸버린 것이다. 그리고 얼굴과 얼굴을 맞대고 빈정거리듯이 말했다.

"반면에 아가씨는, 나를 나체로 그리고 싶어 하지 않아요. 왜냐면, 내 몸이 아가씨의 원칙을 흔들까 봐 두려운 거죠. 아니에요?"

"아니, 그게 아니에요, 분명히! 오히려 그 반대예요."

"반대라고요? 그건 무슨 의미인가요? 이해할 수 있게 설명 좀 해주세요."

안나마리아는 아주 곤란해하는 모습이 역력했다. 엠마뉴엘은 그녀를 위로해주기 위해 저 아름다운 입술에 입을 맞추어야 하나 망설이고 있었다. 그때 마리안느가 나타났다.

"엠마뉴엘, 부인은 이해하려 하지 않아요!" 안나마리아가 자신의 번민에 휩싸인 채 투덜거렸다. "그건 단순히 미덕과 악덕의 문제가 아닌 거예요! 나는 레즈비언이 아니거든요. 그게 다예요! 부인은 여자들을 좋아하니까 다른 여자들도 다 그럴 거라고 생각하는데, 아주 틀린 생각이죠. 대부분은 그런 성향을 갖고 있지 않아요."

"그렇다면 그 성향을 가지면 되는 거죠!" 엠마뉴엘이 멋지게 소리쳤다. "그런 것들은 배우는 거예요. 아주 쉽게. 레즈비언은 무슨 의례 같은 거 없이 될 수 있거든요. 비밀 속에서 태어나거나 자랄 필요도 없고 말이에요! 나는 철들 나이가 지난 다음부터는 죽 여자애들이 모험을 강행하는 걸 지켜보면서 시간을 보냈답니다."

"그럼 그 여자애들을 언니가 다 전향시킨 거네?" 쿠션 위에 자리를 잡고 앉은 마리안느가 물었다.

"기회가 전향을 시키는 거지. 적절한 상황이 되면 어떤 여자든지 한 번쯤은 다른 여자와 사랑을 나누고 싶은 유혹에 빠지잖아. 궁금해서라도 말이야."

"아니면 게을러서." 마리안느가 우쭐거리며 말을 가로챘다. "손 닿을 거리에 남자가 없거든. 애써 찾으러 가고 싶지도 않고 말이지. 아니면 혼자 사랑을 나누는 게 우스꽝스러우니까, 모여서 네 개의 손으로 자위를 하는 거야."

엠마뉴엘이 웃음을 터뜨리며 빈정거렸다.

"그건 수녀들의 심리학이잖아. 사실 여자의 육체는 그

자체로 탐스러운 거야. 남성의 말초신경뿐만이 아니라, 정상적인 신경 구조를 갖춘 사람이라면 누구나 반응하게 돼 있어. 다른 여자들의 매력에 무관심하다고 주장하거나 실제로 정말 냉담하거나, 혹은 자신이 사회적 희생자라는 생각에 반발하는 여자들은 주로 금기에 갇힌 여자들인 경우가 많아. 경우야 어쨌든 불구자들인 거지. 감각이 절단된."

"섹스를 거세당한 여자들이야." 마리안느가 말을 다듬어주었다.

"그 여자들은 사랑이 뭔지 결코 알 수 없을 거야. 자기와 같은 성(性)의 사람을 좋아하지 않는다면, 누굴 좋아할 수 있겠어?"

하녀가 차를 준비해오자 대화는 잠시 겉돌았다. 하지만 주제는 다시 제자리를 찾았고, 마리안느의 견해에서 나온 '취향'이라는 주제가 엠마뉴엘에게 논지를 전개시키는 구실이 되었다.

"그게 동성애 아니겠어? 그리고 그건 무엇보다 미학적인 문제에 속하는 거지. 여자들을 좋아하지 않는 건 미학적 취향이 없는 거나 다름없어. 안나마리아는 미술 대학 시험에서 떨어졌어야 했어. 난 여자들을 정상적인 방식으로 좋아해. 동성애는 정상이 아니라고 아무리 외쳐봤자 소용없는 거야."

"동정녀 마리아만 사랑하는 것보다는 정상이겠죠!"

안나마리아는 화가 난 것 같았다. 그러나 엠마뉴엘은 개의치 않았다.

"내가 예술가로서의 아가씨의 야망을 정상적인 범주에 머물고 싶어하는 걸로 이해해주길 바라세요? 나는 예술의 역할이 자연 밖으로 길을 열어주는 데 있다고 생각하는걸요?"

"난 초자연적인 세계 속에서 신적인 것과 악마적인 것을 구분하려고 노력해요."

"세상에, 정말로 악마가 있다고 믿는 건 아니시겠죠? 신이 있다는 것만으로도 이미 충분하잖아요! 어쨌거나 둘 중 하나를 선택해서 믿는 건 그렇다 치더라도, 둘 다? 그건 아니죠. 그래서 나한테는 선호라는 게 없어요."

안나마리아는 논쟁에 끌려들어가지 않고 가만히 있었다. 그러자 엠마뉴엘은 혼자 레스보스 섬의 아프로디테 조각상과 신화 사이를 열심히 오갔다.

"고상한 여인은 신께 가야지. 그런데 잠깐만 기다리고 계세요."

그렇게 말을 던져놓고 사라진 엠마뉴엘은 몇 분 후 아주 두꺼운 책 한 권을 가슴에 안고 나타났다.

"자, 여기 아가씨 마음에 들 누군가의 말이 있어요."

"몬드리안이에요?"

"네, 그 사람. **'순수미는 과거에 신성이란 이름으로 드러난 것과 동일한 것이다.'**"

안나마리아는 입을 삐죽 내밀고 아무 말도 덧붙이지 않

았다. 엠마뉴엘이 그녀에게 책을 넘겨주는 걸 보며 마리안느가 당돌한 질문을 던졌다.

"아가씨는 엠마뉴엘이 예뻐서 좋아하는 거 아니에요?"

언젠가 엠마뉴엘은 중국 지도림(支道林) 선사(禪師)에 대한 책을 읽다가 다음과 같은 글을 발견했었다.

사람들은 회화와 서예를 형상이나 유사성을 재현하는 것으로 여긴다. 그러나, 붓은 사물을 혼돈으로부터 벗어나게 해주는 것이다.

그리고 또 언젠가는 프랑스의 평론가 마르셀 브리옹이 쓴 이와 같은 글을 발견했다.

자연은 위험으로 가득 차 있다. 그러므로 사람들은 몸을 피하기 위해, 자연적이지 않은 형태의 공간을 건립할 때만 안전함을 느낄 것이다.

엠마뉴엘이 다시 안나마리아에게 말했다.

"사실 인간은 아직도 자신들의 동물적인 조상에 대해 부끄러워하고 있어요. 오직 그들의 존재를 잊기 위해서 창작을 하고 있는 것뿐이죠. 신으로부터 온 영혼, 그건 동물적인 존재를 잊기 위한 생각일 뿐이었어요. 그리 멀리 나아가진 못했지만. 신이 관여하지 않은 인종, 이건 더 강해진 존재 아니겠어요? 아가씨가 그림을 그릴 때 다다르기 위해 시도하는 바로 그런 상태인 거죠. 하지만 이런 행위도 아직 초보적인 단계에 불과해요."

그녀는 한동안 침묵을 지키다가 말을 이었다.

"예술이란, 아직 자연을 만들어낼 능력이 안 되는 존재의 창조적 형태예요. 우리가 생명을 만들어내고 별을 옮겨놓을 수 있게 될 때, 우리는 더 이상 수채화를 끄적거리느라 시간 낭비를 하지 않아도 되겠죠……. 마리오 선생님은, 완성된 예술 작품이 그저 죽은 흔적에 불과하다고 했어요. 그림이 아무리 비싸도 구입하는 백만장자들만 불쌍하게 말려드는 거죠! 그 사람들이 사들이는 작품 속 예술은 이미 화가가 붓을 놓는 바로 그 순간에 떠나버렸거든요. 작가의 노력에서 남은 건 껍데기뿐이죠. 예술 작품은 동일한 순간에 태어나고 죽는 거예요. 불멸의 작품이란 없어요. 오로지 창작의 순간들—너무나 아름답고, 쇠퇴할 시간을 겪기도 전에 달아나버리는—, 그 순간만 있을 뿐이니까. 예술은, 사랑을 나눌 때 내가 창조해내는 행위 같은, 그런 것이죠."

"소박한 예술 철학이네요!"

"예술은 소박할 수가 없어요. 사랑은 그럴 수 있겠지만. 그런데 그 사랑을 고양시키는 건 우리들에게 달린 거죠."

"그럼 소박함은 잘못된 건가요?"

"물론이죠! 그저 유아기 상태로 있는 거나 다름없어요.

색정주의는 소박한 사랑의 반대적인 개념이고요."

"그렇다면, 나를 유아기의 건강한 상태로 놔두세요! 부인 같은 성인들의 간음, 얽히고설킨 동침, 남자의 성기를 가진 레즈비언, 욕구의 남용, 상대 바꿔치기, 그런 것들은 예술이 아니라 병적인 사랑이니까."

"내가 행하고 있는 걸 나쁘다고 생각한다면, 나도 바로 그만둘 거예요. 그런데 중요한 건 쾌락이 아니라 자부심이에요. 당연히 사랑을 나누는 나쁜 방식이 있겠죠. 신을 고통스럽게 하는 기도 방식이 있는 것처럼. 색정적이라고 해서 부끄러운 생각을 가지면 안 돼요. 오히려 숨기면서 하기 때문에 볼썽사납게 되곤 하죠. 그런데 왜 내가 부끄러워해야 해요? 뭣 때문에? 나는 좋은 것만 했을 뿐인 걸. 색정적인 은총은, 쾌감에 이르는 것과 쾌감에 이르도록 해주는 걸 즐길 수 있을 때 발현한답니다."

"부인과 나는 두 갈래로 나눠진 세계 속에서……"

"확신하세요? 아가씨가 정말 사랑을 어떤 잘못이라고 생각한다면, 예수 그리스도보다 사랑을 더 잘 알고 있는 거예요. 왜냐면 불쌍한 그분은, 간음을 한 여인들이나 창녀, 죄인, 쾌활한 도둑들만 보면 마음이 약해졌거든요. 그분이 언제 '사랑을 나누지 말라. 그건 매우 나쁜 것이니, 너희는 천국으로 가지 못할 지니', 이렇게 말한 적 있어요? 나도 복음서 네 권을 읽었답니다. 그런데 어느 곳에도 정조를 옹호하는 구절은 없어요. 그래서 난 아가씨의 금욕과 처녀성이 우스운 거예요. 나도 아가씨랑 같이 하나님의 왕국에 같이 들어갈 거예요. 볼 수 있는 눈과 들을 수 있는 귀를 가진, 그리고 진리에 목마르고 굶주린 사람들이 사는 그곳에……. 우리가 영원토록 찾아야 하는 건 바로 그런 사람들의 왕국 아니겠어요? 사랑은 내가 그 왕국을 찾도록 해줄 거예요."

"지금 부인은 말장난을 하고 있잖아요. 예수가 설파한 사랑은 부인의 섹스 파티하고는 아무 상관도 없어요."

"나의 섹스 파티에 관해 알고 있는 게 뭔데요? 우리는 색정주의가 성에 대한 집착하고 다르다는 걸 보여줘요. 석고상이나 그림들처럼 죽은 오르가슴을 수집해 모으는 게 아니고, 진짜 연애술을 만들어내죠. 그리고 육체적이기보다 훨씬 더 정신적인 파티에 가깝다고요."

"외분비선의 사랑에 맞선 내분비선의 사랑이네요."

엠마뉴엘이 빙긋 웃어 보였다. 안나마리아가 다시 반전을 시도했다.

"부인은 아무렇게나 사랑을 나누잖아요. 단지 쾌락을 느끼게 해주니까. 그뿐이에요. 거추장스러운 원칙들은 다 내팽개치죠. 그 대신 세속적 진리를 미화시키는 나름의 원칙을 만들어내요. 한 사람이 아닌 열 사람이 부인을 즐겁게 해주는 원칙."

"나도 쉬운 방법을 택하고 휴식이나 취하면서 지낼 수

있다고요. 남편에 만족하고, 내 두 손에 만족할 수 있죠. 그러나 나는 만족하기 위해 이 땅에 살고 있지 않아요."

"희망을 위해 사는 거죠."

"나는 배우기 위해 살아요. 그런데 내가 아직 섹스를 배워야 할 필요가 있을까요? 그 부분에서는 아마 충분히 강해졌을 거예요. 하지만 실제로 사랑할 줄 알기 위해 지나가야 할 긴 여정이 남아 있죠. 안나마리아, 나는 섹스 파티를 통해 가장 나은 쾌락의 파트너가 되려는 게 아니라, 가장 나은 연인이 되려는 거예요. 그렇게 되려면 한평생 가지고도 모자라겠죠. 이 세상 모든 남자, 여자들 가지고도 모자랄 거예요."

"부인의 이상은 머리에서만 나온 거예요. 사람에 대한 그런 추상적인 열정이 진정한 사랑이라고 확신하세요?"

"이성이 없다면 어떻게 사랑할 수 있겠어요? 내게 어울리기를 바라는 사랑, 그것의 또 다른 이름은 지성이에요. 사람으로 존재하는 은총, 그건 탁월한 지적 능력을 사랑할 수 있다는 것 아니겠어요?"

"부인은 지금 신화를 만들려고 애쓰는 거예요. 부인의 색정주의가 허망한 것들 중에서도 최악이 되지 않을까 걱정되네요."

"이건 현실적인 학파예요. 나는 오직 아르키메데스가 발견한 원리들만 믿거든요. '선한 신의 원리는 저울질을 하지 않는다.'"

"아무하고나 자는 여자들은 늘 있었죠. 부인은 그런 여자들 덕분에 과학의 진보가 이루어졌다고 생각하세요?"

"그럴지도 모르잖아요? 만약 요정과 화류계 여자들이, 남자들이 신의 최면에 빠지게 놔두었다고 생각해보세요. 교회는 우리가 지식에 대한 흥미와 삶에 대한 취향을 가지도록 이끌어줄 수 없었을 거예요. 선악과의 벌레 같은 그녀들이 없었다면, 우리 세계는 천년 전부터 마치 거세된 별처럼 돌고 있었을 거예요."

"부인의 신을 향한 독설은 다른 방식으로 신을 인정하는 거나 같아요. 신을 믿지만 반대 입장에 서는 거죠."

"영광스러운 말이긴 하나, 나는 그렇게 무모한 사람이 아니에요. 과거는 신으로 채워졌지만 실수의 시대이기도 하잖아요. 진리는 나를 앞서가는 거죠. 내가 앞을 보지 못하고 신을 보지 못한다 해도, 그건 내 잘못이 아니에요. 나를 억지로 뒤돌아보게 하지 마세요. 어쩌면 그게 내 불만을 잊게 해줄지도 모르겠지만."

"창조주는 쉽게 잊혀지는 게 아니에요."

"그런가요? 그럼 쾌락을 즐기는 동안 하나님을 생각하도록 노력해보세요! 종교는 섹스를 할 줄 모르는 사람들이 만들어낸 거예요."

"그런데 왜 자꾸만 뭔가가 존재하는 거죠?" 안나마리아가 불안한 듯이 질문을 던졌다. "왜 자연은 신비로 가득한 건데요? 박쥐들은 왜 머리를 거꾸로 하고 자요? 사랑할 줄 알지만 언젠가 죽어가야 할 부인은 왜 그렇게 예쁜 건가요? 과학은 그 이유를 말해주지 않아요."

"종교도 마찬가지죠. 그럼 우리 그 이유를 함께 찾아보도록 해요. 초상화나 그리고 있지 말고."

엠마뉴엘이 안나마리아, 마리안느 두 여자와 함께 바닷가에 머물러 있는 동안 남편 장은 후배와 식사를 하고 있었다.

"크메르 왕국이 번성했던 시절 앙코르와트에서는 말이야, 큰 절의 승려들이 부모가 공물로 바치려고 데려오는 딸들의 처녀성을 죄다 차지했다지 뭐야. 보통 열 살이 안 되는 소녀들이었다는데 말이야. 그리고 가난한 집에서만 아이들을 오랫동안 숫처녀로 데리고 있었어. 왜냐면 성인 의식을 치르려면 돈을 많이 내야 했거든. 고리대금업자들은 저당물이 없으면 돈을 빌려주지도 않았고. 승려들은 손가락이나 음경을 사용했는데, 피를 따서 술에다 섞었다고 하는군. 그리고 그걸로 가족들의 이마와 입술에 표식을 해줬다지. 각 승려는 그 처녀성 제거 의식을 일 년에 한 번씩만 하게 돼 있었대. 그러고 나서, 바로 결혼을 하고 싶은 소녀들은 호수에서 발가벗고 목욕을 했지. 그러면 남자들이 그중 한 아이를 골랐다는 거야."

"바뀐 게 하나도 없어." 다음 날 아침, 수영장 가에 누워 햇볕을 쬐며 마리안느가 말했다. "승려들은 여전히 숫처녀들을 좋아해."

"그걸 어떻게 알아? 그 사람들 가랑이 사이로 들어가보기라도 했어?"

"굳이 경험하지 않아도 알아."

"난 불교 승려들이 여자들한테 절대 손대지 않는 걸로 알고 있었는데?"

"숫처녀는 여자가 아니야."

"참, 취미도 희한하네!"

"우리하고는 다른 사람들이니까."

"그 사람들은 숫처녀들을 다 어디서 구하는데?"

"그건 좀 어려울걸. 예전의 크메르 사람들 같지 않아서 요즘 태국 부모들도 부처를 잘 섬기지 않거든."

"아하, 아이들을 절간에 안 바치는구나. 사람들이 교회에 십일조를 안 바치는 것처럼. 서로 균형을 맞추려고?"

"슬프게도, 종교의 지위가 떨어지고 있지. 이제 더 이상 부처도 없어! 요새는 중들이 돈을 내야 돼."

"그럴 수가 있어? 승려들은 돈을 못 만지게 돼 있잖아?"

"금덩어리로 내."

"마리안느, 너 아주 마음대로 꾸며내는구나! 그런 허튼 소리로 네 정신을 빛내 보이려고."

"내 말 못 믿겠으면 메르베한테 물어봐."

엠마뉴엘은 메르베를 굳이 찾으려고 애쓰지 않았다. 그런데 일요일 아침, 그녀가 에아와 함께 에메랄드 불교 사원의 탑 광장으로 난을 사러 갔을 때 사자 갈기 머리를 한 소녀와 마주쳤다. 깃털과 나뭇잎, 가지로 장식된 소녀의 구릿빛 갈기는 태국의 어느 숲 속에 살 것 같은 이상하고 흉측한 식물을 연상케 했다. 그 장식의 곡선과 뾰족하게 말려 올라간 느낌은, 소녀의 치켜 올라간 눈썹, 우아한 턱의 각도, 창백한 피부 위에 진홍빛 반달 모양을 하고 있는 입과도 조화를 이루고 있었다. 메르베의 얼굴은 태국식 지붕의 원경과도 아주 잘 어울렸다. 그녀와 사원의 기하학적 형태는 비슷한 종류 같았다.

"불교 건축과 아가씨는 유기적인 관계 같아요." 엠마뉴엘이 웃으며 말했다.

"불교에 관심 있으세요?"

"썩 그렇지는 않아요."

엠마뉴엘은 어깨와 다리는 드러낸 채 주황색 천을 두르고 지나가는 두 승려를 바라보았다. 같은 차림새의 열 한두 살 되어 보이는 소년이, 승려가 손에 들고 있는 성스러운 무화과 나뭇잎 모양의 진노랑 비단 자수 부채와 따가운 햇살 사이에 서서 따라가고 있었다. 할 일 없이 그냥 어슬렁거리며 다니고 있는 게 분명했다.

"저 사람들, 별로 명상적이지 않네요." 엠마뉴엘이 말했다.

"시간이 많으니까요."

학교 이름이 새겨진 하얀 블라우스에 빨강 또는 파랑 주름치마 차림의 초등학생 여자애들이 우르르 지나갔다. 승려들은 아이들에게 눈길조차 주지 않았다. '저 사람들이 찾고 있는 게 아닌 모양이지.' 엠마뉴엘이 속으로 생각했다. 그러고는 큰 소리로 말했다.

"이상하다. 풋내기들을 싫어하지 않는다고 들었는데."

"나이가 중요한 게 아니에요. 저 사람들한테 필요한 건, 숫처녀예요."

"그럼 전설이 아니었네요?"

엠마뉴엘은 마리안느가 했던 말을 떠올리며 말을 덧붙였다.

"그래, 아가씨한테 물어보는 게 좋을 것 같아요."

엠마뉴엘은 반쯤 회의적인 미소를 띤 채 메르베의 반응을 기다렸다. 하지만 메르베는 금방 대꾸하지 않고 예리한 눈초리로 상대를 뜯어보기만 했다. 엠마뉴엘은 자신이 마치 엑스레이에 투과되고 있는 듯했다.

"그런 내용들, 심심풀이로 알고 싶으세요, 아니면 진지하게 알고 싶으세요?" 마침내 어린 암사자가 질문을 던졌다.

그녀의 목소리는 시선만큼이나 사람을 어리둥절하게 만

드는 강한 힘이 있었다. 짧은 순간 동안 엠마뉴엘은 자신이 서 있는 장소와 시간에 대한 의식을 잃고 말았다.

"저 승려들이 무엇보다 삼가는 건, 몸을 더럽히는 일이에요." 메르베가 입을 열었다. "숫처녀와 자는 건 더럽히는 게 아니에요."

"저들은 섹스를 자주하면 안 되나 봐요." 엠마뉴엘이 시험 삼아 농담을 던졌다.

"처녀성이 반드시 실제여야 할 필요는 없어요. 중요한 건, 겉모습이 온전해야 하는 거죠. 붓다가 말했잖아요. '모든 것은 환상일 뿐이니…….'"

"제자들은 그 말을 순순히 믿나요?"

"태국사람들은 결코 믿은 적이 없어요. 이 사람들은 믿음을 모든 걱정의 근원으로 여기니까요. 걱정하는 걸 아주 싫어하죠."

그때까지만 해도 그녀를 야성의 발톱과 털만 가진 여자로 짐작하고 있던 엠마뉴엘은, 메르베와의 대화가 흥미로워지기 시작했다. 어린 암사자가 말을 쏘아붙였다.

"예를 들어, 부인은 저 사람들이 저 사람들이 아주 좋게 평가할 거예요."

"누구요? 승려들이요? 맙소사! 게다가 숫처녀만이라는데……."

메르베는 아무런 동요의 기미도 없이 거만하게 말을 이

어갔다.

"그런 측면에서 상관이 있는 거죠. 부인이 아주 적합할 거예요."

"하지만…… 난 마음이 하나도 내키지 않는 걸요. 승려와 섹스를 한다는 생각은, 비록 내가 신자라 하더라도, 전혀 구미가 당기지 않아요. 아마 신성한 것에 대한 감각이 없는 건지도요."

"그런 건 문제가 되지 않아요. 저번에 내가 부인을 팔 수 있다고 말했었잖아요. 그리고 합의를 했고."

엠마뉴엘은 메르베의 제의를 똑똑히 기억하고 있었다. 하지만 승낙한 적은 없었다. 그녀의 그럴듯한 전략은 엠마뉴엘을 실소하게 만들었다.

"그렇잖아도 주문을 받았거든요." 사자 소녀가 말을 계속했다. 그리고 그녀를 차가운 시선으로 바라보았다.

'내가 미쳤지.' 엠마뉴엘이 속으로 생각했다. '그런데 이 아이가 나를 상품처럼 흥정하는 걸 한번 겪어보는 것도 괜찮을 것 같은데?'

"돈 때문에 그런 걸 해요?" 엠마뉴엘은 그래도 놀란 척하며 질문을 던졌다.

"네. 내일 괜찮으세요?"

"좋아요. 어디서 만나면 돼요?"

'저 애가 돈은 충분히 버는지 모르겠네?' 그녀는 생각했다. '과연 승려들이 나를 얼마나 비싸게 살까?' 그때 엠마뉴엘은 값이 나가려면 자신이 숫처녀여야 한다는 사실을 완전히 잊고 있었다.

비로 불어난 강물은 자황빛이었고, 사공의 노에 밀려 조각배가 고요히 미끄러져가고 있었다. 엠마뉴엘은 물에 떠내려온 코코넛의 신선한 껍질과 파랑, 빨강 채소들을 손가락으로 돌리고 장난을 치며 배에 타고 있었다. 수액처럼 진한 물이, 세월에 하얗게 색이 바랜 뱃전 가까이로 찰랑거렸다. 항해가 끝나기 전에 아마 이 배는 물에 가라앉아버릴 거라는 예감이 언뜻 들었지만, 뭐 그러면 또 어때, 하는 심정이었다. 강에는 수영하는 사람들이 많았다. 이윽고 그녀는 소리치며 다니는 한 무리와 마주쳤다. 벌레들처럼 발가벗은 몇 명의 아이들이 뱃전에 매달렸고, 사공의 고함에도 아랑곳하지 않았다. 엠마뉴엘 일행을 침몰시키려는 것일까? 한 녀석이 엠마뉴엘에게로 다가왔다. 햇살에 반짝이는 그의 장난기 어린 눈을 보며 그녀는 웃어주었다. 그가 갑자기 몸을 뒤흔들었고, 새까만 머리카락이 엠마뉴엘을 쳤다. 그리고 그녀를 향해 손을 뻗었다. '뭘 요구하려는 거지?' 그녀가 생각을 이어가기도 전에 아이의 손이 도마뱀처럼 그녀의 치마 속으로 들어와 허벅지 사이의 음부를 스쳤고…… 그들은 승리의 함성을 지르며 물속으로 들어갔다.

엠마뉴엘은 뱃전으로 넘쳐 들어온 물을 퍼내며 말했다.

"몇 번 조난당하지 않고는 도착하기 힘들 것 같네요."

메르베는 그런 일이 없기를 바란다고 대꾸했다. 그녀는 의식 때 엠마뉴엘이 차려 입게 될 의상을 배낭 속에 넣어 왔는데, 옷이 물에 젖어버리면 곤란해지기 때문이었다. 그 의식에 대한 전망은 엠마뉴엘을 걱정시키기보다 오히려 즐겁게 만들어주었다. '저 고결한 남자들이 젊은 여자의 육체를 즐기지 않고 뭔가 다른 걸 할 수 있을까? 어떤 걸치레든, 어떤 푸닥거리든, 이 단순하고 믿음직한 사실은 바꿔놓지 못할 거야. 만약 치장용 옷이 젖어버리면, 이브의 나체로 나타나면 될 거잖아? 그런 모습이야 얼마든지 자신 있어!'

배에서 내리기 전에 엠마뉴엘은 메르베가 부탁한 것을 했다. 그래도 말리가트의 밤, 그리고 아리안느의 망설임 이후 자신을 기다리고 있는 것들에 대해 조금은 두려움을 가지고 있었다. 그러나 이제 어린 암사자에게 몸을 내맡기기로 한 이상 끝까지 가야 했고, 그 소녀가 하고 싶은 대로 즐겁게 따라줘야 했다. 그것은 엠마뉴엘이 새롭게 깨달은 처신법이었다.

두 여자가 내린 선착장은 회벽에 꽃무늬 부조와 함께 사금파리를 박아 넣고 무희가 쓰는 티아라 형태로 된 지붕을 얹어놓았는데 맞은편으로 이어지는 사원의 모습과도 같았다. 사원은 오래된 복합건물로, 넓은 녹지로 구분돼 있었다.

가장 넓은 건물은 원주로 둘러싸여 아마도 회반죽으로 조성한 육중한 부처를 모시고 있을 것 같았다. 엠마뉴엘은 지난 여섯 주 동안 수없이 많은 불상을 보았기 때문에 안으로 들어가 확인해보고 싶은 마음이 없었다.

그녀의 눈에는 중앙을 차지하고 있는 탑이 가장 흥미롭게 보였다. 사발을 거꾸로 덮어놓은 형태의 기단은 규모와 곡선의 우아함으로 훌륭한 자태를 나타냈다. 동심원의 고리 형태로 점점 좁아져 올라가는 첨탑은 순결한 느낌을 풍기며 백여 미터 높이까지 치솟아 있었다. 탑을 덮고 있는 살색의 도자기 기와들이 오후의 햇살 아래 투사하는 빛의 느낌이 얼마나 감미로운지, 엠마뉴엘은 신발을 벗어던지며 맨발로 풀밭을 달려갔다. 그러고선 필연적인 하늘 아래 무심히 눈을 감고 잠들어 있는, 거대한 유적의 따스한 몸을 두 손으로 어루만졌다.

한가해 보이는 젊은 승려 한 명이 메르베에게 다가왔다. 엠마뉴엘이 그들과 합류하자 남자는 따라오라는 시늉을 했다. 그들은 하얀 벽에 지붕이 이끼로 덮인 직사각형 건물에 이르렀고, 두껍고 삐걱거리는 문을 통해 안으로 들어갔다. 반들반들한 주석 촛대에 꽂아놓은 달콤한 향의 촛불이 내부를 밝히고 있었다. 가구라고는 모서리가 잘린 피라미드 형태의, 도금이 된 문짝이 달린 옷장들, 돗자리, 조그만 도기들이 진열된 나지막한 몇 개의 탁자들이 전부였다.

한쪽 구석에는 붉은 나무로 조각된 새 한 마리가 서 있었다. 왜가리 다리에 여자의 가슴을 하고 눈에 보석을 박아 넣은 새는, 삐죽이 내민 연약한 자기 부리를 도자기로 틀을 한 맞은편 사각유리 속에 비춰보고 있었다. 엠마뉴엘은 너무나 경이로운 모습에 말을 잃고 걸음을 멈추었다.

승려가 자리를 잡고 앉아 부채질을 하고 있었다. 잠시 후 어린 동자가 다기 쟁반을 들고 나타났다. 그리고 물을 펄펄 끓여 말도 안 되게 작은 찻잔에 금방 우린 차를 대접했다. 갈증이 해소되는 느낌을 주기 위해 한 모금씩 여러 번에 걸쳐 마셔야 했다. 혀가 타는 느낌이었다. 다례를 마치고 나자, 그제야 목 안으로 재스민 향이 감돌았다. 엠마뉴엘은 그 맛을 핥아먹었다. '이런 감로가 탈속의 삶에 과연 어울리는 것일까?' 그녀는 생각했다. '나도 저 수행자들을 위해 지금 이 자리에 와 있는 걸!'

젊은 승려는 찻잔을 내려놓은 다음 한 문장을 발설해주었다. 너무 짧은 데다 목소리도 너무 은근해서 엠마뉴엘에게는 하나도 들리지 않았다. 하지만 메르베는 알아듣고 태국어로 답변을 해주었다. '그러니까, 벌써 오래전부터 알고 있었다는 얘긴데?' 엠마뉴엘은 추측했다. 또 메르베는 남자의 말보다 더 길게 설명을 했다. '아마 내 장점에 대해 말하는 걸 거야' 엠마뉴엘은 그렇게 짐작했다. '기왕이면 가격을 더 높게!' 엠마뉴엘은 속으로 바랐다. 승려는 가능한 한 흥미가 별로 없는 듯이 보이려는 것 같았다. 그는 거래 상품을 향해서는 아예 시선도 건네려 하지 않았다. '악질 브로커의 뻔한 술수지.' 엠마뉴엘이 혼잣말을 내뱉었다. '속아 넘어가선 안 돼.' 그녀는 흥정에 끼어들지 못해 매우 유감이었다. '나도 이제 이 나라 말을 배우기 시작할 때가 된 것 같아. 무지로 인해 정당한 여흥을 박탈당하고 있으니까 말이야.'

말문을 열었을 때와 마찬가지로 승려는 갑작스레 자리에서 일어나 방을 나가버렸다. 커다란 초들의 연기가 엠마뉴엘의 머리 위로 솟아오르고 있었다. 그녀도 이 응접실에서 그만 나가버리고 싶은 마음이었다. 하지만 뭘 해야 하는지 잘 알고 있는 듯, 메르베는 다른 결정을 내렸다.

"옷 갈아입는 걸 도와드리죠."

그녀는 엠마뉴엘의 옷을 벗겨준 다음, 들고 온 가방에서 넓고 긴 하얀 실크 숄과 금 브로치를 꺼내 치장을 해주었다. 아주 능란한 솜씨였다. 첫 걸음을 떼자마자 매듭이 풀려 흘러 내리지 않을까 엠마뉴엘은 걱정스러웠다. 그런데 따지고 보면, 그런 우려를 감안해 만들어낸 착용법이 있을 테니 신경 쓸 필요가 없을 것 같았다. 게다가 의상은 그녀가 보기에 우아해 보였다. 그녀는 나무새에게 가 거울을 좀 빌렸다. 하지만 촛불이 너무 어두웠다.

"자, 가요." 메르베가 말했다.

엠마뉴엘은 바깥공기를 쐬면서 안도의 한숨을 내쉬었

다. 한낮의 햇살에 눈이 따가웠다.

회랑으로 접어들었다. 메르베는 어디로 가는지 잘 알고 있는 듯했다. 그녀는 지나가며 나직한 목소리로 문을 세고 있었다. 열한 번째, 커다란 눈망울과 갈퀴 같은 부리를 한 동물의 형상 앞에서 걸음을 멈추고, 그녀가 지시했다.

"들어가세요."

그녀는 바깥에 남았다.

젊은 승려가 엠마뉴엘을 기다리고 있었다. 그는 프리즘 모양의 쿠션이 놓여 있는 돗자리를 가리키며 말했다.

"앉아서 기다리시죠."

그의 불어는 자신감이 넘쳤다. 그러고는 방을 나갔다. 엠마뉴엘은 자리를 잡고, 명령 받은 대로 태국여자들이 왕이나 사원에서 으레 하는 것처럼 두 무릎을 모아 옆으로 비스듬히 접어 앉았다.

방에는 창문이 없었고, 아주 서늘했다. 송진 냄새가 약간 풍겼는데 벽면의 나무에서 나는 것 같았다. 그러나 육안으로 벽이 구분되지 않았다. 빛이라고는 오로지 작은 등잔불 하나였고, 그녀의 주위만 비춰줄 정도였다. 그럼에도 방이 작다는 걸 확신했다. 가구도 전혀 없었다. 얼마 후 그녀는 벽이 보이지 않게 돼 있다는 걸 알아챘다. 등잔 가까이 있는 벽은 안쪽에서 볼 수 있는 것이었다. 유심히 바라보니 그녀가 들어왔던 문보다 좀 낮고 좁은 문 하나를 발견할 수 있었다. 그렇게 바라보고 있는 도중에 그 문이 스르르, 아주 천천히 열렸다. 엠마뉴엘의 가슴이 마구 뛰기 시작했다. 어두운 뒷배경을 펼치며 문이 활짝 열렸을 때 뭔가가, 아니 누군가가 등잔불을 훅 불어 껐다. 완전히 깜깜한 밤이 되었다.

희미한 울음소리가 엠마뉴엘의 입에서 새어 나왔다. '지금 너, 울려고 하는 거야?' 속으로 다그쳤지만 그녀는 너무 무서웠다.

인기척이 느껴졌다. 젊은 승려는 아닌 게 분명했다. 그라면 저렇게 복잡한 격식을 차리지 않을 것이었다. '그가 다시 나타나주면 얼마나 좋을까! 이 사람, 얼굴을 보이고 싶어하지 않는 이 유령은 나를 어떻게 하려는 걸까?'

엠마뉴엘은 너무 긴장돼 근육이 뭉치고, 신경이 곤두섰다. 누군가의 손이 그녀의 몸에 닿자 소리를 질렀다. 그런 어린애 같은 짓(그녀가 소리를 지르자마자 자신의 반응을 그렇게 의식했다)이 갑자기 그녀의 마음을 가라앉히며 긴장을 풀어주었다. 다시 침착해진 그녀는 자신도 모르게 웃었다. 그녀와 함께 놀랐을 남자는 한 걸음 물러나 있었다. 그녀는 스스로를 탓했다. '저 남자가 나를 어떻게 볼까? 무슨 저런 멍청이를 데려왔나 싶을 거야. 메르베는 나를 다시 보겠지. 괜히 하루를 망치게 만들었으니까 말이야.'

하지만 한편으로 그녀는 겁에 질린 모습을 보여줌으로써 자신의 역할을 잘 치러냈다고 생각했다. 굳이 후회할 필요가 없었다. '게다가 이 암흑과 비밀스러운 배경들은 날 동요시키기 위한 것이 아니라 승려의 수치심을 덜어주려고 만들어진 거잖아? 죄를 짓는 장본인은 몸을 감추려는 저 승려란 말이야.' 엠마뉴엘은 자신의 입장을 분명히 했다. 그러자 그녀는 이 상황에서 우위를 차지할 수 있었고, 상황적인 우세를 마음껏 누릴 수도 있었다. 그녀는 더 이상 두렵지 않았고, 즐기고 싶은 욕구에 사로잡히기 시작했다. '승려는 날 순진하게 여기고 있을까? 아마도 허위라는 걸 알게 되겠지. 이런 모독이! 이런 불경할 데가!' 엠마뉴엘의 공상 속에서 승려가 그렇게 중얼거리고 있었다. 그녀는 소리 없이 웃음을 터뜨렸다.

그녀는 두 손을 뻗어 앞을 더듬어보았다. 금세 손에 뭔가가 닿았다. 마감이 안 된, 그리고 잘 구겨지는 싸구려 천 자락이었다. 감촉으로 봐서 승려의 주황색 천인 것 같았다. 왼쪽으로 올라가면 맨살의 어깨가 있을 것이었다. 역시나 살이 만져졌다. 촉감이 마치 단단하고 메마른 돌덩이 같았다. 승려는 분명히 마르고 강단 있는 체격일 것이었다. 하지만 나이는 별로 젊지 않은 것 같았다. 단호한 동작으로 남자의 손이 엠마뉴엘의 대담한 손을 몸에서 떼어낸 뒤 그대로 붙들고 있었다. '여자가 신성한 승려의 몸뚱이를 함부로 만져서는 안 된다는 뜻인가? 그러면 왜 날 이곳에 와 있게 하는 건데?' 엠마뉴엘은 위선의 유희를 벌이고 싶지는 않았다. 그녀는 손가락을 빼려고 안간힘을 썼고, 그 와중에 저절로 주인의 몸에 가까워졌다. 그러자 그녀에게 한 가지 생각이 떠올랐다. '내가 저 사람 옷을 벗겨버려야지.'

그는 아무런 저항도 없이 그냥 있지는 않았다. 그리고 남자의 주황색 옷이 풀어지기 전에 엠마뉴엘의 숄이 먼저 흘러내렸다. 승려의 싸구려 옷은 제대로 단속이 안 된 상태였고, 그녀는 손톱과 이빨을 사용해 상대의 저항을 결국 무력화시켰다. 그 사람도 엠마뉴엘처럼 썩 즐겁지 않은 외침을 삼켜야 했을 것이다.

마침내 엠마뉴엘이 숨을 헐떡이며 남자의 몸 위에 몸을 포개고 엎드렸을 때, 그녀는 스스로 만족했다. 그녀가 아랫배 쪽으로 느끼는 쇳덩어리처럼 단단한 음경과 그녀의 얼굴을 때리는 남자의 뜨거운 숨결은, 그녀의 승리를 증명해주었다. 이제 그녀는 휴식을 취할 권리가 있었다.

승려의 앙상한 손가락 관절들이 그녀의 머릿결을 가르더니 목과 등을 아플 정도로 꽉 눌렀다. 하지만 그녀를 즐겁게 해주는 고통이었다. 그러고 나서 등을 가로지르고, 척추를 따라 내리고, 둔부를 할퀴었다. 그와 동시에 남자의 몸이 휘어지고, 음경은 더욱 팽창했다. 엠마뉴엘은 서로의 욕망을 고조시키기 위해 음부에 와 닿는 귀두를 몸을 돌려 자극했다. 보이지 않는 손이 그녀의 등골을 따라 다시 위로 올라 어깨를 붙잡더니 그녀의 몸이 아래로 내려가도록 눌렀다. 그녀는 손길을 따라 내려가며 한순간 얼굴을 남자의 가슴에 묻었다. 백단 향기가 났다. 그리고 그녀의 입은 화끈거리는 음경의 귀두와 마주쳤다.

입 안으로 빨아들일 준비가 되었지만, 그녀는 잠시 머뭇거렸다. 그녀는 자신의 재능을 낭비하고 싶지 않았고, 성직자를 자기 혀 위에서 사정하게 만들고 싶지 않았다.

남자는 실망한 듯 갑자기 그녀를 떠밀어냈다. 하지만 그녀가 그의 즉흥적인 동작이 이어나갈 상황을 짐작해볼 여유도 없이, 남자는 완력으로 그녀의 몸을 옆으로 눕힌 다음 턱이 가슴에 닿도록 그녀의 머리를 아래쪽으로 굽혔다. '뭐지?' 그녀는 순간 생각했다. 그러고 나서, 그는 그녀의 두 다리를 접어 얼굴과 맞닿게 자세를 잡아주었다. 태아의 모양이었다. 그제야 뼈처럼 단단한 음경이 그녀의 허리 입구를 뚫고 들어오기 시작했다.

아직 그의 음경에 묻어 있는 엠마뉴엘의 침이 삽입을 수월하게 해주었다. 그러나 신음을 밖으로 내지 않기 위해 그녀는 극기적인 노력을 해야 했다. '왜 이렇게 거기가 좁은 거야!' 그녀는 매우 유감스러웠다. '너무 아파!'

남자가 삽입을 성공적으로 마쳤을 때, 그녀는 그의 성기가 너무 길다고 느꼈다. 좀 전에 입 안에 있을 때는 몰랐었다. 그는 너무 깊숙이 밀고 들어왔고, 그녀의 몸을 뚫어놓을 것 같았다. 그녀는 마음속으로, 가장 고통스런 순간은 아마도 그의 음경이 자신의 항문을 열게 될 그때일 것이라고 추측하고 있었다. 그런데 지금 남자는 그녀의 몸을 멀리서 난폭하게 때리고 있었고, 그녀의 눈에서는 눈물이 쏟아져 나왔다.

그녀는 어느 순간에 쾌락이 오열에 섞여 자신을 앗아가기 시작했는지 알 수 없었다. 그녀가 오르가슴에 이를 때까지는 더 오랜 시간이 지나야 했다. 그녀의 눈물로 젖은 돗자리는 시원했고, 풀 향기를 풍겼다. 그녀가 처음으로 절정을 즐긴 이후에도 승려는 계속 그녀의 몸을 강제로, 끈질기게 갈망했다. 그녀는 처음보다 더 큰 소리를 질러댔고, 몇 분이 지났는지 몇 시간이 지났는지 짐작할 수 없었다. 그리고 그녀의 정부가 언제 진액을 쏟아냈는지조차 알 수 없었다.

이제 그녀는 또다시 혼자 캄캄한 방 안에 쓰러져 있었다. 만족스러운 무력감이 온몸으로 스며들어왔다. 그녀는 뭘 해야 될지도 모르는 채, 몸을 움직일 엄두도 못 내며 기다렸다. '아직 내 몸을 더 필요로 할까? 다른 승려들을 위해?' 하지만 그녀는 눈으로 보고 싶었다. 방 안의 암흑이 그녀를 억누르며 숨막히게 했다. 너무 지루했다. 그녀는 몸을 웅크리고 가끔씩 한숨을 내쉬며 그렇게 머물러 있었다.

마침내 누군가가 바깥으로 통하는 문을 열었다. 해가 뉘엿뉘엿 넘어가고 있었다. 석양빛이 비쳐 들었다. 처음의 그 젊은 승려였다. 그는 문턱에 선 채 엠마뉴엘이 시간을 가지고 나갈 준비를 하도록 가만히 지켜보고 있기만 했다. 그녀는 자신과 정사를 나눈 남자의 외모가 궁금했다. '아마도 저 젊은 승려만큼 잘생기지는 않았을 거야. 아니라면 그렇게 어둠 속에 모습을 감추지 않았을 테지. 나이는 훨씬 더 많을 것이고…… 하지만 그 정력은! 어쩌면 주지승이었을지도. 아니면 소승불교의 창시자였을지도……' 그녀는 당돌하게 수행승의 면전에서 활짝 웃어 보였다. '저 사람은 기분이 나빠도 아무런 표시도 내지 않을 테니까!' 그는 억양이 없는 말투로 말했다.

"이제 나가셔도 됩니다, 아가씨."

'맞아!' 그녀는 속으로 쾌재를 외쳤다. '나는 내가 숫처녀라는 걸 잊고 있었지 뭐야!'

그 생각을 하며 그녀는 천진스럽게 웃음을 터뜨렸다.

사실 그녀는 고행승이 기대하고 있었을 모습에 너무 연연할 필요가 없었다. 속임수가 발각될 위험은 거의 없었고, 게다가 그 승려는 엠마뉴엘이 도착했을 때하고 똑같이 숫처녀로 돌려보낸 것이다. 다시 써먹을 수 있도록! 아니면…… 순간, 그녀의 머릿속에 어떤 생각이 떠올랐다. '승려들이 또 다른 형태의 처녀성을 맛보고 싶어 했는지도 몰라. 하지만 그런 기운을 어떻게 구별할 수 있지? 그들은 너무 순진하거나 아니면, 진정한 현자일 거야.'

그녀는 숄을 다시 몸에 걸치며 메르베가 치장해준 모양보다 훨씬 자유스럽게 여미고 방을 나섰다. 젊은 승려는 회랑을 따라 앞장서더니 몇 발짝 안 가 다른 방으로 들어갔다. 지난번보다 더 공간이 크고 넓은 창문이 있었다. 그는 상감 장식이 된 받침돌 앞으로 가서 그 위에 놓인 금속 궤를 열었다. 그리고 안에 들어 있는 작은 상자를 꺼내 엠마뉴엘에게 내밀었다.

"저희 승단에서 준비한 선물입니다."

그녀는 당황스러웠다. 미리 예비되어 있었던 절차인 것 같았다. 아마도 이런 거래 형식은 메르베가 만들어놓았을 것이었다. 하지만 분위기로 봐서 그녀는 설명까지 부탁할 용기가 나지는 않았다. 아무 말 없이 상자를 받아 들었다.

"열어보세요." 거의 엄명에 가까운 목소리였다.

그것 또한 간단해 보이지 않았다. 직사각형에 까만 나무로 만든 향긋한 상자였다. 그녀는 우연히 여기저기를 밀어보다가 마침내 뚜껑을 열었다. 잠시 후 그녀의 입에서 즐거운 비명이 터져 나왔다.

그것은 실물 크기의, 아마도 실물 주형으로 떠냈을, 아주 근사한 황금 음경이었다. 그리 무겁지 않은 걸로 봐서 속은 비어 있는 것 같았다. 길고 두껍고 약간 굽어진 줄기에 수직으로 도드라져 내린 혈맥들이 수액으로 부풀어 있는 것처럼 보였고, 강렬한 느낌의 귀두는 감촉이 너무 육감적이어서 점막과 생기를 보태주고 싶은 욕심마저 들게 했다. 아리안느한테도 이런 훌륭한 물건은 없을 것 같았다. 정말로 멋진 보물을 손에 넣은 엠마뉴엘은 언젠가 그의 미적 가치에 어울리는 기회가 오리라 여기며 잘 간직하기로 마음먹었다.

승려는 벌써 밖에 나가 기다리고 있었고, 그녀는 뒤따라 나섰다. 몇 분 뒤 두 사람은 어린 암사자가 기다리고 있는 선착장에 이르렀다.

젊은 승려는 작별 인사는커녕 엠마뉴엘에게 이렇다 할 눈길 한 번 주지 않고 왔던 길로 뒤돌아서 갔다. 그녀는 남자를 뒤쫓아가 무슨 말이라도 하고 싶은 충동을 억누르며 서 있었다. 체념한 그녀는 어깨를 으쓱하며 보물상자를 가슴에 끌어안았다.

"이해가 안 돼. 그렇게 후한 대접을 받을 것까지는 없었는데……." 엠마뉴엘이 중얼거렸다.

옆에서 그녀를 지켜보고 있던 메르베는 아무 말도 하지 않았다. 밤은 이미 강 위에 내려앉았고, 조각배와 사공이 지루하게 그녀들을 기다리고 있었다.

"이런 차림으로 시내에 들어갈 순 없잖아." 엠마뉴엘이 말했다. 그리고 숄을 걷어냈다. "발가벗으니까 참 좋네!"

물이 그녀를 유혹했다.

"같이 수영할까요?"

하지만 메르베는 고개를 저었다.

"너무 늦었어요. 만날 사람이 있거든요."

엠마뉴엘은 할 수 없이 옷을 걸쳤다.

"나도 섹스를 하고 싶어요." 엠마뉴엘이 배에서 오르며 말했다.

"나하고 말이에요?" 메르베가 물었다.

"아뇨, 잘생긴 청년하고."

"한 명 찾아드리죠, 뭐."

"내가 가서 찾는 게 더 좋아요. 아니면 나를 찾아오게 하든가."

조각배는 환하게 밝혀진 양쪽 강변 사이로 물길을 따라 떠내려가고 있었다.

"부인이 주도하면 더 좋은 결과를 얻게 될 거예요." 메르베가 선을 분명하게 그었다.

"찾아오게 하는 것도 색정적이에요. 우린 여자들이니까." 엠마뉴엘이 맞받았다.

"그건 색정주의가 아니에요. 성공에 관한 문제일 뿐이지. 수동성은 그리 효과적이지 않아요."

"그래도 나는 불평할 까닭이 없어요."

"어떻게 처신을 하시길래?"

"처신은 나를 원하는 사람들이 알아서 해요! 나를 원할 필요가 있는지 없는지 알아보려면, 내 다리를 보거나 아니면 내 젖가슴을 보면 되는 거니까요."

"그 사람들은 눈을 의심할 텐데요."

"그렇다고 내 몸을 못 만질 이유는 하나도 없잖아요."

"그렇게 대담한 사람은 별로 없어요."

"내가 치마를 들춰 보여줘도 말이에요?"

"그 장면을 자기들의 상상으로 연결시키거나 아니면 쓸데없는 짓이라고 단념하고 말죠. 갈피를 못 잡는 욕망으로 끝나기 십상이에요. 왜냐면 현실적인 것으로 여기지 않거나 괜히 큰 코 다칠까 봐 두렵기 때문이죠."

"나는 아주 애교 있는 눈짓을 해주거든요."

"그런 선심은 눈요깃감일 뿐이잖아요."

"그러곤 몸을 바짝 붙여요."

"그런 건 부인의 순진하고 순수한 모습을 보여주는 효과밖에 내지 못해요. 만약 그 사람들이 부인의 신뢰를 무시해버리면, 부인은 기절을 한다든지 아니면 경찰을 부르려고……"

"난, 그 사람들의 무릎 위에 내 무릎을 포개요."

"어린 소녀들은 아무 생각 없이 그렇게 도발적인 행동을 하죠. 절제는 남자들이 알아서 해야 하는 거고."

"좋아요! 난 그 남자들이 나하고만 자고 싶어 할거라고 상상하거든요!"

"물론 그렇게 생각하죠. 그러니 진정하세요, 부인. 그들에게 부족한 건 용기예요."

"나를 끌어안는데 그렇게 용기가 필요한 거예요?"

"오직 영웅들만이 성채를 향해 돌진하는 거잖아요. 이

웃집 여자—미덕의 화신—보다 더 접근하기 어려운 성벽이 세상에 어디 있겠어요?"

"그렇다면, 어떻게 해야 하는 거죠?"

"포위당할 때까지 마냥 기다리지 말아야죠."

"그럼 백기를 들고 나가야 해요?"

"남자들이란, 확실할 때만 앞으로 나가요. 아니면 상대방이 앞으로 나오든가. 항복의 기미 같은 건 아무 소용없어요. 그 기미가 뚜렷하고, 분명하고, 의심의 여지가 없어야 하는 거죠. 암시, 상징, 에두른 표현 같은 건 오히려 그들을 마비시켜버려요. 남자들이 왜 창녀들하고 있으면 회생하는 느낌이 들겠어요? 그건 그 여자들이 예뻐서도 아니고, 재능이 있어서도 아니에요. 그 여자들이 먼저 말을 꺼내고, 그 말을 남자들은 쉽게 이해할 수 있기 때문이죠."

"아, 그래서 아가씨가 나를 파는 거네요!"

"나는 남자들에게 도움이 되라고 부인을 파는 게 아니에요. 난 남자들 편이 아니거든요."

"참 재미있네요. 아가씨가 세계를 남자들과 여자들의 세계로 나누는 방식이. 나한테는 사랑에 관한 한 모든 사람이 같은 진영에 속하거든요. 성 구별은 하나도 중요하지 않아요. 그래서 우리는 레즈비언이 아닌가요?"

"내게는 노예와 주인이 있어야 하고, 정복자와 신하가 있어야 해요. 나는 여왕의 핏줄을 타고났거든요. 남자들은 모두 나를 위해 존재해요."

엠마뉴엘이 웃음을 지어 보였다. 조각배는 앞으로 나아가고 있었고, 밤은 그녀를 행복하게 만들어주었다. 메르베가 더욱 차분한 어조로 말을 이었다.

"거꾸로 된 세상의 시대가 왔어요. 남자들은 그동안 충분히 여자들을 쫓아다녔잖아요? 이제 우리가 남자들을 사냥할 차례예요. 우리가 남자들을 선택하고, 퇴짜 놓고, 우리끼리 남자들을 교환하고, 그래야 해요. 마치 때에 따라 가치가 변하는 종마를 다루듯이. 시시각각 변하는 우리 취향에 맞추는 건 물론이죠! 옛날에는 그 사람들, 영계 소녀들을 꼬여다 싱싱한 살을 맛보려고 독신자 아파트를 따로 마련해 놨었잖아요? 나도 그런 시설을 만들어놨어요. 남자들을 그곳에 유혹해놓고 정액을 받아내면서 그 사람들의 순진성을 차지해요."

엠마뉴엘의 쾌활한 웃음소리가 수면 위로 까르르 흩어졌다.

"얼마나 많이 차지해요?" 그녀가 물었다.

"할 수 있는 만큼. 남자들은 차지하기 쉬워요. 왜냐면 자기들이 우리를 차지하는 줄로 늘 착각하거든요."

"아주 잘못된 생각은 아니잖아요? 누가 누굴 차지하든 결국 다 같이 쾌락을 즐기니까 말이죠."

"우리보다는 덜하죠. 테이레시아스가 누군지 아세요?"

"아니요."

"지나가는 길에 교미하고 있는 뱀들을 때렸다나 뭐라나, 어쨌든 그런 연유로 신들이 그 남자를 여자로 만들어 칠 년 동안 살게 만들잖아요. 그러다가 또 한 번 뱀들의 교미를 방해하는 바람에 다시 남자로 되돌려 놓았지 뭐예요. 그런데 하늘이라고 어떻게 세상 일을 다 알 수 있겠어요. 그 사람이 어느 날, 여자의 쾌감이 남자의 것보다 아홉 배나 더 크다고 폭로를 했대요. 주피터도 깜짝 놀랐다는 거 아녜요."

"아홉 배라고요!"

"그렇다니까요."

"우리는 운도 좋네요! 불쌍한 남자들. 더 친절하게 대해줘야겠네요. 다음번에는 내 쾌락을 좀 더 남자에게 보태줘야지."

메르베가 시큰둥한 표정을 짓자 엠마뉴엘은 의아했다.

"여왕들은 신하들의 행복을 마음속으로 헤아려줘야 하는 거 아닌가요?"

어린 암사자가 말했다.

"부인은 몸을 판 자신을 수치스러워하세요?"

"물론이죠. 하지만 그건 기분 좋은 수치심이에요." 엠마뉴엘이 말했다.

그러고선 잠시 생각한 뒤, 다시 말을 덧붙였다.

"요즘은 참 이상한 질문들만 받아요. 내가 혹시 색광녀,

매춘부, 뭐 그런 여자 아니냐는 질문들이죠. 나는 그런 느낌하고는 아무 상관도 없거든요. 뭐가 다른 걸까요?"

"의도가 다를 뿐이에요."

엠마뉴엘은 처음으로 메르베와 의견을 같이 하며 고개를 끄덕였다. 소녀가 한 손을 뻗어 엠마뉴엘의 옷 단추를 몇 개 끄르며 말했다.

"오늘, 약속 장소에 안 갈 거예요. 우리 집에 같이 가요."

"몇 살이에요?" 마치 자신의 결정은 그 대답에 달려 있다는 듯이 엠마뉴엘이 물었다.

"부인보다 일 년 뒤지만, 부인하고 같은 날에 태어났어요."

"이럴 수가!"

엠마뉴엘은 몇 분간 침묵을 지키다가 다시 입을 열었다.

"아리안느만큼 많은 남자들하고 잤어요?"

"아리안느의 남자들 수를 꼽아본 적 없어요. 난 매일 바꿔요."

"그 이상 오래가는 경우가 없다는 거예요? 애인이 있다고 말했었잖아요?"

"그 친구하고는 섹스 안 해요. 나는 절대 같은 남자하고 두 번 이상 섹스하지 않아요. 따분하거든요."

"그럼, 아가씨는 남자들보다 아홉 배 더 쾌감을 즐긴다고 확신하세요?" 엠마뉴엘이 갑자기 의심스럽다는 듯 질문을 던졌다.

메르베가 거만하게 말을 받았다.

"내가 불감증으로 보여요?"

"불감증은 아니고, 사실 우리 둘은 많이 다르잖아요. 어떤 남자도 아가씨한테 관심을 안 보이는 것 같고, 게다가 어떤 여자도 안 그런 것 같아서요. 물론 아니겠지만. 나는 그 반대로, 누구나 다 나한테 열광하고 내 기분을 채워주고, 나는 그 사람들을 모두 좋아하고 그렇거든요. 나는 평생 한 명의 애인만으로도 만족할 수 있을 거예요. 그런데 내가 남자를 바꾼다면, 그건 필요에 의해서가 아니에요."

"나도 그래요! 유희 삼아 바꾸니까요."

"나는 미학적인 측면이에요. 난 섹스를 조각 작품을 만들 듯이 해요. 근데 하나만 조각하고 싶겠어요? 나는 하나의 사랑을 성공시키려고 태어난 게 아니에요. 내가 발견한 것보다 더 많은 아름다움을 세상에 가져다 주려고 태어난 거예요. 단순히 내 욕망을 채우려고 하는 게 아니라, 가능한 세계의 경계를 늘리기 위해 섹스를 해요. 나는 행복할 수 있기 때문에 사랑을 나누는 것이고, 자유를 누릴 수 있기 때문에 조건 없는 사랑을 나누는 거예요. 내가 시인이었다면, 나의 애정을 노래로 표현했겠죠. 화가였다면, 다양한 형태와 색채들을 사용해 현실을 풍부하게 만들었을 거예요. 여왕이었다면, 내 이름을 수많은 별에 남겼겠죠. 하지만 나는 엠마뉴엘이니까, 나는 내 육신의 흔적을 이 땅 위에 새겨놓을 거예요.

난 내가 죽고 난 다음에도 내 육신의 열기가 수천 년 살아 있길 바라요. 나는 수천, 수만의 살아 있는 몸이 내 열기를 알도록 해주려는 것이고, 그러면 모든 사람이 나의 사랑이 될 거예요!"

그녀는 메르베의 묘한 눈빛을 마주하며 말을 계속했다.

"아가씨가 나보다 섹스를 더 많이 할 수도 있겠죠. 하지만 그만큼 나보다 섹스를 잘할 거라고는 생각하지 않아요. 왜냐면 난 이 도시의 어느 누구보다도, 아니 어쩌면 이 세상 어느 누구보다도, 왜 내가 섹스를 하는지 잘 알고 있기 때문이에요. 좀 전에 아가씨가 얘기한 것처럼, 바로 이런 의도가 모든 차이를 만들어내는 거예요."

가면을 쓰지 않은 새들

다리 사이에 몸을 엎드린 희생물의 앞으로 다가가는
저 야릇한 입술이여, 바다 조개처럼 발그레하고 창백한…….

말라르메, 〈사티로스의 파르나스 산〉

마리안느는 해변의 별장으로 돌아갔고, 크리스토퍼는 선배의 부인에 대한 욕망을 고백하지도 못한 채 말레이시아로 떠났다. 구월이 끝나가고 있었다.

엠마뉴엘의 눈을 다 그리고 나서, 안나마리아는 그녀의 나체를 모델로 조각을 했다. 마리안느에게 먼저 암시를 주었던 작업이었지만, 아마도 그 상황을 잊고 있었을 것이다. 엠마뉴엘은 더 이상 그녀를 유혹하려 하지 않았다. 포즈를 취하고 있는 동안 그녀는 사랑이나 쾌락, 새로운 시대의 도덕 같은 주제는 꺼내지도 않았다.

이 아름다운 이태리 여자는 엠마뉴엘을 사랑하고 있었다. 그 사실을 알고 있었지만, 엠마뉴엘은 행여라도 그녀를 유혹했다는 비난을 들을까 봐 모른 척했다. 대신 그녀는 아리안느나 여린 비단 같은 살결의 태국여자들과 사랑을 나누곤 했다.

때로 마리오가 보고 싶었다. 말리가트 성의 만찬 이후 그를 본 적이 없었다. 그녀가 그의 교훈을 이해하게 되었을 때, 그는 더 이상 곁에 없었다. 그러던 어느 날, 멀리 여행을 떠난 그에게서 편지 한 장이 날아왔다.

왜 그리스를 바라보면서도 이렇게 부인의 안녕을 생각해야 하는 건지 모르겠습니다. 펠로폰네소스 반도는 오랜만에 구름이 활짝 걷혔습니다. 부풀어오른 산맥의 형상이 심장처럼 느껴지는군요. 바로 얼마 전, 세팔로니아와 잔테 지방에서도 이처럼 완벽한 바다의 모습을 보았었죠. 하지만 그때는 변덕스런 구름이, 어쩌면 애교를 부리느라, 코린트의 긴 음부를 가려버렸죠. 아마 부인께 똑같은 얘기를 하지 말라고 그랬는지도…….

지금 비행기를 타고 있습니다. 주변의 하늘은 모든 무게를 다해 지평선에 몸을 기대고…… 삼천 년 동안 저 산맥의 대장간에서 지금의 이 쇠 날개를 단련해냈겠지요. 신의 숨결을 뿜어내면서 말입니다.

나의 생존과 자유는, 내가 신들에 대한 믿음이 없음에도 불구하고 그들이 내게 부여해준 인간적인 선물이 아니겠습니까? 해학으로 가득한, 그리고 불신에 찬 이 땅의 신들이여, 우리가 당신들을 결코 경배한 적이 없어도 그 마음이야 헤아려주시겠지요! 처음부터 당신들은 세계의 패권이 누구에게 있는지 알고 있었습니다. 우리의 여자들과 전쟁을 시기하고, 우리들 사랑의 능력을 질투하였던, 오 신들이여!

간결한 하늘에서 문득 우리 인생에 대한 확신이 나의 생각을 일깨워줍니다. 프로메테우스적인 인간, 헬레나의 진정한 아버지들인 우리는 우주에 맞설 수 있는 존재들이기에, 그 존재 자체가 행복 아니겠습니까? 저속함, 비겁함, 불안은 우리들의 몫이 아닙니다. 부인, 일어나 몸을 보여주세요! 부인은 세상에게 행복을 다스리는 주인이 있다는 걸 알게 해줘야 합니다. 세상은 아직 그걸 모르고 있으니까요. 아직 어리지만 희망을 불안하게 여기며 벌써 지쳐 있죠. 그들의 어두운 도시들은 돈과 세균, 재들로 가득한 공기에 허덕이고 있습니다. 더 이상 사랑하려고 생각하지 않는 사람들, 사랑할 시간을 가지려고 하지 않는 사람들 속에서 나는 나의 행복을 잊지 않았지만, 그들의 절망적인 모습이 가슴을 아프게 합니다. 나는 꿈을 꾸는 한 사람일 뿐이었고, 삶이란 결국 목 안에 걸려 있는 이 응어리, 속셈, 아니면 어깨를 들먹이는 동작, 그것이 아니었을까요? 그런데 지금, 도리아의 땅 위를 순식간에 지나며 삶은 이미 내가 모르는 사이에 멀어졌는지도 모르겠습니다. 대지의 연무보다 더 아득한 창공의 명백함이 내게 선포합니다. '인간은 신이다.'

다음의 몇 주는 아리안느의 생일을 즐기기 위한 준비로 바쁘게 지나갔다. 다른 나라와는 달리 독특한 주기로 나이를 계산하는 태국에서는 한 주기가 끝나는 시점의 생일을 매우 장엄한 잔치로 치른다. 따라서 아리안느와 그녀의 여자친구들은 생일파티가 이 나라의 전통과 어울리는 형식이기를 바랐다. 주최측은 우선 이웃들을 위해 가면무도회를 열기로 결정했다. 초대 손님들은 각자 자기 가면을 만들게 될 것이었다. 메르베가 레오노르 피니로부터 물려받은 비결을 토대로 가면 준비를 도와주는 역할을 맡기로 했다.

작업은 그 자체로 하나의 축제였다. 젊은 여자들은 몇 시간씩 아리안느의 집에 머물렀고, 거실 바닥에는 온갖 새들의 흔적이 널브러져 있었다. 백조 깃털, 카나리아 솜털, 멧비둘기 꽁지 깃털, 황조롱이의 큰 날개, 울새의 솜털, 꾀꼬리의 날개 깃털과 새끼 꾀꼬리의 솜털, 어치의 가느다란 깃털, 올빼미 털, 갈매기 날개 끝 깃털, 쏙독새의 깃, 황새의 등털, 금조의 요란한 깃털, 극락조의 깃털, 딱새의 꼬리 깃…….

여자들에겐 일보다 노는 시간이 더 많았기 때문에 작품은 아주 느리게 준비되어 갔다. 계획은 바꾸는 즐거움에 희생되어 빈번히 검토 조정되기 일쑤였다. 최종적으로, 가면은 촘촘하게 엮어 얼굴은 물론 머리와 목까지도 감춰지도록 했고, 눈 또한 비단으로 만든 눈썹과 속눈썹 뒤로 보이지 않게 하기로 의견을 모았다. 그리고 무도회가 끝나기 전까지는 어느 누구도 장식에 손을 못 대게 했다. 그렇게 해서 아무도 누가 누군지 알아볼 수 없을 것이고, 평소에 맨 얼굴로 하지 못했던 모든 짓을 감행할 수 있게 된 것이다.

의상은 타이츠 수영복 형태로도 충분할 것이지만, 대신 아주 가늘고 투명한 양모 소재를 쓰기로 했다. 그런 재료를 어디서 구할 수 있는지는 메르베가 잘 알고 있었다. 그녀는 검은색 열 뭉치, 빨간색 열 뭉치, 그리고 학대자 용으로 쓰일 빨간색 한 뭉치를 마련하기로 했고, 그래서 적어도 스무 명의 암컷 새들의 숫자가 결정되었다. 옷은 신축성 소재를 가미할 것이기 때문에 키와 상관없이 누구한테나 맞게 돼 있었다. 그리고 입고 있는 옷감을 누가 얼마나 팽팽하게 만드느냐에 따라 젖가슴의 영예를 가리기로 했다.

팔 소매는 손목까지 내리기로 했다. 그러면 장갑을 더하는 게 낫지 않을까, 하는 의견을 누군가가 냈고, 문의를 받은 준비 책임자는 맨손보다야 아주 섬세한 실크의 감촉이 더 효과적일 거라는 의견을 냈다. 결국 얇고 부드러운 장갑을 끼기로 했다. 빨간 옷을 입은 사람은 검은색으로, 검은 옷을 입은 사람은 빨간색으로. 단, 어떠한 경우에도 장갑은 벗지 않는 걸로 규칙을 정했다.

주최측은 메르베의 의상을 목부터 발까지 이어지는 원피스로 생각하고 있었다. 그런데 알고 보니, 상단은 엉덩이 부분까지만 내려오고, 하단부를 그물이 넓은 망사스타킹으로 받치는 형태였던 것이다. 음부가리개를 하지 않는다면, 그 효과는 더할 나위 없이 좋을 것이었다. 하지만 현실적인 이유를 내세우며 반대하는 의견들이 나왔다. 사람의 인내심도 한계가 있는지라, 구멍이 숭숭 뚫린 여자스타킹은 아무리 매혹적이라 해도 남자들이 오랫동안 그냥 보고만 있기에는 힘든 노릇이었다. 아니면 가운데 부분만 조금 찢어 놓으면? 그러다가 의상 전체를 망칠 것이다. 그럼 아예 아랫도리는 벗어버리면? 그건 또 옷 벗는 걸 좋아하지 않는, 고상한 취미의 손님들한테 맞지 않을 것이다. 게다가 누구나 할 것 없이 가면과 의상을 밤새 착용하고 있기로 합의가 된 상황이 아니었던가 말이다. 따라서 어린 암사자의 제안은 기각되었다. 우리는 패션쇼나 조각 작품 전시회를 기획하는 것이 아니라 아리안느의 생일을 축하하기 위한, 우정의 만찬을 준비하는 거라는 데 모두들 초점을 맞췄다.

준비위원회에 의해 초대 손님들의 목록이 만들어졌다. 그리고 매일같이 초대장을 보낸 사람들의 참가 여부를 확인하면서 부족한 인원은 메꾸고, 필요한 인물은 추가시켰다. 마침내 암컷 새들의 가면무도회의 성공을 기대할 만한 구성원들이 확정되었다.

남자들에 관한 문제로 접어들었을 때 역시 논란을 불러일으킬 구실은 얼마든지 있었다. 남자들에게 의상을 입혀야 하나? 거기에선 여자들이 모든 사람의 눈길을 끌어야 했다.

얼굴은 가리고 몸을 내맡긴, 새의 요정들이 사육장에 모여든 것 같은 여인들의 출현은 무엇보다 소중하고 비밀스러운 것이 되어야 했다. 남자들을 굳이 경쟁자로 만들 필요가 없었다. 그날 저녁은 남자들이 여자들을 섬기는 자리가 될 것이었다. 따라서 여신들만 군림시키기로 했다. 그리고 여신들만이 나체의 아름다움을 누릴 것이었다. 남자들은 모두 스모킹 차림을 하는 것으로 결정했다.

그러면 남자들의 숫자는? 똑같이? 그건 너무 배려를 해주는 처사일 것이다. 미의 현신들을 원한다면 우선 자기들끼리 역량을 겨루고, 그다음 간청을 하고, 그러고 나서 차지해야 했다. 그렇다면 구체적인 수치를 떠나서 여자들 숫자의 두 배 이상으로 정했다. 마지막으로, 남편들은 어떻게 하지? "아무도 안 돼!" 메르베가 못을 박았다. 그러자 아리안느가 반박을 하며 자격이 있는 남편은 올 수 있게 하자고 제안했다. 예를 들어, 장. 엠마뉴엘이 반대하고 나섰다.

"안 돼, 우리 남편은. 안나마리아가 우리하고 동참할 수 없다면."

"그런 논리는 또 뭐야?" 엠마뉴엘은 아무런 설명도 하지 않았고, 여자들도 더 이상 이유를 묻지 않았다.

아리안느의 여자친구들은 행사 전날 완성된 장식품들을 최종 점검하기 위해 한자리에 모였다. 다리까지 내려오는 길이의 무거운 검정 벨벳 망토를 걸친 그녀들의 모습은 아주 근사했다. 그리고 꿈꾸는 새의 얼굴을 한 서로의 모습을 저마다 오랫동안 바라보는 게 마치 인간이었던 시절을 회상하고 있는 듯했다. 그녀들은 뭇 남성들의 애간장을 다 태워놓기 전까지 결코 옷을 벗지 않을 것이었다.

엠마뉴엘은 적갈색 후드가 달린 코린트식 올빼미 가면을 하고 있었다. 진주 방울이 달린 커다란 속눈썹 아래의 눈빛은 비장하면서도 순백했다. 하지만 정작 엠마뉴엘은 자신이 밤의 새처럼 여겨지지 않았다. 그래서 올빼미라 하지 않고 스스로 '날씬한 암부엉이'라는 이름을 붙였다.

황갈색의 넓고 두꺼운 이중 왕관, 당당한 눈초리, 새파란 부리를 한 아리안느는 마치 신화 속 인물 같았다. 저렇게 신비로운 모습에 견줄만한 여인이 또 있을까? 메르베는 커다란 터키색 깃과 머리꼭대기 장식을 하고 있었다. 저 극락조가 치장하고 있는 건 잉카 제국의 환상적인 왕관이 아니었을까?

양치식물 머리를 한 아프리카 여인도 한 명 눈에 띄었다. 마치 두 개의 고사리 뿔처럼 이마에서 바닥까지 드리워져 내리는 깃털은 살랑거리는 금속음을 내며 신경을 자극하고 있었다. 그처럼 묘하게 내는 소리와 물질은 아마도 무시무시한 밀수꾼에 의해 어느 다른 태양계에서 가져온 것이 아닐까, 하는 의심이 들 정도였다.

각자 자기의 걸작품들을 과시하는 연애 예술가들의 신기한 행렬은 텅 빈 거실의 마룻바닥을 울긋불긋 수놓고 있었다. 반면 깃털 장식들은 전등 높이에서 몽환적인 불꽃놀이와 발레를 연출했다. 망사 사이로 드러난 맨살의 허벅지들은 머리 부분의 발랄한 독창성과 대비되는 효과 때문인지 모두 비슷비슷하게 보였다. 다만 피부 색깔에 따라서 마녀, 금발, 태국여자, 그런 식으로 언뜻 구별할 수 있을 뿐이었다.

물론 많은 남자들은—예상대로 와 준다면 말이다—자신들의 혼동을 정당화시키려고 온갖 구실을 다 내세울 것이었다. 하지만 아무 속셈도 없이 로르를 메르베와 혼동한다거나 엠마뉴엘을 마라얏으로 여긴다든가 미리앙을 다프네로, 아리안느를 마이테로, 닐을 잉헤로 착각할 리는 없는 것이다. 그리고 만약 그들이 여태 고백할 수 없었던 욕망에 사로잡혀 있다면, 자기 품에 안게 될 얼굴 없는 여자들에게, 언젠가 먼 발치서 보았고 너무나 아름다워 차마 다가갈 수 없었던 미녀를 이제야 다시 만났다고 털어놓을 것이다.

여자들은 이와 같은 무도회에 대한 달콤한 예감을 맛보며 하루 종일 마무리 준비에 바빴다. 모두들 자기에게 다가올 남자 구애자들의 결함을 미리 너그럽게 받아들이고 있었다. 그와 달리 엠마뉴엘은, 여자들의 이러한 환상적인 창작품이 새로운 정서를 가져다 주는 계기가 되어야 하고, 남자들이 가면 속 여성들과 의례적인 형태와 의미를 즐기는 데만 만족한다면 주어진 행운도 못 잡는 꼴밖에 안 되는 거라고 주장했다. 이번에 남자들에게 주어진 건, 지상의 존재가 아닌 외계인, 미지의 인물을 사랑할 수 있는 기회였다.

밤이 이슥해져서야 무도회의 환상적인 새들은 가면을 벗을 시간이 되었다고 선포했다.

얇은 실크 스크린이 살롱을 반으로 갈라놓으며 천장에서 내려왔다. 그런 장치가 돼 있을 줄은 아무도 눈치채지 못하고 있었다. 실내조명이 꺼졌다. 스크린 뒤쪽의 영사기 불빛만 환하게 남아 있었다.

손님들은 어두운 쪽으로 놓여진 안락의자에 자리를 잡았고, 각종 음료가 제공되었다. 이제 남자들과 마찬가지로 여자들은 모두 얼굴을 드러낸 모습이었다. 침묵과 호기심, 막연한 기대감이 주변에 감돌았다.

하얀 스크린 위로 공상적인 장면들이 하나 둘씩 나타나기 시작했다. 연약한 꽃을 거머쥐듯, 가느다란 손가락들이 잡고 있는 여러 가지의 서로 다른 모양과 크기의 음경들이 둘, 넷, 여덟…… 팔을 늘어뜨린 젊은 소녀의 유령 주변으로 파반느 무곡을 추는 흉내를 내고 있었다(사실은 영사기와 스크린 사이의 금지된 공간에 있는 진짜 소녀의 몸이었다).

그녀의 그림자가 휘어지고 꺾이고 무너졌다. 겨우 기척이 느껴지는 여자의 젖가슴이 봉긋하게 도드라져 보였다. 새의 얼굴에서 다시 인간의 모습을 찾은, 아직도 머리의 볏과 깃털을 지니고 있는 그녀가 누군지는 아무도 몰랐다.

그림자의 팔 하나가 포물선을 그리며 한 손이 보이지 않는 배 위에 놓였다. 허공에 머문 팔목의, 손가락 하나가 아마도 음부가 있을 그곳을 향해 꿈꾸는 듯한 놀림으로 들락거렸다. 음경 유령들의 춤이 어지러울 정도로 점점 빨라지고 있었다. 사랑에 빠진 손이 그 박자에 맞춰 아래로 내려갔다. 쓰러진 몸뚱이가 휘어져 올라 발꿈치와 어깨만으로 바닥을 받치고, 음향이 울려 나올 정도로 팽팽했다. 순간 손가락이 내려 꽂혔고, 음경들이 가라앉았고, 몸이 쓰러졌고, 영사막이 어두워졌다.

다시 조명이 들어왔을 때, 하얀 영사막 위에 까만 윤곽의 모습이 비쳐졌다. 뾰족한 젖가슴에 늘씬한 다리를 가진, 마치 순록의 뿔처럼 높게 부풀린 머리를 한 여자였다. 두 번째 형체가 스크린 왼쪽에서 나타났고, 둔한 박자의 가벼운 몸짓으로 춤을 추며 나오고 있었다. 힘찬 남성의 투영체는 에트루리아 그림을 연상케 했다.

두 형체가 합쳐졌다. 하나가 다른 하나를, 마치 무게가 없는 몸인 듯이 들어올렸다. 등이 뒤로 기울어진 상태로, 신화 속 형색의 다리만으로 버티고 선, 남성의 그림자가 발레리나의 몸속으로 거침없이 들어갔다. 여자의 육신은 무거운 허공 속에서 우아한 궤도를 그렸고, 상체가 반달 모양으로 굽어졌다. 합체된 두 형상 위로 밤이 내렸다. 그리고 얼굴이 뚜렷하게 보이지 않는, 한 여인의 모습 위로 가공적인 새벽이 열리고 있었다. 같은 여자일까? 아니면 다른 여자? (아마도 길을 잃은 두 극락조라고 여기는 게 더 편할 것이다!) 여자는 바닥에 앉아 왼쪽 다리를 몸 아래로 접고, 오른쪽 다리는 똑바로 뻗은 채 있었다. 조금 전 그 그림자의 주인공인 것 같은 한 남자가 나타나 다가섰고, 무릎을 꿇고 앉았다. 여자의 형상이 접고 있던 다리를 남자의 어깨 위에 올린 다음, 남자의 입을 향해 아랫배를 바짝 갖다 댔다. 남자의 머리가 그녀의 두 허벅지 사이로 들어갔고, 여자는 자기 젖가슴을 손으로 오목하게 받쳐 들고 하늘을 향해 들어올리며 목을 뒤로 젖혔다. 갑자기 어둠이 내렸다.

네 번째 장면은 우선 앉아 있는 남자의 모습을 비춰주었다. 구름 같은 머리채의, 뮤즈의 유방을 한 그림자 하나가 공허 속에 몸을 드러내더니 춤을 추며 다가갔고, 남자의 발치에서 쓰러졌다. 영웅의 음경이 천천히 뻗쳐올랐고, 신성한 얼굴이 잠겨 들어 있을 그 어렴풋한 성운 속으로 천천히 사라졌다. 하지만 곧 다시 경건하게 위엄스러운 모습을 드러냈다가, 다시 빠져들고, 여신에 바쳐진 육체가 전율하고 굴복할 때까지 몸놀림을 계속했다. 그녀는 모습을 감추었고, 남자만 혼자 남았다.

그런데 또다시 수평선으로부터 검은 베일을 연상케 하

는 형상 하나가 나타났다. 남자는 팔을 내밀어 그것의 몸을 끌어당겨 들어올렸고, 조금 전의 몸짓과 똑같이 자신의 몸뚱이로 상대방의 몸을 꿰뚫었다. 여성의 부드러운 곡선이, 뼈마디가 굵은 남자의 허벅지를 감싸고 있었다. 두 팔이 목을 감싸고, 입술과 입술이 합쳐졌다. 그리고 천천히 여자의 몸이 대양처럼 은근히 물결치며 공상적인 표면 위로 떠돌았다. 매 굽이마다 그녀의 몸을 깊숙이 받아들이고 있는 남자의 음경이 얼핏 엿보였다가는 다시 그림자의 육신 속으로 사라졌다.

관객들은 저마다 핏줄 속으로, 습한 바다의 압력과 점점 더해가는 깊이와 흡입력과 자신들의 손을 끈적하게 죄어오는 근육을 느끼고 있었다. 그리고 눈에 보이지 않는 성기 속에서 치솟아 오르는 액체들, 그 행복의 근원을 예감했다. 그렇게 지속되던 장면은 마침내 끝이 났고, 여자의 두 팔이 파도의 물결처럼 뻗쳐올라 허공을 쳤다. 젖가슴이 불거져 나오고, 풍성한 머리채가 풀어져 내리며 대지 위로 그림자를 그려냈다.

남자가 배를 내밀며 허리를 뒤로 꺾었다. 정액이 뿜어져 나오고 있었을 것이다.

그다음으로 이어지는 장면에서는, 한 여자가 높은 매트리스에 몸을 누인 채 어깨를 치켜들고 있었다. 흘러내린 머리채 속에 얼굴이 가려진 여자의 젖가슴은 불쑥 튀어나와 있었고, 그 아래쪽 몸속으로 들어간 손놀림이 격렬했다. 그녀가 엉덩이를 들어 올리면서 허벅지가 접히고, 무릎이 허리까지 꺾여 올라왔다. 사냥감을 노리는 야수처럼 그녀는 팔뚝 위로 온몸을 떠받치고 전율하고 있었다.

한 남자가 나타나 순식간에 그녀의 둔부를 낚아채 끌어당기며 그녀의 몸 끝까지 파고들었다. 얼마 후 남자는 동작을 멈추었고, 여자는 돌덩어리가 돼버린 것 같았다.

곧이어 영사막 왼편에서 한 여성의 그림자가 도드라져 나왔다. 서성이며 머뭇거리다 다가서고…… 도톰한 그녀의 음부가 꼼짝도 안 하고 있는 여자 앞에 이르렀다. 갑자기 여자가 몸을 일으키더니 자기 얼굴을 가리고 있던 머리를 뒤로 젖힌 다음, 먹잇감을 향해 탐욕스런 혀를 내밀고 달려들었다.

그때 다시 생기를 되찾은 남자가 열광적으로 여자의 뒷모습을 탐색하기 시작했다. 여자는 장면의 침묵을 여지없이 갈라놓으며 숲 속의 긴 외침을 토해내며 밤 속으로 사라졌다.

한동안 죽어 있던 영사막이 환해지면서 새로운 두 남자를 등장시켰다. 장면의 중심에서 만나 서로 마주 보고 있는 두 남자의 성기가 팔뚝처럼 굵은 하나의 음경을 이루는 것처럼 보였다. 그들의 뒤편으로는 두 탁자(아니면 제단?)가 하나씩 놓여 있었다.

영사막의 왼쪽 끝과 오른쪽 끝에서 누비아 왕국의 부조 조각상 같은 두 형상이 나타났다. 매끈한 복부 위로 도드라진 젖가슴과 날씬한 허벅지가 별안간 활기를 띠었고, 남자들이 있는 곳으로 옮겨왔다. 오른쪽의 인물이 도중에 잠깐 멈추는 동안 반대편 인물은 두 남성의 모습 사이로 와 섰다. 그리고 세 사람의 그림자가 합쳐졌다. 여자가 상체를 구부리는 형색을 포착하려면 매우 주의가 깊어야—아니면 상상력이 풍부해야—했다. 그녀는 하나로 이어진 두 개의 음경에 입을 맞추고 있었다. 아니면—혹시라도 가능하다면—, 그 기다란 음경을 입 안에 넣고 있었던 것일지도 모른다. 그러고 나서 그녀는 몸을 일으켜 탁자 위로 몸을 누였다. 그녀의 젖가슴은 하늘로 향하고, 탁자의 가장자리를 벗어난 목은 허공에 거꾸로 늘어져 있었다.

반대편 여자가 그 의식을 똑같이 반복하면서 첫 번째 여자와 대칭적인 장면을 구성했다. 그러자 중앙에 있던 두 남자는 대면을 그만두고 뒤돌아서더니 서로 반대 방향으로 걸음을 내디뎠다. 누워 있는 여자들의 입이 열렸고, 남자들은 각자의 음경을 넣어주었다.

이번에는 탱탱한 젖가슴 사이에서 힘찬 남성의 상징을 달고 있는 두 그림자가 나타났다. 그리고 누워서 펠라티오를 하고 있는 여자들에게로 와 가슴의 상징물을 우아한 동작으로 끌러내 하나씩 몸속으로 박아 넣어주었다. 잠시 후 두 사람은 그녀들의 사타구니 앞에 무릎을 꿇고 이미 비옥하게 만들어 놓은 음순을 빨기 시작했다.

다시 두 남자의 모습이 드러났고, 무릎을 꿇고 있는 여자들을 향해 왔다. 잠깐 고개를 돌려보던 두 여자는 동료들의 몸속에 음경을 꽂아 둔 채 각자 새로 온 남자들의 음경을 입에 물었다. 물론 그녀들의 입술은 생살로 발기된 남성이 훨씬 더 마음에 들었을 것이다. 얼마 후, 여자들의 입에서 해방된 남자들의 그림자가 그녀들의 뒤쪽으로 자리를 옮겨 구부려 앉은 다음, 상대가 허리를 들어 올리도록 도와주었다. 그리고 이어지는 몸놀림으로 볼 때, 삽입은 이미 이루어져 있었다.

양쪽에서 세 명씩(남자 한 명, 여자 두 명), 여섯 그림자가 등장했다. 각 남자는 두 여자 중 한 명의 허리를 잡아 바닥에 똑바로 눕혔고, 그 여자의 목은 무릎을 꿇고 성교를 하고 있는 남자의 발꿈치 위에 위치시켰다. 그러고 나서 같은 그 남자의 등에 두 번째 여자의 등을 맞대게 해주면서 그녀의 성기를 누워 있는 동료의 입에 맡기도록 연출했다. 그와 동시에 그녀는 팔을 뒤편으로 돌려 성교 중인 남자의 상체와 사타구니를 어루만졌다.

똑같은 장면이 두 편으로 벌어지고 있었다. 그들의 몸놀림은 같은 순간의 동일한 행복을 나누기 위해 등장하는 또 다른 무리의 남녀와 어우러졌다. 여자들의 몸을 뚫고 들어간 남자들, 손으로 입으로 남성을 애무하는 여자들, 나무의 새순으로 만든 인조 음경을 사랑하는 여자들, 누워 있는 여자들을 위해 몸을 바쳐 애무하는 여자들, 채워지지 않는 쾌락을 여성의 젖가슴에, 성기에, 목 안에 쏟아내는 남성들, 서로 등을 기대고 서서 음경을 겨누고 있는 남자들……. 이러한 장면들의 집합은 인간 관계의 조화로운 결합을 보여주는 그림이었다.

그런데 빛이 점점 약해져가고 있는 듯싶더니, 각자가 주고받는 형태를 구별하기 위해서는 많은 주의를 기울여야 할 정도로 희미해졌다. 스크린의 그림자들을 지우며 점점 더 커져가는 그림자는 형체들 사이의 마지막 빈 공간을 채우고 있었다. 하지만 장면이 완전히 사라진 건 아니었다. 흑색과 회색의 미묘한 음영들이 움직이고 바뀌며 형상들의 기척을 계속 연장시키고 있었다. 결합된 육신들로부터 뿜어져 나오는 희미한 빛은 아직도 그들이 알지 못하고 있던, 쾌락에 대한 욕망을 예고하고 있었다.

가장 고귀한 재능

그가 나를 받아주었던 학교는 자신의 즐거움 때문이 아니라
나의 행동규범을 위한 것이었다.
그가 내게 해주었던 건 에로티시즘에 관한 수업이 아니라
오직 한가지 교훈뿐이었다.
네가 사랑한다면 적어도 사랑의 행위를 할 수 있어야 한다.
아니면 잠자코 있어라.
그래서 일종의 명예로움이 나를 언제나 더 많이 내맡기게 해주었다.
그 명예는, 예전에 내가 불명예라 여기던 것이었다.

크리스티안 로슈포르, 『병사의 휴식』

마리오가 다리를 쭉 뻗으며 쏟아지는 폭우를 향해 한숨을 내뱉었다.

"며칠은 계속되겠군." 그가 울적한 표정으로 말했다.

"그럼 뭐 안 될 거라도 있어요?" 엠마뉴엘이 따지고 들었다. “왜 비를 그렇게 부정적으로 받아들이세요? 야외에서 보낼 무슨 계획이라도 세워놓으셨던 거예요?”

“비든 뭐든 나를 가둬놓는 건 모두 나를 포로로 만듭니다. 내 자유를 해치는 건 모두 나의 적입니다. 그래서 난 비를 싫어해요.”

그런 걱정은 할 필요도 없는 그녀가 웃었다. 팔작지붕과 테라스로 떨어지는 빗줄기의 단조로운 소리가 아름답게 느껴졌다. 그녀에게는 모든 것이 아름답게 보이는 날이었다.

“그럼, 우리 자유로운 놀이를 해요!”

마리오는 얼굴에 긴장이 풀리는 기색이었다.

“부인은 자유로운 느낌이 드나요?”

“아마 점점 더 그렇게 되지 않을까요?”

그가 긍정적으로 고개를 끄덕였다.

“자유는 그렇게 구상되어야 하는 겁니다. 부인을 앞서가는 좋은 재산이죠.”

“방콕에 오기 전까지만 해도 저는, 더 이상 바랄 게 없을 정도로 자유롭다고 여기고 있었거든요. 그런데 요즘은 그때보다 열 배는 더 자유로운 것 같아요. 그러니까 분명히, 앞으로 더 나아지겠죠.”

“언제나, 언제나 더 찾아야 할 게 있는 겁니다.”

“근데 그게 뭔지 잘 모르겠어요. 상상력이 부족한 걸까요? 선생님은 저보단 낫겠죠?”

"부인보다 더 낫지 않습니다. 나는 남자일 뿐이니까요. 그런데 부인이 결코 만족하지 않도록 도와줄 수는 있죠."

"제게 엄청난 갈증을 주려고 사라지셨던 거잖아요!" 엠마뉴엘이 빈정거렸다. 하지만 그녀의 다정한 눈빛은 그 말투를 부인하고 있었다. 마리오가 그걸 모를 리 없었다.

엠마뉴엘이 그에게 고백했다.

"있잖아요, 마리오 선생님. 나 그동안 이상한 경험들을 많이 했어요. 강간도 당했어요."

그가 그녀의 농담을 진심으로 받아들였다.

"누군가 파르테니스를 강간했다고 말한다면, 그녀가 꾸며낸 이야기일지니. 우리가 연루되어 있지 않은 쾌락은 아무 데도 없다."

"아, 기분 좋아!" 엠마뉴엘이 환한 얼굴을 해 보였다. "정말 행복하네요. 정확히 무슨 의미예요?"

"뭐, 부인의 아름다운 다리를 위해서 우리 모두 함께 있다는 얘기죠."

그는 이미 너그러워진 얼굴로 비를 바라보고 있었다. 엠마뉴엘이 그를 향해 몸을 기울이며 계속 고백했다.

"그리고 몸을 팔기도 했어요!"

마리오는 잠시 말없이 있다가 질문을 던졌다.

"그 다음 단계로 나아갈 준비가 되셨습니까?"

"물론이에요. 어떤 단계인지 알려만 주시면요."

"부인의 역할을 끝까지 맡아 하는 겁니다. 말하자면 매춘을 받아들이는 것이죠."

엠마뉴엘이 큰 소리로 말을 받았다.

"방금 말했잖아요. 벌써 그렇게 했다고요."

"정말로 매춘을 했느냐, 그게 중요한 겁니다. 장난이어서도 안 되고, 너무 심취해서도 안 되는 거죠."

"그게 나를 자유에 더 가깝게 해주는 건가요?" 그녀가 놀라서 물었다. "나는 매춘을 노예적인 것으로 여겼어요. 보통 그런 여자들은 마지못해 하는 거니까요. 누군가에 의해서, 아니면 불행하다거나 절망적이거나 가난하다는 그런 이유로 인해서 말이에요. 그러다 결국 스스로 속박당해버리는 거잖아요."

"바로 그래서, 굳이 그럴 필요가 없는데도 매춘을 하는 여자는 노예의 반대라는 겁니다."

"그게 내가 한 것과 무슨 차이가 있는 거죠?"

"내용의 차이가 아니라 정도의 차이가 있습니다. 간단히 말해, 더 자유롭다는 거죠. 부인이 찾는 게 그거 아닙니까? 부인이 몸을 내맡기는, 주위의 남자들과 같이 하는 행위는 자유를 제한하는 겁니다. 아마 부인은 자신에게 선택의 자유가 있다고 생각하시겠지만, 사실은 선택의 포로가 되어 있는 거지요. 부인이 몸을 완전히 내맡기면서 그 다음 애인이 우연히 나타나게 된 사람이라는 걸 알게 될 때, 비로소 부인은 온전히 자유로워질 겁니다."

엠마뉴엘은 그리 납득이 가진 않았지만 웃음을 지어 보였다. 그가 설명을 덧붙였다.

"색정주의는, 언젠가 말씀드린 것 같은데, 기획력이 필요합니다. 생각보다 아주 체계적인 거죠. 부인이 더 많은 방법을 동원한다면, 그만큼 더 성공적으로 색정적인 생활을 하게 될 겁니다. 내가 매춘이라고 부르는 것은, 부인이 가진 육체의 재능을 지적으로 편성한다는 의미입니다. 즉, 일시적인 기분이나 선호하는 바에 이끌리지 않는 상태를 말하는 거죠. 그건, 미학적인 성공을 거두게 해주는 것이기도 합니다. 왜냐하면 예기치 않은 것을 체계화시켜주는 것이니까요. 육체적인 것에 대해 지적인 것이 누릴 수 있는 또 하나의 승리라고 보시면 됩니다. 최소한 쾌감을 즐길 수 있을지 없을지를 알아보는 그런 문제가 아닙니다. 재차 얘기 안 하겠습니다. 예술은 쾌락보다 더 중요한 겁니다."

"예술의 한 장르로서의 매춘인가요?"

"예술은, 우선 노동입니다. 아무 일도 안 하고 평생 지내시려는 겁니까?"

"아무 일도 할 필요가 없는걸요. 남편이 부자니까요."

"부인은 그 사람한테 몸을 파는 게 당연하다고 여기시는군요. 어쩌면 그 사람을 위해서 몸을 파는 게 더 정직하지 않겠습니까?"

"맞아요. 남편이 나한테 그렇게 하라고 시키면 정말 좋겠어요. 근데 참 이상하네요. 그 사람은 나한테 왜 그런 부탁을 안 할까요?"

"남편과 아내 사이의 대화는 세상에서 가장 어려운 겁니다. 남편이 먼저 말을 꺼내야 할 이유가 없지요. 부인이 진정 그 사람의 아내가 되고 싶어 한다면, 뭐든지 솔직하세요. 물론 남편도 그래야 하겠지만 말입니다. 막아서는 것이 남편의 역할이라면, 섹스를 하는 건 부인의 역할입니다. 취미 삼아서가 아니라 유익하도록 말이죠."

"하지만 나는 사랑을 쾌락으로 지니고 싶어요. 직업이 되는 건 못마땅해요."

"장의 직업 또한 그의 쾌락 아닌가요? 단지 돈을 벌기 위해 댐을 건설하는 겁니까? 대지의 육신 위에, 남자로서의 자신의 기세를 세우기 위한 것이 아닙니까?"

"그럼 왜 사람들이 건축가는 칭송하면서 윤락녀들은 멸시하는 거예요?"

"어쩌면 진실을 보면서도 고상한 척하느라 소리를 지를 용기가 없는 건지도 모르죠. 바보들이나 소리를 치는 걸로 여기면서 말입니다. 이천 년 동안 비겁함과 어리석음을 겪었으면서도 아직 선과 악의 운명을 분명히 갈라놓지 못하고 있지 않습니까. 이제는 사람들이 소위 도덕—너무 고리타분하면서도 아직도 너무 풋내기인—이란 게 웃음거리밖에 안 된다는 사실을 알아야 할 때가 됐습니다. 우리가 아무리 그 도덕을 꼴사납게 봐도 그들은 아무 상관 안 합니다. 그 도덕의 위선적인 행태와 천박한 덕담이 얼마나 많은 가치의 혼란을 야기시켰는지 보여줘야 합니다. 무거운 짐을 지기 위해 몸을 빌려주는 여인들을 비롯해 기계에 구속당해주는 여자, 사진사에게 모델이 되어주는 여자에게 우리는 경의를 표해야 합니다. 그러한 신체적 봉사에 대해 고용주가 급료를 지불하는 좋은 풍습을 모욕적이라고 여길 이유가 없습니다. 그런데 더할 나위 없이 숭고한 자기 육신의 재능을 가지고 단지 이익만을 챙기는 여자가 있다면, 그것이야말로 불법적이고, 불량하고, 범죄적이고, 탐욕스럽고, 비열하고, 뻔뻔하고, 신성을 모독하는 행위가 아니겠습니까! 아무려면 섹스를 하는 행위가 체포 영장을 타이핑하는 일보다 더 무가치하겠어요?"

"그런데 만약 모든 여자들이 사교계에 몸을 담는다면 전화는 누가 받죠?"

"두 가지 직분이 양립하지 못할 이유가 없잖습니까? 나는 개인적으로 매춘을 하는 사무실 비서를 존경합니다."

"그럴 수 있는 수단을 갖추고 있다면 말이죠."

"아, 그것 참 훌륭한 답변입니다! 육체의 예술보다 명세서 작성하는 일에 더 뛰어난 솜씨를 부여받은 여자를 서류만 붙들고 늘어진다고 비난할 필요는 없죠. 그런데 남자들의 꿈처럼 아름다운 부인의 인생이 공허한 상태의 사랑에만 기여할 뿐이라면 그건 안 될 일입니다."

"다시 말해서, 예쁜 여자들은 모두 윤락녀가 돼야 한다는 거예요?"

"하나님이 보우하사, 예쁜 여자들은 그렇게 해야죠! 사실, 나는 숭고한 정신의 상속녀들이 수도원보다 사창가에 마음이 더 동하는 걸 보면 무척 기쁩니다. 마침내 정신이 우리들의 문명에 도래하고 있다는 증거로 그보다 더 확실한 걸 바랄 수 있겠습니까?"

"그렇다면, 선생님의 조카 안나마리아는 그 추세에 아직 어울리지 못하는 거네요?"

"그럼 그 애가 부인보다 먼저 앞서 나가길 바라십니까?"

"아, 아니에요. 제가 더 노력할게요." 엠마뉴엘이 곧바로 항복했다.

"그렇게 생각에 짓눌려 있지 마시고," 마리오가 빈정거렸다. "내가 부인에게 제안하는 건 아주 감미로운 노력의……"

"그냥 먹고 노는 일에 관한 거라면 난 아무런 회의감도 없을 텐데 말이에요. 근데 생각해보면, 실천적인 것에 앞서 우선 그 매춘이라는 용어 자체가 나를 불안하게 만드는 것 같아요. 혹시 그걸 다른 말로 해주신다면……"

"그래서 다른 말로 안 하는 겁니다. 이미 여자로서의 사명은 부인께 상기시켜드렸습니다. 더욱 단도직입적으로 말씀드리면, 그 사명을 완성시키는 가장 만족스러운 방식은 부인의 몸을 파는 겁니다."

"그런데 지금 선생님이 매춘을 너무 화려한 모양으로 묘사하고 있다는 사실은 인정하셔야 해요. 만약 뚱뚱한 영감이 나타나서 나더러 자신을 섬기라고 한다면, 흥이 제대로 나겠어요? 환자들이야 더 말할 것도 없고요."

"친애하는 부인, 상태가 나쁜 것들이 좀 섞여 있다고 해서 아예 굴을 안 드시겠어요? 부인께서 겪게 될 좋은 일들도 생각하셔야죠."

"내 마음에 드는 남자들은 내게 돈을 낼 필요가 없어요."

"그 남자들이 부인의 마음에 들려고 하기보다 부인한테 돈을 지불하는 걸 더 좋아한다면 어쩌시겠습니까?"

"그럼 내가 그 사람들의 마음을 편안하게 해주려고 몸을 팔아야 한다는 거예요?"

"그렇죠. 좋습니다. 이제 부인은 어떤 식으로 생각해야 할지 이해하신 겁니다. 그러면 남자들은 앞으로 부인한테 첫눈에 반한 척할 필요 없이 섹스에만 집중할 수 있게 될 겁니다. 부인은 그 사람들을 감사히 여겨야 하고요."

"남자들이 규칙을 따라 여자를 유혹하는, 그런 즐거움이나 자부심은 정말 안 느낀다는 건가요?"

"그런 식으로는 귀찮다고만 여기죠. 우리가 별다른 할 일이 없을 때 같으면 부인의 욕망을 사로잡는 작업이 우리에게 소중하겠지만, 우리는 그럴 여유가 없단 말입니다. 켄타우로스 자리의 알파성은 여기서 4억 광년 거리에 있고, 그곳에서 사람들이 우리를 기다리고 있거든요. 설마 부인은 우리 남자들이 중세 시대 지도나 뒤적거리면서 시간 낭비하고 있길 바라는 건 아니겠죠? 난 어떤 여자든 나하고 삼십 분간 잡담을 나눴는데도 몸을 안 준다면, 그 여자를 비 오는 날보다 더 지루하게 생각할 겁니다. 그리고 첫 만남에서 여자가 나하고 섹스를 안 하면 두 번 다시 안 봅니다." 마리오가 잠시 뜸을 들인 다음 덧붙였다. "물론 자발적으로 말이죠!"

"우리 여자들이 남자들의 수고를 없애줘야겠네요. 괜히 힘들게 수작 부릴 필요도 없게 말이에요."

"임무를 간단히 나누는 거죠. 남자는 힘든 작업, 여자는 연애 작업. 이 시대의 남자들이 가장 높게 평가하는 건, 어디서 그만둬야 하는지를 아는 겁니다. 그리고 모호한 걸 제일 싫어하죠. 난해한 사랑의 방식은 이미 전통의상 박물관에 들어갔습니다. 오늘날의 사랑은 보여줄 거 다 보여주고, 내일의 사랑은 또 아주 명료한 사실주의가 될 겁니다. 불량한 체액 대신 호르몬주사를 맞는 시대가 됐으니까요. 유리와 싸구려 합금으로 이루어진 우리들의 도시에 남아 있는 로미오의 사랑이라든지, 트리스탄(중세판『로미오와 줄리엣』으로 비극적인 운명 속에서 사랑을 키우는 트리스탄과 이졸데의 이야기—옮긴이) 또는 아벨라르의 사랑(중세 프랑스의 수도사 아벨라르는 수녀 엘로이즈를 사랑한 죗값으로 성기를 잘렸다—옮긴이) 같은 것들은 맹세 없는 사랑, 냉철한 사랑, 명확한 사랑으로 바뀌게 될 겁니다. 이졸데의 베일이 어떻게 요즘 레이더의 예리한 눈을 속일 수 있겠습니까? 우리들의 컴퓨터가 엘레지(슬픔을 노래한 악곡이나 가곡—옮긴이)나 마드리갈(목가적인 서정시에 붙인 악곡—옮긴이)이 계속 횡설수설하도록 가만히 놔두겠어요? 색정적인 사랑의 진실되고 뚜렷하고 생생하고 적나라한 모습은 사랑의 묘약, 허풍, 인내, 거짓된 헌신을 비웃게 될 겁니다. 그런 명백한 행위들이 관습과 맹신에 경종을 울려줄 것이죠. 우리는 분명한 사랑을 하면서 웃음의 묘미를 되찾고 싶은 겁니다. 미래는 고통받지 않으면서 이런 것들을 이해하고 인식할 수 있는 사람들에게 달려 있습니다. 불행한 사랑은 미래가 없어요. 사람들은 지쳐 있습니다. 그들은 세상의 에너지가 덜 우스꽝스러우면서 보다 더 유익한 뭔가를 위해 쓰여지길 바라고 있습니다. 지치게 만들고 둔하게 만드는 사랑이 아니라, 정신의 휴식이 될 수 있는 사랑을 원한다는 겁니다. 솔직하게 말을 하는 사랑 말이죠. 내가 부인에게 매춘을 권유하면서 덧붙이고 싶은 말은, 솔직해져야 한다는 것밖에 없습니다. 바로 그러한 태도가 탈(脫) 환상의 세대를 맞이하여 우리가 지향해야 할, 색정주의의 색채를 지녀가는 논리적인 방식이기 때문입니다."

이때 마리오가 손을 치켜세우며 말했다.

"부인에게 해줄 수 있는 다른 모든 말들도 이 원칙을 따르는 겁니다."

"좋아요. 그럼 시작하죠, 뭐."

마리오는 그녀를 다정하게 바라보고 나서 경고했다.

"내가 생각하는 것이 부인의 행동을 결정하는 건 아닙니다. 그리고 내가 요구를 해서 부인이 매춘을 하는 게 아닙니다. 실은 내가 부인에게 그걸 요구하는 게 아니죠. 단지 부인에게 기회가 주어졌다는 사실과 그에 관한 이해관계가 뭔지 설명 드린 것뿐입니다. 나는 부인을 자유롭게 놔둘 것이고, 결정은 부인이 하는 겁니다. 부인이 요구를 하면 그때 실행으로 옮길 수 있는 적절한 곳을 안내해드리도록 하죠."

엠마뉴엘이 눈동자에 불꽃을 일으키며 그를 노려보았다. 마리오는 손을 들어 그녀가 내뱉으려는 말을 가로막았다.

"그리고 부인의 마음이 육체적인 쾌감에 이끌린 상태에서 그곳에 가겠다고 하면 안 됩니다. 그러한 유혹에서도 자유로워져야 합니다."

"그런데 사랑하는 남자가 나를 매춘시키는 것도 색정적인 건가요?"

"물론이죠! 스스로 한계를 정하는 커플에게는 색정주의가 불가능합니다. 자기가 사랑하는 여자를 다른 사람한테 건네주지 못하는 남자는 사랑할 줄 안다고 주장할 수 없습니다. 난, 자기 애인을 파는 남자들만 믿습니다. 아내한테 윤락녀 견습 정도도 시키지 못하는 남편은 제대로 된 남자가 아니죠."

"억지로라도 말인가요?"

"억지로라도 자유를 찾게 해줘야죠."

"그럼 왜 저한테는 억지로 시키지 않으시는 거죠?"

"나는 부인의 남편도 아니고, 정부도 아니니까요."

"그럼 선생님은 나한테 어떤 사람인가요?"

"부인의 생각을 전해주는 사람입니다."

"그럼 지금까지 선생님은 나한테 가르쳐준 게 하나도 없다는 말인가요?"

"하나도 없죠. 부인의 재능을 자각하게 해준 것밖에는."

"내가 완전히 새로운 세상에 나오게 될 그때는 아마 선생님은 연기처럼 사라지고 없을 거예요. 그렇지 않나요?"

"그렇다고 영원히 태어나지 않으실 겁니까?"

그녀는 머릿속에 떠오른 생각에 싱긋 미소를 지은 다음, 침착해지려는 말투로 물었다.

"나를 사랑하세요?"

"네, 지금으로서는." 마리오가 전혀 곤란해하지 않는 표정으로 대답했다.

엠마뉴엘은 기가 막혔고, 걱정스럽게 입을 열었다.

"선생님은 여태 사랑에 빠진 적이 한 번도 없었을까? 앞으로도 내내 그럴 사람일까? 그런 의문이 들기 시작하네요. 선생님은 사랑하기 위해서가 아니라 색정적인 관계를 유지

하기 위해서 여자가 필요한 거잖아요."

"도대체 부인은 사랑이 뭐라고 생각하시는 겁니까? 아직도 그걸 마치 덤불 숲 위로 내린 신의 불꽃처럼 저 높은 초월적인 세계에서 내려온, 시간을 넘어서는, 그리고 신비로 가득 찬 하늘의 선물이라고 우러러보고 계신 건가요? 부인에게는 사랑이 지상의 모든 현실을 보이지 않게 만드는, 저 세상의 모습이란 말입니까? 설마 어떤 심리학으로도 도저히 감당이 안 되는, 영혼의 혼미 상태라고 생각하시는 건 아니겠죠? 좀 더 진지하셔야죠! 그런 환각적인 사랑은 존재하지도 않았고, 어설픈 책 속에나 있었던 겁니다. 조심하세요! 만약 사랑이 신적인 발현 같은 거라면, 천사가 떠나고 나면 뭐가 남겠습니까? 우리가 아무 까닭도 없이 누군가를 사랑한다면, 사랑의 대상은 그 사람이 아니고 우리가 만들어낸 환상인 겁니다. 또한 그 미망에 대한 갑작스런 자각은 누군가를 죽일 수도 있단 말입니다. 환상 때문에 죽는다면, 당치도 않죠. 사랑의 신화를 위해 죽는 건 사랑으로 인해 죽는 것과 전혀 다른 겁니다. 나만 해도, 내가 과연 사랑할 줄 아는 사람일까요? 내가 말할 수 있는 건, 사랑은 지성의 절대적인 가치이며, 그 사랑의 이유는 내가 색정주의라는 이름 아래 실천하는 바로 그것입니다."

"사랑하는 이유들이 있다면, 더 이상 사랑하지 않는 이유도 있지 않을까요?"

"당연하죠. 그 확신은 부인을 신중하고 지혜롭게 만들어줄 겁니다. 부인은 사랑에 빚진 게 하나도 없으니 오히려 누릴 자격이 있습니다. 사람들이 부인을 사랑하게 만들어주는 그 자질들을 잃어버리지 마세요. 사람들은 부인을 마음에 들어합니다. 왜냐하면 에로스가 부인 안에 들어 있기 때문이죠. 그 에로스를 쫓아낸다면 부인은 더 이상 사람들의 마음에 들지 않을 겁니다. 부인이 더 이상 에로틱하지 않다면, 나도 더 이상 부인을 사랑하지 않을 겁니다."

"내가 더 이상 아름답지 않다면요?"

"그렇게 계속 아름다워야 하는 게 부인의 의무입니다."

"내가 할머니가 돼버린다면요?"

"에로스의 아름다움은 세월을 두려워하지 않죠. 늙지 않도록 하는 건 부인의 역량에 달려 있습니다."

"내가 세상 사람들이 칭송하는 미덕에 따라 정숙한 여자가 된다면요?"

"부인을 경멸할 겁니다."

"내가 사랑의 행위 외에 다른 삶의 가치를 찾으면요?"

"부인의 존재를 잊어버리겠죠."

"그런 신념이 선생님의 지조 같은 건가요?"

"부인은 더욱 대담해지기 위한 목적 이외의 변화는 추구하지 말아야 합니다. 혹시라도 걸음을 되돌린다면, 그건 변화에 역행하는 행위이며 돌이킬 수 없는 죽음이 되겠죠."

"그럼 어느 날 내가 만약 색정주의를 권태로워하고, 여전히 앞으로 나아가야 하는 것에도 권태로워진다면요?"

"그때는 죽어버리세요."

엠마뉴엘은 한순간 어안이 벙벙한 채로 어려운 문제와 씨름했다. 그러다 별안간 깔깔거리며 웃음을 터뜨렸다.

"거기까지 도달하기 전에 시도는 해 보고 싶어요."

"뭘요?"

"바람난 여자의 인생 말이에요."

그는 무슨 말인지 못 알아들은 사람처럼 자리에서 일어나더니 거실을 서성거렸다. 폭우는 한층 기세가 꺾인 듯했다.

"마리오!" 엠마뉴엘이 그를 향해 외쳤다. "한 가지만 더 말해주세요. 내가 넘어서야 할 위험들이 있을까요?"

"네. 온갖 종류의."

그녀가 한숨을 내쉬었다. 하지만 얼굴에는 전혀 염려하는 기미가 없었다. 마리오는 그녀의 마음이 약해질 틈도 없이 몰아붙였다.

"만약 지식이 아무런 위험도 없었다면, 부인의 마음이 끌렸겠습니까? 이것도 마찬가지입니다."

그녀가 갑자기 도전적인 말투로 대꾸했다.

"아마도 나는 선생님이 생각하는 것 이상으로 벌써 그렇게 했을 거예요."

"압니다."

그녀는 회의적인 눈으로 마리오를 바라보다가 말했다.

"아…… 아닌 것 같아요."

그가 말싸움을 이어갈 기색을 보이지 않자 엠마뉴엘은 주제로 되돌아갔다.

"내가 이때까지 적어도 세 번은 긍정적으로 대답했을 거예요. 선생님의 의견에 내가 동의한다는 걸 어떤 식으로 더 표현해야 설득이 될 수 있는 거죠?"

그녀는 과장된 어조로 또박또박 말을 끊으며 선포했다.

"자진해서, 그리고 결혼으로 인해 미성년자의 신분을 벗어난 나의 권리에 입각해서, 나는 괜찮다고 여기며 매춘을 경험해보겠다는 결정을 지금 여기서 하겠습니다. 그러니 선생님이 이미 알고 있는 그 장소로 나를 데려가주세요."

마리오가 다가와 그녀의 허리를 한 팔로 감싸 안았다. 그러고 나서 다른 한 손으로 턱을 들어올리고 눈을 깊숙이 들여다보면서 미소를 지었다. 엠마뉴엘은 그 미소가 키스처럼 느껴졌다.

"지금 가는 거예요?"

"아니, 오늘은 안 갑니다. 필요한 조치를 취해야 하니까요. 대신 점심식사 초대를 하죠. 주간 디스코텍에서."

"그런 곳은 들어본 적도 없어요."

"낮에 운영하는 야간 디스코텍이라고 생각하면 됩니다. 이상할 것 하나도 없어요. 그곳에 가면 놀랄 만한 일이 벌어질 겁니다.”

“그게 뭐죠? 빨리 얘기해주세요!”

“뭔가가 아니고 ‘누군가’입니다.”

“마리오 선생님, 제발 애타게 만들지 말아요.”

“캉탱. 기억하시죠?”

“캉탱!”

그녀는 꿈꾸듯 생각에 잠겼다. 마리오와 처음으로 저녁 시간을 함께 보낸 운하 옆 별장, 한밤중의 산책, 칭기즈 칸, 아편, 음경에 바쳐진 사원, 삼로, 그리고 곁에서 그녀의 손끝 하나 건드리지 않고 말없이 바라보기만 하던, 결국 사내아이들을 선호하는 취향을 드러냈던 그 영국인……. 엠마뉴엘은 그를 다시 만나리라고는 생각하지 못하고 있었다.

“정확히 두 달 전 오늘 만났었잖아요. 8월 19일, 날짜도 기억해요.”

그리고 한숨을 쉬면서 말을 덧붙였다.

“미남이잖아요! 비행기 안에서 만난 남자만큼 잘생겼어요.”

“비행기라니요?” 마리오가 놀란 표정을 지었다. “그 이야기는 금시초문입니다.”

“그럼 들어보세요. 아주 옛날에, 남자들의 꿈처럼 아름다운 암컷 유니콘 한 마리가 있었답니다……”

디스코텍은 밤처럼 깜깜했다. 꽤 오랜 시간이 지난 다음에야 두 사람은 작은 무대 주변으로 다해봐야 열 개 정도의 조그마한 테이블을 갖춘 실내를 볼 수 있었다. 빈자리는 없는 것 같았다.

분위기는 차분했다. 금빛 타이츠에 머리는 짧게 깎고, 달빛 피부에 얼굴은 거의 보라에 가까운 파란색으로, 입술과 눈썹, 속눈썹은 은색으로 칠한 세 명의 젊은 여자가 음악을 연주하고 있었다. 어찌나 조용하게 악기를 다루는지 마치 연주 흉내를 내고 있는 것처럼 보였다.

호리호리한 지배인이 다가와 자리를 예약했느냐고 물었다. 그런데 그 순간 테이블에 혼자 앉아 있던 형상이 일어나 손을 흔들었다.

"저기 캉탱이 와 있군요."

세 사람이 다시 뭉쳤고, 엠마뉴엘은 가슴이 뭉클했다. 그는 기억 속의 모습보다 더 우아하게 느껴졌다. 그의 눈은 중국의 짙은 칠보처럼 빛났다.

"무리아족이 있는 곳으로 되돌아갔다 왔나요?" 그녀가 농담을 건넸다.

"이번엔 아닙니다. 참 안됐죠?" 그가 영어로 대답했다.

엠마뉴엘은 한숨을 억누르며 정중하게 웃었다.

'잊고 있었잖아!' 그녀가 속으로 생각했다. '다시 몸짓을 써서 얘기해야겠어, 이 남자하고는…….' 그와 얘기를 나누고 싶었던 그녀는 유감이었다. 마리오가 옆에서 통역을 도와주었다. 그녀는 저 사람이 이렇게 친절히 구는 모습을 본 적이 없었다. 그들은 태국요리를 먹으며 좋은 포도주를 곁들였고, 무척 많이 웃었다. 세 사람은 그 희미한 음악의 성소에서 분명히 제일 시끄러운 무리였을 것이다. 그렇지만 다른 손님들은 점잖게 그들의 소리를 못 들은 척해주었다.

엠마뉴엘은 그곳에 있는 여자들이 한결같이 아름답다는 걸 깨달았다. 탐스럽지 않은 여자는 하나도 없었다. 테이블마다 남자들이 마치 불꽃에 끌리듯이 여자들 쪽으로 몸을 기울이고 있었다. 한 커플이 일어나 춤을 추러 나가자 다른 커플들이 뒤를 이었다. 하지만 그리 많은 수는 아니었다. 엠마뉴엘은 신경을 집중시키면서 몇 발치 떨어져 있지 않은 무대 위의 여자들을 한 명씩 차례로 살펴보았다. 그러고는, 상상으로 그녀들의 옷을 벗긴 다음 자신과의 정사 장면을 마음대로 꾸며보았다.

얼마 후, 한 젊은 여자가 엠마뉴엘이 있는 곳으로 다가와 왜 춤을 안 추냐며 말을 걸었다. 일행이 미소만 지어 보이자, 여자는 순진한 호기심을 내비치며 합석했다. 유난히 맑고 하얀 얼굴을 한 그녀는 빽빽하고 윤기 있는 까만 머리채를 가운데 가르마를 타서 한쪽으로 땋아 내렸고, 그로 인해 나이에 비해 좀 케케묵은 인상을 풍겼다. 하지만 몸에 착 달라붙는, 개성이 제대로 표현된 터키풍의 검은 옷은 파리의 고급 의상 못지않았다. 가느다란 줄의 다이아몬드 목걸이와 근사한 다리를 덮고 있는 투명에 가까운 얇은 스타킹이 그녀의 섬세하고 절제 있는 감각과 고상한 취미를 드러냈다. 분위기로 봐서 업소 종업원은 아닌 것 같았다. 엠마뉴엘은 혼자 와서 심심해하는 여자 손님일 거라고 생각했다.

그녀는 불어와 영어를 거의 같은 수준으로 유창하게 구사하며 일행에게 어떤 사이냐고 물었다. 모두 친절하게 질문에 답했고, 인사를 나눈 지 얼마 되지 않아 이미 오래전부터 알고 있던 사이처럼 스스럼없는 분위기가 되었다.

캉탱이 여자를 무대로 초대했고, 두 사람을 뒤따라 나간 엠마뉴엘과 마리오는 잠시 후 자리로 되돌아왔다. 무대 위에는 세 커플이 있었다. 캉탱은 춤 솜씨가 좋았고, 파트너는 동작 처리에 아주 뛰어났다. 악단은 노련한 두 무용수들의 율동에 맞춰 즐겁게 연주했고, 옆에서 춤추던 다른 커플들은 한 걸음 물러나 두 사람을 지켜보고 있었다.

그녀가 웃으며 캉탱에게 무슨 말을 건네더니 갑자기 머리를 흔들었다. 그러자 그녀의 검은 머리채가 한 다발로 풀어져 엉덩이 아래까지 떨어져 내렸다. 동시에 그녀는 답답하게 느꼈는지 원피스의 맨 위 단추를 풀었다. 남자로부터 약간 떨어져 계속 춤을 추고 있던 그녀가 두 번째 단추를 풀고, 또 세 번째 단추를 풀었다. 수상한 기운을 느끼기 시작한 엠마뉴엘은 더욱 열심히 그녀를 살펴보았다. 아주 자연스럽게, 서두르지도 않고, 그냥 그래야 하는 것처럼 젊은 여자는 우아하게 품위를 지키면서 아래쪽까지 단추를 모두 풀었다. 옷을 벗어 들고 근처의 의자로 가 걸쳐놓은 뒤 여자는 다시 파트너가 있는 곳으로 돌아갔다.

그녀는 스타킹 고무밴드를 하고 있지 않았다. 스타킹은 위쪽 엉덩이 부분의 탄력 있게 달라붙은 레이스 코르셋 속으로 올라가 젖가슴을 덮으며 어깨에 걸려 있는 전신 타이츠였다. 무척 아름다운 여자였다. 엠마뉴엘은 혀끝으로 올라온 욕망의 낌새를 느꼈다. 마리오가 논평을 건넸다.

"저 무대 연출이 이 집의 단골메뉴인지 아니면 개인적인 즉흥무대인지는 모르겠지만, 연기가 아주 좋습니다."

캉탱이 무희와 함께 자리로 돌아왔다. 엠마뉴엘은 여자를 칭찬하면서도 그녀의 행동이 직업적인 것이었는지, 아니면 갑작스런 기분 때문이었는지 물어보지 못했다. 왠지 위축된 느낌이었다.

더욱 놀랍게도, 이번에는 무희가 그녀를 무대로 초대했다. 엠마뉴엘이 마리오에게 눈짓으로 자문을 구하자, 그가 격려의 신호를 보내주었다. 반나체의 여자는 그녀를 품에 안고, 얼굴에 얼굴을 맞댄 채 춤을 추며 아무 말도 하지 않았다. 결국 엠마뉴엘이 먼저 입을 열었다.

"우리 같이 섹스해요."

여자는 얼굴을 뗀 다음, 무슨 그런 농담을 하냐는 듯이 엠마뉴엘을 바라보며 웃었다.

"어느 클럽에서 일하세요?"

엠마뉴엘은 난처했다. 마리오가 이 장소에 대해서는 아직 아무런 정보도 주지 않은 상태였다. 좋은 기회를 놓친 것 같아 그녀는 아쉬웠다. '내일 그런 질문을 한다면 대답해줄 수 있을 텐데…….' 그녀가 유감스러운 말투로 대꾸했다.

"방콕에 막 도착했어요. 그래서 아직 아무것도 안 해요."

"어떤 일을 하시죠?"

그 질문도 대답하기에는 곤란한 것이었다. 게다가 그녀는 질문의 의미를 제대로 파악하지 못하고 있었다. 다행히 여자가 말을 이었다.

"춤은 추세요?"

"아뇨." 엠마뉴엘이 안심하며 말했다. "섹스만 해요."

젊은 여자가 다시 깔깔 웃었다. 그리 진지하게 받아들이는 기색은 아니었다.

"잠깐만요." 여자가 말했다. "코르셋을 벗어야겠어요."

그녀는 엠마뉴엘의 팔을 걷어내고, 조금 전처럼 즉흥적인 손놀림으로 눈에 보이지 않는 고리를 끌러낸 다음 코르셋을 벗어 악단이 있는 쪽으로 아무렇게나 던졌다.

타이츠는 무용수들이 신는 것처럼 매우 얇은 나일론 제품이었다. 그래서 그녀는 옷을 입고 있었음에도 안 입은 것처럼 보였다. 작지만 핏빛처럼 붉은 젖꼭지를 지닌 그녀의 유방은 동그랗고 멋진 모양이었다. 탄탄한 아랫배는 털을 다

깎아낸 음부의 높고 깊은 구멍을 드러내고 있었다.

"굉장하시네요." 엠마뉴엘이 그녀의 귀에 대고 속삭였다. "아마 여기서 아가씨가 지금 발가벗고 있지 않다는 걸 아는 사람은 나밖에 없을 거예요. 그런데 실제로 발가벗고 있는 것보다 더 나를 흥분시켜요."

그러고는 웃으면서 장난스럽게 말을 이었다.

"보시면 알겠지만, 이 차림으로는 아가씨가 남자하고 섹스를 할 수 없죠. 근데 여자하고는 할 수 있어요."

그녀의 당돌한 지적에 얼굴이 빨개진 여자는 기분이 좀 상한 듯이 입을 삐죽 내밀었다.

두 여자는 그렇게 아주 오랫동안 계속 무대에 있었다. 그 경험은 엠마뉴엘에게 일종의 그윽한 고통 같은 것이었다. 왜냐하면 행여라도 그녀의 역설적인 수치심을 건드릴까 봐 탐스러운 몸을 바짝 끌어안을 수 없었기 때문이었다. 그녀가 나체와 다름없는 여자를 안고 춤추는 모습을 사람들이 바라보고 있을 거라는 생각은 쾌감에 불안을 가중시켰다.

그녀의 파트너가 갑자기 귓속말을 건넸다.

"그쪽도 옷을 벗어요."

엠마뉴엘이 고개를 설레설레 흔들었다.

"그럼, 일행이 있는 테이블로 가서 벗어요."

두 사람이 일행이 있는 곳으로 자리를 옮기자, 다른 손님들의 눈길도 그녀들을 따라왔다. 하지만 젊은 여자가 옷을 벗을 때만큼의 호기심에 찬 표정들은 아니었다.

"이름이 뭡니까?" 마리오가 여자에게 물었다.

"메치타예요."

대답과 동시에 그녀는 엠마뉴엘에게 신호를 보내 실행에 옮겨야 할 행동을 암시했다.

"나, 옷 벗을 거예요." 일행에게 엠마뉴엘이 말했다.

두 남자가 이의를 제기할 리 없었다. 더 이상 춤추는 사람은 없었다.

엠마뉴엘은 차분하게 투피스를 걷어냈다.

"이제 나체의 명예에 어울리는 뭔가를 보여주셔야죠." 마리오가 말했다.

엠마뉴엘은 젊은 러시아 여자의 손을 잡고 무대 위로 올라갔다. 손님들은 한동안 두 여자를 바라보았고, 잠시 후 몇몇 커플들이 무대에 합류했다. 그리고 모두 옷을 입고 있는 것처럼 계속 춤을 췄다.

"아가씨를 내 친구들한테 선물하고 싶어요." 엠마뉴엘이 말했다. "언제 시간이 나세요? 돈은 지불할게요."

마리오가 '법'에 관해 가르쳐주던 그날 밤 이후 처음이었다. 엠마뉴엘은 다시 운하 쪽으로 자리를 잡은 통나무 집에서 캉탱과 함께 두툼한 중국 카펫 위에 드러누워 있었다. 그들은 '주간 디스코텍'에서 늦게까지 머물다 돌아왔다. 가을의 짧은 노을이 하늘에 드리워져 있었다. 저녁식사 시간쯤

메치타가 그들과 합류할 예정이었다. 물빛은 연주자들의 살결에서 비치던 느낌과 똑같은 무지갯빛이었다.

마리오는 책상에 앉아 글을 쓰고 있었다. 가끔씩 책을 집어 뭔가를 확인한 뒤 다시 제자리에 놓고, 필리핀산 담배를 피우며 연기를 길게 내뿜었다. 사슴 눈을 한 하인이 석간신문을 그에게 갖다 주었다.

마리오의 목소리가 침묵을 깼다.

"경찰에 구속된 의사." 그가 신문의 1면 기사 제목을 읽었다. **"그의 아파트에서 의문의 죽음을 당한 젊은 여자의 시체가 발견되었다."**

"의사의 집에서 죽는 건 의문의 여지가 없는 거예요." 엠마뉴엘이 말했다.

마리오가 그녀의 말을 정정했다.

"최근 들어 마레라는 의사의 집에서 많은 사람들이 죽어 나갔죠."

엠마뉴엘은 더 이상 아무 말도 하지 않았다. 마리오가 사회면 기사를 혼자 읽어 나가다가 문득 말을 덧붙였다.

"나는 우리를 살아 있게 하는 색정주의 편이지 죽음의 편이 아닙니다."

그러고 나서 다시 읽고 있던 글로 돌아갔고, 다들 말없이 가만히 있었다.

엠마뉴엘은 약간 미련해 보이는 자주색 치마와 같은 색

의 좀 더 연한 실크 뜨개 상의를 입고 있었다. 그녀와 캉탱은 찻잔이 나란히 놓인 탁자와 평행으로 앉아 있었고, 두 사람의 다리는 마리오의 책상과 45도 대각선 방향에 놓여 있었다. 캉탱이 그녀의 머리를 손가락으로 빗겨주며 이마를 가리고 있는 머리카락을 젖혀주었고, 속눈썹을 보더니 눈에 입을 맞추고, 그다음 뺨에, 콧등에, 그리고 결국 입술을 포갰다. 그녀는 청년의 어깨를 두 팔로 감싸고 뒷목을 손톱으로 움켜잡았다. 남자가 여자를 꽉 끌어 당겼고, 두 사람은 오랫동안 입을 포갠 채 있었다.

엠마뉴엘이 왼쪽 무릎을 접어 그의 오른쪽 무릎 위에 올렸다. 그 무릎은 남자의 허벅지 위를 오르내렸다. 점점 드러나는 그녀의 다리가 남자의 다리를 위에서 아래로 문질렀다. 그녀의 맨발이 발끝으로 춤을 출 때처럼 꼿꼿했다. 부드럽고 연한 그녀의 발바닥은 손 못지않게 애무에 뛰어난 솜씨를 보였다.

엠마뉴엘의 다리가 나른해질수록 캉탱의 다리는 그녀의 두 무릎 사이를 향해 나아갔다. 치마가 위쪽으로 밀려 올라가면서 그녀는 거의 나체가 되었다. 여자들의 다리에 대한 취향이 유별난 마리오는, 저 상태의 다리 모양이 아마도 자신이 여태껏 본 모습들 중에 가장 아름다울 거라고 속으로 평가하고 있었다. 특히 지금 막 드러난, 위쪽에서 반 측면으로 내려다보이는 사타구니 가장자리 부분은 허벅지 안쪽의 매끄럽고 둥근 근육과 위쪽으로 오목하게 겨우 드러난 세로선, 섬세한 힘줄들의 긴장감, 방추형 살덩이의 길이와 굵기 사이의 놀랍도록 적절하고 미묘한 비율이 어우러진 미학적 집합체였다. 그녀가 갈망하고 있는 남자의 몸 위에 지긋이 접어 올린 다리는, 나른하게 풀려 있으면서도 생기를 잃지 않았고, 흠잡을 데 없이 매혹적이고 눈부신 황금빛이었다. 저런 모양의 다리는 젖가슴이나 다름없이 내밀한 것이라고 마리오는 생각했다. '저런 다리는 오직 치마 속에서만 존재하는 거야. 성기의 입구를 열어주는 길이기 때문이지. 치마가 맨살을 드러내기 시작할 때, 여자의 몸속을 향해 들어오는 남자의 기세를 멈출 수 있는 건 아무것도 없어.'

캉탱의 손이 그녀의 몸 아래로 내려가 무릎 위에 놓였고, 윤곽을 에워 돌아 천천히 허벅지를 타고 오르며 치마 아래에 이르렀다. 한쪽 허리를 굽히며 몸을 일으킨 엠마뉴엘은 남자의 얼굴 앞에서 마치 발레 동작을 하듯이 두 팔을 앞으로 교차시키며 상의를 벗어 던졌다. 그리고 무게를 덜어낸 몸을 다시 누이며 마리오를 향해 말했다.

"지금 뭘 하고 계세요?"

"두 분의 장면을 글로 쓰고 있습니다."

자주색 치마 위로 발가벗은 그녀의 상체는 너무나 아름다웠다. 캉탱은 한동안 아무런 동작도 하지 않고 그 모습을 바라보았다. 잠시 후 그는 엠마뉴엘의 두 손을 잡아 그녀 자신의 젖무덤 위에 올려놓았다. 그녀는 남자가 그 광경을 즐길 수 있도록 지시에 따라 순순히 자신의 가슴을 애무하기 시작했다. 자신의 감미로운 자극에 내맡긴 몸이 까무러칠 때까지.

두 사람은 서로 몸을 꼭 껴안았다. 마치 그들에게는 치명적인 감옥을 벗어나기 위해 파헤쳐놓은 좁다란 구덩이만큼의 공간밖에 주어지지 않은 것처럼. 겨우 반나절의 필사적인 포복에, 피로와 헛된 희망에 지친, 그리고 진흙으로 범벅이 된 남자는 온몸으로 동행녀의 몸을 문질렀다. 여자는 움직임을 거북하게 만드는 축축한 블라우스를 벗어야 했다. 자갈투성이의 진흙 속에서 그녀의 가슴은 맨살이었다. 사람들의 눈에 띌까 봐 줄무늬 죄수복 바지는 이미 벗어버린 터였다. 담장 밖으로 나갔을 때 입을 옷은 지도와 청산가리를 챙겨 넣은 봇짐 속에 있었다. 남자의 몸이 그녀의 허리에 맞닿아 있었다. 더 이상 무릎과 팔꿈치를 움직일 수 없는 그녀는 남자의 몸 위에 엎드려 휴식을 취했다. 그녀는 건장한 배의 힘을 느끼며 안심했다. 그녀의 입술 위로 포개지는 입술이 산뜻해서 기분이 좋았다. 그녀는 처녀다. 그녀의 허벅지를 여는 남성의 성기는 너무 강했다. 그의 격렬한 키스가 그녀의 외침을 삼켰다. 고운 흙이 그녀의 피를 빨아들였다. 다정하고, 주의 깊고, 신중해야 할 순간이 아니었다. 그녀는 자기 몸 안으로 남자가 야수처럼 달려들기를, 허리를 끊어놓기를 바랐다. 그녀는 자신이 고통스러워하는지 행복해하는지 알 수 없었다. 그녀는 열렸고, 찢겼고, 채워졌고, 여자가 되었다. 남자의 갑작스런 외침에 두 사람은 발각되고 말 것이었다. 탈출은 자신의 몸속에서 일어나는 것이었고, 그의 목소리가 형언할 수 없는 신음 소리와 합쳐졌다.

운하 위로 높은 뱃전의 정크선이 지나가고 있었다.

선원들이 몸을 앞으로 내밀며 밤을 꿰뚫으려고 시도했다.

"나는 말이야," 마리오가 캉탱에게 영어로 말했다. "내가 빌려온 열 명의 남자들이 차례로 저 여자와 자는 걸 보고 싶네. 지금처럼 그녀를 차지하도록 말이지. 열 명, 아니 어쩌면 스무 명?"

"무엇에 대해 말하고들 있어요?" 엠마뉴엘이 물었다.

"부인에 대해서요. 한 무리의 남자들한테 부인을 먹이로 주면 어떨까 하는 생각입니다. 많은 수는 숭고한 것을 지니고 있는 법이니까요."

"오늘 저녁은 캉탱, 메치타, 그리고 선생님하고만 섹스를 하고 싶어요."

"알고 있습니다. 그래서 부인의 몸을 달리 즐겨보면 어떨까 하는 생각이 나를 흥분시키는 겁니다."

"난 선생님이 나와의 합의를 제일 높은 곳에 두는 줄 알고 있었는데요."

"그 합의는 내일을 위한 겁니다. 오늘은, 난 다른 걸 원한다는 거죠."

"정확히 그게 뭔데요? 나를 물건으로 다루는 건가요?"

"그럴 수도…… 어쩌면 그 반대일지도……. 내게 매수당한 일개 군대가, 나의 가장 사랑스런 여자 포로의 위를 거쳐 가는 모양이면 좋겠습니다. 나는 뭔가 모질고 야만적인 것이 부인에게 일어나길 바라죠. 물론 부인의 쾌감이 나의 관대함과 일치할 수 있도록 옆에서 지켜볼 겁니다."

마리오의 말투가 거만하게 바뀌었다.

"이 얘기는 그만합시다. 내가 기대하고 있는 건, 그것이 일어난 다음에야 알게 되는 거니까."

그렇다니 엠마뉴엘은 입을 다물 수밖에 없었다. 그런데 마리오는 금세 자신의 지시를 어기는 말을 했다.

"부인은, 용병들을 시켜 자기가 사랑하는 여자를 강간하게 하려는 남자의 관능보다 더 숭고한 관능이 있다고 생각하세요?"

그의 열정적인 표현은 느닷없이 우아한 웃음으로 변했다. 그리고 혼자 즐거워하며 말했다.

"바로 그때, 우리는 서로 사랑하고 있는 겁니다!"

11 유리 집

너희 딸들이 매춘을 하였으니
내가 그들을 벌하지는 않으리라.
호세아서, 4장 14절

"부인의 차로 가시죠. 운전은 내가 하겠습니다." 마리오가 제안했다.

지난밤의 폭우로 맑게 씻긴 태양이 솟아올랐다. 유럽의 봄처럼 쌀쌀하면서도 따스했다. 엠마뉴엘은 얼굴을 후려치고 머리를 흩날리게 하는 바람을 만끽했다. 늦은 시간에 잠들었던 그녀는 아직도 몸이 덜 깬 상태였다.

마리오가 자기 방으로 올라가 그녀에게 어울리는 옷을 골라주었다. 평소보다 더 복잡한 옷차림에 예쁜 백금 액세서리를 더했다. 그가 직접 치장을 도와주었다. 엠마뉴엘은 그의 손길이 자신의 발가벗은 몸에 와 닿는 게 행복했다. 기분 좋은 하루의 시작이었다.

두 사람은 시내에서 가장 손님이 많은 호텔 앞에 도착했다. 호텔 현관으로 이어지는 광장으로 마리오가 자동차를 진입시키자, 그녀가 걱정스럽게 물었다.

"지금 찬드라 호텔로 들어가는 거예요?"

마리오는 대답이 없었다. 엠마뉴엘이 체념할 수밖에 없겠다고 생각한 바로 그 순간 그가 왼쪽으로 급커브를 돌았고, 그녀는 몸이 쏠려 마리오와 부딪쳤다. 호텔이 사라졌다. 두 사람은 이제 성벽처럼 두꺼운 관목 울타리 사이를 지나고 있었다. 게다가 높기까지 한 그 울타리 길에서 올려다본 하늘은 마치 골짜기를 흐르는 시냇물 같았다. 그녀가 설명을 요구하려는 찰나에 남자는 다시 오른쪽으로 차를 돌렸다. 정원이 나타났다.

"거참 이상하네." 그녀가 놀라며 말했다. "울타리 쪽에 이런 출구가 있을 줄은 몰랐어요. 어떻게 여기를 못 봤을까?"

"관목을 적절히 배치해서 눈을 속이는 거죠. 아주 쉬운 일입니다. 잘 아는 사람은 트집 잡을 일이 없죠. 아주 편리하잖아요."

눈앞에 서 있는 건물이 엠마뉴엘을 당황하게 만들었다. '저렇게 엄청난 규모의 건물이 시내 한복판에서 사람들의 눈에 띄지 않고 서 있다니! 내가 거의 매일같이 드나드는 곳에서 말이야!' 흑백의 거대한 더미가 주변의 유일한 실체처럼 느껴졌다.

복합적인 건물들이 대개 배치된 형태와는 다르게, 직선으로 편평한 구조에 아무런 장식도 없었다. 그 대신, 돌이나 벽돌의 간결한 느낌이 아닌 무수한 광채를 퍼뜨리고 있었다. 출입이 제한된 넓은 정원의 나무 사이로 숨겨져 있던 거처를, 마법사가 거대한 다이아몬드로 바꾸어놓은 것 같았다.

"유리로 된 집 같아요! 어떻게 이럴 수 있어요?"

"15~20미터 두께의 유리판으로 이어놓은 겁니다. 철근 콘크리트만큼 튼튼하죠. 열기는 물론 시선도 뚫고 들어가지 못합니다. 모든 방에 희미한 빛이 들어오죠. 창문도 필요 없습니다."

"그럼 공기는 어디로 통하고 있어요?"

"테라스에 설치된 환기구가 있습니다. 에어컨을 통해서 냉방도 하고 환기도 시키죠."

"출입구가 아무 데도 없어요!"

"그렇죠. 다른 방식으로 들어가니까."

자동차가 건물 벽면을 따라 움직이자 외벽에 반사된 빛에 눈이 부셨다. 사면이 모두 같은 모양으로 되어 있었다. 전체적인 느낌이 마치 정육면체의 얼음덩어리 같았다.

마리오가 차를 멈춰 세웠다. 하지만 내리지는 않고 가만히 있었다. 엠마뉴엘이 갑자기 그의 팔을 부여잡았다. 지면이 가라앉고 있었던 것이다. 몇 초 후 그들은 땅속에 도착했고, 마리오는 천천히 시동을 걸어 차를 승강기 밖으로 몰고 나왔다. 빈 승강기는 다시 위로 올라가면서 네모난 하늘을 시야에서 지워버렸다.

천장이 낮고 반원형의 넓은 통로가 설치된 지하실을 푸르스름한 빛이 밝히고 있었다. 한쪽 벽의 화살표 표시등이 켜지자 마리오는 차를 진입시켰다. 잠시 후 또 다른 신호가 방향을 바꾸게 했고, 이어 눈앞에서 철문 하나가 올라갔다. 문턱을 넘어서자마자 문은 둔중한 소리를 내며 입구를 다시 닫아버렸다. 진홋빛 칸막이로 된 방의 시원한 바람이 엠마뉴엘의 긴장된 마음을 누그러뜨려주었다. 주차장이었다. 건물 구조가 아주 잘 짜여 있는 곳이었다.

마리오는 차 문을 열고 그녀가 내리도록 도와주었다. 그리고 아무 설명도 없이 구석의 벽면을 향해 갔다. 아무런 표시도 나지 않고 반드르르하기만 한 벽에서 사각형이 드러나며 자동으로 열렸다. 눈에 보이지 않을 정도로 잘 짜 맞춰놓은 문이었다. 엠마뉴엘이 앞장서 들어간 작은 공간에는 벨벳 의자가 하나 놓여 있었다. 뒤이어 마리오가 들어오자 문이 닫혔다. 겨우 느낄 정도의 움직임과 함께 두 사람은 위로 올라가고 있었다. 보기 드문 침묵이었다. '승강기일 뿐이야.' 그녀는 최대한 침착하려고 애썼다.

"이런 시설을 만들려면 돈이 엄청 들었겠는데요. 어디서 그런 돈이 났을까요?"

"손님들의 돈이죠."

그녀는 생각에 잠겼다.

"여기를 뭐라고 부르나요?"

"이 나라에서는 아무 이름도 없습니다. 외국에서는, 이곳을 소문으로 들은 사람들이 '국제 매음굴'이라고 부르지만, 실제로 어디 있는지 아는 사람은 거의 없죠."

승강기는 기척도 없이 멈췄고, 문이 미끄러지며 열리자 진줏빛 유리벽면으로 된 복도가 나타났다. 두 사람은 걷기 시작했다. 너무 길게 느껴지는 걸음걸음 사이에서도 엠마뉴엘은 출입구와 틈새를 발견할 수 없었다. 이윽고 마주한 원형의 공간은 다시 여러 갈래의 비슷한 복도로 연결되어 있었다. 숲 속의 빈터처럼 밝은 빛을 내는 상부의 돔은 관상대 아니면 사원의 천장을 연상케 했다.

한가운데는 청동 형상이 장식된 고급 나무탁자가 하나 있었고, 그 위에 놓여진 것이라고는 여러 나라 말이 새겨져 있는 수정 프리즘뿐이었다. 엠마뉴엘의 눈에 불어가 들어왔다. 사무관.

그 순간 안쪽으로 휘어진 문이 열렸다. 잠시 들여다본 안쪽의 넓은 사무실에는 젊은 여자들이 타이핑을 하거나 복사기, 우편물 바구니, 서류 분류함, 녹음기, 마이크, 영사막,

전화 등에 매달려 매우 분주했다. 키가 크고 날씬한 여자가 나오더니 두 사람 앞에서 허리를 굽혔다. 딱딱한 태도에 꽤나 속물적으로 보이는 여자는 허벅지 부분 양쪽이 갈라진, 몸에 달라붙는 중국식 옷을 입고 있었다. 화장이나 보석 따위는 하지 않았다.

"이곳의 규칙을 알려 드리겠습니다." 그녀는 대뜸 엠마뉴엘에게 말을 건넸다.

목소리는 날카롭고, 억양은 딱히 규정하기가 어려웠다. 유럽 여자? 아니면 동양 여자? 엠마뉴엘은 그녀에게서 무척 애매한 느낌을 받았다. 그녀가 자기를 예쁘게 봐줄지 아닐지 그것조차 의문이었다. 사무관은 손님들을 자리에 앉게 하지 않았다. 게다가 의자도 없었다. 그녀는 아마도 규칙을 명시해놓았을 법한 가죽 서류철을 손에 들고 있었다. 하지만 열어볼 생각도 안 하는 걸로 봐서 내용을 다 외우고 있는 것 같았다. 아니면 침착해지려고 그냥 서랍에서 꺼내왔던지, 혹은 설명의 공식적인 성격을 강조하기 위한 것인지도 몰랐다.

"등록 절차는 필요하지 않습니다." 여자가 내용을 명시하기 시작했다.

엠마뉴엘은 여사무관이 한 것처럼 가벼운 목례를 보내며 공식적으로 알았다는 표시를 했다. 여자가 말을 이었다.

"저희 기관과 고객 간의 상호적인 의무 사항들은 쌍방의 양심적인 문제에 속할 뿐이라는 사실을 밝혀드립니다. 계약은 서면 또는 구두상으로, 저희 사무국이 선택한 방식으로 체결합니다."

'누군지 알겠어!' 엠마뉴엘이 속으로 외쳤다. '로봇의 음성을 가진 전자인형이야.'

"누구든지 사무국의 비밀 보장 아래 즉시 승인을 받을 수 있습니다. 물론 저희 사무국 자료에는 우리 기관과의 거래에 적합하다고 판단되는, 이곳 도시 거주자들에 대한 신원정보들이 있습니다. 이는 사무국의 결정사항들이 임의적인 것이 아니라, 합당한 절차를 거쳐 이루어진다는 사실을 의미합니다. 사무국은, 무엇보다도 개별적인 자질들을 우선적으로 고려한다는 점을 인지하시고 그 부분에 대해 상세히 밝히지 못하는 점은 널리 양해해주시기 바랍니다."

엠마뉴엘은 도대체 자신이 여기서 일을 할 수나 있을까 의심스러웠다. '저 여자를 위해 내가 가진 게 뭐지?' 엠마뉴엘은 사람들이 저 여자 입 안에서 오르가슴을 느끼기를 바랐고, 여럿이 한꺼번에 저 여자의 몸을 차지하기를, 그리고 저 여자가 혼자 자위하고 있는 장면을 사람들이 구경하길 바랐다. '저 여자 분명히 레즈비언일 거야. 오는 여자는 누구나 할 것 없이…….'(엠마뉴엘은 여자의 속내를 추측해보느라 그녀의 장광설 일부를 놓쳐버렸다. 여자는 아마도 엠마뉴엘을 이렇게 평가해놓을 것이다: 주의가 아주 산만함)

"…… 저희가 요구하는 조건들 중 일부는 공통적으로 해당되는 내용인 까닭에 비밀 보장이 적용되지 않을 것입니다. 따라서 저희 기관의 특혜를 누릴 여자들은 상류층에 속해 있어야 합니다. 우선적인 고려 대상은 법조인을 비롯해 정치가, 고위급 관리, 대학교수, 고급장교, 고위 성직자, 외교관, 예술계 인사, 사업가, 금융계 인사의 아내 또는 딸입니다. 기사 작위를 가진 부친 또는 남편이 있는 여자들의 경우와 마찬가지로, 거액의 기부금이 저희 기관의 등록 승인 절차를 아주 수월하게 해줄 것입니다. 여기는 접견 장치의 자동화 시스템을 갖춘 곳으로 보행자의 출입은 불가하고, 승용차로만 방문을 하셔야 합니다.

당연한 일이지만, 완벽하게 아름다운 여자들만이 우리 저택을 드나들 수 있습니다. 이 점에 있어 저희 기관의 엄격한 관리는 정평이 나 있으며, 시내에서 알 만한 사람들은 다 알고 있습니다. 그래서 이곳에 들어오기 위해 온갖 노력과 술책을 쓰는 많은 사람들이 있긴 하지만 다 쓸데없는 짓일 뿐입니다. 두말할 필요도 없이, 우리 사무국은 청렴하기 이를 데 없습니다.

최소 나이에 대한 제한은 없고, 어릴수록 더 환대를 받게 될 것입니다. 40세 이상의 경우는 아주 까다로운 미학적, 기술적 기준에 부합하는 경우에만 승인됩니다.

사무관은 여자 방문객들에게 일일 접수증을 발부해줍

니다. 배정은 우연하게 이루어지지 않습니다. 각 방마다 크기, 모양, 가구 종류, 기구, 모든 형태가 다르게 되어 있으니까요. 일 년 동안 같은 방을 배정받게 될 확률은 거의 없으며, 같은 방을 요구한다 해도 들어주지 않습니다.

접수가 이루어지기 전은 물론 이루어진 다음에도, 여자분은 맞이하게 될 남자 방문객에 대해 어떠한 종류의 선호 또는 차별이 개입한 특별한 주문을 할 권리가 없습니다. 이 규칙은 남성에게도 마찬가지로 적용됩니다. 또한 후보자의 지위나 미모의 특정 기준을 통과한 경우에만 방문 자격을 부여한다는 사실도 인지해주시기 바랍니다. 저희 기관의 편의시설을 이용하고자 하는 여성분들은, 우리를 관리하는 행정부처의 실사, 판정, 인정 등과 같은 것들에 자부심을 가져도 될 것입니다. 몇 년 전부터 고객 만족도가 흠잡을 데 없을뿐더러 외국에까지 명성을 떨치는 데 큰 기여를 했기 때문이죠. 손님들 중에 일부러 여기까지 여행을 오는 외국분들의 비율이 상당하다는 건 의미심장합니다.

여자 체류인의 접대를 받게 될 남자 손님들은, 원하는 경우에 따라서 개인 또는 단체가 될 수 있습니다. 아니면 사무관의 판단에 따라 결정될 수도 있습니다. 원하는 시간만큼 머물 수 있고, 동시에 여러 여성을 초대해 같이 어울릴 수도 있습니다. 하지만 원하는 수를 확보한다는 보장은 저희가 드릴 수 없습니다. 이 유보 사항만 제외한다면 거의 모든 권리는 당연히 누리실 겁니다. 저희 기관은 이러한 관행을 권장하지는 않습니다. 왜냐하면 회계처리도 복잡한 데다 일반비용 지출이 점점 증가하고 있기 때문입니다. 원칙적으로 여성 손님은 저희 저택에서 오직 한 남자 손님만 선택할 시간이 주어집니다. 이 경우에는 두 분이 같이 동반해서 이곳을 떠나셔야 합니다. 이러한 처분이 여성 손님의 마음에 안 든다면, 사무관이 보내주는 남자 손님을 받아야 합니다. 갑자기 남성 단체를 보내더라도 그 여성은 수용해야 할 의무가 있습니다. 이때 한꺼번에 제공된 남성 단체는 한 몸처럼 간주됩니다. 그러니까 일반적으로 사무관은, 각 여성 손님에게 어울리는 남자 손님들의 숫자나 품질을 판단하는 데 있어 우선적인 위치를 차지하고 있습니다. 따라서 그의 권위에 전적으로 따를 것을 권고하는 바입니다. 사무관이 부여받은 자유재량권은 곧 자타가 공인하는 그의 역량이니까요.

우리 기관에서 요구하는 등록비 수준이 매우 높은데도 불구하고, 지원자 수가 상당히 많은 상황입니다. 따라서 여성 손님들이 우연히 아는 남자친구 또는 남편의 친구와 마주칠 위험성이 매우 높습니다. 이러한 가능성은 저희 규칙과는 별개로 사적인 영역에 속하는 것이고, 그처럼 돌발적 충돌로 인한 어떠한 피해도 저희 측 책임과 무관하다는 걸 꼭 인지해주시기 바랍니다.

저희 기관은 수납된 등록비의 일정 비율을 공제하게 됩

니다. 수익금은 주로 여러 가지 자선사업 또는 확장공사에 쓰이고 있습니다. 저희에게 맡겨진 책무의 중요성에 비해 변변찮게 할당 받는 보수에도 불구하고, 별도의 사례는 사양합니다."

여사무관은 엠마뉴엘에게 신상에 관한 질문은커녕 방금 늘어놓은 조건에 대한 동의 여부도 묻지 않고 따라오라는 지시를 내렸다. 이동하면서 이미 배정된 손님이 2238호에서 기다리고 있다는 설명을 했다. 엠마뉴엘은 두근거리는 가슴으로 그녀를 따라가면서 몸을 뒤로 돌려 마리오를 쳐다보았다. 그는 아무런 인사도, 격려의 말조차도 하지 않았다. 통로만 알 수 있다면 그녀는 지금이라도 달아나고 싶었다. 사무관이 그녀를 들여보낸 방은 정확히 반원형이었다. 마룻바닥은 종단면으로 깔려 있었다. 천장과 벽을 이루며 내려온 돔은 일단 출입문이 닫히자 더 이상 움직이지 않았다. 어디선가 보이지 않는 전등으로부터 희미하고 내밀한 느낌의 빛이 퍼져 나오고 있었다. 실내 장식을 한 천의 색조가 걸음을 옮길 때마다 다르게 보이도록 만드는 조명이었다. 귀를 기울이면 어렴풋이 기척을 알 수 있는 에어컨에서 시원하고 향기로운 바람이 나왔다. 바닥에 깔려 있는 회색카펫은 두께가 얼마나 굵은지 엠마뉴엘의 하이힐 굽이 완전히 다 들어갈 정도였다. 그녀는 신발을 벗어 들었다.

딱히 방으로 쓰일 용도로는 보이지 않는 그 공간에서 제일 눈에 띄는 것은, 한가운데 놓여 있는 침대였다. 틀이나 받침, 다리 같은 건 하나도 없이 모피가 카펫까지 닿게 덮여 있었다. 공간적으로는 조화를 이루고 있었지만, 희한하게도 아주 동그란 모양이었다. 침대 주변으로는 그리스나 마요르카 지역에서 흔히 볼 수 있는, 복잡한 색조에 길이가 긴 양모 융단들이 여러 개 겹쳐 놓여 있었다. 그 외 파랑, 빨강, 보라색의 동그란 의자 세 개, 높이가 다른 쿠션 몇 개, 검은색의 기다란 탁자 하나가 가구의 전부였다. 바닥에서 그리 높지 않은 곳의 벨벳 벽면에는 화려한 금장 액자로 된 커다란 추상화 한 점이 침대의 밝은 색조와 균형을 이루고 있었다.

사무관은 벽에 걸린 그림과 정 반대편으로 가더니 손을 짚었다. 그러자 벽면의 일부가 열리며 욕실이 나타났다. 천장과 네 벽면은 방 안의 곡선적인 공간과 대치되는 직선, 그리고 각으로 이루어졌고, 전부 거울로 덮여 있었다. 엠마뉴엘은 바닥조차도 유리처럼 매끄럽고 반짝이는 소재로 되어 있다는 걸 알았다. 도처에 그녀의 모습이 생생하게 비치고 있었다.

수영장만큼 커다란 욕조가 바닥 아래로 오목하게 파여 있었다. 안쪽 측면과 바닥 또한 거울을 입혔고, 솔잎 향이 풍겨나는 연초록색 물이 4분의 3 정도 채워져 있었다.

여러 가지 크롬강 도구들이 벽에 고정돼 있거나 선반에

놓여 있었다. 그녀는 이미 경험해본 적이 있는 진동 마사지기를 쉽사리 알아볼 수 있었다. 여러 형태의 샤워기들 중 어떤 헤드는 음경으로 된 모양이 분명했다. 하지만 몇몇 다른 것들은 도무지 짐작이 가지 않았다.

뒤편에서 느껴지는 어떤 기척이 그녀를 골똘한 생각으로부터 끌어냈다. 엠마뉴엘은 몸을 돌렸다. 곡선으로 된 문틀 앞에 두 남자가 서 있었다.

"손님의 고객입니다." 사무관이 중간 정도의 목소리로 말했다.

엠마뉴엘은 그녀에게 매달려 잠깐만 기다려달라고, 적어도 마음의 준비를 할 시간이라도 좀 달라며 구걸하고 싶었다. 하지만 사무관은 그녀를 매몰차게 혼자, 우스꽝스럽게 남겨두고 사라졌다.

그녀는 자신의 거북한 처지를 털어놓고, 이곳 관행에 대해 전혀 경험이 없는 초보자라는 사실을 밝히며 남자들의 관용을 구하는 게 더 솔직한 모습이 아닐까, 생각했다. 하지만 남자들은 분명히 세련되고 노련한 여자를 찾아왔을 테고, 그런 말은 들은 척도 하지 않을 것이었다. 그럼 사무국에 환불을 요구하고 환불을 받고, 엠마뉴엘은 창피를 뒤집어쓰게 될 것이지 않은가. 그녀는 펄쩍 뛰었다. 그런 수모를 받을 수는 없었다. 엠마뉴엘은 지금이야말로 자기 자신이 뭔가에 어울리는지를 알아볼 수 있는 기회라고 여겼다.

그렇게 생각하자 엠마뉴엘의 얼굴에 미소가 피어났다. 그 미소는 너무나 화사했고, 그녀는 아무것도 더 생각할 필요가 없었다. 그녀의 첫 손님들에 대한 정복은 그렇게 이루어졌다. 두 남자가 욕조로 다가왔다. 그녀는 어린 소녀의 순진한 모습으로 가장 가까이 있는 남자에게 입술을 내밀었다. 그러고는 그의 넥타이를 풀고, 와이셔츠의 단추를 풀고, 완전히 옷을 벗겼다. 이국적일 정도로 감미로운 그녀의 손길은 남자를 놀라게 만들었다. 두 번째 남자에게도 마찬가지의 배려를 쏟은 다음 그녀는 우아하게, 자신의 행위예술을 그들이 즐길 수 있도록 천천히 옷을 벗었고, 욕조계단을 내려가기 시작했다. 허벅지가 반쯤 물에 잠겼을 때, 그녀는 몸을 돌려 남자들에게 따라 들어오라는 손짓을 했다.

남자들은 여기저기 물을 튀기며 그녀를 애무했고, 몸을 안았다. 그녀는 남자들을 너무 열심히 위해주느라 정작 자신은 쾌감을 즐길 생각조차 하지 않았다. 그녀는 두 사람이 그녀의 헌신적인 봉사를 칭찬하는 소리만으로도 충분한 보상이 되었다. 그녀는 남자들이 굳이 애를 쓰지 않아도 되도록 최선을 다했다. 그녀는 남자들의 욕망을 앞서갔고, 따뜻한 물속에 있는 자신의 가벼운 몸을 활용했다. 오랜 변주곡 끝에 두 남자는 동시에 정액을 쏟아냈다. 한 명은 그녀의 입 속에, 다른 한 명은 그녀의 질 속에. 그러고 나서 그녀는 두 사람의 몸을 씻기고 말려주었다. 그들이 하얀 모피침대에 누워 쉬는 동안 그녀는 다시 입으로 애무를 해주었다.

남자들이 방을 나가자마자 스피커의 둔한 목소리가 엠마뉴엘에게 새로운 손님을 맞이할 준비를 해달라는 통지를 했다. 그녀는 샤워기 근처에 걸려 있던 초록색 실내가운을 가지러 달려갔다. 겨우 옷을 걸쳤을 때 사무관이 다시 나타났고, 까무잡잡하고 키가 큰 한 남자를 방에 들여놓고는 곧 사라졌다. 엠마뉴엘은 깔깔 웃음을 터뜨렸다. 해군 장교였던 것이다.

"이제 보니 부인은 필요한 곳마다 계시는군요." 남자가 감회를 털어놓았다.

엠마뉴엘이 남자에게 둘이 함께 이 유리 집을 떠났으면 좋겠다고 말했다. 그건 그녀가 베풀어줄 만족감에 달린 문제라고, 그가 대꾸했다. 두 사람은 너무나 완벽하게 관능적인 오후를 보내며 많은 것들을 했고, 많은 얘기들을 나눴다. 엠마뉴엘은 자기가 그저 사랑에 빠진 상태였더라면 그렇게 좋은 결과를 얻지는 못했을 거라고 생각했다.

"새로운 규칙을 만들었어요." 그녀가 의기양양하게 말했다. "읽어드릴까요?"

"제가 그렇게 좋은 심사원은 못될 것 같은데……." 안나 마리아가 대답했다. "제가 부인이 듣고 싶어 하는 칭찬을 못 해드려도 서운해 하지 마세요. 제 결함을 잘 아시잖아요."

"걱정하지 말아요." 엠마뉴엘이 너그럽게 말했다. "언제든지 설명해달라고 부탁해요. 난 오늘 아침, 아주 교육자 같은 기분이거든요."

"어쨌든 그러니까 현재의 규칙은 부인의 마음에 안 든다는 거죠? 새내기의 열광이 벌써 식어버렸나 봐요?"

"그 반대로, 타오르고 있는 중이에요! 내 창조적 상상력도 함께요. 그 집에 대한 관심이 너무 커서 말이죠, 나는 그곳에서 시대를 앞서가고, 새로운 길을 열고, 놀라운 진보를 이뤄내는 걸 보고 싶어요. 구태의연한 상태에 빠져버린다면 정말 실망스러울 거예요."

"이미 그렇게 돼버렸잖아요. 매음굴처럼 케케묵은 곳이 어디 있어요?"

"알지도 못하면서 그러지 말고, 한번 같이 가봐요. 얼마나 현대적이고 예기치 못한 일들 투성인데요. 한가지 언짢은 건, 여자들만 매춘을 할 수 있다는 거예요. 아직도 좀 시대착오적인, 성차별의 잔재가 남아 있는 거죠."

"그럼 부인은 그곳에 남자들도 있었으면 좋겠어요?"

"그럼요. 남자들이 우리보다 권리를 덜 누려야 할 이유가 없잖아요."

"저는 부인이 의무감으로 몸을 파는 줄 알았는데요?"

"변형의 세계에서 의무와 권리는 똑같은 거예요."

"참, 그렇죠! 내가 도대체 정신을 어디다 두고 있는 거야?

그럼 부인이 제안하는 규칙도 그 사실을 감안한 거겠죠?"

"그건 아가씨가 판단해요. 어쨌거나 뭐든지 일방적이어서는 안 된다는 생각에 근거를 두고 있어요. 색정적인 사랑은 능동적이지도 수동적이지도 않고, 주체도 객체도 없어요. 자유는 함수가 아니거든요."

"뭐라고요?"

"있다 해도 상호적인 형태겠죠. 매춘은 그런 모양이어야 해요."

"하나도 이해가 안 돼요."

"그래도 괜찮아요. 자, 내 규칙의 새로운 내용은 이래요."

첫째, 성별을 구분하지 않는다.

둘째, 클럽의 모든 회원은 무차별적으로 선택하거나, 선택되어질 수 있다. 예를 들어, 여성은 남자의 재능을 칭찬하거나 자신의 재능을 베풀기 위해 이 유리 집에 올 수 있다. 전자의 경우, 여성은 돈을 지불하고 지시를 내린다. 후자의 경우, 여자는 돈을 받고 복종한다. 단, 이때 여자는 마음껏 자신의 욕망을 만족시키기 위해, 또는 지친 남자의 휴식이 되어주기 위해 있는 것이다.

"두 조항을 한꺼번에 만족시킬 수는 없나요?"

"신체적으로는 그럴 수 있어요. 하지만 정신적으로 역할을 도치시킨다는 건 쾌락을 다양화시켜야 하는 문제로 넘어가는 거예요."

"그렇구나!"

"뭘 좀 이해했어요?"

"계속하세요."

셋째, 각 회원은 개인 계좌를 하나씩 개설한다. 회원이 선택을 하러 올 때는 차변에 '선택' 표시를 한다. 그 반대의 경우, 대변에 표시한다. 규칙의 기본은, '선택'권을 가지기 위해서는 적어도 한 번 이상은 선택되어야 한다는 것이다. 다시 말해, 대변이 차변보다 항상 액수가 우세해야 한다. 결손은 허용되지 않는다.

"이자를 내도 안 돼요?"

"참, 그것도 고민을 좀 해봐야겠네요! 좋은 생각이 났어요. 예술적인 가치를 지닌 이자율을 정하는 거예요. 예를 들어, 아이들을 매춘시키면 이자를 면제시켜주는 거죠."

"그런 끔찍한 소릴!"

"아이들이 예쁘면 말이죠. 내세울 만한 아이들이 없는 사람들은 다른 사람들한테 빌려서 보내도 되고, 아니면 숨겨둔 여자친구를 보내는 거죠. 처녀를 우선적으로."

"부인의 상상력은 아주 자연스럽게 죄악으로 향하고 있다는 걸 아셔야 해요."

"아가씨 생각에 숫처녀는 그냥 그대로 머물러 있어야만

하는 건가 봐요?"

"더 좋은 곳이 얼마든지 있는데 처녀성을 잃어버리기 위해 반드시 매음굴로 가야 해요?"

"정말 더 좋은 곳이 있을까 모르겠네요. 근데 아가씨, 요즘 나한테 신령이 내린 것 같지 않아요? 어쨌거나 그곳에 가기 전에는 이만큼 많은 생각이 떠오르지 않았거든요. 다시 회계 문제로 돌아가볼게요. 월말이 되면 각자 자기 몫을 받는 거예요. 다시 말해, 채무에 대한 채권의 잉여분을 지급받는 거죠."

"부인의 회계 방식은 타당성이 좀 없어요. 어떻게 모든 계좌의 잔고를 플러스가 되게 하시려고요?"

"전문가의 자문을 받으면 되겠죠. 재정은 내 분야가 아니라서요."

"안 봐도 알겠네요. 근데 왜 현금 거래는 안 하세요? 투명성을 원칙으로 하시는 건가요?"

"모든 사람이 몸을 팔도록 하려면 그래야 하거든요. 안 그러면, 몸을 사러 오는 사람들밖에 없어요. 그건 또 소유 계급을 이롭게 하는 거잖아요."

"저, 부인의 사회적 배려가 담긴 고뇌에 감동했어요."

"당연히 그래야죠! 내가 소유 계급이라고 지적할 때, 그건 아가씨가 즐겨 말하는 '배우자'를 염두에 두고 말하는 거예요. 자기 아내의 소유자, 마치 희귀 고서의 소유자 같은 사람들 말이에요. 그 사람들은 돈을 주고 다른 여자를 얻기 위해 유리 집으로 달려오죠. 그런데 자기 여자한테는? 돈을 안 주려고 해요."

"그러니까 부인은 여성 권리 회복 운동가, 뭐 그런 입장이시네요."

"아니죠! 난 남자들의 입장에서 얘기하는 거예요. 남자들이 매춘을 통해 관능적 쾌감을 즐기지 못하는 건 부당해요. 현재로선 그 행위를 좋게 여기지 않는다 해도 말이에요."

"애타심도 깊으세요! 푸리에 시대의 공상적 사회주의자로 태어났으면 좋았을 텐데요."

"나한테는 지금 시대가 어울려요. 그런데, 아가씨도 부자가 되려고 유리 집으로 오는 건 불가능하다는 걸 아셔야 해요. 왜냐면 적어도 수익의 반은 '선택'이라는 형태의 현물로 지출되어야 하니까요. 그 기관의 목적은 경제적인 게 아니라 박애적인 것에 있거든요."

"매춘이 아니라 자선사업이군요. 생계 지원 사업장에 가듯이 가야겠네요. 솔직히 말해 전 스스로 좀 선정적이라고 여기거든요. 따라서 그곳은 점점 더 매력이 없어지네요."

"잠깐만요, 이건 아셔야 돼요. 남성이든 여성이든 어떤 고객이 출석해서 요구를 하면, 사무국에서 그날 선택되기 위해 와 있는 남자 또는 여자 손님들의 리스트를 보여줘요. 단, 그 고객이 '선택'의 권리가 있을 때, 다시 말해 그의 계좌가 플러스 상태일 때만 그렇게 해주는 거예요. 그런데, 고객이 리스트를 요구하는 그 순간부터 '선택'에 해당하는 비용이 차변에 기록돼요. 마음에 드는 사람이 없거나 아무런 행위도 없이 그냥 가더라도 말이에요. 호기심은 허락되지만, 그만큼의 사치는 지불해야 하는 거죠. 바로, 색정적인 가치가 인정되는 상황이 이런 거예요."

"그럼 단지 이름만 보고 판매 대상자의 품질에 대한 평가를 내려야 한다는 거잖아요? 아마도 클럽의 회원들끼리는 누가 누군지 다 알겠죠?"

"전혀 모르죠. 계속 새로 선발된 고객들을 추가시키거든요. 그 부분이 이 제도의 최대 장점이죠. 미지의 유혹."

"그래도 이름은 등록하잖아요."

"가명을 쓰더라도 아무 문제 없게 돼 있어요."

"그럼 선택이 아니고 복권 놀이네요, 뭐."

"뭐, 좋을 대로 부르세요. 하지만 모든 번호가 다 당첨이고, 모든 경품이 다 봐줄 만하죠."

"못생긴 여자들은 기회가 없나요?"

"전혀 없죠."

"그게 공평하다고 생각해요?"

"대신 아가씨가 말하는 낙원이 있잖아요."

"하늘은 추한 것을 위해 있는 게 아니에요."

"지상은 아름다운 것을 위해 있어요."

"부인의 클럽은 하나도 도움이 안 될 거예요."

"자, 그러지 말고, 아름답게 내기를 한번 해보세요! 아가씨의 편견은 잊어버리고 공평하게, 내가 정한 규칙을 어떻게 생각하는지 말해봐요."

"나빠요. 남녀 상호성 제도라는 명목으로 이 땅에 색정주의 신전이나 세우려 들고 있잖아요. 그 신전에서 부인은 여신이라면서요? 유일하게 그렇게 될 수 있는 존재, 라고 말하셨잖아요. 사람들이 여신의 호의를 돈 주고 산다면 그건 이해될 수 있어요. 그런데 여신이 신봉자들의 호의를 돈 주고 산다면 어떻게 되겠어요? 사랑을 나누면서 남자들은 여신을 경배하고 섬기겠죠. 그러면서 여신이 돈까지 내게 만들고요. 블랙코미디치고는 좀 심하지 않아요? 여신이 신도들한테 돈을 내게 만들면, 신성한 건 어디 가서 찾아요?"

"황금처럼 귀한 말씀이군요. 계속해요."

"부인께서 색정주의의 논리를 가지고 미학적인 도덕을 세울지, 아니면 평등주의적 이상향을 세울지 그건 모르겠어요. 하지만 행여 이상향이라면 미리 말씀 드리는데, 그건 새로울 것 하나 없는 거예요. 벌써 감옥 문처럼 생긴 게 눈에 들어와요. 부인의 클럽은 미래의 키티라 섬이라기보다는 사회주의 공동체 같아요. 입주자들끼리 마음이 맞아서 성 구별도 할 필요 없이 다들 고만고만하게 잘 지내겠죠. 근데 저는 제 모습 그대로 있을래요. 여자로, 혼자 예쁘게, 혼자 귀하게, 혼자서 스스로를 갈망하며, 이 세상에 나를 팔 수 있는 인간이 있다면, 오직 나밖에 없는, 그런 특권을 갖고 지낼 거예요! 사랑을 갈망하는 남자들이 옆에서 저마다 팔을 뻗쳐오는, 그런 자리에 있을 거라고요!"

"아가씨가 옳다고 여겨지는 건 처음이에요."

엠마뉴엘은 규칙을 적은 종이를 동그랗게 말더니, 코코넛 나뭇잎들이 흩어져 있는 테라스 너머로 있는 힘을 다해 던져버렸다.

다른 어느 날, 엠마뉴엘은 안나마리아에게 이렇게 털어놓았다.

"어떤 남자가, 너무 지쳐 나한테 섹스를 해줄 수가 없었는데, 그 사람이 사랑은 어리석은 짓이라고 말했죠. 이제 나는 그 생각이 틀렸다는 걸 알 만큼 충분히 배웠어요. 사실 사랑이란, 지성을 일관성의 한계로부터 벗어나게 해주기 위해 인간이 발견한 수단이에요."

방 안은 병원처럼 아주 하얀색이었다. 제일 먼저 엠마뉴엘의 눈길을 끈 물건은 8자 모양 비슷한 의자였다. 가운데가 다른 곳보다 움푹 들어가 있는 게 아무래도 두 사람이 마주 보고, 아니면 앞뒤로 앉아 성행위를 하는 걸 거라고 그녀는 추측했다.

방은 커튼을 내려 양쪽으로 갈라놓았다. 그 이상한 간이 의자 외에, 체조대처럼 생긴 받침 위에 올려놓은 진열장이 있었는데, 그 안에는 여러 가지 소재로 만든 물건들이 전시돼 있었다. 실물 크기의, 노새나 개 같은 동물의 성기, 수갑, 채찍, 산부인과용 거울, 그리고 고무 펌프로 이어진, 반원 모양의 괴상한 유리그릇 두 개……. 엠마뉴엘은 그게 여자들을 짜내는 기계라고 생각했다. '쾌감이 엄청날 거야!'

유리 벽을 따라 설치해놓은 두 개의 전시대 위에는 더 이상한 형태의 구조물들이 있었다. 첫 번째 물건은, 물러 보이는 황동색의 금속제로 여자의 몸 형태에 맞춰 오목하게 파인 것이었다. 팔과 다리에 해당되는 두 개의 분리된 홈통이 있었고, 가슴 부분에는 두 개의 빈 공간이 갖춰져 있었다. 머리는 펜싱용 마스크처럼 생긴 것 안에 놓이는 것 같았다. 마스크의 입 부분에서 노르스름한 연기가 새어 나오는 것 같아 자세히 봤더니, 가슴과 음부를 받아들이는 곳에서도 연기가 서려 있었다. 엠마뉴엘이 몸을 숙여 냄새를 맡아보자 대번에 칼날을 맞은 것처럼 예리한 느낌이 음핵과 젖꼭지를 찔렀다. 너무 정확히 가해진 자극에 하마터면 그녀는 오르가슴을 느낄 뻔했다. 그녀가 머뭇거렸다. '그냥 지금 당장 저 주형에 몸을 맡겨버리면 되지, 기다릴 게 뭐 있어?' 그녀는 전면 단추로 된 여름 원피스를 순식간에 벗어버렸다. 물론 속에는 아무것도 걸친 것이 없었다. 그런데 다른 받침대 위의 형체가 그녀의 첫 번째 충동을 멈추게 했다.

두꺼운 매트리스 위에 완벽한 키, 몸매, 피부의 발가벗은 여자가 잠들어 있었다. 엠마뉴엘이 몸을 만져보았다. 진짜 살보다 더 부드러운 촉감의 인형이었다. 뜨겁지도 차갑지도 않은 피부에 실제와 똑같이 만들어놓은 입, 그리고 음부의 형태가 놀라웠다. 그녀는 얼굴을 인형 가까이 대고 손가락으로 입술을 살짝 열어보았다. 조금 전과는 다른 냄새가 새어 나왔다. 쉽게 표현하기 어려운, 좀 불쾌한 느낌이었다. 아래쪽으로 내려가 질 속을 살펴보니 따뜻한 감촉과 함께 가스로 채워져 있는 걸 알 수 있었다. 구성적으로 볼 때는, 남자용으로 그들만이 쾌감을 느낄 수 있도록 만들어놓은 것 같았다. '커튼 너머에는 뭐가 있을까?'

그녀는 원피스를 쿠션 위에 던져버리고 커튼 쪽으로 걸어가 장막을 밀친 다음 뒤편으로 들어갔다. 시트가 덮인 네모난 침대가 보였다. 옷을 입은 두 남자가 침대에 팔을 걸치고 양쪽에 앉아 있었다. 건장한 모습의 두 사람은 외모나 몸가짐이 꼭 쌍둥이 같았고, 주름진 황색 얼굴에 가늘게 찢어진 눈을 하고 있었다. 그들은 엠마뉴엘이 들어와도 고개를 돌리지 않았다. 마치 과학실험을 하는 연구원처럼 주의 깊게 침대에 누워 있는 몸을 살펴보고 있었다. 남자 같은 상체에 털을 모두 밀어버린 음부와 우아한 다리, 홍옥빛 피부를 하고 있는 여자였다. 그 몸은 바로 비의 몸이었다!

'죽었을까?' 그녀 역시 경직된 상태로 몸을 내려다보았다. 그런데 얼마 있다가, 누워 있던 비가 눈을 뜨며 웃음을 지어 보이더니 지켜보고 앉은 남자들을 차례로 바라보았다. 그리고 한숨을 내쉬었다.

"정말 환상적이야(So fantastic)!" 한 남자가 영어로 외쳤다.

엠마뉴엘의 입에서 한숨이 새어 나왔다. 지난 팔월 중순, 엠마뉴엘이 마리안느의 어머니 집에서 차를 마시고 있던 오후, 비단 정장을 입고 나타났던 비였다. 그때의 모습처럼 지금의 나체도 그녀에게 잘 어울렸다.

"너를 다시 만나다니, 얼마나 기쁜지 모르겠어!" 비는 한 남자의 어깨에 손을 짚으며 일어나 앉았다.

그녀는 그때처럼 행복한 목소리와 환한 얼굴이었다. 그녀의 커다란 회색빛 눈으로 전해지는 다정한 느낌이 엠마뉴엘을 울컥하게 만들었다.

"알고 있는 사이군요." 한 고객이 알아듣기 힘든 불어로 말했다. "그럼 두 분이 같이 섹스하세요."

엠마뉴엘이 다가갔다. 그리고 침대 옆에 꿇어 앉아 방금 말한 남자의 눈을 보며 지시를 기다렸다. 그는 아무 말도 하지 않았다. 그녀는 비를 향해 몸을 돌렸고, 누가 먼저 동작을 취하게 될지 궁금해하며 기다렸다. 비가 먼저였다. 그녀는 두 팔로 옛 애인의 목을 감싸 앞으로 당긴 다음 젖가슴을 맞대고 끌어안았다.

"기억하지?" 비가 말했다. "네가 나한테 가르쳐준 거야."

그녀는 허벅지를 엠마뉴엘의 음부 위로 가져가 문지르며 말을 이었다.

"나, 그 이후로 실력이 많이 늘었어."

허벅지에 이어 그녀의 손이 노련하게 미끄러져 들어왔다. 엠마뉴엘은 속으로 놀라며 비가 정말 달라졌다고 생각했다. 이제는 비의 입이 그녀의 젖가슴으로 왔고, 그다음 그녀의 입을 향해 왔다. 그토록 기다렸던 비의 입이었다.

그런데 정작 엠마뉴엘은 무기력하게 있었다. 아무것도 느낄 수가 없었던 것이다. '세상에! 내가 불감증이 돼버렸어.' 그녀는 자신의 질 입구로 파고드는 비의 손가락과 혀의 놀림에 몸을 내맡기려고 애썼다. 갑자기 아주 어렸을 때 잠이 들지 않은 상태로 편도선 수술을 받던 날이 기억났다. 부분 마취로 통증은 느끼지 않았지만 그녀의 감각적 의식은 살아 있었다. 목 안에서 일어나는 처치 과정을 하나도 빼먹지 않고 따라가고 있었다. 어딘가를 집게로 잡고, 뭔가를 자르고…… 아프다는 걸 스스로 느껴보려고 노력했지만, 실제로 자신의 몸은 고통스럽지 않았다. 신체적인 감정을 전혀 느낄 수 없었다. 불안을 외치고 쾌감을 느끼면서 기쁨과 아픔을 나누는 존재들의 세계로부터 완전히 떨어져 나온 것처럼, 그녀는 사람들이 자기 몸을 가지고 저지르는 행위에 완전히 냉담했고, 무력하고, 무관심하게 되어버린 것이었다. 피 한 방울 흘리지도 않고 뭔가를 만지고 자르는, 냉정하고 멸균된 세계였다. 몹시 역겨운 구토가 어린 엠마뉴엘의 가슴을 치받았다. 그제야 의사들은 수술을 중단하고, 어린 엠마뉴엘을 진정시킨 다음 잠이 들게 해주었다. 그때와 비슷한 역겨움이 지금의 그녀를 엄습해왔다. 하지만 무감각한 자신을 더 이상 용납할 수 없었던 그녀는 몸을 홱 돌려 베개에 얼굴을 묻었다.

'내가 왜 이러지?' 엠마뉴엘은 베갯잇을 깨물며 당황스러워했다. '도대체 내게 무슨 일이 일어난 거야?' 그녀는 비의 얼굴을 떠올리며 그토록 기다렸던, 그리고 사랑했던 자신의 마음을 되새기려고 애썼다. 그리고 속으로 되뇌었다. '오, 나의 견고한 대지여! 날갯짓으로 나를 부르는 아름다운 사람이여! 오, 그대 나의 아름다움, 나의 부드러운 사람! 날갯짓으로 나를 부르는 약속의 항구여! 나의 아름다운 대지, 나의 항구, 나의 날개……' 말이 헛돌며 텅 빈 그녀의 머릿속으로 달아나고 있었다. 무슨 말인지 스스로도 이해가 되지 않았다. '비! 난 전설 같은 사랑으로 그녀를 사랑하겠다고, 사계절보다 더 충실하겠다고 맹세하지 않았나? 부재의 끝에서, 망각의 끝에서라도 그녀를 부르겠다고 다짐하지 않았었나?'

엠마뉴엘은 고뇌와 분노에 찬 얼굴로 몸을 일으켰다. 비를 쳐다보지도 않고 침대에서 뛰어내린 그녀는 곧바로 걸음을 옮겨 커튼을 밀치고, 건너편으로 가 옷을 집어 든 다음 입구로 계속 걸어가 문을 열고 나갔다. 한동안 긴 복도를 따라 걸었다. 아무것도 눈에 들어오지 않았다. 한 남자가 그녀를 멈춰 세우며 뭔가를 부탁했지만 무슨 말인지 알 수 없었다. 자기 자신이 대답하고 있는 목소리가 들려왔다.

"미안해요. 오늘은 안 되겠어요."

그녀는 옷을 손에 든 채 계속 걸어가며 통로와 통로를 맴돌았다. 결국 문 하나가 열리며 복잡한 지하 갤러리로 들어가는 입구를 허락했다. 그녀는 유리 집을 나와 최면에 걸린 사람처럼 도시의 현란한 빛과 외침 사이로 차를 몰았다. 오는 도중 열 번이나 사고를 일으킬 뻔한 것도 의식하지 못했다.

장이 기다리고 있었고, 두 사람은 식탁에 마주 앉았다.

"오늘은 우리 일찍 잠자리로 가요. 그리고 섹스를 많이 해요. 내가 아직도 당신을 사랑하는지 알고 싶어요."

"아직도 그런 의심을 한다는 거지?"

"꼭 그런 건 아니지만, 그래도 확실한 게 좋잖아요."

"만약 내가 남편이라면," 엠마뉴엘이 안나마리아에게 말했다. "아내가 가능한 한 가장 많은 수의 남자들과 섹스를 하길 바랄 거예요. 물론 여자들하고도요. 내가 끊임없이 그녀를 위해 신선한 남자 애인, 여자 애인을 찾아줄 거예요. 그리고 내 관계의 폭을 더 넓혀서 아내에게 기회를 더 늘려주겠죠. 우리 집은 도시에서 가장 환대가 후한 곳이 될 거예요. 단, 여주인을 유혹할 각오를 품어야 들어올 수 있어요. 모르는 남자를 만날 때마다 이렇게 생각할 거예요. '이 사람이 내가 사랑하는 여자의 몸을 명예롭게 해줄 수 있을까? 그게 아니라면 괜히 대접하느라 시간 낭비할 필요 없지.' 내 아내를 품지 않는 남자는 누구를 막론하고 내 친구가 될 자격이 없어요. 왜냐면, 그녀를 잘 알면서도 몸을 원하지 않는다는 그런 모욕적인 태도를 내가 어떻게 봐주겠어요? 그리고 나는 주위 사람들에 대해 아내가 가지고 있는 취향과 똑같은 취향을 가질 거예요."

"다시 말해, 모든 좋은 남편은 포주의 정신을 갖고 있어야 한다는 건가요?"

"만약 포주가 아내를 너무 사랑해서 끊임없이 애무로 채워주고 싶어하는 남자를 의미한다면, 그래야 하죠. 좋은 남편은 온 세상 사람들이 사랑하는 아내를 향해 손을 뻗고, 만지고, 오르가슴에 이르게 해주길 바라거든요."

"말도 안 돼요. 아무도 온 세상 사람들하고는 성관계를 가질 수 없어요."

"못하죠. 그걸 왜 모르겠어요. 그러니까 유감인 거죠. 하지만 최소한 아주 많이는 해야 해요! 난, 남편이 나를 자기 친구들에게 주기만 하는 게 아니라 벽보에도 붙이고, 전시도 하고, 진열하고, 그랬으면 좋겠어요. 내 몸을 파는 건, 나를 잃는 게 아니라 오히려 얻는 거예요. 난 그 사람을 사랑하고, 그를 위해 부가가치가 될 수 있는 게 자랑스러워요."

"따라서 인생은 포주와 매춘부 이야기로 귀결되는 거네요. 그리고 중용의 법이 유일한 법이 되는 거고요?"

"매춘이 결함으로 비쳐지는 사회에서 포주는 아주 나쁜 남자로, 매춘부는 창녀로 다루어진다는 사실을 놀라워할 필요가 있을까요?"

"그렇다면, 그런 불순한 관습이 더 이상 허용되지 않는 새로운 공화국 건설 계획 같은 것도 가지고 계시겠네요?"

"없어요. 지난번에 아가씨가 내 계획을 수포로 만들어놓고선……."

"그럼 신권을 법으로 정해놓고 제도화하면 되잖아요."

"안 그래도 그럴 참이에요."

"네?"

"신법을 돌판에 새길 거예요."

"그거야말로 좋겠네요! 어서 그 계시를 받고 싶어요!"

"모세에게 일어난 일 기억하시죠."

"너희의 하나님은 그리 질투가 많지 않도다!"

"분명히 약속의 땅을 원하시는 거죠, 아가씨?"

"허튼 소리하지 않을게요! 얼른 부인의 십계명을 보고 싶어요."

엠마뉴엘은 자기 방으로 가 서류철을 찾아오더니 자필로 적은 종이 한 장을 꺼냈다.

"여자여, 이것이 네게 주어진 법이니, 별이 가득한 하늘에서처럼 남자들의 왕국이 있는 땅에서도 사랑의 권세가 이루어지도록 하라."

연애술의 십계명

1. 오직 에로스만이 너를 행위로, 모습으로, 심판으로 명예롭게 하리라
2. 너는 밤낮으로 꿈꾸듯이 사랑하라
3. 너의 가슴과 다리를, 그리고 쾌감을 자랑스럽게 보여주어라
4. 너는 만인 앞에서 옷을 벗어라, 누구든지 너를 품을 수 있도록
5. 누구든지 원하는 대로 너의 육신에 이를 수 있게 하라
6. 너는 너의 탐욕스런 혀로 오래 뿜어져 나오는 정액을 누리리라
7. 남녀를 막론하고 너의 애무의 손길을 통하면 연인의 몸이 되리라
8. 한 명 이상의 남자에게 너는 연달아 또는 한꺼번에 몸을 베풀어라
9. 너의 주인들이 네 몸을 선물로 쓸 수 있도록 허락하라
10. 정부여, 너는 매춘을 하면서 너의 몸을 숭고하게 하리라

두 여자는 깔깔거리고 웃었다. 안나마리아가 말했다.

"부인의 색정주의 노선을 아주 잘 요약한 것 같아요. 저런 방식이 사랑이라는 건가요?"

"아니, 사랑이라고 할 수는 없죠. 하지만 이 법을 벗어난 사랑은 사랑이 아니에요."

…… 불의 해변에 놓인, 그녀의 발가벗은 다리들

"곁에 있는 여자가 형의 아내야?"

"곁에 있는 게 아니라 내 안에 있어. 그녀는 나야. 네가 그녀를 나와 다른 사람으로 본다면, 너는 제대로 볼 줄 모르는 사람이야."

장 지로두, 〈그라쿠스 형제〉, 1막 3장

결코 나의 반쪽에 닿을 수 없는 길 위로
오늘도 나는 걸음을 옮긴다.

알렉산드로 루스폴리, 〈침묵의 맥박〉

연꽃이 피어 있는 뱃길을 따라 도로가 펼쳐져 있었다. 수채화 같은 바다의 풍경은, 이따금 노를 저어가는 돛단배들이 갈라놓았지만 곧 되살아나곤 했다. 거대한 양수기가, 빨아들인 물을 열기로 갈라진 논바닥과 과수원에 대주고 있었다. 한 무리의 승려들이 줄지어 벌레 소리가 나는 비탈길을 오르고 있었다. 경건한 여신도들은 새벽녘에 바친 공양을 담은 구리사발과 함께 아주 무겁고 거추장스럽게 보이는 양산 같은 것을 접어 하나씩 들고 있었다.

"왜 저리 짐들이 많아요?" 엠마뉴엘이 의아해서 물었다. "해가 저렇게 높이 떴는데 양산은 사용하지도 않으면서."

"저건 양산이 아니고 텐트야." 장이 설명했다. "밤이 되면 걸음이 멈춘 곳에 저걸 치고, 몸을 돌돌 말고 누운 다음 황색 옷자락을 걷어내지. 그렇게 잠들어. 귀한 물건을 다 내놓고 말이야."

"비가 오면요?"

"젖으면 되지."

"건기가 된 다음에 순례를 떠나면 되잖아요."

"건기야, 오늘부터. 저녁때 보름달이 뜨면, 바나나나무 잎사귀와 코코넛 껍질로 만든 수많은 꼬마 배들이 돛 대신 양초를 세우고, 꽃과 향을 싣고, 강과 운하를 떠다닐 거야. 물의 모신(母神)에게 공물을 바치며 행운을 비는 러이 끄라통(Loi Krathong) 축제일이지. 사랑이 맺어지고, 약혼을 하고, 약혼자들은 결혼식을 올리는 날이야."

"그러면 다른 날엔 사랑하지 않는 거예요?" 안나마리아가 괜히 분개하는 시늉을 했다. "장마가 끝나기를 기다려야 하는 거라면, 우리 엠마뉴엘은 딱해서 어쩌나?"

"계절을 아주 짧게 깎아버리면 되지 뭐." 엠마뉴엘이 말을 받았다.

"기다리는 사람들은 자기가 원해서 그렇게 하는 거지." 장이 중간에 끼어들었다. "근데 과연 기다리는 걸까? 사랑이 걸린 문제라면 다들 거짓말을 밥 먹듯 하는걸."

"바로 그거예요." 엠마뉴엘이 말했다. "그래서 난 사랑을 다른 사람들만큼 안 좋아해. 그 대신 내가 좋아하는 건 진실이에요."

세 사람은 로드스터 앞자리에 나란히 앉아 있었고, 안나마리아는 장과 엠마뉴엘 사이에 끼어 있었다. 그 전날, 장은 국경 근처로 출장을 다녀와야 한다고 했다. 그가 예상한 여정은 파타야를 거쳐 가는 길이었기에 엠마뉴엘은 쾌재를 외쳤다.

"그럼 마리안느를 보러 가요!"

"가는 길에는 시간이 안 돼. 그렇지만 당신을 우선 내려주고 간 다음, 돌아오는 길에 오래 머물 수는 있지."

"찬타분에서 얼마나 있을 건데요?"

"일주일. 토요일이나 일요일엔 데리러 올 수 있을 거야."

"안나마리아하고 같이 가면 안 돼요?"

"좋은 생각이야! 내가 방갈로를 하나 예약하지. 그럼 마리안느와 모친을 귀찮게 안 해도 되잖아."

안나마리아는 그림 도구를 차에 구겨 넣었다. 엠마뉴엘은 마치 횡단이라도 떠나는 것처럼 새 사진기와 필름, 휴대용 턴테이블, 신문, 책 등을 실었다. 장은 그녀의 옷차림을 보며 웃음을 터뜨렸다. 하지만 옷을 갈아입으라는 채근은 하지 않았다. 그녀가 입고 있는 웃옷은 낚시 그물을 잘라서 만든 것이었다. 크기가 일 센티 정도 되는 그물망 고리로 인해 젖꼭지는 완전히 불거져 나와 있었고, 윤곽은 평소보다 더 뾰족해 보였다. 아주 느슨하게 짜인 황마 치마는 거의 투명한 느낌에 앞쪽이 벌어지는 모양이었다. 엠마뉴엘이 앉기만 하면 허벅지가 사타구니까지 다 드러났다.

도시를 벗어나면서 장이 주유소에 차를 세웠을 때, 차 주위로 몰려든 정비사들과 행인들은 입을 벌린 채 광경을 살폈다. 물론 엠마뉴엘은 관객들을 기쁘게 맞이했다. 그런데 놀라운 사실은, 안나마리아가 전혀 창피해하지 않는 것이었다. 그녀는 웃음을 참으면서 이렇게 말하기까지 했다.

"바로 여기 획일적인 걸 싫어하는 용감한 사람들이 있네요. 저들의 가치척도를 많이 알려야 해요."

장이 이구동성으로 나왔다.

"마침 이 나라는 새로운 사고의 화두가 필요한 곳이니까, 이런 인물들은 역사적으로 중요한 행위를 하는 거지. 엠마뉴엘이 얼마나 친절한지 이제 알겠어요?"

"그렇지만!" 엠마뉴엘이 반박하고 나섰다. "하루는 자동차를 타고 완전히 나체로 방콕 시내를 끝에서 끝까지 가로질렀었는데, 말을 거는 사람이 한 명도 없었다고요."

"그게 아니에요. 그 사건에 대해 아직도 사람들이 말하고 있어요." 장이 즐거운 표정으로 상황을 알려주었다.

"엠마뉴엘의 솔직함은, 보여주는 걸 좋아한다는 거예요. 그리고 부인은 당연히 보여줄 게 있으니까, 아무도 나무랄 수가 없는 거죠."

자동차는 다시 달리기 시작했고, 엠마뉴엘은 햇볕에 그을린 배와 반짝이는 삼각주의 두덩 위로 치맛자락을 걷어 올렸다.

"아가씨는 이런 걸 안 좋아해요?" 그녀가 안나마리아를 걸고 넘어졌다.

안나마리아가 아무 반응을 안 보이자 엠마뉴엘은 갑자기 그녀의 손을 잡아 자기 음부에 갖다 댔다. 그녀가 엠마뉴엘의 깊숙한 부위를 만진 건 처음이었다. 그녀의 가슴이 쿵쾅거렸다. 행여 자기 친구에게 상처를 입힐까 봐 그녀는 감히 손을 빼낼 생각도 못하고 있었다. 게다가 두 달 가까이 이어온 속내 친구와의 내밀한 우정을 감안할 때, 더 이상의 수줍음도 어울리지 않는 것 같았다. 그렇다고 또 자발적으로 지금의 동작을 이어가려는 것처럼 보이고 싶지도 않았다. 천만다행으로 엠마뉴엘이 수줍은 손을 꼭 잡아줌으로써 그녀의 혼란스러움을 약간 진정시켜주었다. 그렇지만 상황이 길어질수록 젊은 여자의 감정과 의무 사이의 갈등과 불안은 가중되었다. 그녀의 난처함을 더해주는 건 물론 옆자리에 있는 장의 존재였다.

그녀의 혼란스러운 모습은 엠마뉴엘의 희열을 더해주었다. 그녀는 허벅지를 움직여 은근히 조이면서 아울러 그토록 갈망했던 안나마리아의 손을 애무로 이끌었다. 감미로운 자극에 쾌감을 느끼기 시작한 엠마뉴엘의 입술이 부풀어올랐다. 그녀가 목덜미를 어깨로 기대오자, 안나마리아의 당혹스러움은 점점 예기치 않은 성취감과 자부심으로 바뀌었다. 더 이상 아무도 그녀에게 강요하지 않았지만, 그녀는 마치 살아있는 새의 따뜻한 깃털 아래 살처럼 파닥이는 성기의 관능적인 감촉을 계속 어루만졌다.

눈부시게 아름다운 몸이 바짝 다가올수록 안나마리아의 손가락은 그 안으로 점점 더 깊이 들어갔다.

'이 여자를 행복하게 해주는 건 나쁜 일이 아니야.' 안나마리아는 속으로 생각했다. '게다가 난 그녀를 사랑하잖아! 논리적일 줄 알아야지…….'

엠마뉴엘은 팔로 그녀의 목을 감으며 뺨을 맞댔다. 그리고 희열에 찬 목소리로 속삭였다.

"너는 내 정부야! 내 사랑, 나의 정부!"

안나마리아는 무슨 말을 해야 할지 몰랐다. 그녀는 자신의 손놀림을 통해 새롭게 발견한 육신의 부드러운 매혹에 점점 더 빠져들었다. 그녀는 몸을 떨고 있었다. 처녀의 두려움, 방어 의식보다 더 강한 욕망이 관능의 기다림과 비밀스런 권능을 깨워주고 있었다.

그녀는 엠마뉴엘의 입이 자신의 입 위에 포개지고, 두 손이 젖가슴을 품고, 배를 따라 내려오도록 내버려두었다.

'안 돼!' 그녀는 생각했다. '안 되는데……'

하지만 그녀는 아무런 저항도 하지 않았고, 엠마뉴엘은 그녀를 차지하면서 이미 제정신이 아니었다. 자신이 쾌감을 느끼고 있는지에 대한 의식조차도 분명치 않았다. 하지만 적어도 사랑을 느끼고 있다는 건 알 수 있었다. 그 확신을 제외하고, 그녀의 머리를 혼란스럽게 만드는 감각, 형상, 생각들 속에서 되찾을 수 있었던 유일한 것은 짤막한 말 한마디뿐이었다. 그건 딱히 뭐라 표현할 수 없는, 아마도 살아 있는 사람들이 비장하게 찾고 있던 명백한 사실을 확인하게 해주는, 그리고 그들을 그릇된 이성으로부터 벗어나게 해주는 외침일 것이다. '자, 봐!'

한참 나중에야 엠마뉴엘이 침묵을 깼다.

"내일 마리오가 우리한테 오기로 했어. 그럴 시간이 나서 참 다행이야. 졸졸 따라다녀야지."

"잠은 어디서 잘 건가?" 장이 물었다.

"우리하고 같이요. 마리안느 집에는 분명히 자리가 없을 거예요."

안나마리아는 적잖이 걱정스러운 모양이었다.

"침대는 여분이 있는 거야?"

"아니. 없으면 어때? 사촌간이잖아." 엠마뉴엘이 말했다.

"고마워. 그렇게 해서들 집안에 근친상간이 생기는 거지." 젊은 처녀가 말을 받았다.

"그럼 내 침대에서 재울게." 엠마뉴엘이 간단히 정리했다.

"그게 훨씬 낫겠네." 남편이 맞장구를 쳤다.

차는 전속력으로 언덕을 넘었고, 안나마리아는 엠마뉴엘의 목에 매달렸다. 그리고 이내 후회스런 표정으로 팔을 풀어낸 그녀가 질문을 던졌다.

"장, 아내가 다른 남자하고 같은 침대를 쓴다는데, 그래도 괜찮아요?"

"안 괜찮죠 물론."

"아, 그렇구나!"

"그런 걸 보면 마음이 너무 흐뭇하니까 말입니다."

'두 번 다시 물어보지 말아야지!' 안나마리아가 속으로 다짐했다. 게다가 조금 전의 사건 이후 그녀는 장을 제대로 바라볼 수가 없었다. 하지만 얼마 가지 않아 그녀의 호기심이 그녀의 결심을 눌러버렸다. '정말로 장은 아내의 색정적 사고방식을 기쁘게 받아들일 수 있는 걸까?' 그 부분에 대해서 명확히 할 수 있는 기회는 바로 지금이었다. '혹시라도 엠마뉴엘이 남편보다 더 기분이 나빠지더라도 내게는 감내할 수 있는 신앙이 있잖아? 몇 가지 부정적인 의혹은 깨끗이 씻어내고 가는 게 더 나을 거야.' 결국 그녀가 말했다.

"그러니까 아내를 사랑하지 않으시는 거죠."

장은 그녀의 비난을 예상했던 것보다 훨씬 더 침착하게 받아들이는 모습이었다. 그는 대답을 질문으로 대신했다.

"그녀를 행복하게 해주는 것에 대해 기뻐하는 게 사랑하지 않는 거란 말입니까?"

"남편의 입장에서 무관심이나 희생 정신을 그 정도의 한계 너머까지 밀고 나가야 한다고는 말씀하지 마세요." 안나 마리아가 빈정거리듯이 따졌다.

"미안하지만, 누군가 나를 희생적인 남편으로 여긴다면, 그건 나를 모욕하는 처사일 겁니다."

"그건 자만이에요! 아니면 그저 역설일 뿐이겠죠!"

"전혀 아닙니다. 희생이란 이름 아래 세상이 경의를 표하는 것은, 그저 비겁함과 과시욕을 보기 좋게 섞어 요리해놓은 모양일 뿐이라는 걸 아가씨도 알게 될 겁니다. 악덕에 대한 경의, 뭐 그런 거죠. 전혀 내 취향하고는 안 맞습니다."

"그럼 선생님 취향은 어떤 종류예요?"

"엠마뉴엘의 행실이 나쁘다고 여겨지면 맞서고, 찬성하면 그냥 내버려두는 겁니다. 아마 아무런 거리낌도 없는 확고한 이기주의가 아닐까 싶은데요. 내가 보기에 좋은 건 아내에게도 좋은 거라고, 그렇게만 판단합니다. 헌신, 맹종, 관용 같은 태도하고는 별로 상관없는 거죠."

"여기저기서 사랑을 나누고 다니면서 엠마뉴엘이 가장

훌륭한 정부라고 말한다든가, 엠마뉴엘이 몸을 팔아서 집안 살림이 넉넉해지니 고맙다든가 하는 그런 입장은 아니시잖아요."

"내 관점은 훨씬 더 간단합니다. 나는 엠마뉴엘을 다른 사람인 것처럼 바라보지 않습니다."

"그건 무슨 의미예요?"

"나는 그녀와 구별되지 않고, 그녀는 나와 구별되지 않는다는 거죠. 엠마뉴엘은 곧 나, 라는 겁니다."

"아무도 자기 자신을 질투하진 않으니까." 엠마뉴엘이 말했다.

"두 동반자는 서로 부딪힐 수 있고, 이해관계가 다를 수 있죠." 장이 설명을 계속 이었다. "아니면 한쪽의 판단 또는 의지가 상대방에게 양보될 수도 있는 겁니다. 하지만 우리 둘은 하납니다. 따라서 아내의 기쁨이 나의 근심이 될 수 없고, 그녀의 취향이 나의 불쾌함이 된다거나 그녀의 다른 사람들에 대한 사랑이 나의 증오가 될 수 없는 겁니다. 나는 그녀의 행복을 더 바라지 않아요. 왜냐면 이미 나의 행복이니까."

"우리 둘 중 한쪽이 저지른 행동이 있다 치면, 그 행동의 장본인은 바로 다른 쪽이거든. 우리는 신체적으로 함께 자리에 나타나야 할 필요가 없어. 장이 있는 곳에는 내가 있으니까 말이야. 내가 저 사람과 같이 있고 저 사람 안에 내가 있으니까, 저이가 댐을 완성시키면 댐을 건설한 건 나이기도 해."

"우리는 우리 둘을 위한 하나의 의미만 가지고 있는 거죠." 장이 거들었다.

"우리는 남녀 양성의 단세포거든." 엠마뉴엘이 기쁨에 들떠 말했다. "우리는 분열번식을 통해 영원히 존속할 거야, 그건 분명해."

"그녀의 몸은 내 몸입니다. 여성적 원리죠. 대신 나는 남성적 본능인 겁니다. 애무를 받는 그녀의 젖가슴은 곧 내 가슴이고, 그녀의 배는 내 배입니다. 그녀는 나를 위해 가능성의 영역을 펼쳐주고 있는 거죠. 남자 혼자만으로는 열기 힘든 세계의 문을 내게 열어주는 겁니다."

"그런데…… 그처럼 아내와 동일시하면서 다른 남자들이 그녀의 몸을 애무한다는 사실이 하나도 거북하지 않다는 거예요? 그건 좀…… 동성애적인 상태 아닌가요?"

"내가 그녀일 때는 여잡니다. 그리고 그녀가 한 여자와 정사를 나눌 때, 나는 레즈비언이죠."

안나마리아가 얼굴을 붉혔다. 그리고 장은 미소를 지어 보였다. 하지만 금방 냉정을 되찾은 안나마리아가 다시 따지고 들었다.

"솔직히, 엠마뉴엘을 잃어버릴까 봐 차라리 그녀가 불성실한 걸 받아들이는 건 아닌가요?"

"나를 잃어버릴까 봐?" 엠마뉴엘이 얼굴을 붉히며 나섰다. "장이 나를 잃어버린다는 그런 생각을 어떻게 할 수 있어? 내가 그이한테 불성실한 적이 있었다는 거야?"

"엠마뉴엘은 나한테 충실하지 않을 수가 없죠. 왜냐면 늘 나한테 속해 있으니까. 우리는 서로가 한쪽을 잃어버릴까 봐 걱정할 필요가 없는 겁니다."

"정말 두 분은 확신이 대단하네요!" 안나마리아가 씁쓸한 표정으로 놀라움을 나타냈다. "두 분이 서로 아무런 의심도 없게 해주는 일종의 텔레파시 같은 게 있는 걸까요?"

"그 텔레파시는 인간의 출현만큼이나 오래된 겁니다. 그 현상은, 권위가 좀 덜하긴 해도 더 확실한 이름을 하나 더 가지고 있죠. 바로 공감입니다. 함께 고통받을 수 있는 사람들은 쾌감도 함께 나눌 수 있는 것 아니겠습니까?"

"내 사랑 안나마리아, 지금 남편은 네가 시간을 들여 열심히 던지고 있는 질문에 대한 아주 중요한 대답을 하고 있어."

"어느 부분이?"

"들어보면 짐작할 수 있게 돼."

그런데 장은 더 이상 아무 말도 덧붙이지 않았다. 명상에 잠긴 안나마리아는 황색 도로 주변으로 늘어선 맹그로브 나무들이 스쳐 지나는 걸 바라보았다. 졸음이 세 사람 모두를 기웃거리고 있는 듯한 그 순간, 이태리 처녀는 갑자기 동요되어 격렬하게 항의했다.

"그래서 꼴사나운 위험 같은 건 겪지 않고도 살 수 있다는 거죠! 선생님은 정말로 다른 남자들이 발가벗은 아내의 몸을 보고 만지고, 그 몸 위로 엎드리게 놔두면서 아무런 걱정도 안 된다는 거예요? 정말로 그녀에 대한 애착이 있다면……"

자동차는 아무런 도로표지도 없는 네거리에 이르렀다.

"오른쪽인 것 같은데?" 장이 말했다.

그는 바퀴가 마찰음을 낼 정도로 급커브를 틀었고, 안나 마리아는 어디에 매달릴 겨를도 없이 온몸이 장의 옆구리에 부딪혔다. 그는 옆 처녀의 동요는 아랑곳하지 않고 대화를 이어나갔다.

"그럼 조신한 편이 더 안전한 겁니까? 시기심 많은 남자들이 미녀들을 자물쇠로 채워버리면, 여자들의 손끝에서 가짜 열쇠가 생겨나는 법이죠. 그리고 내가 겁쟁이라면 엠마뉴엘이 좋아하지도 않을 겁니다. 소심함은 우리를 바보로 만들어버리니까요! 만약 내가 다른 사람들이 아내의 나체를 보는 게 두려워서 항상 옷을 껴입혀놓고 있는다면, 내 자신부터 그녀의 아름다움을 상실하게 되는 겁니다. 그게 옳은 걸까요? 왜 우리가 사랑하는 걸 감춰야 합니까? 아가씨도 좀 전에 엠마뉴엘은 자기 몸을 아끼고, 자랑스럽게 여기고, 그래서 보여주길 좋아한다고 말했죠. 나 또한 아내를 사랑하고, 그녀가 아름다운 걸 자랑스럽게 생각합니다. 그녀가 갈망의 대상이 되어 사람들이 그녀를 원하는 걸 보면서 기쁨을 느낀다는 거죠. 가장 끔찍한 예로, 내가 알고 있는 한 죄수가 사진을 한 장 동료들에게 보여주면서 즐겁게 소리치는 겁니다. '보세요들, 얼마나 못생겼는지! 꼭 항문처럼 생겼잖아요. 내가 이 여자하고 결혼한 이유가 바로 이런 꼴 때문이었죠. 누가 내 마누라한테 욕심낼까 봐 걱정할 필요가 하나도 없으니까요.'"

"질투는 광기를 가지고 있죠. 하지만 사랑과 떼놓을 수 없는 것이잖아요. 사랑하는 아내를 다른 남자들이 갖는데도 선생님은 어떻게 고통스러워하지 않을 수가 있어요? 남자가 아닌 바에야!"

"오, 감미로운 숫처녀의 분노여! 나는 그대를 경배하노라!" 엠마뉴엘이 노래를 흥얼거렸다.

"아내를 다른 남자들이 갖는다고요?" 장이 되물었다. "사랑의 언어가 어쩌면 그리 불순한지 모르겠군요. 내 아내가 원하는 쾌락을 가져다 주는 남자가 뭘 갖는다는 말입니까? 아내를 갖는다? 그 남자도 쾌락을 갖게 될 뿐이죠. 그럼 그 사람이 나한테도 뭘 가져갑니까?"

"아내가 그 남자한테 주는 것은 선생님한테 줘야 하는 거잖아요."

"그게 측정할 수 있는 겁니까? 그리고 아내가 가지고 있는 그것이 양적으로 너무 적어서 정량을 제한해 나눠줘야 하는 건가요? 나는 그렇게 느낀 적은 없는데요? 아내가 가진 것을 다른 사람들에게 줘서 내게 부족해진 건 하나도 없습니다."

"아내의 몸을 아무하고나 나눈다는 사실에 모욕감을 느낀 적이 한 번도 없으세요? 다른 사람들은 접근하지 못하고 선생님 혼자만 간직하는 몸이 더 소중한 거 아닌가요?"

"아가씨가 이미 스스로 답변을 내놓은 것 같습니다. 아가씨는 자만심, 사물들의 가치, 소유와 독점에 대한 취향, 소유하려는 열정, 그런 것들을 말하고 있는데, 난 사랑에 대해 말하고 있는 겁니다."

"그런 것들과 사랑은 다르다는 말씀이시잖아요. 그럼 사랑은 신성한 것이 돼야겠네요. 똑같은 관점에서, 지금 나의 정신적 열정을 우습게 여기는 두 분이야말로 이 세상 사람이 아닌 것 같아요. 육체적인 열정이 훨씬 더 괴팍해 보이거든요."

"내가 아내의 몸과 떨어져 있다고 생각하는 겁니까? 그럼 직접 물어보세요. 그리고, 내 사랑의 한계는 육신의 경계선상에 놓여 있지 않습니다. 그곳은 우리 두 사람의 동반 여행이 끝나는 지점이 아니라, 시작을 알리는 출발점일 뿐입니다. 엠마뉴엘을 알기 전에는 나도 사랑할 줄 몰랐던 사람입니다. 내가 확신을 갖게 된 건 그녀를 사랑하면서 알게 된 무한한 사랑 때문이죠. 아무 고통도 없이 배웠다고 생각하진 마세요. 하지만 질투는 전혀 없었습니다. 내가 때로 두려움을 느낀다면 그건 내가 아내의 보살핌을 받지 못할 거라는 두려움이 아닙니다. 아내가 내 보살핌을 못 받게 될까 봐 그게 두려운 거죠. 내가 더 이상 아내를 걱정할 수 없게 되면 내게 남는 게 뭐가 있겠어요? 밤공기가 차가운 줄도 모르고 이불을 걷어차고 자다가 탈이 나서 연약한 아이처럼 누워 있는 아내를, 내가 없으면 누가 돌봐주겠어요? 그렇지만 다른 남자가 그녀를 납치한다 해도 불평하지 않을 겁니다. 그가 죽음의 사자만 아니라면요. 그녀가 죽는다면 어떻게 내가 친구들 앞에 얼굴을 들고 나타나 말할 수 있겠습니까? 인생이 내게 맡긴 그녀를, 그들의 친구이기도 했던 아내를, 내가 끝까지 간직할 수 없었다고 말입니다. 나를 위해서뿐만 아니라 그 친구들을 위해서도 그녀를 위험으로부터 지켜줘야 했는데 말이죠. 내 아내가 살아 있도록 도와준 내 주변의 남자와 여자들을 내가 어찌 위험이라고 부를 수 있겠어요? 그 친구들의 사랑은 내게 해로운 것이 아니죠. 그들은 나의 적이 아니라 지지자들입니다."

안나마리아는 아무 대꾸도 없었다. 이제 직선 도로에 접어든 로드스터는 마치 레일 위를 달리는 것처럼 날씬한 궤적을 그었다. 장은 간간히 속도를 늦췄다가 다시 올리곤 했다. 날아오는 먼지에 다들 목이 칼칼했다.

"남편은 내 연인들한테 질투할 이유가 하나도 없어. 오히려 그 사람들이 남편을 질투해야지. 왜냐면 어느 누구도 남편이 내게 베푸는 걸 주지 못하니까. 그걸 단지 자유라고 생각하면 안 돼. 그는 나를 보통 여자들의 수준을 넘어서는 아내로 만들어줬어. 난 내게 주어진 행운도 분간 못하는 장님이 아니거든. 그가 나로부터 기다리는 건 오직 나의 인격뿐이야. 나에 대한 남편의 신뢰에, 나는 대담성으로 보답하지. 안나마리아, 내가 남편을 실망시키면 좋겠어?"

"진정한 의미를 지닌 자유는 두려움에서 벗어나는 자유죠." 장이 말을 이어받았다. "우리들 중에 진실을 두려워하지 않는 사람이 있을까요? 엠마뉴엘은 이 지상에서 자기가 모든 걸 털어놓을 수 있는 사람이 적어도 한 사람 있다는 사실을 압니다. 그것만으로도 그녀는 충분히 자기 자신을 강하게 느낄 수 있는 겁니다. 내가 곧 그녀니까. 그건 사실입니다. 하지만 동시에 나는 그녀의 보증인이기도 하죠. 세상의 나머지는 그녀에 맞서 아무것도 할 수 없습니다."

"그런데 세상이 스캔들이라고 비난하는 걸 견딜 수 있을까요?"

"그걸 왜 아내가 두려워해야 하죠? 나는 아무 비난도 하지 않는데?"

"그래도 그런 상황이 벌어지면 어떻게 하실 건가요?"

"그럼 잘못은 내게 있는 겁니다. 그리고 아내는 날 이해시켜야겠죠. 내 사랑은 그녀가 날 도와주길 바라기도 하는 것이니까."

"그리고 사랑에 속한 모든 건 악이 될 수 없다는 사실을 증명하는 일도 내 역할이야." 엠마뉴엘이 말했다. "적어도 네가 육체적 사랑이 사랑의 반대적인 것이라고 우기지만 않는다면 말이야."

"육체는 선과 악의 근원하고는 다른 거야." 안나마리아가 대꾸했다.

"내가 만약 아가씨의 몸을 사랑할 수 없다면, 나는 아가씨를 사랑할 수 없을 겁니다." 장이 반박하고 나섰다.

"너도 잘 알면서!" 엠마뉴엘이 협공했다. "너의 구세주가 우리를 원했을 때, 넌 살을 가진 육신으로 나타났잖아……. 우리 함께 그분보다 더 세련된 몸이 되지 않을래?"

"엠마뉴엘이 정사를 나눌 때 그 상대가 누구든 간에 내가 비난하지 않는 까닭은, 그녀는 아무 죄도 없기 때문이죠. 나누는 상대가 어떤 남자인가에 따라 나름대로의 정당성을 지니겠지만 사랑 그 자체는 절대적으로 무고합니다."

"그럼 만약 엠마뉴엘이 오직 선생님에게만 몸을 준다면 그런 행실을 비난하실 건가요?"

"만약 그녀가 다른 남자들을 거부한다면 내가 사랑할 만한 여자로서의 자격은 안 되겠죠? 우리가 확신을 가질 수 있는 유일한 가치는, 몸을 주는 겁니다."

"그렇다면 정조는 공허한 꿈인 거네요?"

"그녀가 그 정도 성품밖에 되지 않는다면, 그건 그것대로 용서해줄 수 있었을 겁니다."

"만약 선생님 말씀대로 엠마뉴엘이 그 정도 성품밖에 되지 않는다면, 제일 문제될 부분이 무엇일까요?"

"무엇보다 불명예겠죠."

"불명예라고요?"

"위선, 정신의 편협성, 순응주의……. 이런 것들이 모두 불명예에 속하는 것들 아니겠습니까? 색정적 가치들을 칭송하는 세계에서 '정조'는 대부분 용감하지도 않고, 아름답지도 고상하지도 다정하지도 않죠. 관심의 표현이라고는 하지만 초라하고 비겁한 모양을 하고 있습니다. 그런 의미에서 나는 정조를 불명예라고 부릅니다."

"그럼 오직 한 명의 남편은 초라한 것에 지나지 않는단 말인가요?"

"많이 사귈 능력이 있는데도 한 남자로만 만족하는 건, 자기 날개를 잘라내는 행위 같은 거예요." 엠마뉴엘이 말했다. "그리고 날 수 있게 해준 은총에 대한 모욕이에요. 배를 바닥에 대고 사랑에 끌려가는 행위나 다름없어요."

"두 사람만 서로 사랑하는 것으로는 충분하지가 않나요? 사랑하는 남자한테 몸을 주는 것만으로는 충분하지 않냐고요! 정말 다른 사람이 있어야만 하는 건가요?" 안나마리아가 외쳤다. 그녀는 너무 예민해져 있어서 금방이라도 오열을 터뜨릴 것 같았다.

"문에다 바리케이드라도 칠까?" 엠마뉴엘이 다정하게 말했다. "이 지상에는 친구들이 얼마나 많은데 그래."

"사랑의 효력이 금지시켜야 하는 데 있는 거라면," 이번에는 장이 다독거렸다. "이성은 우리에게 우선 사랑부터 포기하라고 지시할 걸요? 만약 사랑이 어느 한 사람만을 향하기 위해 다른 사람들에게는 몸도 마음도 닫아버려야 하는 것이라면, 아마 그런 사랑은 하지 않는 게 더 나을 겁니다."

"내가 사람들을 사랑할 수 있게 해주는 건 장의 사랑이야." 엠마뉴엘이 말했다. "내가 장을 사랑하지 못하게 되면 난 남자든 여자든 더 이상 아무도 사랑하지 못할 테고, 섹스도 자위도 못하겠지. 또한 다른 남자들을 사랑하는 행위는 내게 남편을 더 나은 방식으로 사랑할 수 있도록 도와줘."

"두 사람만의 이기적인 사랑은 말입니다," 장이 강조했다. "혼자 드러내는 이기주의와 마찬가지로 권장할 만한 것이 못되죠. 배타적인 것은 고독한 취미를 갖기 마련인데, 난 그런 건 딱 질색입니다. '세상에서 유일한' 연인들을 보면 불안하기 짝이 없어요. 이웃과 삶의 달콤한 맛을 나누지 못하는 사람은 곰이나 다름 없다는 말도 있습니다. 곰이 아니라면 늑대고, 어쨌든 인간이라기 보다는 짐승이죠."

"근데 조금 전에는 두 사람의 결합에 대해서 좋게 말하셨잖아요!" 안나마리아가 투덜거렸다.

"물론 두 사람의 결합도 좋지만, 그대로 있는 것만으로 족해서는 안 된다는 겁니다. 목표가 있어야 하고, 어디론가 가야 합니다. 그래서 소통하고, 교환하고, 어울리고, 사람들이 많이 다니는 곳을 찾아가야 해요. 일종의 처세술이죠."

"서로 마주 보고 있기만 하면 어떻게 앞으로 나가겠어?" 이번에는 엠마뉴엘이 말을 받았다. "그 상태에서 서로 발을 내디디면, 부딪혀 코가 깨지겠지. 세상이 사랑하는 사람의 눈 크기만큼 축소되어버린다면, 그 동그랗고 까만 거울은 머지않아 싫증이 나고, 결국 깨져버리지 않겠어? 그러다 보면 사랑과 죽음을 결합시키는 극단적 처방에 이르게 되는 거야."

"폐쇄된 노선, 또는 고리 같은 모양의 커플은 그저 맴돌기만 하겠죠." 장이 말이 덧붙였다. "결국은 제자리에 머무는 겁니다. 진짜 인생의 길을 향해 가고 싶으면 고리를 열어줘야 합니다. U자 모양처럼 다리를 벌려줘야죠."

"직각쌍곡선처럼, 다리가 넷 달린." 엠마뉴엘이 모양을 고쳐주었다.

"아가씨가 '간통'으로 치부하는 형태는, 둥근 고리의 제한적 세계 대신 포물선의 무한한 기회를 선호하는 커플의 특권입니다."

"그 포물선의 사랑은 바로 점근선(漸近線)과 같아." 엠마뉴엘이 결론을 맺었다.

"그럼 결코 닿을 수 없는 모양이잖아." 안나마리아가 반박했다.

"닿게 돼. 무한으로. 마음이 가는 한 항상, 언제나 가까이 다가갈 수 있는 거야. 어때?"

"산꼭대기에 있는 시시포스처럼 말이야?"

"사랑의 모험은 그렇게 무겁지 않아! 설마 가보지도 않고 벌써 쉬고 싶은 거야?"

"난 인생의 끝까지 가지고 갈 하나의 사랑만 있었으면 좋겠어."

"걱정 마, 그 사랑은 너의 천 번째 애인이 너의 무덤 앞에 갖다 놓아줄 거니까."

"왜 있는 그대로 머물며 계속 지낼 순 없는 거예요?"

"진화는 삶의 법칙이니까요." 장이 대답했다. "그리고 변화를 통해서만 진보가 이루어지는 겁니다. 있는 그대로의 상태는 의미가 없습니다. 우린 항상 다른 것이 되어야죠."

"우린 이제 더 이상 고행자가 아니야." 엠마뉴엘이 말했다. "하지만 우리가 쾌감을 즐기는 것에 대한 두려움의 무게를 내려놓지 못한다면, 우린 결코 은하수를 건너가지 못할 거야."

"그렇게 쉴 새 없이 탐색하며 공중을 떠다니는 상태에서 내가 얻을 수 있는 균형은 어떤 건데?"

"균형 상태로 있는 게 삶의 한 방식이라고 생각하는 거야?" 엠마뉴엘이 비판적으로 물었다. "그건 땅 위에서만 가능한 형태일 뿐이잖아. 하지만 내 몸은 날고 싶어 안달을 하는걸?"

안나마리아가 긴장을 풀며 미소를 지어 보였다.

"그 다른 공간이 하늘의 존재보다 너의 날개에 더 어울린다는 거지? 그 무한의 세계가 영원성의 존재보다 육신의 꿈에 더 마땅하다는 거야?"

"나는 신이 있다고 생각하지 않아. 만약 있다면 나의 무모한 시도를 자랑스럽게 여길 거야."

길은, 소금기가 스며 있는 평야를 벗어나 붉은 흙으로 된 언덕 사이를 오르고 있었다. 맹렬한 태양 아래 녹아든 바다가 나타났다.

"영원성은 정사를 나누는 남녀의 몸 안에 있는 거야." 엠마뉴엘이 말을 덧붙였다. "하지만 그건 너무 일시적이고 위태로운 거라서, 애무를 멈추면 사라지고 말아. 그래서 다시 시도하는 포옹이 바로 되찾은 영원성이지."

안나마리아는 다시 불안에 사로잡힌 것처럼 보였다.

"선생님도 색정주의가 지상 위의 사랑을 대체해버렸다고 생각하세요? 그래서 이제는 우리의 신이 아닌 색정의 신을 경배해야 하는 건가요?"

"글쎄요. 내가 알고 있는 건, 아름다운 처녀보다 더 인간적인 실체는 없다는 사실이죠. 그녀의 우아한 모습에 감탄하는 순간이 죄를 고백하고 삼위일체에 대해 고민하는 일보다 더 중요하다고 여겨집니다. 혹시라도 내가 아가씨 편을 들어줄까 기대하진 마세요. 신에 관한 문제라면 내가 특별히 선호하는 주제가 없습니다. 반면 색정주의에 관한 것이라면, 내가 선호하는 모든 주제들이 엠마뉴엘 속에 들어 있어요. 색정주의는 곧 엠마뉴엘이니까. 그녀의 모든 것 그 자체가 내게는 색정적인 존재입니다. 만약 그녀가 더 이상 에로틱하지 않다면, 내 입장에서의 색정주의는 더 이상 작가도 내용도 의미도 없는 것이 되죠. 어떤 신도, 어떤 여인도 그녀를 대체하지 못할 겁니다."

"그녀를 대체하지 못한다고요?" 안나마리아가 놀라서 물었다. "선생님의 논리대로라면, 다른 남자에게 몸을 주듯이 색정주의로 대체한다 해도 엠마뉴엘은 여전히 선생님의 아내일거잖아요!"

"아니, 난 색정주의와 대체되지는 않아." 엠마뉴엘이 말했다.

"난 두 분 다 이해를 못하겠어요." 안나마리아는 한숨을 푹 내쉬었다.

"그것과 날 바꾼다면 난 더 이상 여자의 존재가 아니게 될 거야. 죽은 자의 가면, 아니면 미라, 그런 모양만 남게 되겠지. 살아 있던 나와 함께하던 장이 나를 방부 처리해서 침대에 보관하고 있을 순 없잖아? 내 잘못으로 남편은 모든 걸 잃게 되는 거야. 색정주의의 묘미, 나의 묘미, 모두 다. 배반당한 시 위에 어떻게 삶을 다시 세울 수 있겠어? 저이도 살아갈 맛을 잃게 될 거야."

"그럼 두 사람한테는 색정주의와 죽음 외에 다른 대안은 없다는 거야?"

"누구한테라도 죽음 아니면 개성이야. 다른 선택의 여지는 없는 거잖아. 마치 평생 낙원을 기다리다 죽는 사람들처럼 살아 있으면서 죽은 상태를 원하지 않는 한은 말이야. 어느 날 만약 네가 지나가는 길에 우리가 살아 있으면서 죽은 꼴이 되어 있는 걸 본다면, 즉 사랑의 행위에 대한 애착을 상실한 꼴로 말이야. 예를 들어, 내가 사람들이 하는 말에나 귀를 기울이고 쓸데없이 꾸미는 것에나 관심을 가진 걸 본다거나, 내가 맨다리를 보란 듯이 드러내지도 않고 자리에 앉는 걸 본다든지, 치마 길이를 늘이고 가슴이 파인 옷을 위로 당겨 올려 입는 걸 본다든지. 또는 누가 내 방으로 나를 보러 오거나 하인이 아침식사를 가지고 들어올 때 내가 블라우스를 찾아 입는 걸 본다든지, 나와 만나서 곧바로 섹스를 하지 않는 어떤 남자와 내가 얌전히 식사를 하고 앉아 있는 걸 봤다거나, 어떤 여자애의 옷을 벗기려 하지 않으면서 같이 차를 마시는 걸 본다면, 하루라도 내가 자위를 하지 않고 보내는 날이 있다든지, 내가 옷을 발가벗고 있지 않는데도 사람들이 나를 길거리서 알아보게 만드는 걸 본다면, 또 사람들이 나에 대해 얘기하면서 내 몸을 애무했거나 앞으로 애무하게 될 장면을 주제로 삼지 않는 걸 본다면…… 그런 꼭두각시 같은 흉내나 내는 우리 둘의 모습을 못 본 척해주면 고맙겠어. 이제는 꿈을 잃은, 하지만 네가 사랑했던 엠마뉴엘과 장, 두 사람의 초라한 꼴을 네가 너무 부끄럽게 여기지 않으면 좋을 텐데……."

엠마뉴엘의 어조가 자기 자신의 과장된 서술을 짐짓 비웃는 듯한 인상을 주고 있었지만, 안나마리아는 그녀의 진실된 감정을 느끼면서 소름이 돋았다. 한동안 말없이 있던 그녀가 소심한 말투로 물었다.

"그런 강경한 요구들 때문에 두 분 중에서 한 사람이 먼저 지칠 위험도 있지 않겠어요? 만약 독단성과 타협에 대한 색정주의의 거부가 자연히 서로 충돌하거나, 식상해지거나, 포화 상태가 돼버리면 어떡하죠? 고집을 부리는 대신 다른 유형의 삶이 색정주의를 대신하고 두 분의 관심을 불러일으키도록 받아들일 수는 없는 건가요?"

"혹시라도 아가씨가 우리의 말을 잘못 이해하지 않았나 모르겠습니다." 장이 대답했다. "우리가 무슨 광신주의에 빠져 있거나 어떤 교리를 붙들고 늘어지는 사람들로 여기시는 것 같은데, 그런 보수적인 열성은 우리와 아무 상관도 없습니다. 엠마뉴엘이 말하고 싶은 요지는, 더 나아지기 위한 우선적인 조건이 우선 뒤로 물러나지 말아야 한다는 겁니다. 앞으로 좀 나가보다가는 그만두고, 남은 인생 내내 후회하며 지내는 남녀가 얼마나 많은지 아세요? 이전의 신념을 취소하고, 자기 자신을 포기하고, 아니면 흔히 말하는 대로 서랍장 속에 넣어두는 거죠. 우리는 그런 식으로 실망하고 싶지 않습니다. 뒤로 물러서지 않는 것만 해도 우리는 이미 제대로 처신하고 있는 겁니다. 그리고 아무리 높이 올라갔다 하더라도,

이제 한계에 도달했다고 여기는 태도 또한 추락의 요인이 됩니다."

그의 말투는 너무나 평온했고, 안나마리아는 이제 마음을 놓은 표정을 지었다.

"우리 두 사람의 단일성은 시작에 불과합니다. 우리가 존속하기 위해서는 앞으로 나아가야 하고, 더 강해져야 하고, 새로운 권능, 우리가 누릴 수 있는 모든 권능을 찾아내야죠. 어떠한 형태의 권능이 될지는 아직 예측할 수 없습니다. 하지만 그것을 찾기 위한 탐색은 충분히 겪어볼 가치가 있는 경험입니다. 우리는 지나간 진실에 대한 향수보다는 다가올 진실에 대한 공통된 열정을 가지고 있습니다. 우린 뒷걸음질하며 미래로 가지 않습니다."

"우리의 사랑은 청춘을 향하고 있어." 엠마뉴엘이 말했다. "우리는 미래를 향해 나란히 가지만, 이건 늙어가는 것과는 반대니까."

"두 분 다 마음을 보통 많이 쓰는 게 아니네요." 안나마리아가 중얼거렸다. "다가올 일을 누가 알겠어요? 어쩌면 미래가 사랑의 실체를 다시 만들어낼지도 모르죠."

"사랑은 다시 만들 수 없어. 아직 만들어지지도 않았으니까."

날카로운 절벽의 능선은 하늘 위에 느닷없이 아름다

운 풍경을 그려내고 있었다. 가파르게 꺾여 내려가는 길은 거의 바다에 닿을 듯했고, 물이 어찌나 투명한지 초록 석산호(石珊瑚) 위로 비치는 대왕성게의 푸른 눈빛을 볼 수 있을 정도였다.

"우리 여기서 제비집 요리나 좀 먹고 가지." 장이 제안했다.

무장한 보초가 바위 입구를 지키고 있었다. 그는 세 명의 외국인을 미소로 맞이했다. 안으로 들어서자 냉기가 방문객을 멈칫하게 만들었다. 어둠이 짙어 앞을 분간하기도 힘들었다. 잠시 후 통로가 넓어지면서 거대한 동굴이 나타났다. 천장의 우물 구멍 같은 곳에서 내려오는 빛이 내부를 밝혀주고 있었다. 무수한 수의 작은 새들이 그 틈을 통해 들락거렸다.

평지에는 돌 위에 판자를 얹은 간이 식탁이 몇 개 놓여 있었고, 주방에서는 한 중국인이 즐겁게 음식을 만들고 있었다. 내국인들은 조그만 사발이 든 끈적한 물체를 젓가락으로 집어먹고 있었는데, 다들 그 음식을 대단하게 여기는 표정이었다. 세 사람은 그 사이로 자리를 잡고 앉았다.

"입구에는 왜 군인이 있어요?" 안나마리아가 의아한 눈으로 물었다.

"동굴 안에 보물이 감춰져 있으니까요." 장이 그 이유를 설명했다. "제비집은 국가 소유로 돼 있습니다. 게다가 이 새들은 국가에서 보호하는 희귀종이라서 코브라도 우리도 죽일 권리가 없지요. 어기면, 현상 수배될 겁니다."

"어떤 새인데요?"

"귀제비의 변종인데 아주 소란스럽습니다. 하지만 들어보면 알겠지만 지저귀는 소리가 예쁘죠. 바다제비라고도 하고, 여기서는 이안이라고 부릅니다. 주로 미역과 플랑크톤을 먹지만 곤충도 잡아먹는답니다."

"그러면 집을 미역으로 지어요?"

"천만에요. 징그럽게 들리겠지만 그래도 말을 해야겠죠? 저 새들의 입에서 나오는 액이 있는데, 침은 아니고 우리가 식용해도 되는 음식 찌꺼기의 혼합물이라고 생각하면 됩니다. 그것만 가지고 집을 짓죠. 그 속에 함유돼 있는 단백질, 요오드, 비타민이 요리의 독특한 맛을 만들어내는 겁니다."

"특히 양념이 맛을 좋게 만드는 걸 거야." 엠마뉴엘이 옆에서 거들었다.

"맛은 좋겠지만. 그보다 사람들이 찾게 만드는 다른 효능들이 있어요."

그때 명랑한 요리사가 세 사람 앞에 음식을 내놓았다.

"저 새들의 다리는 나뭇가지에 적합한 모양이 아니라서 보통 새들처럼 나무 위에 집을 짓는 게 아니라, 이 근처 출입이 금지된 서른세 개의 섬과 지금 우리가 있는 이 동굴의 굴곡진 바위에 짓습니다. '차오 호'라는 타이족이 채취권을 독점하고 있는데, 그래서 이름도 오두막 민족이라는 뜻입니다. 채취 기간이 되면 절벽 위나 기슭에 임시 거처를 마련하기 때문에 그렇게 부르죠. 긴 밧줄에 매달려 대나무 버팀대를 이용해 절벽을 이동하는데, 매우 위험해서 때로 목숨을 잃기도 합니다. 제비집은 가리비처럼 생겼어요. 처음 만들어놓은 제비집을 따오는데, 제비들은 알을 품어야 하니까 열심히 두 번째 집을 지어놓습니다. 그럼 또 두 번째 집을 따오는 거죠. 세 번째 집도 마찬가지로 사람들이 빼앗아옵니다. 그런데 세 번째쯤 되면 제비집에 피가 묻어 있어요. 제비들이 안 빼앗기려고 사투를 벌인 겁니다."

"세상에, 잔인해라!" 엠마뉴엘이 화를 내며 말했다. "이제 그만 먹을래요."

품위가 느껴지는 한 남자가 나타났고, 뭔가를 가득 담은 큰 광주리를 머리에 인, 네 명의 예쁘고 젊은 여자들이 그 뒤를 따랐다.

"차오 호 부족 사람과 그 부인들이군."

"네 명이나요? 태국 법률에 따르면 한 명일 텐데요?"

"저 사람은 법에 관심이 없으니까요. 위험을 무릅쓰고 살면 인생을 사랑하게 되는 겁니다."

이 절벽타기 선수는 지나가는 길에 엠마뉴엘의 드러난 젖가슴에 관심이 있는 눈길을 던졌고, 그의 부인들은 외국인 일행에게 친절한 미소를 건네며 지나갔다.

"봤지? 여자들이 질투를 안 하잖아." 엠마뉴엘이 말했다.

"어쩌면 다섯이 되고 싶어서 그런 걸 거야." 안나마리아가 말을 받았다.

"자, 그만. 아직 삼십 분은 더 가야 합니다." 장이 서두르기 시작했다.

동굴 밖의 뜨거운 열기가 세 사람을 침묵하게 만들었다. 얼마나 달렸을까? 안나마리아가 대화를 다시 시작했다.

"그 부족은 대부분 남자들이 절벽을 타다 죽으니까, 여자들 넷이 한 명의 남편을 억지로 받아들여야 하는 것 아니에요?"

"억지로라고!" 엠마뉴엘이 반발하고 나섰다. "누가 억지로 그런다고 말했는데?"

"여자들은 자유로운 몸입니다. 하지만 혼자만 배우자가 되고 싶어 하는 여자는 없을 걸요." 장이 상황정리를 했다.

"왜죠?"

"저 사람들 입장에서는 남부끄러운 모습이니까요."

"두 사람만의 결혼은 분명히 실패로 여길 거야." 엠마뉴엘이 힘주어 말했다.

"간통만 가지고는 충분하지 않으니까 이제 일부다처제로 넘어가네요!"

"시시껄렁한 논쟁은 그만두세요. 일부다처제는 '분열'이라는 개념으로 생각하면 됩니다." 장이 중재를 하고 나섰다. "우리가 추구하는 건, 더 많은 단일성이니까요. 한 쌍을 통해 이루어진 것을 계속 확대해나가는 겁니다."

"무슨 차이가 있는지 모르겠어요."

"일부다처제가 과거라면, 듀오는 현재형, 조화로운 트리오는 새로운 형태를 이루는 겁니다. 그리고 나중에는 또 다른 모양들이 나오겠죠." 장이 웃으며 논지를 펼쳤다. "하지만 모두 시작에 지나지 않습니다. 진화한다는 건 규모가 더 커지는 걸 의미하니까."

"진정성과 신뢰는 두 사람한테도 이미 어려운 문제잖아요." 안나마리아가 한숨을 내쉬며 말했다. "그런데 셋이서 꾸려나가고 있는 그 딱한 모습을 한번 생각해보세요."

"기왕이면 좋은 모양으로 생각해 봐."

"아마 십중팔구, 머지않아 셋 중에 하나는 한쪽으로 밀쳐질 거고, 그럼 그 사람은 불청객이 돼버리겠죠." 안나마리아가 계속 버텼다. "그럴듯한 삼위일체의 내부에서 한 쌍이 다시 이루어져 떨어져 나올 텐데, 처음과 똑같은 모양은 아니겠죠. 그게 아마 유일한 변화일 거예요."

"훌륭한 결혼은 세 커플의 융합으로부터 나오는 거야." 엠마뉴엘이 단호하게 주장했다.

"뭐라고? 그럼 여섯 사람이잖아!"

"아니지, 셋이야. 그러니까 두 여자의 정부인 한 남자가 이중으로 한 커플을 이루고—나와 장처럼—, 그리고 여자들끼리 또 정부 관계가 되는 거지."

"그러면 동성애 없이는 행복한 트리오가 이루어질 수 없다는 거네?"

"당연히 없지."

"그럼 두 남자가 정부 관계를 이루면 어떻게 되는 건데?"

"그것 또한 잘 어울려."

"두 남자와 두 여자는, 더 낫지 않은 거야?"

"나한텐 더 나아 보여. 근데 장은 홀수를 선호하거든."

"그래서, 그 경험을 마리오랑 같이 해 보겠다는 거야?" 안나마리아가 물었다.

"아니, 너하고."

눈이 타버릴 정도로 하얀 초승달 모양의 해변 가장자리에 솟은 바위 위에서 까만 피부의 어부들이 투망 낚시를 하고 있었다. 그들은 뭍에서 온 여자들의 기척에 아랑곳없이 고기떼들의 움직임만을 지켜보고 있었다. 파종을 하듯 던지는 커다란 그물은 닻처럼 허공을 올랐다가 바람에 누우며 무게 없이 파도 위로 떨어져 내렸다. 그러고 나서 다시 그물을 끌어올렸고, 같은 몸놀림을 되풀이했다. 하지만 아무것도 잡히지 않았다. 그들의 동작이 너무 간략하게 이루어지는 바람에 투망에서 노획물을 끄집어내기나 하는지 분간이 되지 않았다. 아니면 너무 잔고기가 걸려들어 그냥 놔두는 건지도 몰랐다.

서쪽에서 정크선 한 척이 곶으로 오고 있었다. 역광 너머의 물빛은 태양과 연기가 어우러진 색채였다. 동화책이나 엽서에 나올 법한, 대각선으로 돛을 단 진짜 배였다. 적갈색의 납작한 돛이 마치 선비의 손에 들린 부채처럼 고요하게 흔들렸다. 곧이어 같은 모양으로 크기만 다른 여러 척의 거룻배가 띄엄띄엄 나타났다. 배들의 배치는 완벽한 풍경이었다. 한 척만 빠지면 너무 넓은 배경이 되고, 한 척이 더해지면 복잡한 구도가 될 것이었다. 그리고 같은 수를 등대와 산호초들 사이의 공간으로 재분배한다면 위치를 다시 바꿔버리고 싶은 마음이 들 것 같았다.

가장 작은 배가 뱃머리를 육지로 돌렸다. 걸작 같은 풍경의 구도를 깨면서 다가오는 배의 모습이 너무 아름다워, 안나마리아와 엠마뉴엘은 키스를 불어 보내주고 싶은 충동마저 일었다. 두 여자는 배를 향해 달려갔다. 아이들만 눈에 띄었다. 어른들도 분명히 있겠지만 보이지 않는 것뿐이었다. 아이들의 다리가 하얗게 색이 바랜 나무 선채 위에 걸쳐 있었고, 손은 굵은 밧줄 끝에서 흔들거리고 있었다. 가까이 다가온 배에는 승객이 열 명 정도 밖에 없었다.

몇몇 아이만 샴족이었고, 나머지 아이들은 모두 햇볕에 단련된 유럽인의 건강하고 그을린 피부색을 하고 있었다. 가장 어린 아이는 네 살쯤, 가장 큰 아이는 열 한두 살쯤 되어 보였다. 남자아이와 여자아이가 거의 같은 비율로 섞여 있었다.

배가 해변 가까이 이르러 측면으로 방향을 틀자 한쪽으

로 모여든 아이들이 그녀들을 향해 손을 뻗으며 웃고 소릴 질렀다. 아이들은 파란색이나 흰색, 또는 빨간색이나 검정색, 또는 황토색이나 자주색 사롱을 허리에 두르고 있었다. 그 외 다른 아이들은 남녀 할 것 없이 발가벗은 몸이었다.

가장 날렵한 아이들이 물속으로 뛰어내려 첨벙거리며 배에 남아 있는 아이들을 불렀다. 동그란 뺨에 자그마한 코, 짙고 푸른 눈, 잿빛 머리를 한 어린 소녀가 상갑판 난간 대신 놓은 대들보 위로 기어 올라가더니, 두 팔을 활짝 편 다음 목청을 다해 소리를 지르며 앞으로 뛰어내렸다. 아이들의 어지러운 손과 포말 사이로 가라앉았던 소녀가 잠시 후 솟아올라 물에 흠뻑 젖은 머리를 한 채로 즐거운 비명을 질렀다.

다른 아이들은 이미 파도 한가운데서 춤을 추고 있었는데, 몸짓으로 해변의 젊은 여자들을 불렀다. 엠마뉴엘이 아이들을 향해 달려갔다. 물이 허벅지쯤에 이르자 그녀는 짧은 치마를 걷어 올려 허리춤에 질끈 묶었다. 그 안에 금발의 소녀를 앉힐 생각이었지만 주변이 뒤죽박죽이었다. 어린 소년 하나가 그녀의 몸에 매달리자 가장 나이가 많은 도톰한 젖가슴의 소녀가 뒤따라 매달렸고, 나머지 아이들이 뒤질세라 몰려들었다. 아이들의 무게를 버티지 못한 그녀가 물 위로 쓰러졌다. 즐거운 외침이 배가 되는 순간이었다. 그 속을 빠져나온 엠마뉴엘은 치마의 단춧고리를 푸르고 코르셋을 걷어낸 다음 어부들이 그물을 던지듯 그것을 해변 쪽으로 던졌다.

그러고는 아이들과 똑같이 발가벗은 채 숨이 넘어가도록 장난을 치고 놀았다.

또 다른 정크선 한 척이 그녀가 못 보는 사이 첫 번째 배 곁으로 와 닻을 내렸다. 아이들이 모여들어 새로 도착하는 배를 소리쳐 불렀다. 같은 발음의 목소리들이 소리를 맞받았다. 남녀 아이들의 수가 첫 번째 배보다 적었는데, 나이가 더 많았고 수영복을 입고 있었다. 그때 맑은 외침 하나가 허공을 갈랐다. 마리안느였다. 그녀의 풀어헤친 댕기머리는 황금빛 천으로 된 뱃머리의 깃발처럼 빛 속에서 펄럭이고 있었다.

파도 속에서 놀던 아이들의 무리가 이제는 해변에서 몰려다니고 있었다. 엠마뉴엘의 손이 아이들의 매끄러운 몸 위로 미끄러졌다. 제일 어린 여자아이가 그녀에게 반해 그녀의 음모를 움켜잡았다. 엠마뉴엘은 그 아이의 가느다란 호박색 몸을 왼손으로 안았고, 오른손으로는 샴족 소년을 들어 올렸다. 그러고는 막 배에서 내린 마리안느 쪽으로 걸음을 옮겼다.

"저 아이들은 다 네 거야?" 엠마뉴엘이 물었다.

"지금으로서는 그래." 요정 같은 소녀가 대답했다. "어떻게 여기까지 왔어? 둘이서만 온 거야?"

"장이 바래다줬어. 널 보러 온 거지. 그이는 바빠서 갔는데, 닷새 후 우리를 데리러 온댔어. 그리고 기뻐해! 마리오도 내일 여기 올 거니까. 네 방갈로는 어디 있어?"

"내 방갈로는 여기가 아니고 저 멀리 다른 해변에 있는데 넌 왜 여기 와 있는 거야?"

"저기 앞에 있는 집을 빌렸거든."

"왜 그런 생각을?"

"장이 알아서 그렇게 했는걸."

마리안느가 안나마리아를 쳐다보며 잠깐 생각하더니 제안을 했다.

"두 사람 다 우리 배에 태워줄게. 우선 아이들을 바래다주고 나서, 우리 엄마한테 인사하러 같이 가자. 그리고 저녁을 함께 먹는 거야. 나중에 저기 바위가 있는 쪽으로 돌아오면 돼. 오늘 밤은 보름이라 썰물이거든. 무서워할 필요는 없어."

"뭘 좀 입고 올게." 엠마뉴엘이 젖은 옷가지를 챙기며 말했다.

"거기는 그 옷을 입고 있을 거예요?" 마리안느가 안나마리아에게 약간 빈정거리는 투로 물었다. 이태리 처녀는 대답은 않고 미소를 지어 보인 후 엠마뉴엘을 따라갔다.

얼마 후 두 여자는 수영복 차림으로 돌아왔다. 우연히 두 사람이 같은 형태의 옷이었다. 아주 얇은 천의 원피스로, 상체는 딱 들어맞으면서 등과 허리를 드러내며 엉덩이 윗부분까지 파여서 음부의 윤곽과 엉덩이를 돋보이게 해주었다. 엠마뉴엘의 옷은 어두운 황색을 띤 갈색, 안나마리아의 것은 올리브색이었다.

배 위로 오른 여자들은 만사가 귀찮은 듯 갑판에 누워 있는 두 중국인을 발견했다. 그들은 일어나지도 않은 채 배를 조정하였고, 붉은 이빨 사이로 베텔(담뱃잎, 생석회, 빈랑나무 열매 등을 넣어 만든 껌의 일종—옮긴이)을 씹고 있었다.

닻이 올라가자 마리안느는 하얀색 비키니의 브래지어와 슬립을 벗었다. 그러고 나서 뱃머리 쪽으로 머리를 두고, 다리를 넓게 벌리고 누웠다. 그녀의 젖가슴은 마치 테라코타로 빚은 것처럼 탄탄한 느낌이었다. 그녀의 다리가 만들어내는 각도의 맞은편에서 한 소년이 다가와 발목 부근에 얼굴이 나란히 위치하도록 엎드렸다. 열서너 살 가까이 되어 보이는 아주 잘생긴 아이였다. 그 소년은 같은 또래 소녀의 음부를 심각하게 들여다보았다. 둘 다 아무 말도 하지 않았다. 엠마뉴엘과 안나마리아는 야자수들이 허울 좋게 늘어선 왼편 해안 쪽으로는 눈길도 주지 않고 계속해서 소년과 그의 주의 깊은 눈, 그리고 파도에 울렁이는 그의 허리를 지켜보고 있었다.

바다는, 방갈로의 불빛이 거의 보이지 않을 정도의 거리까지 물러나 있었다. 아마도 자정이 지났으리라. 엠마뉴엘과 안나마리아는 썰물의 경계쯤 되는, 뜨겁고 축축한 모래 위에 누워 있었다.

꽤 늦은 시각에 마리안느의 집에서 나온 두 사람은 별장 테라스까지 돌아 왔었다. 야간 경비 임무를 맡은 듯한, 주름지고 거무죽죽한 얼굴의 늙은 관리인이 몽둥이를 손에 들고 입을 벌린 채 누워 자고 있었다. 하지만 여자들은 걱정할 필요가 없다는 걸 잘 알고 있었다. 경호원의 존재는 그저 품위를 드러내기 위함일 뿐이었다. 엠마뉴엘이 마지막으로 한 번 더 같이 해수욕을 하자고 제안했을 때, 안나마리아는 아무 말도 없이 어깨에 걸친 수영복 끈을 차례로 하나씩 벗었다. 그리고 벗은 옷을 짧은 바지 옆에 두고 해변 위로 걸어갔다. 달빛 아래 하얀 몸으로. 엠마뉴엘이 그녀의 발가벗은 몸을 본 건 처음이었다.

그녀의 곁에 누운 엠마뉴엘은, 여태 알지 못했던 수줍음이 손과 입술의 욕망을 억제하고 있는 걸 느꼈다. 그녀는 안나마리아가 무슨 말이라도 했으면 싶었다. 사랑이나 남자, 미래 또는 자기들 두 사람에 대해서가 아니라 그냥 단순한 것들, 바닷소리, 포말, 조가비, 게를 잡느라 모래 위에 몸을 굽힌 검은 형체들, 물 위에서 춤추는 오징어잡이 배들의 불빛…… 그런 말들이 듣고 싶었다. 하지만 안나마리아는 맑은 하늘을 바라보며 침묵을 지키고 있었다.

"무슨 꿈을 꾸고 있는 거야?" 결국은 엠마뉴엘이 먼저 입을 열었다.

"꿈꾸는 거 아냐. 그냥 행복해."

"왜 행복한데?"

"너 때문에."

'내가 첫눈에 그녀를 사랑하지 않았다면, 지금처럼 사랑할 순 없었을 거야.' 엠마뉴엘은 속으로 생각했다. '그래서 내가 기다릴 수 있었을 테지.'

"나는 아직 널 제대로 본 적이 없어." 엠마뉴엘이 말했다.

"지금 봐."

"난 널 사랑할 수 있어. 나보다 더 아름다운 너를 말이야."

"내가 나를 방어하기엔 너무 늦었어."

"넌 아직도 나를 악이라고 생각해?"

"그럼 넌? 넌 아직도 나를 천사라고 생각하는 거야?"

"넌 나의 정부야. 나의 아내."

"나는 너, 그리고 장하고 같이 살 거야. 난 너희 두 사람이 될 거야."

"나는 내가 좋아하는 걸 너도 하게 할 거야."

"너무 서두르지는 마. 이것 봐, 나는 아직도 겁에 질려 있잖아."

"마음을 단단히 가져! 난 너를 아껴두려고 원하는 게 아냐. 널 군주의 재산처럼 낭비할 거야."

"아무것도 간직하지 않고?"

"널 아낌없이 쓴다고 해서 잃어버리는 건 아니야. 넌 내가 올빼미처럼 네 위에 앉아 있었으면 좋겠어? 내 몸이 마비될 때까지 너의 달콤한 피를 마셨으면 좋겠어?"

"내가 널 가득 채워주는 것만으로는 충분하지 않아?"

"응, 아무것도 내게는 충분하지 않을 거야. 난 항상 다른 곳을 찾을 거야. 저 하늘을 좀 봐……."

"넌 내가 하늘을 잊어버리길 바랐잖아."

"저 하늘 좀 봐. 저기 있는 우리들의 땅이 참 행복해 보이지? 저곳이 대지가 나아가야 할 방향이거든. 우리는 남자의 손을 거쳐 저기로 온 거야."

"우리는 또 뭘 찾아야 하는데?"

"모든 것, 뭐든지 다! 우리가 아직 더 알아야 할 게 뭔지 생각해 봐. 슬프게도 그건 불가능한 거야! 왜냐하면 세상은 결코 우리가 원하는 대로 이루어지지 않을 거니까."

"믿음을 간직해야 해!" 안나마리아가 갑자기 열정적으로 다그쳤다. "장과 우리는, 우리와 같은 사람들은, 그리고 우리가 사랑하는 사람들은, 결국 이루어진 세상을 보게 될 거야."

"우린 아냐. 지금 세상 사람 어느 누구도 아냐. 뒤를 이어 나올 사람들이겠지."

"그럼 누가 너와 나, 우리를 뒤이어 나올 건데?"

"우리들의 딸."

"누가 그 딸을 만들어? 너? 아니면 나? 누가 우리한테 그 딸을 만들어주지? 장?"

"아니면 네가 나한테, 내가 너한테 만들어주면 돼. 아무려면 어때! 우리가 딸한테 새로 태어나는 걸, 그리고 변하는 걸 가르쳐주면 되지."

"그게 다야?"

"나머지는 딸아이가 알아서 우리한테 배우면 돼. 아니면 그 딸아이의 딸, 아니면 손녀딸의 딸한테서 배워도 되고."

"우리는 그때쯤 없을 거잖아." 안나마리아가 목이 메어 말했다. "아, 내가 다시 돌아올 수 있다면! 오랜 시간이 지나, 사람들이 많이 성숙해졌을 그때."

"그만해. 너 목신의 노래 기억하지? 뭐라고 했더라? 저 요정들…… 나의 약혼녀, 나의 누이, 내가 그대를 잉태하였도다. 하지만 어찌 충분하리오! 그대에 대한 사랑은 나의 꿈을 길게 이어가고, 나는 끝없이 이어지는 욕망을 느끼노라."

"그래서 뭘 원하는 거야?" 안나마리아가 물었다.

"우리를 영원히 전하고 싶어. 사랑해! 나는 널 갖고 싶어! 우리에게 너의 몸을 줘!"

"보라, 여기 물과 소금, 미역과 모래가 있으니. 그리고 보라, 이것은 나의 육신이니……."

"아, 나의 입술과 손으로 닿은, 이 아름다운 육신이여!"

"그것으로 너의 작품을 만들라."

그날 밤, 엠마뉴엘은 안나마리아의 처녀성을 가졌다.

방갈로의 초가지붕 위로 날이 밝고 있었다. 활짝 열린 창문을 통해 등나무 침대 위에서 부둥켜안고 있는 두 육신이 검은 색조로 도드라졌다.

엠마뉴엘은 잠이 들었던 건지 기억이 나지 않았다. 그녀는 곶 위로 떠오르는 태양을 바라보고 있었다. 저 빛 속에서 바다는 기지개를 켜고 있을 것이었다. 그녀는 바다를 보러 가고 싶은 욕구에 사로잡혔고, 그 속으로 가라앉아 힘을 간청하고 싶었다.

아직 잠들어 있는 안나마리아의 입가에는 어렴풋이 매혹적인 미소가 남아 있었다. 엠마뉴엘은 조심스레 그녀의 팔을 걷어낸 다음 소리 없이 방을 빠져 나왔다. 테라스에서는 거대한 백색 산호가 야윈 가지를 신화처럼 뻗치고 있었다. 경비원은 이미 돌아가고 없었다. 아마 어둠이 가시기도 전에 떠났을 것이다. 발가벗은 두 여자의 몸을 훔쳐보기라도 했을까? 그녀들의 쾌락과 외침 때문에 내내 깨어 있어야만 했을 것이다.

해변에서 엠마뉴엘은 빠근한 몸 마디를 쭉 뻗어 올렸다. 그녀의 출현에 놀란 가마우지와 군함조들이 밤새 뻣뻣해진 날개로 허공을 날았다. 활석분처럼 고운 모래가 그녀의 발을 어루만졌다. 그녀는 무릎을 꿇고 모래를 한 주먹 쥔 다음 느슨하게 흘러내려 보냈다. 그러고는 몸을 일으켜 공기를 들이마시며 별장에서 그리 멀지 않은 곳에 있는 동굴의 바위를 후려치는 파도를 바라보았다. 그녀는 허리를 뒤로 한껏 젖혀 젖가슴을 내밀었고, 부드러운 모래 속에 다리를 고정시키고 하늘을 보며 웃었다. 그러다 새벽바람 속에 머리를 흩날리며 앞을 향해 달리기 시작했다. 발목과 무릎 주위로 푸르고 하얀 물의 파편이 치솟았다.

그녀는 물속에 잠겨 수평선을 향해 나아갔다. 파도의 빈 공간 속에서 그녀의 머리는 단순히 까만 한 점이 되었고, 사라졌다 다시 드러나길 반복하다가 완전히 자취를 감추어버렸다.

세 사람의 형체가 좁은 만 끝에 세워진 뾰족한 바위를 넘어왔다. 모래사장 위의 표류물을 걷어차기도 하고, 막대기 끝으로 해파리를 찌르기도 하며 산책길을 나선 걸음을 옮겨왔다.

그들은 통나무로 지은 별장 앞에 이르러 눈길을 던져보았지만, 테라스의 높이 때문에 잠들어 있는 안나마리아를 볼 수는 없었다. 그들은 햇볕에 그을린 피부와 금발을 한, 잘생긴 근육질의 젊은이들이었다. 지적이고 활기찬 얼굴이 오목조목 닮은 걸로 봐서 아마도 형제인 것 같았다.

바다 앞에 멈춰선 세 청년이 서로 의견을 나누었다. 그중 한 명이 발을 뻗어 물을 짐작해보더니, 고개를 끄덕이는 동시에 몸을 물속으로 던졌다. 나머지 두 사람도 곧바로 따라 들어갔고, 머지않아 그들 모두 시야에서 사라졌다.

물속의 청년들이 다시 나타났을 땐, 그들은 넷이었다.

세 사람은 높은 파도 속에 떠다니던 엠마뉴엘을 만났고, 우선은 그녀를 둘러싸고 바라보면서 미소를 나누는 것만으로 만족했다. 그러고 나서는 그녀가 누군지, 어디서 왔는지, 혼자 와 있는 건지 등의 질문 공세를 펴다가 유혹의 충동이 일기 시작했다. 그들은 엠마뉴엘을 보호해줄 사람이 아무도 없는 데다, 이렇게 이른 시간의 외딴 바닷가에서는 그들을 방해할 가능성이 없다는 걸 알고 있었다. 하지만 청년들은 포위를 피해 달아난 그녀와 수영 속도를 겨뤄야 했다. 이런 과정을 통해 모두들 해변으로 되돌아온 것이다.

그곳의 물은 더욱 투명했고, 남자들은 그녀가 나체라는 사실을 발견했다. 본격적으로 타오르는 육감에 그들은 엠마뉴엘에게 바싹 다가가 그녀의 몸을 만지기 시작했다. 처음에는 그들 중의 한 명이, 그리고 모두 함께, 가슴과 엉덩이를 어루만지며 그녀만큼 예쁜 여자는 본 적이 없다는 고백을 털어놓았다. 그녀는 애인이 있을까? 섹스를 좋아하는 여자일까? 궁금해하며 손 하나가 그녀의 다리 사이로 들어갔다. 손가락들이 그녀를 확인하면서 몸을 열려고 시도했다. 그런데 다시 한 번 그녀는 몸을 피해 달아났다. 반은 헤엄으로, 반은 달음질로 바다를 벗어났다.

청년들은 방갈로 밑에 이르러서야 그녀를 따라잡았다. 모래 위에 쓰러진 그녀는 젊은이들에게 헐떡이는 자신의 몸과 입을 맡겼다. 제일 먼저 그녀를 차지한 청년은 흥분을 제대로 가누지도 못했다. 그녀는 근처의 바위 못지않게 단단한 성기가 자신의 허벅지를 문지르며 음모에 와 닿는 걸 느꼈다. 그녀는 남자의 성급한 몸짓을 이해하면서 몸을 열어주었고, 그의 과격한 돌입에 아무런 조건 없이 몸을 내맡겼다. 그녀는 정복자가 그녀의 승낙을 애써 얻으려고 하지 않은 것이 기뻤다. 청년이 그녀를 안쓰럽게 여기지 않고 마음껏 쾌락을 즐기며, 마치 서둘러 임신을 시켜야 하는 것처럼 그녀의 몸 깊숙이 들어와주길 바랐다. 그 후에는 다른 남자들의 차례일 것이다.

그러나 상황은 그렇지 않았다. 첫 격정을 치른 후 청년은 자신의 감정을 조절하면서 그녀의 몸을 더 그윽하게 음미하게 시작했고, 그의 입술은 발정의 위력만큼이나 엠마뉴엘을 흥분시켰다.

별안간 그가 옆쪽으로 몸을 돌려 똑바로 누웠고 이제 엠마뉴엘이 위에 엎드려 있는 자세가 되었다. 그녀는 다른 손들이 엉덩이를 어루만지며 양쪽으로 벌리는 걸 느꼈고, 그게 무슨 의도인지 금방 알 수 있었다. 첫 번째 청년이 그녀의 엉덩이 아래쪽에 들어와 있는 상태에서 다른 음경 하나가 바로 위쪽을 사정없이 뚫었다. 바다의 소금기가 그녀의 점막을 메마르게 해놓았지만 그녀는 따가운 고통 같은 건 생각하고 싶지 않았다. 어떻게 그녀가 지금 이 순간 행복 이외의 것을 느낄 수 있겠는가? 자신의 배와 허리 속에 들어와 있는 두 남성의 쾌락은 동시에 그녀 자신의 쾌락이기도 했던 것이다. 그녀는 한 켜의 몸을 두고 나눠져 있는 두 개의 성기를 상상했다. 길게 휘어진 두 음경은 쾌락을 채우려는 의지가 단호했고, 힘차고 당당한 모습을 하고 있었다. 그녀는 그 한 켜의 장애물조차 무너져버리기를 원했고, 남자들이 각자 자기의 내벽을 파헤쳐 무너뜨리고 마침내 그녀의 몸속에서 살과 살을 맞댄 성기가 우애 있게 서로를 짓누르고 부둥켜안으며 이루 말할 수 없는 기쁨으로 분출되는 정액 속에 뒤섞여버렸으면 하고 바랐다.

하지만 그것만으로는 아직 충분치 않았다. 아직 남아 있는 최후의 입구 하나, 또 다른 관능의 자원이 있었다. 관자놀이를 양쪽에서 부여잡기 시작하는 손, 그녀는 그 손을 기다리고 있었다. 그녀가 얼굴을 들어 올리자 세 번째 남성의 음경이 그녀의 입 안으로 들어왔다.

그녀가 환희의 외침을 내뱉고 싶었던 그때 입구가 막혀버린 것이다. 그녀는 자신의 운명과 신비로운 사태에 대한 자부심을 웃고 노래하고 찬미하고 싶었다. 참으로 야릇한 행운이었다! 그리고 그녀의 영웅들은 모두 매혹적이었다. 누가 제일 나을지 굳이 선택할 필요가 없었다. 세 청년은 그녀에게 오직 한 명의 정부, 단 하나밖에 없는 정부였다. 세 다발의 꽃수술로 이루어진 그 몸체는, 엠마뉴엘이 완전히 여인의 몸을 완성시킬 수 있도록 바다의 아침 속에서 피어난 것이었다.

육감의 승리 같은 건 아니었다. 인간의 발명품, 저 높은 곳에서 자연을 내려다보는 이 예술 작품을 누가 아직도 그저 육체라고만 부른단 말인가? 그것은 영원을 이루는 기적이었다. 얼마나 좋은 느낌인가! 그녀는 숫처녀의 불안한 질문을 떠올렸다. '이런 게 사랑이야?' 도처에서 그녀가 된 몸들, 그건 사랑의 절대적인 실체였다.

그녀는 누구인가? 어디서 온 걸까? 그녀의 존재가 아득히 멀리 거슬러 올라가는 그곳에는, 오로지 하얀 눈으로 덮인 어두운 물의 심연밖에 없다. 그곳으로부터, 그녀는 남자들의 꿈에 내맡겨지기 위해 자신이 만들어져 나왔다는 걸 기억해냈다. 기억 너머의 과거로부터 온 여신이었다. 하지만 어떤 의도로? 어떤 유일무이한 장래를 위해 온 것이란 말인가?

내가 그대에게 가져다 주는 건 순간의 쾌락이 아니라
가장 멀리 떨어진 곳의 쾌락이니……

한 여자가 그녀에게 던진 질문에 그녀는, 그건 불가능한 것이라고 대답하는 것 외엔 어떤 다른 말도 하지 못할 것이다.

나는 그대에게 가장 수월한 것을 가르치려고 하는 것이 아니라,
가장 무모한 것을 가르쳐주려는 것이다.

사랑은 그저 두 팔로 가슴에 품는 것이 아니라, 우리가 물러서게 만드는 한계였다.

그녀의 일시적인 정부들은 그녀의 몸 안에서 차례대로 쾌락의 절정에 이르고 있었다. 그녀가 순식간에 몸을 빼냈다. 세 명의 청년들이 어떤 동작을 취할 틈도 없이 그녀는 테라스 위로 뛰어올랐고, 안나마리아가 잠에서 막 깨어난 방으로 들어갔다.

엠마뉴엘은 무릎을 꿇으며 애인의 두 다리를 벌렸다. 그녀의 열린 성기에 입술을 댄 다음 자신의 입 안 가득 물고 있던 정액을 훅 불어넣었다.

세상 모든 남자들의 애인이 되고 싶은 여자, 그런 아내의 아름다운 몸을 친구들과 나누고 싶어하는 남편, 바로 『엠마뉴엘』의 두 주인공이다. 참으로 황당해 보이지만 역으로 살펴보면, 이기적이고 배타적인 세상에 대한 엄청난 반역이다.

'아내의 애인을 질투하는 남편은 천박한 남자'라고 말하면 아마도 열에 아홉은 눈을 한번 부라리고 그냥 지나가버릴 것이다. 그런데 과연 눈만 부라리고 가버려도 될 일일까? 서양의 자유분방한 행동과 사고방식 속에 은근히 배어 있는 상대방의 인격과 가치관에 대한 포용력, 관용, 존중의 문제와 결부되어 있는데도? 남자의 우월성에 빠져, 나는 괜찮아도 너는 안 된다는 식으로 억지스럽게 밀어붙이는 남녀관계가 아니라 동등한 입장에서의 정중하고 너그러운 연애 형태는 중세유럽의 기사도 정신에서 그 유래를 따져볼 수 있다.

『엠마뉴엘』에는 상대가 누구든지 간에 사랑의 행위 그 자체는 정당하고 부당하고의 가치 기준을 떠나 절대적으로 무고하다고 생각하는 남편, 장이 있다. 그리고 그의 격려에 힘입어 엠마뉴엘은 무수한 남자관계와 여자관계를 겪는다. 엠마뉴엘의 행위는 보는 입장에 따라 충분히 방탕하고 패륜적인 행실로 여겨질 수 있다. 그런데 왜 그런 온갖 형태의 무분별한(?) 경력에도 불구하고 『엠마뉴엘』이라는 작품이 최고 수준의 문학작품 반열에 놓여 있는 걸까?

『엠마뉴엘 1 – 육체에 눈뜨다』 도입부에 인용된 프랑스의 천재작가 앙토냉 아르토(Antonin Artaud)의 '우리는 아직 세상에 나와 있지 않다'라는 주장이 바로 『엠마뉴엘』의 근간을 이루는 사상이다. 그 비범한 예술가가 겪어야 했던 정신분열 상태의—혼돈이 아닌—명철한 의식 속에서 부정되는 세상의 형태라면, 기존의 질서, 관습, 도덕적 관념들은 그야말로 임시방편적인 꼴에 불과하지 않은가. 인간의 현실을 늘 앞서 가는, 이상 또는 절대세계를 추구해 나가는 과정은 고통이거나 희열이다. 그리고 끝없이 이어지는 그러한 정신적 탐색 덕분에 함께 들여다볼 수 있는 상상적 세계와 매혹적인 언어, 마법적인 장면들은 우리에게 주어진 축복이다.

엠마뉴엘이 추구하는 에로티시즘은, 도덕적 또는 관습적인 잣대에 휘둘려 억제되고 감추어질 수밖에 없는 성적 쾌락의 인색함, 위선, 거짓에 비해 미에 대한 열정을 최상의 가치로 삼는다. 그렇기 때문에 이 작품이 내세우는 색정주의는 파격이 아닌 일종의 규칙이며, 솔직 대담하면서 지성의 유희에 의해 전개되는 자연스러운 욕망일 뿐이다. 엠마뉴엘에게 연애술 비법을 전수하는 마리오에 의하면, 색정주의란 섹스에 대한 문제들과 친근해지도록 도와주는 정신적, 사회적 측면의 건전한 방식이다. 인간의 사랑이 미의 추구와 밀접한 관계를 갖고 있다면, 지성은 판에 박힌 생각, 획일적인 사회 구조로부터 벗어나게 해주는 사랑의 수단이 되어야 하는 것이다. 따라서 미리 설정되어 있는 도덕적 질서에 맞서 새로운 사랑, 아직 이루어지지 않은 보편적 사랑을 완성시켜나가려는 거대한 음모가 꾸며진다.

이런 맥락에서 이 소설은 단지 육체적 쾌락 또는 부부관계의 갈등을 다루는 뭇 에로작품들과는 차원을 달리하는 정신적 깊이를 내포하고 있다. 예술을 통해 우리가 예술 너머의 세계를 들여다보듯이, 육체를 통해 육체 너머의 세계를 들여다보는, 인간의 관능을 우주의 수학적인 구조로 이해하는 절묘한 정신적 감각을 갖추고 있는 작품이다.

비록 닫혀진 고리 속에서나마 우리가 누릴 수 있는 행복의 분량은 충분할지도 모른다. 하지만 절대의 세계에 뿌리를 두고 있는 인간의 정신이란 늘 그 고리를 끊고 나와 자유분방한 공간적 의미를 맛보아야 하는 속성을 지니고 있다. 엠마뉴엘의 사랑이 에로스의 법을 따르는 것이라면, 그녀가 스스로 예술이라고 여기는 사랑의 행위는 시위를 당겨 직선의 한계를 무한한 허공으로 쏘아 올려 보내는 활의, 곡선의 미학에 속할 것이다. 그러한 측면에서 부부라는 관계성은 직각의 고정된 형태로 이해되고, 반면 그와 대립을 이루는 자유연애적 행위는 '직각쌍곡선'이라는 열린 형태로 제시되고 있는 게 아닐까? 그리고 그 쌍곡선으로 인해, 직각에 갇혀 있는 현실은 원점으로부터 멀어지면서 마치 점근선(漸近線)처럼 무한대로 열린 사랑의 가능성을 엿볼 수 있는 것이다.

우리가 현재의 상상력을 통해 지구 생명체의 근원을 거슬러올라가고, 원시단세포의 출현 단계에 이른다면, 이 단세포가 오늘날 복잡한 세상의 미래적 가능성을 품고 있는 형태라는 사실을 어렵지 않게 짐작할 수 있다. 그런 역발상적인 맥락에서, '우리는 양성세포'라고 주장하면서 세상 모든 남자의 애인이 되고 싶어하는 엠마뉴엘의 바람은 단순 명료한 욕구가 될 수 있는 것이다. 물론 평범한 사고방식으로 공감하기에는 쉽지 않은, 거대한 발상이다. 그래서 너와 나, 우리의 관계는 동일시되고, 다수는 한 몸이 된다. 아울러 우리는 '분열번식'이 계속되어 나가는 진행선상에 놓여 있다.

아득히 먼 절대의 세계로부터 우리들에게 온, 그 사랑을 되찾아가는 행위는 '가슴에 품고 있는' 상태로 머물러 있는 것이 아니라, 품의 경계를 무한대로 확대해 나가는 포물선의 아름다운 역학이어야 하는 것이다. 그리고 그 확대선상에서 우리는 사랑의 행위를 통해 영원성의 의미를 되찾게 되고, 아득한 우주의 기억을 지닌 두 육체의 결합은 영원성을 이루는 기적이 된다.

관습이나 도덕과는 아무 상관이 없는, 요정의 순수한 충동질처럼 뭇 남성과 여성들의 가슴에 불을 질러놓은 여자, 엠마뉴엘은 벌써 미래의 어느 공간으로 건너가 우리를 기다리고 있을 것이다.

엠마뉴엘 2
순결에 반하다

초판 1쇄 인쇄 2014년 12월 23일
초판 1쇄 발행 2014년 12월 29일

지은이 엠마뉴엘 아산
옮긴이 문영훈
펴낸이 정상준
편집 이민정 정희정 심슬기
디자인 박수연
마케팅 한정덕 이삼영
관리 김정숙

펴낸곳 (주)그책
출판등록 2008년 7월 2일 제322-2008-000143호
주소 서울시 마포구 동교로13길 34(121-896)
전자우편 wisdomsimsim@naver.com
전화번호 02-333-3705
팩스 02-333-3745
facebook.com/thatbook
facebook.com/openhousebooks

ISBN 978-89-94040-54-7 04860
978-89-94040-34-9 (세트)

그책 은 (주)오픈하우스의 문학·예술 브랜드입니다.

「이 도서의 국립중앙도서관 출판예정도서목록(CIP)은 서지정보유통지원시스템 홈페이지
(http://seoji.nl.go.kr)와 국가자료공동목록시스템(http://www.nl.go.kr/kolisnet)에서
이용하실 수 있습니다.(CIP제어번호: CIP2014035186)」